novum pro

AF010196

Sarah Hellwich

DIE VAMPIR-JÄGERIN

Till the End of Time

www.novumverlag.com

Bibliografische Information
der Deutschen Nationalbibliothek:

Die Deutsche Nationalbibliothek
verzeichnet diese Publikation in der
Deutschen Nationalbibliografie.
Detaillierte bibliografische Daten sind
im Internet über
http://www.d-nb.de abrufbar.

Alle Rechte der Verbreitung,
auch durch Film, Funk und Fernsehen, fotomechanische Wiedergabe, Tonträger, elektronische
Datenträger und auszugsweisen
Nachdruck, sind vorbehalten.

© 2011 novum publishing gmbh

ISBN 978-3-99003-981-6
Lektorat: Dipl.-Theol. Christiane Lober
Umschlagfoto: Sarah Hellwich
Umschlaggestaltung, Layout & Satz:
novum publishing gmbh

Die von der Autorin zur Verfügung
gestellte Abbildung wurde in der bestmöglichen Qualität gedruckt.

Gedruckt in der Europäischen Union
auf umweltfreundlichem, chlor- und
säurefrei gebleichtem Papier.

www.novumverlag.com

AUSTRIA · GERMANY · HUNGARY · SPAIN · SWITZERLAND

PROLOG

Als diese merkwürdig maskierten Menschen sie fanden, war sie gerade acht Jahre alt und saß neben dem geschundenen Körper ihrer toten Mutter. Den Leichnam ihres Vaters würde man später, in zwei Teile zerrissen und blutleer, im Keller finden.

Ihre ältere Schwester hatte sich auf den Dachboden geflüchtet und weinte dort bitterlich. Sie würde all diese Ereignisse, sowohl die vergangenen als auch die kommenden, nicht verarbeiten können und sich ein paar Jahre später lebensmüde und angsterfüllt von einer Brücke stürzen. Alles war besser als jenes Leben, das sie bis zu diesem Zeitpunkt hatte führen müssen und das sie lange Zeit mit Tod und Leid umgeben hatte. Merkwürdigerweise empfand sie den Tod plötzlich als Erleichterung. Allein dies ermöglichte es ihr, über die Brüstung zu klettern und sich schließlich fallen zu lassen.

Beide Schwestern sind damals von dem Angriff, der gleich nach Einbruch der Dunkelheit ausgeführt worden war, verschont geblieben. Sayura hatte gesehen, wie eines dieser Wesen, das augenscheinlich ein Mensch war, sich über ihre zappelnde Mutter beugte und seine Lippen wie zum Kuss auf ihren Hals legte. Diese schrie im selben Moment vor Schmerzen auf, um zunächst in der Umarmung des Mannes ihr Bewusstsein zu verlieren. Der Mann, der ihre Mutter im Arm hielt, schmatzte und saugte indes weiterhin an deren Hals, bis er ihren leblosen, schweren Körper schließlich einfach auf den Boden sinken ließ.

Er leckte sich genüsslich die blutverschmierten Lippen. Als wäre dieser Moment nicht ohnehin traumatisch und grotesk genug gewesen, nahm Sayura dann erstmals wahr, dass dieser Mann, der Mörder ihrer Mutter, verlängerte Eckzähne besaß. Zwischen den roten Lippen blitzten sie merkwürdig weiß hervor – das Erkennungsmerkmal von Vampiren schlechthin. Seine

Eck- oder Reißzähne bedeuteten die Lebensverlängerung und Waffen eines Vampirs, wie Sayura später erfahren würde. Diese simplen Mordwerkzeuge waren es gewesen, die dieses Ungeheuer in den Hals ihrer Mutter geschlagen und die die Hauptschlagader zerfetzt hatten.

Als dann plötzlich auch noch maskierte Männer im Wohnzimmer standen, begann für die beiden Schwestern ein neues Leben. Einer dieser Männer hatte Sayura beschützend auf seinen Arm genommen und beruhigend auf sie eingeredet. „Du wirst die Chance auf Vergeltung bekommen, Kleine." Fremde Männer waren herbeigeeilt, um sie und ihre Schwester zu retten, jedoch waren sie zu spät, als dass sie das Leben derer Eltern hätten bewahren können.

Dass sie die meiste Zeit ihres Lebens allein verbringen würde, hatte der Retter nicht gesagt; auch nicht, dass sie besessen von dem Gedanken der Rache sein und selbst zur Mörderin werden würde. Ihr Leben würde fortan von dem Mysterium Vampir beherrscht sein – jenem Mysterium, das so viele Menschen mit Romantik, Dunkelheit und Unsterblichkeit verbanden und das dennoch immer ein faszinierendes Geheimnis bleiben würde. Diese Menschen wussten gar nicht, wie gut sie es hatten. Für sie würde es immer nur eine Fantasie sein. Für Sayura hingegen war es blutige Realität geworden.

Sayura war eine exzellente und leidenschaftliche Vampirjägerin, der die Einsamkeit nichts ausmachte. Sie empfand Genugtuung, konnte sie einen Vampir töten. Das, was man Leben nannte, war gestorben, als der Vampir ihre Mutter getötet hatte. Als sie starb, starb auch das menschliche Ich Sayuras.

– 1 –

Langsam erwachte Sayura aus einer tiefen Dunkelheit. Sie spürte, dass sie auf kaltem, nassem Untergrund lag. Ihre Augenlider waren schwer. Sie war so müde und fühlte sich der Welt scheinbar entrückt. Es fiel ihr schwer aufzuwachen, geschweige denn einen klaren Gedanken zu fassen.

Eine Stimme drang aus der Ferne unklar zu ihr: „Na los, mein Freund, bedien dich ruhig …, aber töte sie nicht, mache sie nur zu einem Vampir, wie wir es dir erklärt haben. Lass uns etwas von ihr übrig!"

Schlagartig riss Sayura nun die Augen auf.

Als sie sich mühsam aufgerichtet hatte, war ihr zumute, als hätte sie einen Kater. Ihr Schädel brummte. Sie sah sich benommen um. Vor ihren Augen flimmerten Sterne; dennoch wollte und musste sie die unfreundliche Umgebung, in der sie erwacht war, schnellstens vollständig erfassen. In der Dunkelheit konnte sie schemenhaft eine Person ausmachen, vermutlich einen Mann. Sie kniff die Augen zusammen, um besser erkennen zu können. Nach und nach nahm er Konturen an. Er saß, scheinbar lässig an die Wand gelehnt, auf dem Boden und sah sie aus ruhigen dunklen Augen an. Ihr Auge war sehr geübt, wenn es darum ging den Unterschied zwischen Vampir und Mensch zu erkennen. Dieser Mann war definitiv ein Vampir!

Schnell rutschte Sayura an die Wand hinter sich.

Noch immer fühlte sie sich benebelt von der Betäubung, doch langsam wich dieses Gefühl der Realität. Und die Realität war wirklich beklemmend.

„Ein Vampir – soll das mein Ende sein?", dachte sie schockiert.

Sie sah sich nochmals kurz um: Sie saß in einem Loch von Kerker mit kahlen nassen Steinwänden. Es war kalt, dunkel und glitschig, dazu dreckig. Durch esslöffelgroße Löcher in den porösen Steinwänden konnte man das Trapsen und Piepsen von Ratten wahrnehmen.

Ihr Blick wanderte jetzt schnell zurück zu dem Vampir. Sie durfte ihn nicht aus den Augen lassen. Sie hatte zwar keine Ahnung, was geschehen war oder noch geschehen würde; aber sollte es zu einer Auseinandersetzung kommen – und davon ging Sayura aus –, würde sie nicht kampflos aufgeben. Ihr müder, schwerer Körper war angespannt. Es fiel ihr schwer, den Nebel in ihrem Kopf zu verdrängen und klar zu denken; aber würde ihr Gegenüber auch nur zucken, würde sie aufspringen und um ihr Leben kämpfen.

Wieder dröhnte die Stimme von vorhin in den kleinen Raum hinein.

Sayura folgte ihr mit dem Blick.

Zur Rechten Sayuras, unter der Decke, war ein kleiner Lautsprecher angebracht.

„Vampir, du tust dir und deiner Rasse einen Gefallen, wenn du sie ebenfalls zu einem Vampir machst. Sie ist eine Jägerin …, und es wäre ihre gerechte Strafe!"

Sayura drückte sich noch ein wenig enger an die Wand. Sie sollte sich nichts vormachen: Hier in diesem Raum hatte sie kaum eine Möglichkeit, sich zu wehren, schon gar nicht, wenn ihr Gegner ein Vampir war, zumal man sie ihrer Waffen beraubt hatte. Und was, wenn der Feind, so absurd es zu sein schien, nicht unbedingt der Vampir war, sondern jene Person, die sich hinter der Lautsprecherstimme verbarg?

Sayura war gerade auf ihrem abendlichen Streifzug in ihrem Revier gewesen, als ein schwarzer Van angefahren kam und neben ihr hielt. Als die Schiebetür geöffnet wurde, blickte Sayura in den bedrohlichen Lauf einer Gewehrmündung. Daraus wurde ein Schuss auf sie abgefeuert, der sie schmerzlich in die Schulter traf. Bewusstlos war sie zusammengesackt. Zeit zum Denken oder Handeln hatte sie keine gehabt.

Eine Ratte wagte sich nun aus einem Loch in der Kellerwand und lief zielstrebig und piepsend auf den Vampir zu. Sayuras Blick folgte ihr.

Mit einem Mal klatschte die Hand des Vampirs auf die Ratte nieder. Sayura konnte ein leises kurzes, knackendes Geräusch vernehmen: Das Rückgrat der Ratte war gebrochen.

Der Mann hob die Ratte mit der Hand zu seinem Mund. Das Quietschen des Tieres wurde zunächst unangenehm laut und brach dann abrupt ab. Sayura vernahm mit einem Gefühl des Ekels die schmatzenden Geräusche des Vampirs, der soeben das Blut der Ratte getrunken hatte. Dieses perverse Schmatzen machte sie wütend.

Der Vampir warf den leblosen Rattenkörper in die Ecke des Drecklochs, in dem auch Sayura gefangen war. Man konnte es bezeichnen, wie man wollte. Es war schlichtweg eine Falle – für alle Anwesenden, egal ob Mensch, Tier oder eben Vampir. Vermutlich würde Sayuras Leben enden wie das der Ratte.

Als Sayura den Vampir erneut ansah, fiel ihr zum ersten Mal seine dicke Halsfessel auf. Sie bestand aus schweren Eisenelementen, die miteinander verbunden waren. Die Eisenkette verlief hinter dem Vampir entlang. Links neben ihm, etwa auf Höhe seiner Schultern, verschwand das Kettenende in der Wand. Er hatte kaum Spielraum für große Bewegungen. Vielleicht würde er gerade einmal aufstehen können.

„Er ist also festgekettet. Aber wozu das?", grübelte Sayura.

Plötzlich lächelte der Vampir. Sayura sah ihn überrascht an.

„Solange es Ratten gibt, von denen ich mich ernähren kann, bist du in Sicherheit – zumindest vor mir!", dröhnte seine Stimme in ihrem Kopf. Der Vampir hatte seine telepathischen Fähigkeiten angewandt.

Sie wusste aus Erfahrung, dass sie auf gleichem Weg antworten konnte. Allerdings überschlugen sich die Fragen in ihrem Kopf: Sie fragte sich, wieso er gedanklich mit ihr Kontakt aufnahm, wieso auch er ein Gefangener war; er, ein Vampir! Wieso trank er Blut von Ratten? Wer hatte sie hierher entführt? Wo waren sie hier – und vor allem: warum?

An seinem Blick bemerkte sie, dass er ihren wirren Gedankengängen zu folgen versuchte.

„Was ist, Vampir? Wieso tust du nicht das, was wir dir sagen? Dir winkt die Freiheit, wenn du das Mädchen nur erst zu einem Vampir gemacht hast!", dröhnte die Lautsprecherstimme erneut in den Raum.

Der Vampir sah zu Boden. Durch das Senken seines Kopfes verschwand er im dunklen Schatten des Raumes. Sayura konnte nun sein Lachen hören. Es war ein merkwürdig angenehmes Geräusch für eine Situation wie diese.

„Ich bin angekettet! Glaubt ihr Arschlöcher, sie kommt freiwillig zu mir?", rief er aus der Dunkelheit heraus.

Sayura konnte trotz der Dunkelheit seinen Körper erkennen, lediglich sein Kopf blieb im Schatten verborgen.

„Das sollte das kleinste Problem darstellen, aber du machst ja keinerlei Anstalten. Teste ruhig deine physischen und psychischen Fähigkeiten! Hypnotisiere sie so, wie du es mit der Ratte getan hast!", antwortete die Lautsprecherstimme.

Sayura sah sich um, doch konnte sie keine Kamera entdecken. Offenbar wurden sie beobachtet, denn wie sonst sollte die Lautsprecherstimme von dem Vorfall mit der Ratte erfahren haben?

Wieder lachte der Vampir zynisch: „Habt ihr mich nicht genug unterrichtet und getestet? Ihr habt mich all die Sachen gelehrt, die ein Vampir zum Überleben braucht!", sagte der Vampir. Seine Stimme klang plötzlich müde.

„Exakt! Und sobald du das Mädchen zu einem Vampir gemacht hast, bist du frei!"

„Ihr meint, ich spaziere hier heraus wie der Typ, der mich zu dieser Kreatur machte? So einfach?"

„Ja. Richtig."

„Woher weiß ich, dass ihr mich nicht hinter der Tür kaltmacht?"

„Wir halten unser Wort!"

Sayura hörte diesem Dialog gespannt zu. Was war das hier nur für ein Gruselkabinett!

Der Vampir beugte sich jetzt vor, um Sayura aus schwarzen Augen anzusehen. Sie erwiderte seinen Blick.

„Genau, ein Gruselkabinett. Willkommen in der ersten Brutstätte, in der Vampire von Menschenhand geschaffen werden!" Der Vampir grinste. Es war ein schiefes, ironisches und verbittertes Lächeln.

„Heißt das, du warst vor kurzem noch ein Mensch? fragte Sayura. Der Vampir beugte sich nun wieder zurück in die Dunkelheit: „Waren nicht einst alle Vampire Menschen? Spielt die Dauer da eine Rolle?"

Sayura sagte nichts.

Stimmt! Das war eine blöde Frage. Tatsächlich meinte sie etwas anderes.

„Ich weiß, was du meinst! Ich wurde vor ungefähr sechs Monaten hierher verschleppt und zu einem Vampir gemacht! Mein Zeitempfinden ist nicht mehr vorhanden. Ich weiß nicht, wie lange es tatsächlich her ist, dass ich das letzte Mal ein Mensch war. Ich weiß nicht, ob es Tag oder Nacht ist. Ich weiß auch nicht, nach welchen Kriterien sie mich aussuchten oder was dieses Verbrechen sonst für Hintergründe hatte; ich weiß es einfach nicht. Fakt ist, dass sie mir alles erklären, was ein Vampir wissen muss, und dabei sind sie offenbar selbst Menschen! Theoretisch weiß ich jetzt alles über das Vampirsein", brach es aus dem jungen Mann heraus.

„Das ist ja schrecklich!" nur schwer konnte Sayura das Ausmaß seiner Worte begreifen.

„So? Findest du? Ich dachte zuerst, ich müsste sterben, aber das hier ist schlimmer, und es wird immer grotesker. Mal angenommen, ich komme hier tatsächlich heraus, so gibt es also Leute wie dich, ja? Vampirjäger! … die mir nach dem Leben trachten, obwohl sie mich nicht einmal kennen? Obwohl ich selbst ein Opfer bin und keiner Seele etwas zuleide getan habe, mal abgesehen von den Ratten?"

Sayura nickte beinahe entschuldigend. Sie fühlte sich fast schon schuldig. Sie hatte seit dem Vorfall mit ihren Eltern nichts anderes getan, als Vampire gejagt, und dabei völlig vergessen, dass es sich um Wesen handelte, die einst selbst Menschen waren. Aber schließlich hatten die Vampire gegenüber ihrer Familie auch vergessen, was Mitgefühl bedeutete. Sie fragte sich nun natürlich schon, was sie in seinem Fall tun sollte. Was sollte sie über ihn denken?

„Denk über mich, was du willst, aber werde dir endlich bewusst, dass nicht ich hier die Bedrohung bin!"

Er hatte damit vermutlich sogar recht, aber Sayura hasste es, wenn Vampire ihre Gedanken lasen.

„Gedanken zu lesen ist beinahe wie atmen. Es geht automatisch! Wieso bist du so voller Hass, was haben dir Vampire getan?" Er brach ab, um kopfschüttelnd einen anderen Gedanken auszudrücken „Ist es nicht vollkommen surreal, dieses Gespräch? Bis vor Kurzem hatte ich angenommen, Vampire seien Fantasiewesen. Habe über diese schnulzigen Vampirfilmchen in den Kinos nur müde gelächelt. Und jetzt sieh mich an!" Er lachte ob dieser Erkenntnis.

„Vampire töteten meine Eltern. Die Organisation der Vampirjäger stürmte herein und rettete mich, seither bin ich Jägerin. Aber eigentlich ist das vollkommen nebensächlich. Wir sollten einen Weg hier heraus finden!", erklärte Sayura ihre surreale Erfahrungen, die schließlich zu ihrem realen Leben geworden waren, und wühlte sich dabei im Haar herum.

Mit einem Vampir verbünden? Unglaublich, dass ihr das in den Sinn kam. Es schien jedoch nur diese Chance zu geben. Die Telepathie war die einzige Möglichkeit, mit diesem Vampir zu kommunizieren, ohne dass ihre unsichtbaren Entführer über ihre Pläne unmittelbar informiert wurden.

Ihr langes Haar war noch ganz nass und schmutzig. Wer weiß, wie lange sie auf dem Boden gelegen hatte! Die Angst in ihr konnte sie im Zaum halten. Irgendwie wurde sie durch den Gedanken erträglich, dass der Vampir dort auch ein Gefangener war. Ausgerechnet mit einem Vampir hatte sie nun ein gemeinsames Ziel: dieser Situation lebendig zu entkommen.

Man hatte ihr Waffen und Stiefel weggenommen, langsam begann sie zu frieren. Sie trug ihr schwarzes Kleid; ein Kleid aus Leder, mit eingenähter Verstärkung an Bauch und Rücken, um Hiebe, Stöße oder Tritte einigermaßen abzudämpfen. Linksseitig wurde es zugeschnürt. Es bedeutete stets einen Kraftakt, es anzuziehen. Die engen, langen Ärmel waren dabei am zeitaufwendigsten. Das Schnüren kostete Kraft. Die verschiedenen Holster für die Waffen anzulegen, war dagegen pure Erholung. Dennoch war es immer ein Ritual, auf das Sayura viel Wert legte. Es war der Beweis für ihr Leben, das so sehr von demjenigen anderer abwich und das sie Nacht für Nacht lebte.

Sie wurde in ihren Gedanken unterbrochen, als neben ihr, nahe des Boden, sich in der Wand eine Luke öffnete, durch die ein schwaches Licht in den Raum einfiel. Von der anderen Seite hindurchgeschoben wurde eine kleine Schale mit einem Sandwich und einem Apfel. Dann schloss sich die Luke wieder.

Überrascht sah sie auf die Lebensmittel. Jetzt erst wurde ihr bewusst, wie sehr sie Hunger litt.

Sie nahm den Apfel und roch an ihm. Er roch völlig normal, fruchtig. Dennoch zweifelte sie, ob sie hineinbeißen sollte.

„Ich an deiner Stelle würde nichts davon essen. Das Zeug ist vergiftet!", griff der Vampir ihre Zweifel auf.

„Woher weißt du das? Kannst du das Gift riechen?", fragte Sayura und legte den Apfel zurück in die Schale. Dass hier etwas nicht mit rechten Dingen zuging, hatte sie vermutet. Erst bestand die Lautsprecherstimme darauf, dass der Vampir sie angriff, damit von ihrer Menschlichkeit befreite, um sie an die Fessel der Ewigkeit zu legen, und jetzt sorgten sich ihre Kidnapper plötzlich um ihr leibliches Wohl? Trotz Hunger hätte sie davon wohl auch ohne den Rat des Vampirs nichts angerührt.

„Auch. Aber so haben sie mich gekriegt! Ich aß von so einem Apfel und bekam schmerzhafte Krämpfe. In meiner Todesangst flehte ich um mein Leben, und der Vampir kam dieser Bitte nach! Der Rest ist Geschichte. Er wanderte zu dieser Tür dort hinaus, und ich weiß nicht, was aus ihm geworden ist oder was gar aus mir wird!", erklärte der Vampir und deutete mit einem Kopfnicken in Richtung besagter Tür.

Bedrückt sah Sayura nun zu Boden und begann wieder in ihren Haaren zu wühlen.

„Danke!", flüsterte sie ihm leise zu.

Es war ein befremdliches Gefühl, sich bei einem Vampir zu bedanken. Aber schlimmer war es, von einem Vampir gerettet zu werden!

„Von ‚retten' kann hier wohl keine Rede sein. Wir sitzen immer noch hier drin!", ging er wieder auf ihre Gedanken ein. „Was machst du da eigentlich?", fragte er sie jetzt.

In diesem Moment erspürte Sayura das, wonach sie gesucht hatte, und hielt schließlich die kleine Haarnadel in die Luft. „Schlecht gefilzt, ihr Kidnapperpack!", triumphierte sie im Stillen.

„Das hier!", entgegnete sie dem Vampir.

Der Vampir verstand sofort und nutzte die Fähigkeit der Telepathie. Er beugte sich nun vor und grinste wieder, diesmal sarkastisch.

„Diese Tür da mag zwar ein Schloss haben, aber glaubst du ernsthaft, es sei so einfach, sie mit einer Haarnadel zu öffnen? Glaubst du nicht, dass alle die, die je vor uns hier drinnen waren, nicht auch schon alles versucht hätten?"

„Das mag wohl sein, aber vielleicht hat es noch nie jemand mit der einfachsten und somit absurdesten Methode versucht!" Sie ärgerte sich über seine fehlende Hoffnung auf Erfolg und hörte sein Lachen, während sie auf die Tür zu kroch.

„Hoffnung? Ich wurde getötet und zu einem Vampir gemacht. Bis vor Kurzem war ich ein Mensch. Ich war verabredet, wollte zu einem Mädchen, meinen Spaß haben und mein Studium zu Ende bringen. Und jetzt? Jetzt bin ich diese Kreatur! Fang du also nicht mit Hoffnung an!", fuhr er sie laut und schroff an.

Sayura sagte diesmal nichts. Sie hantierte mit der Haarnadel im Schloss der Tür herum, doch leider erfolglos. Sie versuchte es noch einige Male, und irgendwann brach die Haarnadel schließlich einfach ab.

„Verdammt!"

Es war also doch sinnlos. Sie und dieser Vampir kommunizierten per Telepathie, damit ihre Entführer nichts mitbekamen. Sayuras absurder Plan, die Tür mit einer Haarnadel zu öffnen, war doch ohnehin zum Scheitern verurteilt. Die Entführer überwachten diesen Raum per Videokamera, kommunizierten per Lautsprecher; warum sollten sie also an der Tür sparen und keine Sicherheitsvorkehrungen treffen? Und wieso sollten sie dabei zusehen, wie die Tür aufgebrochen wurde, ohne rechtzeitig einzuschreiten? Diese Tür war sicher, daran bestand kein Zweifel. Sayura verfügte an sich über einen scharfen Verstand, der ihr aber offenbar abhanden gekommen war.

Die Kälte kroch in ihre Knochen, sie zitterte. Müde lehnte sie sich gegen die Tür.

„Verdammt", fluchte sie wiederholt.

Fortan herrschte Stille. Jeder der beiden Gefangenen hing seinen eigenen Gedankengängen nach. Tausende Fragen schossen Sayura durch den Kopf. Wie lange war sie wohl schon hier gefangen? Wie würde es weitergehen? Wann und wie würde sie getötet werden? Wann würde der Vampir erst seiner Pflicht, sie zu einer lebenden Toten zu wandeln, nachkommen, um doch versprochene Freiheit zu erlangen? Würde er seine Einstellung ihr gegenüber wirklich beibehalten können? Vielleicht würde es irgendwann keine Ratten mehr geben, die er herbeirufen konnte. Dann wäre sie sein Appetithäppchen, seine Lebensverlängerung. Und was wäre, wenn er sein Versprechen tatsächlich hielte? Würden die unsichtbaren Entführer ihn dann auch einfach töten?

„Komm zu mir!", forderte der Vampir plötzlich aus der Dunkelheit heraus. Seine Stimme durchschnitt die beklemmende Stille des Raumes.

„Was?", fragte Sayura verwirrt. Sie saßen hier nun schon eine halbe Ewigkeit, und sie war bereits ein paar Mal eingenickt.

„Sie kommen!", sagte der Vampir und beugte sich vor. Er streckte seine Hand nach ihr aus.

Sayura sah seine Hand befremdlich an. Wenn auch sehr zögerlich, ergriff sie sie schließlich aber doch.

Als Nächstes hörte sie die Bewegung des Schlosses in der schweren Tür, in der noch immer ein Teil ihrer kaputten Haarnadel steckte. Seine Hand ergriff nun fest die ihre und zog Sayura zu sich. Schon im nächsten Moment fand sie sich hinter ihm wieder. Ihr war noch schwindelig von seiner schnellen Bewegung. Ihr Körper reagierte verspätet auf die veränderte Physik. Ein Vampir war schnell und ein Mensch eben nur ein Mensch. Obwohl sich Sayura angewöhnt hatte, immer einen Schritt weiter zu denken, um vorausahnen zu können, was ein Vampir tun würde, war sie nun perplex. Sie musste sich auf ihre Ahnung, auf ihren Instinkt verlassen können. Jedoch in einer Situation wie dieser waren die bestehenden Verhältnisse völlig außer Kraft gesetzt. Alles, was sie bisher gelernt hatte, schien plötzlich bedeutungslos. Offenbar stand sie nun mit einem Vampir auf derselben Seite. In wenigen Minuten würde sie endlich ihre Entführer sehen. Dass der Vampir deren Ankunft hören konnte, selbst durch diese schwere Tür hindurch, gehörte als ein unumstößlicher Bestandteil zu den übernatürlichen Fähigkeiten dieser Kreaturen der Nacht und machten sie so unberechenbar und gefährlich.

Sayura hatte ihre Instinkte, erlernt und geschult in jahrelanger Ausbildung der Organisation der Vampirjäger, kurz OdV. Diese Ausbildung war hart, schmerzhaft, physisch und psychisch belastend gewesen. Sie wurde im Nah- und Distanzkampf ausgebildet, musste mehrere Sprachen lernen, wurde im Umgang mit Extremsituationen unterrichtet und eingewiesen in jene Geheimnisse, die es eben gab, ohne dass der normale Bürger je eine winzige Nuance dessen erahnen würde, was alles möglich war in dieser Welt. Es hatte lange gedauert, bis alle diese unglaublichen Dinge in ihr Bewusstsein vorgedrungen waren, bis sie selbst all das auch glauben konnte. Und obwohl sie vieles wusste, war sie selbst nicht frei von Grenzen, Einflüssen oder Vorurteilen. Sie selbst war trotz all dem in ihrer eigenen gedanklichen Schublade gefangen, auch wenn diese unter Umständen größer war als die anderer Menschen. Aber nicht zuletzt hatte sie ihr eigenes Schicksal zu dem geformt, was sie jetzt war: eine Vampirjägerin.

Sie hatte eine gute Ausbildung genossen. Ohne ihre eigenen Instinkte jedoch wäre sie schon unzählige Male getötet worden. Sie war eine gute Jägerin – und sie war es, weil sie ein Ziel hatte: Rache. In sehr seltenen und schwachen Momenten fragte sie sich, ob Rache allein ein gutes Motiv dafür war, andere, am Mord ihrer Eltern unbeteiligte Vampire zu töten. Aber letztlich konnte sie sich ihr Leben nicht mehr ohne die Jagd vorstellen. Und die Vampire hatten es ohnehin nicht anders verdient. Jeder Vampir, den sie tötete, war ein Geschenk an die Menschen.

Jetzt jedenfalls saß sie dicht hinter einem Vampir, der vor einigen Monaten noch ein Mensch war und von anderen Menschen für ein Experiment missbraucht worden war: zu seiner Vampirwerdung – zumindest, wenn man ihm seine Geschichte glauben konnte. Aber diese Geschichte erschien gerade jetzt sehr glaubwürdig.

Ihr Körper war an die Wand gepresst. An ihren nackten Beinen spürte sie die kalte Eisenkette, die Fessel, die den Vampir bändigte.

Die schwere Eisentür hatte sich quietschend geöffnet, und drei Männer waren hereingestürmt. Alle waren schwarz gekleidet und hatten ihre Gesichter durch übergezogene Skimasken verhüllt.

Wieder blickte Sayura in den Lauf einer Gewehrmündung.

Der Vampir vor ihr fauchte die Männer an wie ein wildes Tier, das in der Falle saß.

„Wir wollen nicht dich, wir wollen sie! Da du sie nicht zu einem Vampir machst, ist sie nutzlos für uns. Außerdem gefällt uns euer Geplauder nicht, genauso wenig wie eure nonverbale Kommunikation. Wenn du erst lange genug hier warst, wirst du das nächste Opfer mit Genuss nach unseren Vorstellungen formen. Du weißt Freiheit offenbar nicht zu schätzen, mein Freund!", predigte einer der Männer sogleich. Er war im Türrahmen stehen geblieben.

Die anderen beiden Männer standen vor Sayura und dem Vampir. Beide hielten Gewehre auf sie gerichtet. Zweifelsohne handelte es sich um Menschen, wie ihre Bewegungen es Sayura verrieten.

„Ich bin nicht dein Freund, Arschloch!", knurrte der Vampir.

Er wurde durch die Kette an seinem Hals schwer in seiner Bewegungsfreiheit eingeschränkt.

Sayura sah sich Kette und Verschluss kurz an, wühlte dann wieder in ihrem Haar. Was hatte sie zu verlieren? Sie konnte entweder getötet werden durch die irren Maskenmänner oder von dem Vampir. Gegen vampirische Kräfte hatte sie eher noch eine Chance als gegen menschlichen Wahnsinn. Wie weit war sie gesunken? Jetzt zog sie die Gegenwart eines Vampirs derjenigen der Menschen vor. „Aber das war eine Notsituation", rechtfertigte sie ihre Entscheidung vor sich selbst.

„Natzuya, gib sie frei!", forderte der Mann an der Tür nun in ungeduldigem Tonfall.

Ein kurzes klickendes Geräusch erfüllte plötzlich den Raum, dann folgte ohrenbetäubende Stille. Sayura sah die Männer der Reihe nach an, sie schienen wie eingefroren. Angst war das Einzige, was in ihren Augen erkennbar war. Sie hatten das Geräusch nicht eindeutig ausmachen können, aber sie wussten, dass es nicht durch sie erzeugt worden war.

„Du bist frei!", flüsterte sie dem Vampir dann zu und steckte ihre Haarnadel zurück in ihr Haar. Ihr Flüstern war merkwürdig laut. Er schien ebenso überrascht wie ihre Entführer.

Die Männer wussten um die Kraft des Vampirs, den sie geschaffen hatten. Er war eine gefährliche Waffe, und nun gab es keine Kette mehr, die ihn hielt. Sie wussten, dass er nicht ihr Freund war und nur auf eine Chance wartete, sie umzubringen, denn sie waren es, die einen jungen, starken und gesunden Mann entführt hatten, um ihn für ihre Zwecke zu einem Vampir zu machen. Er war gefährlich, selbst wenn sich dieser neu erwachte Vampir nicht einmal dessen bewusst war, wie groß seine Fähigkeiten tatsächlich waren. Alles, was sie ihm bisher beigebracht hatten, waren einfach Basics, die sein und ihr Überleben sicherten. Würde er sich seiner Fähigkeiten bewusst, wäre es ihm ein Leichtes, seine Entführer mit einem einzigen Blick zu willenlosen Marionetten zu machen; aber dieses Wissen hatten sie ihm bewusst vorenthalten.

„Folge mir!", zischte der Vampir Sayura plötzlich zu. Dann verschwand er vor ihren Augen, scheinbar im Nichts.

Die Fortbewegungsart der Vampire war für Sayura eine bekannte Erscheinung. Sie waren zu schnell für das menschliche Auge. Wollte ein Vampir von einem Menschen gesehen werden, musste er sich dem menschlichen, langsamen Schritt anpassen.

Sayura hatte sich so manches Mal gewünscht, so schnell zu sein wie sie, aber das war auch das Einzige, was sie Vampiren neidete. Über ein gutes Gehör und für einen Menschen sehr schnelle Reflexe verfügte sie, seit sie von der Organisation zu einer Jägerin ausgebildet worden war. Waffen schufen den weiteren Ausgleich für ihre vermeintlichen Unzulänglichkeiten gegenüber den Vampiren.

Sayura sah jetzt, wie die zwei Männer, die zuvor ihre Waffen auf sie und den Vampir gerichtet hatten, umzufallen schienen wie Papierfiguren; einer prallte mit dem Kopf gegen die Wand und blieb regungslos liegen. Der zweite Mann fiel ächzend zu Boden. Der Vampir hatte ihn umgestoßen. Aus Erfahrung wusste Sayura, dass die Kraft, mit der sich ein Vampir zu Wehr setzen konnte, um ein Vielfaches stärker war als die eines Menschen. Für die Männer verbarg sich hinter der Attacke des Vampirs, die an sich so harmlos und einfach wirkte, eine enorme Angriffskraft. Sie schienen zwar einfach umzufallen, tatsächlich waren sie aber mit einer Stärke konfrontiert, deren Unvergleichlichkeit kaum messbar war.. Der zweite Mann versuchte sich derweil benommen aufzurichten, war jedoch so geschwächt, dass seine Arme unter ihm nachgaben.

Sayura richtete ihren Blick nun bereits auf den Mann an der Tür. Erwartungsgemäß kam der Vampir nun vor diesem zum Stehen – jedoch nur für einen Augenblick. Der Vampir spielte bereits ein Spiel: Er wollte, dass sein Opfer den Angriff begriff und doch keine Chance auf eine Möglichkeit zur Verteidigung erhielt. Dann verlor sie den Vampir wieder aus den Augen.

Der Mann an der Tür drehte seinen Kopf plötzlich unnatürlich weit nach links. Der Vampir wurde hinter ihm sichtbar, und das Knacken der menschlichen Halswirbelsäule beendete das Leben des Mannes. Sein Körper fiel in sich zusammen und landete mit einem dumpfen Aufprall auf dem Boden.

Im Türrahmen stand der Vampir.

„Komm zu mir!" Wieder streckte er die Hand nach ihr aus.

– 2 –

Der Vampir und Sayura liefen einen hellen, steril wirkenden Gang entlang. Dabei passierten sie zwei verschlossene Türen. Dieses Gebäude schien nicht sehr groß zu sein und beherbergte offenbar keine weiteren Mitarbeiter. Denn es tauchten keine neuen maskierten Männer auf, die ihre Flucht zu verhindern versuchten. Vielleicht war es den übrigen dieser Gestalten aber auch zu gefährlich, und sie hielten sich versteckt. Schließlich hatte der Vampir soeben einen von ihnen umgebracht, einen weiteren von ihnen gegen die Wand geschleudert, und auch der dritte der Peiniger war nur noch bei kläglichem Bewusstsein.

Am Ende des Ganges konnte Sayura eine große Tür erkennen. Hinter ihr musste sich der Ausgang befinden: die Freiheit!

Nur scheinbar lief sie allein. Auch wenn sie ihn nicht sehen konnte, hörte sie die Schritte des Vampirs in einiger Distanz vor ihr. Natürlich, er war um einiges schneller als sie. Sayura spürte noch immer die Nachwirkungen der Betäubung: Ihre Beine waren schwer wie Blei. Vielleicht waren es aber auch einfach nur die Kälte und Nässe des Gefängnisbodens, die ihr die Glieder schwer gemacht hatten.

Plötzlich hörte sie hinter sich ein bekanntes Geräusch, und wieder spürte sie einen stechenden Schmerz in der Schulter. Sie musste keine Hellseherin sein, um zu ahnen, dass jener nur halb bewusstlose Mann, den der Vampir zu Fall gebracht hatte, seine Mission trotz Niederlage versuchte zu retten.

Sie sah, wie der Vampir zum Stehen kam und sie ansah. Sie wollte auf ihn zugehen, ihre Beine versagten jedoch den Dienst, sie fiel auf die Knie. Er machte Anstalten, sich ihr zu nähern.

„Nein! Geh! Sei frei!", konnte sie noch sagen, es war allerdings schon mehr ein Lallen. Sie spürte noch, wie sie zu Boden sank und von einer vertrauten Dunkelheit verschlungen wurde.

Wieder wurde sie mit einem Betäubungsschuss niedergestreckt.

Als sie erwachte, fand sie sich in jenem Raum wieder, den sie zuvor fluchtartig verlassen hatte. Diesmal war sie allein. Die dicke Eisenfessel, die zuvor den Vampir gebändigt hatte, war nun um ihren Hals gelegt. Sie war schwer, steif und kalt. Sayura vermochte nicht einzuschätzen, wie lange sie bewusstlos gewesen war. Jetzt, da sie allein in diesem Raum war, wurde die Angst übermächtig. Nur schwer bekam sie sie unter Kontrolle. Nur schwer bekam sie Luft.

„Hallo? Wer sind Sie? Was wollen Sie von mir?", keuchte sie angstvoll in Richtung des Lautsprechers. Sie wartete kurz und wiederholte die Fragen mehrmals. Antwort erhielt sie keine. Mehrere Szenarien spielten sich in ihrem Kopf ab, keines davon war angenehm. Vielleicht würde sie hier gefoltert, vergewaltigt, an Organhändler verkauft oder schlussendlich doch zu einem Vampir gemacht.

Tatsächlich wurde sie zunächst mit Nahrung und Wasser versorgt. Keines der Szenarien traf ein. Doch darauf wollte sie sich nicht verlassen. Die ersten Tage hatte sie aus Angst davor, nun doch vergiftet zu werden, versucht, auf Wasser und Brot zu verzichten. Als jedoch Hunger und Durst beinahe übermächtig wurden, warf sie plötzlich alle Zweifel beiseite und stillte ihre Bedürfnisse. Was hatte sie jetzt noch groß zu verlieren? Wenn ihre Entführer sie hätten töten wollen, hätten sie es längst getan. Warum sie immer noch lebte, war ihr daher ein Rätsel. Sie konnte nur vermuten, dass die maskierten Männer annahmen, der Vampir käme zurück, um Sayura zu retten. Aber so anmaßend konnten selbst sie doch nicht sein! Wieso sollte er das tun, war er dieser Hölle hier doch schließlich erst entkommen? Wozu für eine fremde Frau zurückkehren, die er nicht kannte, und die wiedergewonnene Freiheit erneut riskieren? Oder war das gar ihre eigene Hoffnung? Sie wusste, auf ihre Organisation brauchte sie nicht zu hoffen. Vampirjäger waren Einzelgänger, und sie starben im Krieg gegen die Vampire. Sayura kämpfte wie alle Vampirjäger allein. In ihrem Leben gab es keine Verwandten, Freunde oder Bekannten. Niemand würde sie vermissen. Die Organisation würde einfach einen neuen Jäger ausbilden. Einmal im Jahr gab es eine Versammlung aller Vampirjäger; und wer dort auf der Teilnehmerliste erschien, war eben noch am Leben; zumal es diese Regel unter den Jägern gab, die es ihnen untersagte, andere Jäger im Kampf zu unterstützen, sollte die Situation auch noch so aussichtslos sein. Ein einzelner Jäger war entbehrlich, nicht aber mehrere auf einmal. Ausnahme bildete einzig und allein ein ausdrücklicher und schriftlicher Befehl, der einen gemeinsamen Kampf mehrerer Jäger anwies. Sayura empfand ihre gegenwärtige Situation mehr als aussichtslos; und sie wusste, dass keiner nach ihr suchen und sie retten würde.

„Was habt ihr mit mir vor?", weinte sie irgendwann verzweifelt. Ihre eigene Stimme klang seltsam fremd.

Die Lautsprecherstimme schwieg beharrlich. Stattdessen öffnete sich irgendwann die Tür. Ein Mann trat wortlos hindurch, ging auf Sayura zu und öffnete ihre Halsfessel. Grob zerrte er sie an ihrem Arm vom Boden zu sich hoch und zwang sie so, mit ihm zu gehen. Das grelle Licht tat ihr in den Augen weh, als sie den Gang betrat.

„Zieh dich aus!", zischte der Mann unter seiner Maske hervor, bevor er sie in einen kleinen Raum stieß. Sayura sah sich um. Es war ein kleiner, weiß gekachelter Raum mit einem Abfluss in der Mitte des Bodens. Vermutlich sollte sie hier duschen. An der Decke befanden sich jedoch keine Duschköpfe, lediglich die grellen Neonröhren. An der Wand neben der Tür war ein kleiner verchromter Hahn angebracht. Auch eine Nische war verbaut worden. In Sayura keimte eine leise Ahnung, was geschehen würde, sobald der Mann wiederkäme.

Das kleine Fenster, das in die Tür eingelassen war, verschob sich. Der Mann sah hinein und betrat kurz darauf den Raum. Die Tür verschloss sich hinter ihm. Er befestigte einen grünen Schlauch mit Spritzvorrichtung an dem kleinen Wasserhahn. Bevor er die Düse des Schlauches in seiner Hand betätigte, grunzte er: „Ich sagte, du sollst dich ausziehen!" Ein kalter, beißender Wasserstrahl traf Sayura. Es war schmerzhaft. Sie wandte sich ab.

„Runter mit den Klamotten!", befahl er herrisch, als er den Wasserstrahl unterbrach.

Welche Wahl hatte sie schon? Mühsam pellte sie sich aus ihrem Kleid und stand schließlich nackt, frierend und ängstlich vor ihm. Mit ihren Armen versuchte sie, ihre Blöße zu verdecken. Der Mann glotzte sie eine Weile unverhohlen an, dann betätigte er erneut die Düse. Nach einer weiteren Pause drückte er Sayura ein Stück Kernseife in ihre zitternden Hände. Der Wasserstrahl tat ihr mehr und mehr weh.

Als das Prozedere endlich vorüber war, ließ er den Schlauch fallen, bewegte sich, ohne Sayura aus den Augen zu verlieren, auf die Nische zu, um ihr schließlich ein Handtuch zuzuwerfen. Nachdem sie sich abgetrocknet hatte, tauschten sie Handtuch gegen ein Bündel Kleidung. Dies bestand aus einer dünnen Stoffhose sowie langärmligem Oberteil in Grau und einem Paar weißer dünnhäutiger Schuhe aus einer Art dickerer Plastikfolie.

„Los, komm her!", befahl der Mann, nachdem Sayura angezogen war. Wieder griff er sie grob am Arm und zerrte sie in den nächsten Raum. Hier befanden sich zwei weitere Männer und eine Liege, wie man sie in jedem Operationssaal finden konnte. Sayura wich reflexartig zurück und entwischte dem Griff des Mannes. Sie verließ den Raum und rannte auf die Ausgangstür zu. Alles, was sie je in ihrer Ausbildung über Stressbewältigung, Angstmanagement und Kampf gelernt hatte, war verloren gegangen, vergessen. Das Monster Angst in ihr hatte all das verschlungen. Sie hämmerte mit ihren Armen gegen die Tür und schrie laut um Hilfe. Sie kreischte, weinte und rief abermals panisch nach Hilfe.

Plötzlich griffen sie mehrere Hände und rissen sie weg von der Tür. Sie strampelte, trat und schlug um sich. Einer der Männer verlor nach kurzer Zeit die Geduld und schlug Sayura mit der Faust ins Gesicht. Sie sah bunte Blitze vor ihren Augen und gab ihren Widerstand auf.

Sie weinte laut und stotternd, als sie auf der grünen Liege in dem weißen Raum an Armen und Beinen festgeschnallt wurde.

Als der dritte der Männer ihr nun mit einer unverhältnismäßig großen Einstichnadel einen peripheren Venenzugang in ihrer linken Ellenbeuge legte, hielt ihr Körper dieser enormen Angstsituation nicht mehr stand. Ihr Gesicht schmerzte. Sie wurde ohnmächtig. Noch nie kam sie sich einsamer, verletzlicher und gedemütigter vor als in diesem letzten Moment, den sie noch bewusst erlebte.

Zur selben Zeit irrte jener Vampir, dem die Flucht gelungen war, ziellos in der Nacht umher. Er war nun ein Vampir. Das, was einst menschlich in ihm gewesen war, versuchte zu begreifen, was geschehen war, und stieß an seine Grenzen. Tagsüber versteckte er sich im Abwasserkanal. Er kannte nur die Gerüchte um den Mythos Vampir; für den Fall, dass sie wahr waren, wollte er nicht durch die Sonne unter Schmerzen verbrannt werden. Diese Menschen aus diesem widerwärtigen Labor hatten ihm viele Dinge über seine neuen Kräfte erklärt, nicht aber, wie er mit diesem neuen Dasein allein und auf sich gestellt leben konnte. Was sollte er jetzt tun? Sollte er zu seinen Eltern gehen und um Hilfe bitten? War das zu gefährlich für ihn oder gar für sie? Vielleicht warteten jene Entführer bereits dort auf ihn. Er sollte seine Eltern nicht unnötig gefährden. Sollte er zu Francesca gehen, seiner Freundin? Nein. Er kannte sie gerade einmal drei Wochen, sie waren bisher noch nicht einmal über die sexuelle Ebene ihrer Beziehung hinausgekommen. Nach Hause gehen konnte und wollte er nicht, schließlich hatten sie ihn genau vor seiner Haustür feige von hinten überfallen, betäubt und ihn dann mit diesem Wesen in einen Raum gesperrt. Als diese Kreatur ihre Zähne in seinen Hals schlug, war das zwar ein unbeschreiblich großer Schmerz, jedoch nichts im Vergleich zu dem des Sterbens seines Körpers. Alles in ihm blieb stehen. Alles verkrampfte. Jedes Organ, jede Zelle hauchte ihr Leben aus. Sein Leben.

Als das tote Blut aus der offenen Schlagader des Vampirs seinen Mund benetzte, war das wie ein Trost. Er verschlang so viel davon, wie er konnte. Er wollte leben, egal wie. Von diesem Moment an bekam er alle zwei bis drei Tage kalte Blutkonserven zu trinken, die diesen brutalen Hunger, dieses suchtähnliche Bedürfnis nach Blut zumindest ansatzweise stillten. Es schmeckte widerlich, aber er spürte, wie es sein Leben verlängerte. Und dann war dieses Mädchen, das angab, Vampirjägerin zu sein, bewusstlos in seine Zelle geworfen worden. So verrückt all das war – sie war der Beweis, dass er all das wirklich erlebte, dass der Mythos Vampir wirklich existierte. Seine neuen vampirischen Sinne hatten sich überschlagen: Er hörte Sayuras Herzschlag, das Rauschen ihres Blutes, roch ihren Geruch und konnte ihre Gedanken lesen, und irgendetwas an ihr nahm ihm plötzlich seine Angst.

Und nun war er hier, im Abwasserkanal seiner Geburtsstadt, und obwohl er bis zu den Knien in dieser widerwärtigen Brühe aus Wasser, Urin und Kot stand, fror er nicht. Überhaupt fror er kaum noch, seit er diese Kreatur geworden war, dieser Vampir. Aber wie sollte es nun weitergehen? Er musste andere Wesen finden, die wie er waren. Er ging weiter und lauschte seinen Schritten im Wasser.

Er musste dieses Mädchen befreien, dass ihm zur Flucht verholfen hatte; und er hoffte, sie möge noch am Leben sein. Er hoffte, sie würde nicht erleben müssen, was er erlebt hatte. Ihr würde er alle Fragen stellen können, die noch offen waren. Sie würde ihm sicher sagen können, was es bedeutete, Vampir zu sein, selbst wenn sie Vampire bekämpfte – oder gerade weil sie sie bekämpfte. Sie war der Beweis, dass er nicht allein war. Vor allem aber musste er seinen Hunger stillen. Aber wie und wo? Einfach einen Menschen töten und von ihm trinken?

Seine Reißzähne in den Hals schlagen und den Tod bringen? Zum Teufel: Ja, er wollte selbst leben. Außerdem hatte er bereits einen Menschen getötet. Er hatte diesem maskierten Mann das Genick gebrochen und war überrascht, wie leicht das ging. Es hatte sich angefühlt, als hätte er ein Streichholz zerbrochen. Er musste herausfinden, was er mit all diesen Kräften anstellen konnte und welche Kräfte er als Vampir außerdem besaß. Dass sich die moralischen Grenzen offenbar ganz automatisch verschoben, war sicherlich ein Vorteil. Er hoffte, nicht der einzige Vampir in seiner Stadt oder im größeren Umkreis zu sein. Wie sollte er sie finden, wie erkennen? Schließlich glaubte doch niemand mehr daran, dass diese Wesen wirklich existierten. Auch er hatte es nicht getan. Aber ganz offensichtlich gab es Vampire. Warum gab es also in den Medien keine Berichte über mysteriöse Vorkommnisse wie etwa blutleere Leichen oder Wesen, die bei Tageslicht verbrannten? Es hätte doch irgendeine Spur geben müssen. Schließlich konnten sie kaum unsichtbar sein, er war es ja auch nicht.

Er wartete weiter durch diese stinkende Brühe. Er hatte verdammt viel zu verarbeiten und zu lernen, wollte er existieren.

Mehrere Tage waren vergangen, Sayura lebte noch immer. Doch das Ritual der Blutabnahme wiederholte sich. Aufgrund ihrer labilen körperlichen Verfassung wurden die Zeitabstände zwischen den Abnahmeperioden länger. Sie ließen ihr selbst immer so viel Blut übrig, dass es zum Überleben reichte. Nach der Abnahme schleppten sie Sayura stets in den Kerkerraum und überließen sie ihrem Schicksal. Die vier Wände hatten ihre anfängliche Bedrohlichkeit längst schon verloren. Für Sayura waren sie jetzt fast schon eine Zuflucht. Denn es bedeutete, wann immer sie hierher zurückgebracht wurde, dass die Tortur ihrer Qual vorerst ein Ende hatte. Die Flexüle in ihrem rechten Arm schmerzte und hatte sich entzündet. Das störte die Männer jedoch recht wenig. Der Austausch der Venenkatheter erfolgte in größeren Abständen stets wechselseitig. Mit Besorgnis fiel Sayuras Blick auf ihren völlig zerstochenen und entzündeten linken Arm. Die Suche nach einer geeigneten Vene würde auch hier wieder zu einer Tortur werden. Völlig egal ob die Maskierten nun Ellenbogen, Handgelenk oder Handrücken zur Punktion der Blutentnahme auswählen würden.

Zu essen bekam sie in der Zwischenzeit reichlich, Wasser ebenso. Ihre Notdurft musste sie in einen Eimer in einer Ecke ihres Gefängnisses hinein verrichten.

Wenn sie vor sich hin döste, wurde sie manchmal von Ratten gebissen. Richtig geschlafen hatte sie schon ewig nicht mehr. Diese Viecher fanden besonderen Gefallen an den weißen Schuhen, die durch ihre dünne Plastikhaut keinen wirklichen Schutz vor den Bissen boten.

Jedes Zeitgefühl war Sayura abhandengekommen. „Ewig" bekam plötzlich eine ganz andere Bedeutung. Das würde sicher auch der Vampir bald feststellen. Es musste schlimm sein, gerade noch ein Mensch gewesen zu sein und durch Willkür und Gewalt zu einem Vampir gemacht zu werden. Es war beinahe schon paradox: Sie, eine Vampirjägerin, hatte einem Vampir das Leben gerettet. „Natzuya" hatte ihn einer der Entführer genannt. Der Name passte gut zu ihm, er war ein hübscher Mann. Fast schon erstaunlich fand sie die Tatsache, dass sie beide Namen trugen, die japanischer Herkunft waren. Dunkel erinnerte sie sich, dass sie einst einen anderen Namen besaß; sie glaubte, es sei Lilian gewesen. Doch mit Eintritt in den geheimen Bund der „Organisation der Vampirjäger" wurde ihre alte Existenz gelöscht, und sie bekam diesen neuen Namen: Vampirjägerin Sayura Lèmon, Identifikationsnummer 2336.

Sayura verlor sich in Tagträumen. Realität und Traum verflochten sich zu einem Gewirr an Bildern aus Tod, Verderben und Hoffnung; Hoffnung darauf, frei zu sein.

Sayura wurde aber auch schwächer. Sie lag zumeist nur noch auf dem Boden und schlief. Die Rattenbisse, die Kälte und der Hunger störten sie jetzt nicht mehr. Sie hatte keine Kraft, sie hatte nicht einmal mehr Gedanken in ihrem Kopf. Sie wusste in ihren seltenen klaren Phasen nur, dass sie bald sterben würde.

In diesem Nebel registrierte sie irgendwann, dass ihr plötzlich kein Blut mehr abgenommen wurde, sondern dass sie irgendetwas gespritzt bekam. Die eitrige Flexüle wurde entfernt, ebenso wie die schwere Halsfessel. Jemand wusch sie. Die Rattenangriffe hörten ebenfalls auf. Angst hatte sie keine mehr. Sie hoffte vielmehr darauf, dass sie ihr etwas spritzen würden, was sie erlösen würde, wenn es hier schon keinen Ausweg gab.

Aber sie starb nicht.

Entgegen ihrer Annahme kam sie zu Kräften. Sie schlief noch immer viel, aber sie war am Leben. Sie fragte sich oft, ob dieser Kreislauf aus Aderlass bis zur Erschöpfung und medizinisch unterstütztem körperlichem Wiederaufbau nun andauern würde, bis die Entführer genug von ihr hatten. Sie wollte nicht jahrelang hier gefangen sein, nicht jahrelang zwischen Leben und Tod pendeln müssen, nur weil es ihren Entführern eben gefiel. Das war Folter. Sie machte sich nicht die Mühe, jemanden zu befragen, erhielt sie doch ohnehin keine Antworten. Sie wünschte, dieser Vampir wäre hier und würde diesen Figuren einfach den Garaus machen. Schon wieder hoffte sie auf die Hilfe eines Vampirs! Ausgerechnet sie, die seit Jahren Hunderte von Vampiren vernichtet hatte. Lächerlich!

Endlich hatte er sie gefunden. Nein! Sie hatte ihn gefunden. In letzter Sekunde. Er hatte Hunger, war beherrscht von dem Gedanken nach Blut, griff Menschen bei Nacht an, trank winzige Schlucke und verschwand wieder in der schützenden Dunkelheit. Er war ausgemergelt. Seine Moral hielt ihn noch davon ab, Menschen auf diese Art zu töten. Er wollte jedoch mehr, sich einmal richtig satt trinken, keine niederen Tiere mehr als Ersatz auslutschen. Er hatte bereits im Versuchslabor gelernt, Tiere zu sich zu rufen. Sie liefen wie hypnotisiert auf ihn zu, er musste sie nur noch greifen und leer trinken. Diese Eigenschaft machte er sich vor allem im Park zunutze: Ratten, Hase, Füchse, Frösche – alles, was in einem Stadtpark keucht und fleucht. Obwohl er es theoretisch gelernt hatte, gelang es ihm nicht, Menschen auf diese Art zu sich zu rufen. Dafür fehlte ihm offenbar noch die Erfahrung – oder er hatte einfach einen wichtigen Schritt vergessen.

Warmes Tierblut war um einiges angenehmer als das kalte Menschenblut aus den Blutkonserven, die er während seiner Gefangenschaft erhalten hatte. Auch wenn Tierblut schlicht nach Dreck schmeckte, war es zumindest warm. Als er seine Zähne dann erstmals in eine Frau geschlagen hatte, erlebte er beinah einen orgiastischen Zustand. Ihr Blut war warm und seidig, mit ihm rann Leben seine Kehle hinunter und erwärmte seinen Körper. Er konnte ihre Gedanken und ihren Herzschlag spüren, es war fantastisch. Ihre Angst zu trinken und in sich aufzunehmen, war machtvoll. Dennoch ermahnte ihn etwas in seinem Inneren, diese junge Frau, die bei Nacht ohnehin unsicher durch die Straßen gehuscht war, am Leben zu lassen. Es war das eine, jenen maskierten Mann mittels Genickbruch zu töten, aber dieses Mädchen umzubringen, brachte er nicht über sich. Er wusste, dass auch dies nur noch eine Frage der Zeit sein würde. Aber seit er von dieser jungen Frau getrunken hatte, bekam er den menschlichen Geschmack des Blutes nicht mehr aus seinem Sinn. Bei dem Gedanken daran, nun wieder Tierblut trinken zu müssen, wurde ihm übel.

Mit den Worten: „Durch dein auffälliges Verhalten lässt du uns noch alle auffliegen, du Stümper!", hatte sich Lena ihm genähert – eine Vampirin, die einen kleinen eigenen Clan anführte. Lena war seine Rettung. Sie konnte ihm zeigen, was er war. Und sie hatte vom ersten Augenblick an Interesse an diesem Rohdiamanten von Vampir gehabt, hatte sie ihn schließlich bereits eine Weile beobachtet. Er war neu in der Gegend und, vermutlich ohne es selbst zu wissen, auf eine Art charismatisch und anziehend, wie sie es zuletzt vor 300 Jahren bei ihrem vampirischen Erzeuger gesehen hatte. Dieser junge Vampir brauchte dringend Hilfe, wollte er in dieser Welt überleben; und sie würde ihm diese Hilfe, wenn auch nicht ganz uneigennützig, allzu gerne angedeihen lassen.

So verging die Zeit, und Sayura hatte sich irgendwie damit abgefunden, dass sie Pendlerin zwischen zwei Zeitperioden war. Während einer Zeitperiode diente sie als unfreiwillige Blutspenderin, während der anderen wurde sie körperlich wieder aufgebaut. In der Zwischenzeit hatte sich ihre Vermutung bestätigt: Es handelte sich um ein Antibiotikum, das sie gespritzt bekam, sobald sich ihre Wunden entzündeten oder sie Fieber bekam. Ihre Entführer gestanden ihr mehr Freiheiten zu. So verzichteten sie auf die Halsfessel oder ließen Sayura gar allein duschen. Redseliger waren sie noch immer nicht geworden. Es waren offenbar immer dieselben drei Männer. Jeder war charakteristisch zu unterscheiden. Optisch hatte sie keinerlei Vorstellungen, da sie Sayura immer maskiert gegenübertraten. Ihre Körpergröße unterschied sich nur geringfügig. Einer war brutal in seinem Umgang mit Sayura, er zerrte sie stets sehr grob zum Duschen, stieß sie gegen Wände oder betatschte sie ohne Umschweife. Er begrapschte ihren Busen oder langte ihr unverhohlen in den Schritt. Jedes Mal, wenn sie sich dagegen wehrte, schlug er sie. Immer mit der Faust.

Ein anderer war dagegen beinahe fürsorglich. Er war es auch, der ihr mitteilte, dass sie nun ein Antibiotikum erhielt. Und der dritte Kerl war seltsam neutral. Bei ihm konnte Sayura zu Anfang nicht wirklich unterscheiden, ob es sich nicht unter Umständen doch um einen Vampir handelte. Er bewegte sich so langsam und kontrolliert. Aber das konnte nicht sein, schließlich machten Vampire und Menschen keine gemeinsame Sache. Irgendwann wurde ihr jedoch auch das egal.

Sie befühlt ihre Lippe, die schlecht verheilte. Nach der letzten Prügelattacke des Grobians war ihre Lippe aufgesprungen und wollte lange nicht aufhören zu bluten. Auslöser war lediglich ihre Frage gewesen, ob sie neue Schuhe bekommen könne. Vielleicht war sie ihm zu undankbar erschienen?

Sayura hielt ihren Verstand jüngst mit kleinen Rechenaufgaben, Gedichten in verschiedenen Sprachen, kleinen Liedern und Selbstgesprächen wach. Wie sehr sehnte sie sich nach einer ihrer Waffen, und wenn es nur eine einfache Pistole gewesen wäre! Das Gefühl, eine Waffe in der Hand zu haben, würde ihr so viel Kraft, Selbstsicherheit und Stärke verleihen! Das war nicht immer so gewesen. Zu Beginn ihrer Ausbildung zur Vampirjägerin hatte sie mit 13 Jahren das erste Mal eine Pistole in der Hand gehalten. Es war ein schweres, kaltes Ding und brachte den Tod. Waffenkunde fand sie furchtbar. Ihr Ausbilder hatte sie schnell und zunächst theoretisch an die neue Thematik herangeführt.

„Die P 2000 ist eine Waffe für Frauen und wird in einem Schnellziehholster getragen, lässt sich aber gleichzeitig mit einem einrastenden Bügel gegen unbefugtes Herausziehen im Gerangel sichern. Sie ist leicht und handlich. Außerdem ist sie sehr effektiv, sie lässt sich mit 13 Schuss laden!", hatte der kahlköpfige Mann ihr damals beinah schon stolz berichtet; ihr, einem 13-jährigen Mädchen, dessen Welt kopfstand.

Später hatte Sayura dann interessierter zugehört, denn ihr Ausbilder besaß das Talent der bildlichen und wortstarken Beschreibung, die einfach und verständlich aber trotzdem detailreich war.

„Mit dieser Waffe wird 9-mm-Munition verschossen, eine sogenannte Teilmantelmunition. Das heißt: Die Vorderseite des Geschosses ist nicht massiv, sondern aus Kunststoff. Beim Auftreffen verformt sich das Teil. Somit wird eine wesentlich höhere Bewegungsenergie freigesetzt, die sogenannte Mannstopwirkung. Bei Vollmantelgeschossen kommt es eher zu Durchschüssen, gerade beim Schießen auf Arme oder Beine. Wenn ein Vampir also von so einem Teilmantelgeschoss etwa in die Schulter getroffen wird, dreht er sich quasi um, egal, wie stark er ist, denn unsere Munition ist mit einer weichen Silberlegierung überzogen. Die Vollmantelgeschosse richten am wenigsten Schaden an, gehen aber häufig durch, könnten somit auch noch Unbeteiligte verletzen. Der Gefahrenbereich einer solchen Waffe liegt bei 2300 Metern, und Distanz ist für uns ganz wichtig. Teilmantelgeschosse werfen die Gegner in der Regel um, bleiben aber relativ dicht unter der Haut stecken. Sie verletzen die Vampire, töten sie aber nur in seltenen Fällen. Denn diese Bestien haben gute Selbstheilungskräfte. Sie reißen sich die Kugel raus, und es ist so, als wäre nichts gewesen. Die Dum-Dum-Geschosse hingegen teilen sich beim Aufprall, richten somit verheerende Verletzungen an und werden daher von den meisten Jägern benutzt, da wir die Vampire so natürlich viel schneller zu Fall bringen können. Daher schieß immer auf den Kopf oder das Herz, egal, welche Waffe du benutzt!

Musst du dir also mal Zeit verschaffen, ziele auf die Beine oder Schultern." Fuhr er fort. „Halt dir die Mistviecher einfach vom Leib, und dann töte sie. Du hast die Waffe stets in durchgeladenem Zustand im Holster, verstanden?" Er sah sie ernst an. Erst als Sayura ihm zugenickt hatte und er sich so ihres Verständnisses vergewissert hatte, fuhr er mit seiner Lehrstunde fort.

„Das Magazin wird mit 13 Schuss geladen. Dann schiebt man das Magazin von unten in den Waffengriff." Langsam zeigte er an der kleinen Waffe in seinen großen Händen, was er gerade erklärt hatte. „Nun zieht man den Schlitten bis zum Anschlag zurück und lässt ihn nach vorne schnappen. Hierbei wird die oberste Patrone aus dem Magazin in den Lauf der Waffe geschoben. Jetzt kannst du natürlich das Magazin auswerfen und eine zusätzliche Patrone ins Magazin einführen. Somit stehen dir 14 Schuss zur Verfügung. So arbeiten Profis. Jetzt kannst du die Waffe ziehen und sofort schießen, und zwar 14-mal", wiederholte er freudig. „Hast du die Waffe leer geschossen, bleibt der Schlitten hinten. Mit dem kleinen Hebel hier hinter dem Abzug wird das leere Magazin ausgeworfen. Lass es einfach zu Boden fallen. Mit der linken Hand steckst du das Ersatzmagazin kraftvoll von unten in das Griffstück ein, dadurch wird der

Schlitten nach vorne katapultiert, führt gleich die oberste Patrone wieder in den Lauf ein, und schon kannst du weiterschießen. Dieser Gewinn an Zeit und Schnelligkeit ist enorm wichtig. Die Vampire sind immer schneller als wir. Also, ich zeig es dir jetzt noch einmal, und dann bist du dran." Er hatte Sayura mit der Waffe üben lassen, bis sie Blasen an den Händen hatte, bis sie es im Schlaf konnte, und es war ihr später in so vielen Situationen so oft zugutegekommen. Eigentlich schade, dass sie ihm dafür nicht mehr würde danken können. Es war ohnehin erstaunlich, wie genau sie sich an diese Situation erinnern konnte. Lediglich der Name ihres Ausbilders wollte ihr nicht mehr einfallen. Sie wusste noch, dass er aus Deutschland kam, Baden-Württemberg, er hatte es einmal beiläufig erwähnt.

Plötzlich zuckte sie zusammen. Sie war kurz weggenickt. Sayura spürte, wie diese Isolation sie abstumpfte, und zwar auf allen Ebenen. Sie hatte Schwierigkeiten mit der Konzentration, ihr körperlicher Verfall war erschreckend. Die Haare gingen ihr aus, sie magerte schnell ab und schlief den überwiegenden Teil ihrer Gefangenschaft. Manchmal stellte sie sich vor, dieser Vampir Natzuya wäre noch hier, dann führte sie Gespräche mit ihm und bat ihn darum, nicht wegzugehen, sie nicht alleinzulassen.

Es war Mitternacht, Sayura schlief. Zwei der Männer hielten Nachtwache. Einer beobachtet Sayura sporadisch auf seinem Monitor und las nebenher ein Buch. Zwischendurch stopfte er sich eine große Portion Nachos direkt aus der Tüte, ohne Dip, in den Mund. Sein Kollege schlief neben ihm auf einer Pritsche. Er war froh, dass er nicht wieder Dienst mit diesem Vampir schieben musste. Obwohl sie für dieselbe Sache eintraten, konnte er ihn nicht ausstehen. Er war ihm nach seiner Transformation zu unheimlich geworden.

Gänzlich versunken in sein vorletztes Kapitel, schob er sich gerade eine Handvoll Nachos in den Mund und schmatzte genüsslich vor sich hin. So übersah er an den Monitoren vor sich, dass die gesicherte Eingangstür geöffnet wurde. Das Verbindungskabel der Alarmanlage war zerschnitten und die verschlossene Tür mit übermenschlicher Kraft aufgedrückt worden. Er bekam erst mit, dass sie nicht mehr allein im Gebäude waren, als er ein leises Knurren direkt hinter sich vernehmen konnte. Noch bevor sich das Adrenalin in seinem Körper ausbreiten konnte und er die Situation nur annähernd verstand, brach Natzuya ihm das Genick. Er hatte beinahe schon Spaß an dieser Art des Mordes, zumindest wenn es um diese Männer ging. Sie endlich einmal ohne Maskierung zu sehen, war merkwürdig. Lena hatte sich des schlafenden Typen angenommen. Er war erwacht, als sie ihre Zähne in seinen Hals schlug. Er zappelte und wand sich unter ihr. Doch da sie ihm als Vampir trotz ihrer Weiblichkeit physisch überlegen war, zeigten seine Befreiungsversuche keinerlei Wirkung. Lena packte ihn noch etwas fester an, so lange, bis sie hören konnte, dass seine Rippen brachen, da war er bereits bewusstlos geworden. Er hatte ihr geschmeckt. Zwei andere männliche Vampire hatten die übrigen Räume nach weiteren potenziellen Opfern durchsucht, waren jedoch nicht fündig geworden. Sie warteten schließlich am Eingang und behielten die Umgebung im Auge.

Auf dem Bildschirm des Überwachungsmonitors konnte Natzuya Sayura sehen, und sein totes Herz erfüllte sich mit einem Gefühl der Vorfreude.

− 3 −

„Moment mal, das ist nicht dein Ernst! Die da ist eine Jägerin! Wir retten hier einer Jägerin das Leben?", hörte Sayura eine weibliche Stimme über sich zetern.

Sayura lag auf dem kalten Boden, sie hatte ihre Hand nach der Schale mit dem Essen ausgestreckt, war aber zu schwach gewesen, danach zu greifen, und war schließlich einfach wieder eingeschlafen.

„Ja, tun wir, tue ich, weil ich es ihr verdanke, dass ich noch lebe; dass ich frei bin!", erklang eine angenehme und Sayura durchaus bekannte Männerstimme.

Sie war sich sicher, dass sie bereits halluzinierte. Das musste die Vorstufe zum Tod sein. Sie hatte sich so sehr gewünscht, dass Natzuya hier sein würde, dass es nun viel zu realistisch schien, um wirklich wahr zu sein.

„Na schön, na schön, lassen wir das! Die anderen brauchen das nicht zu erfahren, und wir hauen auf der Stelle ab. Wir haben ihr den Weg geebnet, aber nach Hause muss sie allein!", zeigte sich die weibliche Stimme kompromissbereit.

„Hast du sie mal angesehen? Wie soll sie in ihrem Zustand, bitte, nach Hause kommen, geschweige denn bis zur Tür da?" Mit der Hand deutete er auf die offene Zellentür.

Natzuya war über ihre körperliche Verfassung entsetzt gewesen: ihre Arme völlig zerstochen. Blessuren im Gesicht, abgemagert bis auf die Knochen. Sie roch nach altem verkrustetem Blut, nach Schmutz, Medikamenten und fremden Männern. Er wünschte sich in diesem Moment, Lena und er hätten diese beiden Männer langsam und qualvoll umgebracht und sie nicht so einfach, nicht so schnell von ihrem Leben erlöst. Die junge Frau hätte ausreichende Vergeltung verdient, er selbst sowieso.

Natzuya hatte sich immer gefragt, woher sie das Menschenblut für ihn bezogen hatten. Jetzt war es ihm klar und seine Vermutungen bestätigt. Wer wusste, wie viele Menschen diese Leute für ihre kranken Versuche missbraucht oder getötet hatten!

Sayura hörte die männliche Stimme jetzt ganz nah: „Ich bin Natzuya. Ich bin hier, um dir zu helfen!"

„Was tust du da? Du darfst ihr nicht helfen! Mein Gott, Natzuya, du bist ein Neuling, aber du musst trotzdem die Regeln befolgen. Versteh doch: Sie ist der Feind!", kreischte die Frau.

Sayura fühlte, wie sie hochgehoben wurde. Sie lag in starken Armen, an einen starken Männerkörper gedrückt. Eine Welle der Entspannung durchflutete ihren Körper, das war keine Halluzination, sicher nicht. Mühsam versuchte sie, ihre Augen zu öffnen.

„Du und eure Regeln! Erst heißt es, wir seien Einzelgänger, dann gibt es aber doch Gesetze des Zusammenlebens – was denn nun? Du selbst führst einen Clan und schwörst auf unseren Zusammenhalt?", fragte der Vampir, der mit Sayura einst gemeinsam gefangen war. Er war tatsächlich zurückgekommen; unglaublich.

„Akzeptiere die Dinge so, wie sie sind, okay? Ich erkläre es dir gerne noch einmal, aber nicht hier – und schon gar nicht vor ihr. Es ist schlimm genug, dass ich da mitmache und sie am Leben lasse. Du hast mich reingelegt, du sagtest, eine Mitgefangene bräuchte Hilfe. Ich dachte, es handele sich um einen weiteren Vampir."

„Ich hab nicht gelogen ...!"

„Aber du hast nicht gesagt, dass es sich um eine Jägerin handelt!", unterbrach die Frau, die, wie Sayura vermutete, ebenfalls ein Vampir zu sein schien, Natzuya abrupt.

„Weil er es nicht wusste. Ich hab's ihm nicht gesagt, Lena!", flüsterte jetzt Sayura. Als sie ihre Augen geöffnet und die Frau gegenüber erkannt hatte, wurde sie ängstlich. Sie war ihr jetzt ausgeliefert, sollte Natzuya nicht auf ihrer, Sayuras, Seite stehen. Sayura hatte nicht den Hauch einer Chance zu fliehen.

Obwohl sie diesen Vampir nicht kannte, fühlte sie sich in seiner Nähe beschützt. Zudem war er zurückgekommen, um sie zu befreien. Wieso sollte er sie also nun plötzlich an Lena verraten?

Natzuya spürte die widersprüchlichen Gefühlsregungen der Frau in seinen Armen. Er war jedoch mehr darüber erstaunt, dass sich beide Frauen offenbar kannten.

Lena kannte Sayura zu ihrem Leidwesen allzu gut. Oft waren die beiden in Kämpfe verwickelt, deren Ausgang zumeist in einem klaren Unentschieden mündete. Mit schweren Verletzungen zogen beide dann stets die Flucht vor, sie waren sich absolut ebenbürtig.

Sayura kannte die Gesetze der Vampire, sie kannte die Gesetze der Jäger, sie kannte so ziemlich jedes Gesetz ihrer Welt. Aber auch sie war über jene Begegnung an diesem Ort mit ausgerechnet dieser Vampirin genauso sprachlos wie Lena selbst. Welch verschlungenen Wege das Schicksal doch bereithielt!

Ein Vampir, der einem Jäger half, galt als Verräter und wurde wie ein Aussätziger behandelt, was unter den Vampiren zumeist mit Mord geahndet wurde. Denn Vampire waren zwar Einzelgänger, gehörten aber einer großen Familie an. Sie gaben sich gegenseitig Jagdtipps, Hinweise, an welchen Orten gute Beute zu finden war, oder halfen Vampiren, die Neulinge waren wie Natzuya, sich in der vampirischen Welt zurechtzufinden. An sich waren Neuzugänge nicht gern gesehen, es war heutzutage nicht mehr üblich, Vampire zu erschaffen. Nur noch einigen wenigen der älteren Vampire ist dieses Privileg gestattet. Man könnte es fast Geburtenkontrolle nennen. Aber das wussten die Vampire selbst am besten, weil es heute viel schwieriger war, Vampire auf dem natürlichen Weg mit Blut zu ernähren. Heute konnten sie keine blutleeren Opfer mehr in den Straßengraben werfen, ohne dass sich jemand darum kümmerte. Heute mussten sie kreativ sein, wenn es um die Beseitigung einer blutleeren Leiche ging, und zwar in jeder erdenklichen Form. Viele griffen daher trotzdem auf das unbeliebte Tierblut zurück. Vampire durften dieses allerdings auch nicht zu ihrem dauerhaften Ersatz machen, da es das Wesen eines Vampirs verfälschte und er schließlich selbst zum Tier würde, ohne Sinn und Verstand, und somit eine Gefahr für alle Vampire und deren Existenz darstellte. Als Alternative gab es dann noch Blutkonserven. Manch ein Vampir bezog diese direkt aus Krankenhäusern mittels Hypnose oder Bestechung junger Studenten, die dort arbeiteten. Oder sie stahlen das Blut wie ein einfacher Ladendieb.

Lena hingegen umging das Gesetz des Einzelgängertums und hatte eine kleine Gruppe von Vampiren um sich versammelt. Sie hielt es für sicherer. Diese Jägerin, dort auf Natzuyas Arm, hatte oft aus dem Hinterhalt angegriffen und einzelne Mitglieder ihrer kleinen Gruppe getötet. Lena hatte sich dann immer einem Kampf gestellt, nicht jedoch, ohne zuvor ihre Gefolgsleute in Sicherheit zu wissen.

Sie kämpfte für die Ehre des gefallenen Clanmitglieds, sie kämpfte, weil sie diese Jägerin hasste und fürchtete. Für eine Menschenfrau war sie verdammt stark, schnell und vor allem zäh. Mit was für Verletzungen sie schon abgezogen war und trotzdem am nächsten Abend wieder durch ihr gemeinsames Revier pilgerte, war erstaunlich. Dann gab es jedoch auch Phasen, in denen Lena sie nirgends wahrnehmen konnte; diese Zeit war ihr stets am liebsten. Jedes Mal hoffte sie, diese Jägerin sei verschwunden, für immer.

Auch Sayura hatte Lena mehrmals verwunden können, jedoch hatte Lena den Vorteil ihrer Selbstheilungskräfte und offenbar auch das Glück auf ihrer Seite, denn zumeist verfehlte Sayura tödliche Stellen wie Kopf, Hals oder Herz nur um Haaresbreite.

Der Vampir, der Sayura nun auf dem Arm hielt, sah sie an und stieg auf ihre gelogene Aussage ein. „Es stimmt, was sie sagt. Ich wusste nicht, dass sie eine Jägerin ist, ich dachte, sie wäre ein Opfer wie ich, nur eben menschlich! Was, glaubst du, finden für Gespräche unter Gefangenen statt? Glaubst du, wir stellen uns vor und erzählen unseren Lebenslauf? Es gab andere Dinge zu besprechen", fuhr er Lena schroff an.

„Okay, okay, schon gut. Aber trotzdem: Lass sie hier! Sie schafft das schon, diese Jägerin ist sehr zäh. Außerdem darfst du sie nicht nach Hause bringen, du würdest die Gesetze verletzen!", antwortete die Vampirin frustriert.

„Was ist denn das jetzt wieder für ein Gesetz?", fragte Natzuya seinerseits genervt.

„Das ist ein wichtiges Gesetz. Vampire dürfen nicht wissen, wo Jäger leben, und auch anders herum nicht. Das Haus ist der Schutz, sozusagen ein Rückzugsmekka, eine Grauzone eben!", erklärte Lena. Es widerstrebte ihr zutiefst, sich vor dieser Jägerin erklären zu müssen, und sie verfluchte Natzuya für seinen Ungehorsam.

„Aha. Aber wenn uns ein Mensch in sein Haus einlädt, dann dürfen wir es betreten, und dann ist es egal, ob es ein Mensch oder ein Jäger ist? Ist das nicht sehr widersprüchlich?", fragte Natzuya, der Vampir.

Der weibliche Vampir und Sayura sahen ihn gleichermaßen verwirrt an, ohne jedoch etwas zu sagen.

„Es geht dabei nicht um Menschen, die Opfer werden, sondern um Gesetzte zwischen den Vampiren und Jägern. Jäger sind die wahren Bestien!", erklärte schließlich Lena, nicht ohne Seitenhieb gegen Sayura. Diese war schlicht zu schwach, um zu widersprechen.

„Ich habe dich gewarnt. Mach, was du willst, diesmal nehme ich dich noch in Schutz. Aber wenn du sie nach Hause gebracht hast, wo immer das ist – ich will es wirklich nicht wissen –, dann komm zu uns zurück! Und wenn ihr euch jemals wieder begegnen solltet, dann als Feinde, ist das klar?", bestimmte die Vampirin.

„Danke, Lena!", sagte Natzuya.

„Ja, danke!", flüsterte auch Sayura. Ihr Stolz war während ihrer Gefangenschaft eingeschlafen.

Lena und sie sahen sich an. Lenas Überraschung stand ihr ins Gesicht geschrieben. In dieser Jägerin hatte sie nie etwas anderes als Hass, Verachtung und Hochmut wahrnehmen können – jetzt plötzlich bedankte sie sich. So eine kleine Gefangenschaft tat ihr offenbar sehr gut. Dennoch, beide Frauen fühlten eine Art Unbehagen, denn sie waren Erzfeinde.

„Eigentlich solltest du dein Amt jetzt niederlegen, Jägerin, du kannst nie wiedergutmachen, was wir heute für dich getan haben!", nutze Lena ihre Chance.

Sayura sagte nichts.

Lena lachte bitter „Dachte ich's mir doch. Überleg es dir gut, Natzuya! Sie wird dich töten, sobald sie wieder bei Kräften ist!" Kurz nach diesem Satz war Lena verschwunden.

„Alles klar so weit?", fragte Natzuya nach einer Weile in die Stille des Raumes hinein.

„Ja, bitte bring mich hier weg … ich …!" Sayuras Stimme versagte, sie weinte. Sie weinte aus Angst, aus Dankbarkeit, aus Demut und aus Erleichterung; Erleichterung darüber, dass der Vampir Natzuya gekommen war, um sie zu retten, und darüber, dass sie weiterleben durfte, dass diese Gefangenschaft ein Ende hatte. Sie weinte aber auch ob der Worte Lenas. Sayura wurde von Vampiren gerettet, ausgerechnet von Vampiren. Ausgerechnet Lenas Gruppe war es, der Natzuya nun angehörte. Sie konnte das tatsächlich nicht wiedergutmachen. Sie konnte aber auch aufgrund ihrer Überzeugung nicht einfach aufhören, Jägerin zu sein.

„Schon gut, beruhige dich!", flüsterte der Vampir und bewegt sich mit Sayura in den Armen auf den Ausgang zu.

Die Nachtluft war kalt, angenehm, sie jagte Sayura Gänsehautschauer über den Körper. Ihr dünner Stoffanzug, den sie trug, bot kaum Schutz vor der Kälte. Trotzdem war es das schönste Gefühl, das sie je erlebt hatte. Zumindest erschien es ihr in diesem Moment so.

„Also wohin soll ich dich bringen, wo wohnst du?", fragte er.

„Nein, bitte lass mich jetzt gehen! Ich bin dir so sehr dankbar, dass du zurückgekommen bist, um mich zu retten, aber bitte respektieren wir die Gesetze deiner und meiner Welt, bitte!", vertrat Sayura ihren Standpunkt, obwohl sie vor Schwäche kaum noch wusste, was sie sagte.

„Du kannst keine drei Schritte mehr gehen. Sag mir schon, wo du wohnst! Ich bringe dich nach Hause. Keine Angst, ich nutze dieses Wissen dann auch sicher nicht aus und schicke einen Trupp blutrünstiger Vampire zu dir nach Hause, der dich niedermetzelt, zumal das sowieso niemand tun würde, weil ihr Jäger und Vampire das lustigerweise gemeinsam habt, euren Fanatismus bezüglich dieser Gesetze. Und es ist nicht meine Welt!", erklärte sich Natzuya eindringlich, um dann erneut nach ihrer Adresse zu fragen. Sayura sah sich kurz um. Sie musste sich orientieren.

„Okay, bring mich zum Park, vielmehr bis zur anderen Seite! Von dort aus schaffe ich es dann allein!" Er würde ja doch keine Ruhe geben, also nannte sie ihm einen neutralen Punkt in der Stadt, der quasi vor ihrer Haustür lag, ohne ihr Domizil wirklich bekannt zu geben.

Er setzte sich mir ihr auf den Armen in Bewegung. Noch bevor sie ihre im Kopf erdachte Frage stimmlich umsetzen konnte, antwortete er sogleich „Nein, du bist mir nicht zu schwer. Glaub mal: Seit ich Vampir bin und in Lenas Gruppe aufgenommen wurde, habe ich viel, viel dazugelernt. Ich habe Kraft, ich habe Macht und Fähigkeiten, die ich nie für möglich hielt. Aber ich habe auch schon Dinge getan und gesehen, die sehr hässlich waren, ich bin mit der Ewigkeit konfrontiert und weiß noch gar nicht, was dies bedeuten wird! Tja, und ich bin quasi tot."

Er hatte den Park erstaunlich schnell erreicht. Der kleine Park im Zentrum der Stadt lag still und ruhig vor ihnen, ein paar Bänke wurden von den Lichtkegeln der Laternen berührt.

„Ich möchte dir so viel erzählen!", hauchte Sayura.

„Ja, mir geht es ähnlich. Ich habe jedoch mehr Fragen und hoffe auf deine Antworten. Du warst die erste Person, die ich sah, nachdem ich als Vampir geboren wurde. Du bist die ganze Zeit in meinen Gedanken gewesen. Ich hoffte, dass sie dich in der Zwischenzeit nicht auch zu einem Vampir gemacht haben!"

„Mir ging es gleich. Ich dachte oft an dich und hoffte, dass du mich retten würdest. Dies erschien mir anfänglich so falsch, da du ein Vampir bist und wir auf verschiedenen Seiten stehen, aber auf der anderen Seite warst du so sehr anders als alle Vampire, die ich je gesehen hatte. Du warst ja eigentlich ein Mensch, aber du warst mein einziger Hoffnungsschimmer in diesem Loch dort, ganz egal, wer oder was du nun bist!", strömte es aus Sayura heraus.

„Was haben sie dir angetan?", fragte er, ohne weiter darauf einzugehen.

„Sie haben mich eigentlich nur als Blutspenderin benutzt!", spielte sie die Qualen der letzten Zeit herunter.

„Sie haben dich geschlagen, begrapscht, du hast sicher Todesangst ausgestanden, musstest in dieser Zelle dahinvegetieren. Tu also bitte nicht so, als wäre da nichts passiert!", berichtigte er ihre Ausführung. Längst schon hatte er in ihren Gedanken gesehen, was passiert war.

„So, und wohin jetzt?", fragt er anschließend. Sie waren auf der anderen Seite des Parks angekommen.

„Bitte lass mich runter, ja?", bat Sayura leise.

Nach kurzer Zeit des Zögerns kam er ihrer Bitte nach.

Sie musste sich an ihm festhalten, um nicht das Gleichgewicht zu verlieren. Es war lange her, dass sie sich selbstständig aufrecht bewegt hatte. Zum Ende ihrer Gefangenschaft wurde sie entweder von einem Raum zum anderen gezerrt oder getragen oder gleich in ihrem Gefängnis gewaschen. Weitere Anlässe zur Fortbewegung gab es keine.

Dann sah sie ihn zum ersten Mal richtig an. Sein Gesicht war so, wie sie es in Erinnerung hatte: männlich markant und schön. Seine schwarzen Augen verrieten, welcher unmenschlichen Rasse er angehörte. Aber irgendwie passte es auch zu ihm. Sein wuscheliges braunes Haar fiel in leichten Strähnen in sein Gesicht, über seine Augen, ohne dass seine Sicht eingeschränkt wurde. Die Lippen seines Mundes waren gerötet und standen leicht offen, dahinter konnte sie beide Reißzähne erkennen. Als er seinen Mund abrupt schloss, unterbrach er ihren faszinierten Blick. Schlagartig wurde ihr bewusst, dass er erneut ihre Gedanken verfolgt hatte. Ihr Blick flog hinauf in seine wissenden Augen.

„Danke für deine Hilfe! Du ahnst nicht, wie dankbar ich dir bin. Du warst es, der mich am Leben hielt, vielmehr meine Gedanken an dich. Auch die Vampirin, Lena, hat recht: Ich werde das nie wiedergutmachen können! Aber ich kann mein Amt als Jägerin einfach nicht niederlegen. Ich weiß, dass ich in einer denkbar ungünstigen Lage bin, aber sie hatte auch recht, als sie sagte, dass wir Feinde sind, wenn wir uns beide, du und ich, das nächste Mal sehen …!", sagte sie, aber der Rest des Satzes verebbte auf ihren Lippen. Sie fühlte sich zum ersten Mal seit ihrer Laufbahn als Vampirjägerin dumm! Dumm in der Ausübung ihrer Tätigkeit, besonders diesem Vampir gegenüber! Er hatte schon recht mit seiner Bemerkung über ihren Fanatismus.

Beinah ungläubig sah er sie jetzt an.

„Du hast recht, das ist ein ungünstiger Moment, so etwas zu sagen. Denn ich könnte dich töten und als Held in die Welt der Vampire zurückkehren!", sagte er dann nüchtern.

„Aber ich tu es nicht, und du wirst es auch nicht tun! Nicht nach dem, was du eben alles gesagt hast. Außerdem: Was soll dieses ‚meine und deine Welt'? Bis vor Kurzem war ich noch in meiner eigenen Welt und wusste nichts von der Existenz von Vampiren, geschweige denn über Vampirjäger, sieht man mal von den Filmen, die sowieso jeder für pure Fantasie hält, ab!", ließ er sie gar nicht erst zu Wort kommen. „Aber wie du willst, Mädchen. Ich geh dann jetzt!"

Sie fühlte, wie sich die Festigkeit seines Körpers unter ihren Fingern auflöste. Sie sah, wie er verschwand, verlor das Gleichgewicht und sank zu Boden.

Es war dunkel, mitten in der Nacht. Eine Lampe erhellte den Weg.

Bald wäre sie zu Hause, und dann würde sie ins Bett gehen, obwohl ihr eher nach einem warmen Bad war, nach Essen, aber dazu hatte sie einfach keine Kraft, geschweige denn Lebensmittel im Kühlschrank. Zuallererst würde sie auf ihren Kalender gucken, denn noch immer wusste sie nicht, wie lange sie Gefangene der Maskenmänner gewesen war. Nach einem ausgiebigen Erholungsschlaf würde sie ihre Ausdauer, Vitalität und Kraft aufbauen müssen und erst dann wieder ihrer Arbeit nachgehen können; doch konnte sie diesen Gedanken erstmals nichts abgewinnen. Sie war stets gern auf Jagd gegangen. Irgendetwas schien während der Gefangenschaft in ihr geschehen zu sein, irgendeine Veränderung, deren Auswirkung sie gegenwärtig noch nicht einzuschätzen vermochte.

Sie starrte in die Richtung, in die der Vampir verschwunden war. Er hatte ziemlich gut gerochen. Aber da Vampire keinen Eigengeruch haben, hatte er einfach einen guten Geschmack, was Aftershaves anging. Komisch, dass ihr gerade jetzt so etwas in den Sinn kam! Andrerseits waren Vampire für ihre erotisierende Wirkung gegenüber den Menschen berüchtigt, war es ihnen auch deswegen so leicht, Menschen zu ihrer Beute zu machen, mit ihnen zu spielen wie eine Katze mit einer Maus. Und jenes auserwählte Opfer, ganz gleich, ob Mann oder Frau, hatte bis zu einem gewissen Grad auch noch Vergnügen an diesem sexuell anregenden Spiel.

„Natzuya!", flüsterte Sayura jetzt in die Dunkelheit. Zum ersten Mal sprach sie seinen Namen laut aus. Er hatte einen angenehmen Klang.

Dann erhob sie sich mühsam vom Boden, taumelte ein paar Schritte vorwärts, verlor erneut das Gleichgewicht. Durch den dauernden Blutverlust, die Gefangenschaft, ihre Entzündungen an den Füßen hatte sie jede Kraft eingebüßt. Sie wünschte, sie hätte Natzuyas Angebot doch angenommen. Sie hätte seine Hilfe eigentlich gut gebrauchen können. Ihr Heimweg erschien ihr plötzlich so gewaltig, so schwierig. Ihr Körper schmerzte. Tränen brannten in ihren Augen.

Als sie sich erneut mühsam aufrichtete, schlangen sich schließlich zwei Arme um ihren Körper, um sie erneut vom Boden zu heben. Dankbar und voller Vertrauen ließ sie sich einfach hineinfallen.

„Die Adresse, bitte!", sagte Natzuya und blickte triumphierend sanftmütig auf sie hinab.

„Du warst die ganze Zeit hier … bei mir." Flüsterte sie wissend.

„Was, was tust du da?", fragte Sayura verwirrt. Als sie in ihrem Appartement angekommen waren, erschien ihr alles so angenehm vertraut, so beruhigend. Nie war sie so froh gewesen, wieder hier zu sein, wie in diesem Augenblick. Nicht einmal die Anwesenheit eines Vampirs, den sie ohne zu zögern – bewusst – herein gebeten hatte, verminderte dieses Gefühl jetzt. „Man sollte die alltäglichen Dinge des Lebens viel mehr zu schätzen wissen", dachte sie ehrfürchtig.

Ihre Wohnung befand sich im 16. Stock eines Hochhauses. Sie hatte eine atemberaubende Sicht über die nächtliche Stadt. Die vielen Lichter waren wunderschön. Die meisten Bewohner der Stadt schliefen offenbar sicher und behütet in ihren Betten und hatten von dem geheimnisvollen Nachtleben keinerlei Ahnung. Sayura ließ den Blick über die Stadt schweifen. Endlich war ihr Martyrium vorbei. Hier und jetzt war sie in Sicherheit. Sie war zu Hause. Sie war frei. Sie lebte.

„Ich ziehe dich aus", holte Natzuya sie in die Gegenwart zurück. „Du dachtest vorhin an ein Bad. Ich bring dir dann was zu essen und pass auf, dass du nicht in der Wanne einschläfst. Anschließend werde ich dich ins Bett bringen und dann gehen!", erklärte er sein Vorhaben und machte sich weiter daran, ihr das Oberteil ihres Jogginganzuges auszuziehen.

Doch Sayura hielt es vehement fest.

„Nein, nein, ich hab nichts drunter, ich kenne dich nicht, und du bist ein Vampir!", fuhr sie ihn an. Angst ergriff sie. Obwohl die Situation gänzlich abwich von jener ihrer Gefangenschaft, kehrten die Erinnerungen an die vielen Duschszenarien zurück: das harte, kalte Wasser; die Blicke; die grapschenden

Hände ihrer Entführer, die keine intime Stelle ausließen; dieses Gefühl der Schutzlosigkeit und des Verlusts der Kontrolle.

„Du hast recht, das war idiotisch! Entschuldige", nahm Natzuya feinsensorisch wahr.

„Ich wollte dir wirklich nur helfen. Pass auf: Ich lass dir ein Bad ein, und du kommst einfach hinterher, wenn du so weit bist. Du kannst dich in die Decke da einhüllen. Die Sachen lässt du hier liegen, ich werde sie entsorgen, damit du nie wieder an diese Situation dort erinnert wirst!", erklärte er beschwichtigend und verständnisvoll. Er zeigte auf die grüne Wolldecke, die fein säuberlich auf Sayuras Sofa zusammengefaltet lag.

„Während du badest, mach ich etwas zu essen, bringe dich anschließend in dein Bett und gehe dann!", wiederholte er erneut.

Sayura nickte.

Er lächelte sie an und wandte sich ab, um ins Bad zu gehen.

Sayura zog sich langsam aus, ihre Beine waren zittrig. Anschließend wickelte sich in ihre flauschige Decke ein und ging ihm hinterher. Dabei stützte sie sich auf ihren Möbelstücken oder am Türrahmen ab, um nicht zu stürzen.

Im Bad angelangt, fiel ihr erster Blick auf ihren Spiegel. Sie war entsetzt über ihr Aussehen: Aus dem Spiegel starrte sie ein abgemagertes und müdes Gesicht an, übersät mit Blessuren an Schläfen und Lippen. Ihr Haar war verfilzt.

Natzuya hatte ihren Blick verfolgt.

„In ein paar Wochen ist nichts mehr davon zu sehen! Diese Schweine! Ich hätte die beiden ..." Er unterbrach sich, denn das gehörte jetzt nicht hierher.

Sie sah ihn aus dem Spiegel fragend an. „Es waren drei, was hast du mit den beiden getan? Hast du sie getötet?", fragte sie, obgleich sie die Antwort schon kannte.

Natzuya nickte ihrem Spiegelbild zu und wandte sich dann ab.

„Dann ist es wenigstens vorbei!", gestand sie ihm und sich zu. Vermutlich hätte sie an seiner Stelle auch den Wunsch nach Rache gehabt. Vielleicht hatte sie selbst daran gedacht, diese Männer zu töten.

„Ist es das? Dieses Gebäude steht noch. Einer von diesen Bastarden läuft noch da draußen herum. Vermutlich werden die anderen zwei einfach ersetzt, vielleicht haben sie schon andere Menschen entführt!" Ihm wurde schlecht bei dem Gedanken daran.

Sayura wandte sich Natzuya zu und legte vorsichtig ihre Hand auf seine Schulter.

„Du lebst und ich auch. Das habe ich dir zu verdanken. Wir sind durch die Hölle gegangen, du noch mehr als ich, aber wir sind am Leben. Natzuya, bitte geh nicht dorthin zurück!", raunte sie ihm zu.

Er war überrascht, wie sie seine Gedanken erraten hatte, schüttelte aber den Kopf. „Schluss jetzt! Du hast recht ich bin hier, um dich zu versorgen, nicht, um getröstet zu werden. Das Wasser wird noch kalt. Genieß du jetzt dein Bad, und ich mach dir ein Fünf-Sterne-Menü!", richtete er sich innerlich auf und wandte sich ihr zu. Sie standen dicht voreinander und sahen sich an. Sie beiden einte ein gemeinsam erlebtes und überlebtes Trauma. Und dieses Wissen machte es erträglich, damit zu leben, denn sie waren damit nicht allein.

Nachdem er das Badezimmer verlassen hatte, stieg sie vorsichtig in die Badewanne. Sayura versank in warmem Wasser mit weißem Schaum, ihre Wunden brannten, aber ihr gesamter Körper stöhnte vor Erleichterung über das warme, weiche Wasser auf.

Natzuya sah sich währenddessen in ihrer Küche um, um Sayura etwas zu essen zu bereiten. Allerdings war in der Zwischenzeit vieles verschimmelt. Sie hatte im Schrank ein paar Fertiggerichte. Eines davon erwärmte er in der Mikrowelle.

Nach 15 Minuten stieg Sayura aus der Wanne. Sie schlief immer wieder ein. Schließlich wollte sie nicht riskieren, am Ende zu ertrinken, obwohl sie sicher war, dass Natzuya sie retten würde. Sie fühlte sich wirklich wohl in seiner Gegenwart.

Als sie aus der Wanne stieg, überschätzte sie sich und rutschte aus. Glücklicherweise verletzte sie sich nicht ernsthaft. Ohne lange Verzögerung stand Natzuya sogleich im Badezimmer, machte sich kurz ein Bild der Situation, nahm das große Handtuch vom Haken an der Tür und legte es Sayura um, die sich in der Zwischenzeit in eine sitzende Position gebracht hatte. Der erste Schreck verdrängte die Unsicherheit ob ihrer Nacktheit.

„Es reicht hin an blauen Flecken, meinst du nicht?", fragte Natzuya sanft, als er sich vor sie hinkniete.

Dicke Krokodilstränen rannen ihr die Wangen hinunter, aber sie lachte „Wie recht du hast!"

In Schlafanzug und Wolldecke verpackt, hatte Natzuya sie schließlich auf die Couch verfrachtet.

„Alles, was noch nicht verdorben war, waren deine Instantgerichte, daher gibt es doch nur ein Kein-Sterne-Menü, aber du darfst es jetzt genießen!", grinste Natzuya. Er hatte es sich neben ihr auf dem weichen Teppich gemütlich gemacht.

„Danke dir", entgegnete Sayura, bevor sie sich eine Gabel Nudeln in den Mund schob.

„Wie geht's dir?", fragte Natzuya sie nach einer Weile.

„Schon viel besser!", antwortete sie ihm schmatzenderweise.

„Es tut mir übrigens sehr leid!", sagte er plötzlich betrübt.

Fragend sah sie ihn an.

„Na ja, ich habe sehr lang gebraucht, bis ich Hilfe auftreiben konnte. Ich konnte dich da aber nicht allein rausholen! Ich musste mich erst selbst zurechtfinden."

„Du bringst es fertig, dich für meine Rettung zu entschuldigen?", fragte sie völlig überrascht. „Nein, dafür, dass es so lang gedauert hat!"

„Unsinn, Natzuya, das ist völlig unnötig. Du hast mich gerettet, das ist mehr, als ich erwarten konnte. Bitte entschuldige dich nicht!"

„Okay!"

„Aber sag: Wie lang war ich denn dort?", interessierte es Sayura jetzt brennend.

„Ich glaube, knapp über drei Monate!"

Sayura war schockiert.

„Sayura?", fragte Natzuya sie.

„Ja?" Es war neu, ihn ihren Namen aussprechen zu hören. Zumal sie sich ihm nie vorgestellt hatte. Sicher hatte er ihren Namen aus ihren Gedanken gefischt.

„Brauchst du noch etwas? Ich denke, ich sollte langsam gehen, du brauchst dringend Schlaf.

„Ich weiß nicht, wie ich dir meinen Dank zum Ausdruck bringen soll. Nur Danke zu sagen, erscheint mir so wenig, ich …!", begann sie.

Dass die Zeit des Abschieds bereits erreicht war, gefiel keinem der beiden.

„Lass gut sein. Du hast mich gerettet, indem du mich von der Halsfessel befreit hattest, und jetzt habe ich dich befreit. Wir sind quitt! Unsere Wege trennen sich von hier ab offensichtlich wirklich!", stellte er fest. Ihre beiden Leben hatten keinerlei Berührungspunkte. Dessen waren sich beide bewusst, jedoch war Natzuya eher noch bereit, diese Grenzen zu dehnen, obgleich er sich zunächst seinem Selbststudium im Vampirsein widmen musste.

Sie nickte nach einiger Zeit „Ja, du bist ein Vampir!"

Er lächelte schief „Ist dir das eben wieder eingefallen?"

Erstmals sah er sie lächeln.

„Aber so ist es. Ich bin es, der sich damit zurechtfinden muss. Weißt du, was ich vermisse? Meine Eltern, mein altes Leben, meine Freunde …!" Er brach ab. Erstmals sprach er über seine verborgenen Sehnsüchte. Lena bestand darauf, einmal in der Woche für eine Stunde eine Art Gesprächstherapie zu machen, während der er sich alles von der Seele reden konnte, was ihn beschäftigte. Anschließend antwortete sie, soweit sie konnte, und anhand ihres großen Erfahrungsschatzes wahrheitsgemäß, brutal ehrlich und ohne Umschweife auf seine Fragen, Gedanken und Sorgen. Dies war vermutlich auch der Grund, warum er nicht über seine Eltern sprach. Tief im Inneren wusste er die Antwort. Er würde sie überleben, alle: Eltern, Freunde, Bekannte, und er würde ewig jung bleiben. Aber er wollte nicht, dass es ausgesprochen wurde, noch nicht. Er hoffte, auch Sayura würde nichts dergleichen darauf antworten.

Darauf konnte sie allerdings nichts erwidern, sie hätte ihn gern getröstet.

„Ich weiß, aber was soll man darauf auch groß sagen!", reagierte er auf ihre Gedanken.

„Du kannst es einfach nicht lassen, oder?", flüsterte sie.

Gerne hätte er den Moment des Gehens weiter hinausgezögert, sie konnte es spüren. Er war zwar aufgestanden, blieb aber an seinem Platz stehen, als sei er festgewachsen, selbst als sie sich nichts mehr sagten und das Schweigen unangenehm zu werden schien. Verlegen sahen sie aneinander vorbei.

„Also gut, der Morgen graut bald. Ich wünsche dir alles Gute, wirklich!"

„Dito!"

„Nein, warte, ich wünsche dir …!" Sayura fragte sich, was man einem Vampir wünschen sollte.

Vielleicht sollte sie sich wünschen, dass sie sich nie wiedersahen, damit sie ihn nicht würde töten müssen, aber das wäre gelogen, denn sie würde ihn gerne wiedersehen, irgendwann.

Sie stand auf, ging auf ihn zu und blieb vor ihm stehen. Sie wollte ihn so gern umarmen, unterließ es jedoch aus Unsicherheit. Diese Verbundenheit, die sie empfanden, war für beide gänzlich neu. Vermutlich war es ihr gemeinsamer Aufenthalt in der Gefangenschaft, das große Wunder Sayuras Rettung durch Natzuya.

„Nein, ich wünsche dir gar nichts, denn ich weiß, du wirst deinen Weg gehen. Vermutlich hast du in Lena die ideale Lehrmeisterin gefunden. Dort bist du gut aufgehoben. Wenn du dich damit abfinden kannst, ein Vampir zu sein – und ich glaube, darum wurdest du ausgewählt, weil du stark bist –, wirst du ein mächtiger Vampir sein. Ich weiß, dass diese Worte nicht tröstlich sind, weil du auch einfach ein Mensch hättest bleiben können, aber egal, was du letztlich bist, Natzuya, du bist in meinen Gedanken, und ich werde dir immer dankbar sein, weil du mein Leben gerettet hast!"

Er sah auf sie herunter. Seine Augenfarbe war ein düsteres Schwarz geworden.

„Und trotzdem willst du mich bei unserem nächsten Treffen töten!"

Wieder löste sich die Festigkeit seines Körpers auf, seine Stimme klang wie ein Echo. Sayura stand eine ganze Weile in ihrem Wohnzimmer und starrte ins Leere.

Diesmal kam er nicht zurück.

– 4 –

Ein Gesetz der Organisation der Vampirjäger lautete: „Sei gegenüber den Menschen stets unsichtbar!"

Nun waren Vampirjäger zwar selbst Menschen, aber sie hatten eine besondere Ausbildung genossen und kämpften gegen Wesen, die in der als real bezeichneten Welt als übernatürlich galten und als solche nicht existierten. Vampirjäger kämpften gegen Vampire.

Jeder Mensch kannte den Mythos über Vampire; manch einer hoffte, dass es sie vielleicht irgendwo tatsächlich gab. Es gab sicher auch extremere Menschen, die sich jenem Mythos derart hingaben, indem sie ihrem Glauben darin Ausdruck verliehen, dass sie sich schwarz kleideten, bei Nacht über Friedhöfe flanierten, sich Särge in ihren Wohnungen aufstellten oder sich künstliche Vampirzähne machen ließen, vielleicht sogar Blut tranken, und sei es nur Kunstblut. Es war Sayura ein Rätsel, wie diese Menschen das alles schön finden konnten, warum sie diesen Mythos mit Romantik und Sex gleichsetzten, war es doch alles andere als das; brachten Vampire doch den Tod mit sich – und das nur, weil sie um das eigene Überleben kämpften. Sayura konnte auch dem Gedanken an das ewige Leben nichts abgewinnen.

Wie gerne hätte sie den Menschen die Tatsachen offenbart, dass rein gar nichts am Vampirsein romantisch war! Andererseits fand sie es sehr amüsant, dass auch die Vampirjäger diesem Mythos angehörten, waren sie jedoch zumeist verpönt, als die bösen Vernichter und Henker der Vampire, auch wenn ihnen eine gewisse Daseinsberechtigung eingeräumt war. Ähnlich wie dem übernatürlichen Feind des Vampirs: dem Werwolf – den es nicht gab. Offenbar war das bloße Vampirsein auf Dauer dann doch zu langweilig! So wurden im Laufe der Zeit einfach gleichwertige Feinbilder geschaffen.

Sayura kam sich zu jung vor, um einem Mythos anzugehören, auch wenn das Geschlecht der Jägerschaft bereits uralt war. „Unsichtbarkeit" lautete ihre Devise damals wie heute. Seit es Vampire gab, gab es auch deren Jäger. Wirklich zurückverfolgen, wann und wo der erste Vampir samt seinem Jäger aufgetaucht war, ließ sich dieser Mythos nicht. Die Gesetze hingegen waren immer wieder der gesellschaftlichen Weiterentwicklung angepasst worden.

Des Nachts, wenn sie auf der Jagd war, musste Sayura sich mit den Wegen durch dunkle Gassen, soweit möglich über Häuserdächer oder durch die stinkende Kanalisation zufriedengeben. Verschwand ein Vampir auf der Flucht vor Sayura in einer Menschenmenge oder beispielsweise in ein öffentliches Lokal, galt der Vampir als geflohen. Sie konnte natürlich auf ihn warten, sich auf die Lauer legen, aber die Erfahrung hatte gezeigt, dass sich seine Spur zumeist verlor. Hier galt das Neutralitätsgesetz, das es einem Jäger untersagte, einen Vampir an benannten öffentlichen Orten anzugreifen oder gar umzubringen.

Die Menschen durften nichts über die Existenz der Vampire oder der Vampirjäger erfahren. Was würde geschehen, wenn ein Jäger in aller Öffentlichkeit einen Vampir umbrächte und jener sich in Asche und Staub auflösen würde? Es würden Fragen aufkommen, die nur schwierig zu beantworten wären. Ganz selten hatte Sayura ein kleines Teufelchen in sich, das fragte, warum sie nicht einmal über die Stränge schlug und einfach in Erfahrung brachte, was geschehen würde, wenn nun Menschen bei der Hinrichtung eines Vampirs zugegen waren. Wie würden sie reagieren? Würde ihre Organisation hinter Sayura stehen? Was würde mit Zeugen geschehen? Würden die Zeugen manipuliert werden? Wäre am Ende alles so, als hätten sie nichts gesehen und gehört? Würde die Regierung Zeugen letztlich gar beseitigen?

Die Regierung unterstützte die Organisation der Vampirjäger finanziell und sicherte sich so deren Abhängigkeit. Es war erschreckend, welche Informationen die Regierung behütete und dem Volk vorenthielt. Sie hielten sich die Menschen klein und dumm. Waren einzelne Menschen oder gar Menschengruppen doch einmal zu neugierig, geschah aus scheinbar unerklärlichen Gründen ein Autounfall, ein Flugzeugabsturz oder gar ein Mord. Jedoch schenkte die Bevölkerung diesen Ereignissen häufig keine weitere Aufmerksamkeit. Wenn doch, waren Schuldige immer schnell gefunden, Spuren schnell verwischt. Alles im Auftrag der Regierung natürlich. In seltenen Fällen wurde mit diesen Tathergängen in den Medien das Wort „Terror" verbreitet. Man benannte mutmaßliche Attentäter und schürte die Angst und die Wut der Masse. Dabei waren jene Attentäter unter Umständen nicht mehr als Strohmänner, die wie Bauern in einem Schachspiel geopfert wurden. Sie wurden benutzt, um über einen Schuldigen zu verfügen und den Menschen, dem Volk, das Gefühl zu geben, der Bösewicht sei enttarnt und bestraft worden, jenes brutale Ereignis werde sich also nie wiederholen. Die wahren Strippenzieher saßen überall dort, wo Geld aller Macht der Welt unsichtbar vereint war. Unabhängig wo in der Welt sich diese Standorte befanden. Dort, wo die Hebel zur Weltherrschaft lagen und bedient wurden. Die wahren Staatsmänner hatte noch niemand in den Medien gesehen. Die Menschen manipulierten sich stets selbst, und das mit Erfolg. Und vermutlich würden sie sich auch einfach selbst vernichten durch Kriege, Genforschung, Vernichtung von natürlichen Rohstoffen, Ausrottung von Tieren und Pflanzen, widerwärtig, krankmachend produzierten Nahrungsmitteln etc. und das nur, weil es immer nur um Geld und Macht ging. Der Mensch hatte nicht begriffen, dass alles im Gleichgewicht sein musste, um zu funktionieren, und er selbst längst nicht das Maß aller Dinge war. Er war nur ein kleines Rädchen im Gesamtgefüge.

Sayura bezeichnete sich daher selbst kaum noch als Mensch. Da sie mehr Einsichten in die erschreckenden Geschehnisse erhalten hatte, als ihr lieb war, wollte sie dieser Rasse ohnehin nicht wirklich angehören. Sie neidete den dummen Menschen ihre Unwissenheit und manchmal hasste sie sie, weil sie nicht endlich erkannten was mit ihnen veranstaltet wurde. Es gab so viele Verschwörungstheoretiker welche immer nur davon redeten aber nie handelten.

Für Sayura gab es mehrere Unterteilungen der Rassen: die Vampire, die Jäger, die Menschen und natürlich noch sonstige unerklärliche Naturphänomene. Alles wollte sie im Grunde wirklich nicht wissen, einiges hatte sie schlicht verdrängt. Natürlich war Sayura den Gesetzmäßigkeiten der Menschenwelt unterworfen: Sie war geboren worden, war registriert und musste sich einbringen, wie es von jedem Mensch erwartet wurde – in Sayuras Fall durch Erschaffung einer neuen Identität. Um im Regierungssystem erfasst zu sein, war das einfach notwendig. Man musste nur noch tun, was verlangt war, damit man funktionell und unscheinbar ins Gefüge hineinpasste. Der perfekte Mensch: Geburt, Kindergarten, Schule, Ausbildung, Arbeit, ein Platz auf dem Friedhof. Dazwischen waren kleine Ausbrüche und Entwicklungsschritte erlaubt, um das Leben nicht zu langweilig erscheinen zu lassen. Aber selbst dies wurde gezielt gesteuert. Selbst der angebliche Revolutionär, der sich scheinbar durch seine Kleidung, Einstellung und Art des Lebens von der übrigen Masse abzuheben schien, war ein gezieltes Erzeugnis für die Massen. Man brauchte Ablenkung für die breite Masse: Sie bekam ein Spielzeug zugeworfen, an dem sie sich aufreiben konnte, bis es langweilig wurde. Ein Spiel, mehr war es nicht.

Unter Berücksichtigung dieses Wissens lautete die Konsequenz, dass Sayura eine Art Doppelleben führen musste. Sie hatte es ihrer Arbeit als Jägerin angepasst und durfte es sich gemäß der Vorgaben der Jägerschaft sogar aussuchen. Ein Wechsel der Tätigkeit war nach gewissen zeitlichen Abständen gestattet.

Zu Anfang versuchte sie, tagsüber zu arbeiten und nachts auf Jagd zu gehen, aber das ging auf Kosten ihrer Kräfte und Gesundheit. Über kurz oder lang hätte sie so fatale Fehler begangen, wäre unvorsichtig geworden und über kurz oder lang sicher durch einen Vampir umgekommen. Sie jobbte eine Zeit lang als Verkäuferin in einer der zahlreichen Fastfoodketten. Danach entschied sie sich für das Leben einer Arbeitslosen, was nicht wirklich entbehrungsreich war, da sie auf ihrem Konto dennoch das monatliche Gehalt der OdV erhielt, und das war immer stattlich. Damit für die Behörden alles gut getarnt war, passte sich die OdV namentlich Sayuras vermeintlichen Arbeitgebern an: „Fastfood inc.", „Sozialamt", „Tankstelle XY" konnte sie auf ihren Kontoauszügen lesen. Das Gehalt der OdV ergab sich zusätzlich zum üblichen Gehalt des wirklichen Arbeitgebers, versteht sich. Dieses Gehalt floss Sayura jedoch über ein unsichtbares Zwischenkonto zu. Sie benötigte einen Beruf, in dem sie nicht viel denken musste. Sie stellte ihr berufliches Leben letztmalig mit 25 Jahren um und passte es dem Leben der Vampire an.

Nun war es leider so, dass es nachts ein ganz anderes Leben, eine ganz andere Mentalität gab, als es bei Tage der Fall war. Man konnte nachts beispielsweise keinen einfachen Bürojob finden. Nachts kamen die Menschen aus ihren Löchern, die keine funktionell perfekten Menschen waren; jene, die Dreck am Stecken hatten, keinen Fuß gefasst hatten in der sauberen Welt bei Tageslicht, schmutzige Geschäfte tätigten. Geld-, Drogen-, Waffen- und Menschenhandel waren an der Reihe, allerdings wurde auch hier vieles von der Regierung für eigene Zwecke geduldet. Hässliche, menschliche Dinge sprangen einen des Nachts an jeder Ecke an, man musste nur genau hinsehen. Nachts fiel der Schleier aus Anstand, Moral und Scham.

Aber gerade hier konnte Sayura perfekt untertauchen. Darüber hinaus staunte sie über ihre exhibitionistische Ader, die ihr bis zur Annahme dieses Berufes in einem derartigen Umfeld verborgen geblieben war. Aus einer Laune heraus hatte sie sich einfach dort beworben. Seither arbeitete sie in einem Stripteaselokal mit Namen „Naked": ansehen ja, angrapschen nein.

Manchmal war sie auch Bardame. Hier verdiente sie gut, bekam ein nettes Trinkgeld und einen guten Mindestlohn. Um Geld musste sie sich ohnehin nie sorgen.

Die sabbernden Männer widerten sie gelegentlich an, manch einer konnte seine Finger eben doch nicht stillhalten und versuchte, die Mädchen unsittlich zu berühren. Die hausinternen

Jungs von der Security waren schnell zur Stelle und schmissen solche grapschenden Idioten einfach raus. Aber konnte man ihnen ihr lüsternes Verhalten tatsächlich vorwerfen, wurde ihnen in so einem Lokal wie dem „Naked" die Möglichkeit der Fleischbeschauung doch erst geboten!

Sayura arbeitete vergleichsweise in einem der angenehmeren Stripteaselokale in ihrem Stadtviertel, und sie tat es freiwillig. Sie tanzte gerne; und dass sie sich dabei auszog, störte sie wenig. Sie genoss es, eine einfache Stripteasetänzerin zu sein ohne tödlichen Auftrag, ohne Vergangenheit und Gegenwart. An jenen Abenden entledigte sie sich für einen kurzen Augenblick nicht nur ihrer Kleidung, sondern auch ihres eigenen Ichs, und das war es, was ihr an dieser Tätigkeit so viel Freude bereitete.

Auch im „Naked" wurden geschäftliche Verabredungen illegaler Natur im Hinterzimmer getroffen. Sayura sah es nicht, solange sie nicht mit hineingezogen wurde.

Sayura war eine mittelgroße, schlanke junge Frau mit langem Haar. Durch ihre nächtlichen Aktivitäten außerhalb des Tanzlokals, durch die Jagd, war sie ein Kraftpaket in ansprechender Frauengestalt. Ihr Körper war sehr weiblich, aber fest und gestählt. Zweimal in der Woche ging sie darüber hinaus vormittags in ein Fitnessstudio und absolvierte ein Kraft- und Ausdauertraining.

Fehlende Kondition war der Tod eines jeden Vampirjägers. Er musste schneller und stärker als ein Otto Normalverbraucher sein, da er es mit Wesen zu tun hatte, die ihm in jedem Fall überlegen waren.

Ein Vampir übertraf jeden Menschen mit Leichtigkeit an Anmut, Schnelligkeit und Präzision, von den paranormalen Fähigkeiten wie etwa dem Gedankenlesen und der Hypnose gar nicht erst zu reden.

Drei Tage in der Woche ging Sayura in das Lokal „Naked" tanzen. Ihre Arbeit begann dort um 23:00 Uhr nachts und endete 04:00 Uhr morgens, sie war ein Publikumsmagnet. Sie ging weder davor noch danach auf die Jagd. Beide Aufgaben trennte sie strikt voneinander, waren es schließlich verschiedene Leben. An den übrigen Nächten war sie dann von Sonnenunterbis Sonnenaufgang voll und ganz Vampirjägerin. In manchen Nächten erwischte sie nicht einen Vampir, hatte nicht einmal eine Spur von ihnen. Manches Mal konnte sie den Angriffen durch Vampire nur knapp entgehen und floh. Nicht immer konnte sie sich einem Kampf stellen, vor allem dann nicht, wenn sie in einen Hinterhalt geraten war. Solche Momente hasste Sayura am meisten, da sie keine Übersicht über Ort, Verstecke oder Anzahl der Vampire hatte, die sie angriffen. Lenas Clan war ihr bekannt, aber nicht geheuer. „Wieso hatten sie ihr Einzelgängertum aufgegeben?", fragte Sayura sich zu Beginn ihres Aufeinandertreffens mit Lenas Clan häufig.

Im Falle, dass sie fliehen musste, nutzte Sayura die Fluchtwege durch leer stehende Gebäude, Gassen und, soweit möglich, über Dächer. Die Taktik, die die Vampire nutzten, nämlich in einer Masse von Menschen unterzutauchen oder in einem Lokal zu verschwinden, war ihr aufgrund ihrer Jägermontur nicht möglich, sah man von öffentlichen Veranstaltungen wie etwa Halloween einmal ab. Wenn die Straßen voll von verkleideten Menschen waren, fiel Sayura nicht mehr auf. Das Unsichtbarkeitsgebot hatte seine Tücken.

In anderen Nächten konnte sie zwei bis drei Vampire zur Strecke bringen und ging dann mit stolzgeschwellter Brust nach Hause. Sie galt unter den Vampiren schon bald als eine der gefährlichsten Vampirjägerinnen in der Stadt.

Sayura hatte ihre Stadt noch nie länger als notwendig verlassen. Einzige Notwendigkeit war die jährlich stattfindende Vampirjägersitzung, die jedes Jahr an einem anderen Ort in einem anderen Land und auf einem anderen Kontinent stattfand. Die Jäger waren an sich ein eigenes Volk. Zu der üblichen Hauptversammlung der Organisation tauchten verschiedenste Gestalten aus der ganzen Welt auf. Manche waren apathisch, stillschweigend und düster. Andere Jäger waren Sayuras Ansicht nach viel zu aufgekratzt, zu redselig, zu hyperaktiv. Sie war stets die Beobachtende, die sich erst einmal alle ansah und versuchte einzuschätzen. Wie würde sie selbst wohl von anderen eingeschätzt werden? Nie schloss sie Bekanntschaften mit anderen Vampirjägern. Vielleicht war die unterschiedliche Art der Jäger aber ihrer Herkunft zuzuschreiben, schließlich gab es Asiaten, Europäer, Amerikaner, Afrikaner. Einfach aus allen Winkeln der Welt trafen sich Vampirjäger, um Statistiken zu besprechen, Workshops zu neuen Kampfstilen zu geben, Profile von gefährlichen und kontinentübergreifend entflohenen Vampiren vorzustellen oder die neuesten Waffen zu präsentieren.

Sayura hielt ihre Stadt unter Anwendung neuer Waffen, Regeln und möglicher Exekutionsaufträge sauber. Sie selbst jagte zwar aus Rachemotiven heraus, sorgte aber im selben Augenblick für ein Gleichgewicht zwischen Menschen und den vorhandenen Vampiren. Es gab angeblich eine Statistik, die besagte, dass auf 10155,5 Menschen ein Vampir kommen dürfe, wie viele Vampire es aber nun tatsächlich in ihrer Stadt gab, wusste sie nicht. Sie tötete jeden, den sie zu fassen kriegte. So einfach war das. Natürlich war ihr klar, dass sie nicht alle Vampire, die es auf der Welt gab, töten konnte, aber dazu gab es schließlich auch all die anderen Vampirjäger. Sie selbst wollte jene Vampire töten, die einst ihre Eltern ermordeten; und wenn es dazu nötig war, jeden einzelnen Vampir dieser Stadt zu töten, würde sie das tun. Dass immer wieder andere vampirische Fratzen auftauchten, machte ihr nur bewusst, dass ihre Stadt sie brauchte. Vielleicht war sie auch einfach nur naiv, schließlich war sie nicht der Mittelpunkt der Jägerschaft und schon gar nicht dann wenn sie ihre Stadtgrenzen nicht überschritt. Ihr Selbstbewusstsein war in dieser Hinsicht wahnsinnig verquer.

Sie wusste nicht einmal, ob es in ihrer Stadt nur sie oder mehrere Jäger gab, aber das interessierte sie im Grunde auch nicht wirklich. Die Organisation hielt sich mit der Herausgabe derartige Informationen zudem sehr bedeckt. Sayura und jeder andere Vampirjäger waren zu Einzelgängern ausgebildet worden mit der einzigen Mission, jede diese Kreaturen zu vernichten. Unbewaffnet ging Sayura demzufolge nie aus dem Haus; entweder mit dem Ziel des Tötens oder zumindest der Verteidigung. Es gab nur einen Unterschied in der Stärke ihrer Bewaffnung: Ging sie offiziell auf die Jagd, war sie bewaffnet bis an die Zähne – Bogen, Pfeile, Pistolen, Dolche und, nicht zu vergessen, ihr Schlagstock. Ihre Waffen waren festgemacht auf ihrem Rücken, mit Holstern an ihren Oberschenkeln, Vorrichtungen an ihrem Gürtel und Verstecken in ihren Stiefeln. Sie selbst fühlte sich damit stark, selbstbewusst und auf eine gewisse Art auch erotisch.

Bei diesem Outfit hatte Unsichtbarkeit in jedem Fall oberste Priorität, denn der Anblick einer Frau, die des Nachts schwer bewaffnet über die Straße rannte, würde von den Menschen sicher als bedrohlich und befremdlich empfunden werden. Eine Festnahme aufgrund Erregung öffentlichen Ärgernisses durch die Polizei musste in jedem Fall vermieden werden. Sayura besaß zwar für all ihre Waffen entsprechende Waffenscheine, führte diese aber nie mit sich.

Ihre Kleidung war komplett in Schwarz gehalten. Sie trug ein langärmliges schwarzes Kleid aus Leder, die empfindlichen Körperteile wie Brust und Bauch waren durch eine eingearbeitete Verstärkung vor Hieben, Stößen und Tritten geschützt. Der Rock ging ihr bis kurz über die Knie. Sie mochte keine Hosen, außerdem hatte sie unter ihrem Rock pro Bein weitere Unterbringungsmöglichkeiten für Pistole und Dolch.

Ihre schwarzen, absatzlosen Stiefel waren komplett verstärkte Stahlkappenstiefel. Auch in ihnen hatte sie allerhand flaches Werkzeug und ein oder zwei Waffenmagazine versteckt. Mini-Bogen mit automatischer Ausklappvorrichtung sowie entsprechenden Pfeilen verstaute sie in dem Köcher auf ihrem Rücken. Zu viel auf den Rücken geschnallt zu haben, behinderte sie zu sehr in ihrer Bewegungsfreiheit. Auch wenn sie Schwerter liebte, verzichtete sie zumeist darauf. Sie staunte immer wieder über all die technischen Hightech-Erfindungen. Nur beim Anziehen ihrer Kluft gab es kein Gerät, das dieses Prozedere erleichtert hätte.

Ihre Waffen und entsprechende Munition konnte sie zumeist aus normalen Waffengeschäften beziehen, nur spezielle Dinge wie etwa die Pfeile oder Projektile mit automatischer Silberinjektionsfunktion musste sie über einen speziellen Hersteller per Internet bestellen. Es lebe die Moderne!

All diese Gerüchte, die es über Vampire gab, waren zumeist Fiktion. Kreuze, Knoblauch, Weihwasser – alles war ausgemachter Blödsinn. Man konnte ja sogar einige Menschen mit dem Geruch des Knoblauchs in die Flucht schlagen! Auch all die Geschichten über Köpfungen, Herzpfählung und Injektion flüssigen Silbers brachten einen Menschen wohl auf die gleiche Weise unter die Erde wie einen Vampir. Allerdings brachte einen Vampir flüssiges Silber ein wenig schneller um, als es bei einem lebenden Organismus der Fall wäre. Auch Sonnenlicht war nach wie vor erklärter Feind der Vampire, allerdings nur aufgrund extrem allergischer Reaktionen ihrer toten Körper. Ebenso der Wahrheit entsprach, dass Vampire sprichwörtliche zu Asche und Staub zerfielen, wenn sie starben. Vampire verfügten über enorme Fähigkeiten, was Selbstheilung, Stärke, Schnelligkeit, Telepathie, Hypnose und sonstige Beeinflussung der menschlichen und tierischen Lebewesen und deren physischer sowie psychischer Zustände anging.

Sayura brauchte stets höchste Konzentration im Kampf mit Vampiren. Um ihren stimmlich untermalten Hypnoseattacken zu entgehen, trug sie einfache Ohrenstöpsel bei sich, die sie in entsprechenden Situationen, soweit möglich, einsetzte. Ohrenstöpsel hatten allerdings ihre gewissen Tücken, da sie dann absolut taub gegenüber ihrer Umwelt war, sodass Sayura ihre Augen stets überall haben musste. Hypnosetechniken hatten die Vampire bis zur Perfektion ausgefeilt. Dabei bedienten sie sich zweierlei Arten der Hypnose: der hörbaren, durch die Stimme ausgelöst, oder durch Blicke, Beschwörung der Gedanken. In zuletzt erwähntem Beispiel waren Ohrenstöpsel natürlich völlig nutzlos. In die Augen sollte man Vampiren während eines Kampfes also besser nicht sehen. Schließlich konnten sie so zusätzlich Gedanken lesen und wären über den nächsten Angriff bereits im Vorfeld informiert – oder sie zwangen den Jäger mittels Hypnose zu totalem Stillstand, um ihn schließlich zu beseitigen.

In all der Zeit, die sie bereits Jägerin war, hatte sie vieles gesehen, aber noch nie, dass sich ein Vampir in Rauch auflöste oder in eine Fledermaus verwandelt hatte, um davonzufliegen oder in verschlossene Räume zu gelangen. Auch hatte sie das deutlich sichtbare Spiegelbild oder der Schatten eines Vampirs aus mancher Situation gerettet. Durch seine Unachtsamkeit hatte sie die genaue Position des Vampirs ausmachen können, um ihn schließlich unter tödlichen Beschuss zu nehmen.

Die Menschen hatten sich offenbar immer noch mehr Mysterien ausgedacht, um den ohnehin mystischen Vampir noch faszinierender zu gestalten. Ein letzter aber dazu wahrer Mythos war jener, welcher gebot, dass ein Vampir erst durch die Einladung eines Haus- oder Wohnungsbesitzers die Türschwelle überschreiten konnte, andernfalls bliebe er durch eine unsichtbare Barriere ausgeschlossen. Eine Ausnahme bildete dieses Phänomen wenn der Raum bereits durch Blutvergießen, Gewalttaten oder sonstige Verbrechen verunreinigt war. Mit erstaunen hatte Sayura während ihrer Ausbildung erfahren, wie leicht es für Vampire war öffentliche Orte, wie zum Beispiel: Kirchen zu betreten. Jene Orte die doch ein Ausbund an offizieller Heiligkeit und Reinheit sein sollten.

Ohne ihre Waffen wäre Sayura einem Vampirangriff hoffnungslos unterlegen; sie brauchte die Waffen, um sich die Vampire auf Abstand zu halten. Vampirjäger waren keine guten Nahkampfspezialisten. Das wussten natürlich auch die Vampire und versuchten, stets ganz nah an Sayura heranzukommen; und das gelang ihnen manchmal erschreckend gut; Sayura hatte schon alle möglichen Verletzungen davongetragen: Schürfwunden, Knochenbrüche, blaue Flecken oder Kratzwunden. Einige davon ließen sich schwer verstecken. In solchen Fällen meldete sie sich im „Naked" einfach krank oder tauschte die Nachtschicht. Kleine Verletzungen ließen sich sehr gut mit Schminke abdecken. Größere Fleischwunden versorgte sie selbst, Knochenbrüche ließ sie im Krankenhaus schienen. Gebissen hatte sie bisher noch kein Vampir. Derart nah würde sie diese Kreaturen sicher nicht an sich heranlassen. Niemals.

Wenn Sayura als Privatmensch unterwegs war, also zur Arbeit ging, trug sie normale Kleidung, die ihrem Jägeroutfit jedoch gar nicht so fremd war. Sie trug bunte Kleider und dann oftmals Stiefel mit Absätzen. Die Verstecke ihrer Waffen waren die gleichen, sie trug eine Waffe und ihren Schlagstock bei sich. Sie liebte ihren Teleskopschlagstock aus Stahl wie keine andere Waffe, selbst wenn sie ihn seltener einsetzte als beispielsweise den Bogen. Zusammengeschoben trug sie den Schlagstock stets in einem Gürtelholster bei sich.

Er war in einem unauffälligen kleinen Täschchen, dessen Inhalt alles Mögliche hätte sein können. Nach dem Herausziehen wurde er durch eine schlagartige Bewegung arretiert. In dem Zustand könnte sie einem Büffel den Schädel spalten oder eben einen vampirischen Angreifer töten. Das musste und würde im Notfall reichen. Außerdem reichte es auch, sich nachts betrunkene Kerle vom Leib zu halten, wenn sie beispielsweise auf dem Heimweg war und die Typen zu aufdringlich wurden.

Die Mädchen im „Naked" hatten alle irgendeine Art Waffe oder ein Reizgas bei sich, um sich erwähnter, aufdringlicher Kerle zu erwehren. Kleine Taschenmesser, Schreckschusspistolen, Pfefferspray, Schlagringe, Elektroschocker hatte Sayura bei ihren Kolleginnen öfter schon gesehen, daher passte sie mit ihrer Bewaffnung unauffällig gut dazu.

Einen Menschen getötet hatte Sayura noch nie, und diese Erfahrung wollte sie auch nicht unbedingt machen. Jedoch konnte es nicht so sehr davon abweichen, einen Vampir zu töten. Der menschliche Körper war sicherlich einfach nur widerstandsfähiger.

Sie hatte zwar selbst noch keinen Menschen getötet, aber zusehen müssen: Hatte ein Vampir einen Menschen zum Opfer erkoren, spielte er mit ihm und saugte ihm schließlich dessen Blut aus. Einem Jäger war es verboten, diesem Menschen das Leben zu retten. Wieso das so war, hatte Sayura bisher noch niemand erklären können, und sie hinterfragte es auch nicht. Sie nahm an, dass es wieder um so eine Geheimhaltungsgeschichte der Regierung ging. Diese ersparte sich so unter Umständen Gelder, um Gedächtnislöschung oder spätere Ermordungen der Überlebenden von Vampirangriffen vornehmen zu lassen. Sollten die Vampire die Menschen gleich töten und selbst beseitigen, so blieb die Existenz der Vampire wahrscheinlich langfristig unentdeckt. Man stelle sich vor, dass jener überlebende Mensch bei der Einlieferung in die Notaufnahme eines Krankenhauses etwas von einer Vampirattacke faselte. Vermutlich würde man dies Gerede zunächst dem Schock zuschreiben, nicht aber, wenn mehrere überlebende Menschen unabhängig voneinander die gleichen Dinge von sich geben würden.

Das war in jedem Fall eine merkwürdige Angelegenheit für Sayura. Sie wäre auch dankbar gewesen, wenn man ihren Eltern damals zu Hilfe gekommen wäre. Allerdings glaubte sie sich zu erinnern, dass die Vampirjäger auch erst ihr Elternhaus betreten hatten, nachdem der tödliche Überfall auf ihre Eltern vorüber war. Sie hatte diesen Teil ihrer Erinnerung weit in ihr Unterbewusstsein verdrängt. Sie wollte jetzt nicht damit anfangen, über Merkwürdigkeiten dieses Ereignisses nachzudenken.

Ertappte sie also einen Vampir bei der Ermordung eines Menschen, was glücklicherweise selten geschah, wartete sie zunächst ab. In ihr tobte dann stets ein Kampf: Sie wollte helfen, das menschliche Leben zu bewahren, aber war doch zu sehr Dienerin der Organisation, um dazwischenzugehen. Zumeist ließen die Vampire ihre Opfer nicht völlig blutleer zurück. Sie verschandelten die Opfer bis zu Unkenntlichkeit. Die Leichen mussten so aussehen, als wären sie einem Gewaltverbrechen zum Opfer gefallen, da die Vampire sonst andernfalls Gefahr liefen, enttarnt zu werden. Sobald der Vampir dann von seinem Opfer abließ, tötet Sayura ihn augenblicklich. Es war ihr unter diesen Umständen ein Leichtes, da sich die Vampire in einer Art Ekstase befanden. Es musste ihnen viel Spaß machen oder sie in eine Art Rausch versetzen, Blut zu trinken, Menschen zu töten; so sehr, dass sie ihr Umfeld nicht mehr vollständig überwachten. Wegen der feinen Sinne der Vampire musste Sayura immer sehr leise sein, sich immer entgegen der Windrichtung annähern, da ein Vampir sie sonst vorab mit seinen feinen Sinnen würde hören, riechen und fühlen können. Somit wäre ihr Anschlag bereits vereitelt, noch bevor er begonnen hätte.

Gesetze und Ordnung gab es somit auf beiden Seiten. Ob nun Vampir oder Jäger – jeder hielt sich daran. Sayura hinterfragte keines dieser Gesetze. Sie hatte nur eines vor Augen: ihre persönliche Rache, und das machte sie zu einer sehr gefährlichen Jägerin.

Sayura fragte sich in diesem Moment, wie sie ihre viermonatige, unentschuldigte Abwesenheit im „Naked" erklären sollte, und hoffte darauf, nicht schon längst entlassen worden zu sein.

Sie brauchte noch Zeit für sich, wollte schlafen, ihren Wunden Zeit geben zu heilen, viel essen, um ihr früheres Gewicht zurückzuerlangen. Zudem wollte sie das Haus zunächst auch gar nicht wirklich verlassen. Sie begann mit kleinen Work-ups zur Stärkung der Muskulatur des Rückens und des Bauches zu Hause und beschloss in der dritten Woche, nach ihrer Befreiung, endlich wieder ins Fitnessstudio zu gehen und zu trainieren: Ausdauer, Muskelaufbau, Krafttraining. Sie musste unbedingt in ihre alte Form zurückfinden. Unbedingt. Als sie ihr Appartement das erste Mal gegen Abend verlassen hatte, war sie zu Beginn sehr unsicher, bei jedem größeren Auto oder einem Van schreckte sie zusammen.

Noch einmal würde Natzuya sie sicher nicht retten kommen. Sie sehnte sich nach seiner Gesellschaft und bedauerte, dass er ihre Abschiedsworte derart falsch verstanden hatte; dass er mit solch schlechter Ansicht über sie gegangen war. Aber wieso verwunderte sie das? Sie war es, die von tödlicher nächster Begegnung faselte, behauptete, dass ein Wiedersehen nicht möglich sei, weil er ein Vampir war. Zum Teufel, sie hasste es, so zerrissen zu sein! Wieso erwog sie tatsächlich eine Freundschaft zu einem Vampir? Sie sollte sich endlich wieder mental darauf einstimmen, wer und was sie war: Sayura, DIE Vampirjägerin.

– 5 –

Die Wochen waren ins Land gegangen, und Sayura hatte sich nach und nach erholt; zunächst körperlich. Mit ihrem Gewicht, ihrem gesunden und von Sport gestärktem Körper gewann sie an Stärke, Kraft und Selbstvertrauen zurück, was sie in ihrer Gefangenschaft eingebüßt hatte.

Zwischenzeitlich hatte sie im „Naked" angerufen und sich für ihre lange und vor allem unentschuldigte Abwesenheit entschuldigt. Sie beteuerte, dass sie unbedingt weiterhin dort arbeiten wolle, aber ihr Privatleben gehörig auf den Kopf gestellt worden sei, sie benötige jedoch noch einige Wochen unbezahlten Urlaubs. Zunächst zeigte sich der Geschäftsführer mürrisch und wenig kompromissbereit, aber sie kannte ihn und seine Art der Zurschaustellung. Er war eine Dramaqueen. Zudem wussten sie beide, dass er Sayura nicht verlieren wollte. Bei dem Wort „unbezahlt" im Zusammenhang mit „Urlaub" willigte er schließlich, wenn auch widerstrebend, ein. Er verabschiedete sich mit dem Ausdruck seiner Hoffnung ihrer baldigen Rückkehr und seinen besten Wünschen.

Sayura hatte nicht einmal lügen müssen: Ihr Leben war tatsächlich ordentlich auf den Kopf gestellt worden, sie musste ihr Gleichgewicht einfach zuerst wiederfinden. Sie wusste, das würde sie nur während einer Jagd können. Draußen auf der Straße, wenn sie sich ihren Ängsten stellte, einfach von einem vorbeifahrenden Auto gekidnappt zu werden, war sie während einer Jagd doch in ihrem Element. Denn wenn sie eines konnte, war es, Vampire zu vernichten, und sie hoffte, dass es das war, was ihr das Gefühl der Gewohnheit, Vertrautheit und Sicherheit zurückbringen würde. Dass dieser Gedanke plötzlich sehr makaber klang, verdrängte sie erfolgreich. Manchmal dachte sie noch an Natzuya. Wie es ihm wohl ging? Sie dachte aber auch daran, nein, vielmehr hoffte sie, ihm auf ihren Streifzügen nicht begegnen zu müssen; nicht, weil sie ihn nicht gerne wiedersehen würde, sondern weil sie Angst vor dieser Art der Konfrontation hatte. Dementsprechend unsicher huschte sie auf ihrem allerersten Streifzug durch die Nacht. Überall sah sie seinen Schatten oder bildete sich dies zumindest ein. Auch erschreckten sie, wie erwartet, vorbeifahrende Autos. Im Morgengrauen wieder daheim angekommen, selbst ohne einem einzigen Vampir begegnet zu sein, war sie zwar müde, aber trotzdem gestärkt und triumphierend ins Bett gefallen, um den Tag einfach zu verschlafen. Sie war endlich wieder zurück in ihrem bekannten Element. Sie wusste, dass es besser werden würde, wichtig war nur dieser erste Schritt gewesen. Ihr deutscher Mentor hatte immer gesagt, dass die Angst im Kopf der wahre Mörder sei, ihr müsse man sich stellen, immer wieder aufs Neue; und erst wenn man sie an die Leine gelegt habe, könne man gewinnen, und zwar alles.

Tatsächlich ging es mit Sayura spürbar bergauf, sie strotzte vor Selbstbewusstsein, Stolz, Kraft und Entschlossenheit und der lang vermissten Selbstsicherheit. Sie musste kaum noch an vergangene Ereignisse denken, geschweige denn erwachte sie schweißgebadet nach blutigen und düsteren Albträumen. An Natzuya dachte sie immer seltener. Abstand war gut in dieser Sache, es war eben eine Extremsituation gewesen, da fühlte man sich zu seinem Mitgefangenen eben schon einmal hingezogen. Das hatte sie doch selbst während ihrer Ausbildung so gelernt. Jetzt war alles überstanden. Sie war eine Jägerin und er eben ihre Beute, ein Vampir. Mehr nicht. Basta.

Dass die Theorie in der Regel immer von der Praxis abwich, hätte sie selbst am besten wissen müssen, wurde sie doch bald darauf eines Besseren belehrt.

Ihr Streifzug war in jener Nacht zu Ende, sie war bereits auf dem Heimweg. Wieder war es sehr ruhig gewesen, wieder hatte sie keinen Vampir gesehen, hatte keine Spur aufnehmen und verfolgen können. Irgendwie gefiel ihr das nicht, auch wenn sie insgeheim froh darüber war. War die Stadt plötzlich frei von Vampiren?

Schließlich nahm sie es so hin und bog in eine kleine Gasse ein, die sie direkt zum Park bringen würde. Vielleicht würde sie noch eine DVD schauen, während sie gemütlich im Bett frühstückte.

Die darauffolgende Begegnung war so überraschend wie ernüchternd, so banal und doch außergewöhnlich: Ein junges Paar stand verborgen in der Dunkelheit ineinander verschlungen und küsste sich leidenschaftlich. An sich keine erwähnenswerte Besonderheit, sie kamen vermutlich aus einem Club, hatten sich möglicherweise erst dort kennengelernt und gingen nun hier ihrer, durch Alkohol oder Drogen begünstigten Lust nach. Derartige Sachen hatte Sayura öfter erlebt, war an betreffenden Paaren unsichtbar und leise vorbeigehuscht, waren sie doch lediglich immer nur auf sich konzentriert, nicht aber auf ihr Umfeld. Anders jedoch dieses Paar dort: Sie sahen gleichzeitig zu Sayura hinüber, und die Zeit stand plötzlich still.

Sie erkannten sich vermutlich alle im selben Augenblick.

Natzuya löste sich von Lena, um sich schützend vor sie zu stellen. Diese schmiegte sich an ihn, flüsterte ihm irgendetwas leise ins Ohr und entschwand, ohne sich noch einmal umzudrehen, in die Dunkelheit hinter Natzuya. Lena schritt langsam und überlegen davon.

Sayura hingegen stand einfach da, bleich und unentschlossen, ahnungs- und entscheidungslos, überrascht und enttäuscht zu gleich.

Da war sie nun, die gefürchtete Situation. Sie stand Natzuya jetzt ganz offiziell als Jägerin gegenüber; ihm, dem Vampir.

Als sie Lena davongehen sah, schrillten ihre Alarmglocken: Was, wenn die beiden einen Hinterhalt planten, Natzuya – der Köder, Lena – die ausführende Angreiferin?

Nein, so etwas würde Natzuya ihr nicht antun. Oder? Sie zweifelte.

Sayura sah ihn an. „Natzuya, schön, dich zu sehen. Ich wollte wegen neulich Abend noch etwas richtigstellen. Meine Gedanken, die du gelesen hast, waren nicht getreu den Worten, die ich sagte, aber jene Worte waren das, was ich wirklich, wirklich fühlte. Ich will dich nicht töten, dich nicht bekämpfen …!" Jetzt war es raus, es war ihr die ganze Zeit so wichtig gewesen.

„Das interessiert mich nicht, Jägerin!", knurrte Natzuya leise, distanziert.

„Natzuya …?" Verwirrt wollte sie irgendeine Frage formulieren, wusste jedoch nicht weiter.

„Ich bin es, Sayura!", erklärte Sayura unsicher, vielleicht hatte er sie vergessen. Immerhin waren mehrere Monate seit ihrer Unterhaltung in ihrem Appartement vergangen, versuchte sie sich sein Verhalten zu erklären. Ein Gefühl der Unsicherheit, der Enttäuschung, gar Angst machte sich in ihr breit.

„Ich weiß, wer du bist. Du hattest recht. Du bist Jägerin, ich ein Vampir – unterschiedlicher können wir nicht sein. Wir befinden uns in einem Krieg, seit Jahrhunderten schon. Lena erzählte mir vieles über euch Jäger, über dich. Du bist die wahre Bestie, mordest ohne Sinn und Verstand, möglicherweise ausschließlich aus Rachemotiven. Das tun wir nicht, wir erhalten unser Leben. Du willst nicht gegen mich kämpfen? Das kommt mir wirklich sehr entgegen, Jägerin, denn es macht es einfacher für mich, dich zu töten!", schleuderte er ihr die Worte kalt entgegen.

„Einfacher? Warte, was hat Lena dir erzählt? Du stehst unter ihrer Beeinflussung nicht wahr? Du bist ihr Schüler – oder nicht? Lass dir nicht ihre Meinung als deine aufzwingen! Natzuya, du kennst mich, du wolltest mich nicht …!", versuchte sie schnell zu erklären, geriet jedoch ins Stocken. Wie düster und kalt er ihr gegenüber plötzlich auftrat!

„Na, was wollte ich nicht? Dich töten? War das nicht immer auch dein favorisiertes Ziel im Bezug auf mich, Jägerin? Glaube mir, ich bin durchaus imstande, mir mein eigenes Bild zu machen. Erklär du mir nicht, wie unsere Welt funktioniert!" Er setzte sich langsam in Bewegung auf sie zu.

„Natzuya! Das ist nicht deine Welt, das hast du von Anfang an vehement verteidigt!" Sayura wusste, wieso sie das Gefühl hatte, ihm all diese Dinge ins Gedächtnis rufen zu müssen. Er war beeinflusst. Seine Worte waren Lenas Worte. Sie waren ihr Wille, ihre Ansicht. Unterstand ein Vampir einem anderen als Schüler, war er sehr beeinflussbar, beinahe wie eine Marionette.

„So, weißt du nicht? Soll ich es dir sagen? Weil du Angst hast. Weil du weißt, dass ich dein Leben mit Leichtigkeit beenden kann und auch werde. Aber ich sage dir noch etwas: Als du und ich uns trafen, war das eine extreme Situation. Ich war gerade als Vampir erwacht und hatte noch keine Ahnung. Jetzt bin ich, was ich bin: ein Vampir, ein Kind der Nacht. Ich habe die neue Form des Lebens akzeptieren und lieben gelernt. Lena ist eine vorzügliche Lehrerin, Freundin und Geliebte. Sie hat all das schon durchlebt und gibt ihre Erfahrungen hilfreich an mich weiter. Sie ist nicht wie du, die nur davon schwafelte, mich töten zu wollen, einfach nur, weil ich als Vampir existiere. Lena hatte recht: Ich hätte dich dort im Versuchslabor verrecken lassen sollen, dankbar warst du doch nur bedingt. Wärst du es wirklich gewesen, hättest du dein Amt niedergelegt!", schmetterte er die Worte heraus und traf Sayura damit tief.

„Du bist nicht der Natzuya, den ich kennengelernt habe!", stotterte sie verletzt.

„Zur Hölle, natürlich nicht. Damals war ich der Vampir mit menschlicher und sterbender Seele und Moral. Ich war schwach, nett und zu umsichtig. Deine Vernichtung bedeutet einen Sieg gegen die Jäger!" Wieder herrschte Stille. Er triumphierte über die tiefe Verletzung und die Unsicherheiten, die er in ihr ausgelöst hatte.

Regungslos stand Sayura da, selbst dann noch, als er bereits direkt vor ihr zum Stehen kam. Ihr Gehirn konnte einfach nicht den Befehl geben, rechtzeitig zu einer Waffe zu greifen oder wenigsten einfach zu fliehen. Er war ihr so nah, dass sie sein Aftershave riechen konnte. Sein Gesicht war eine hässliche vampirische Fratze geworden. Er fletschte die Zähne, seine Augen waren dunkle Knöpfe in seinem blassen Gesicht.

„Wo ist sie? Ich weiß, dass sie durch dich spricht, das sind ihre Worte!", flüsterte Sayura, ohne ihn anzusehen.

„Du dummer, dummer Mensch!", lachte Natzuya gehässig.

In diesem Moment konnte Sayura ihren Körper ohne Vorwarnung oder erkenntliche Signale für Natzuya in Bewegung setzen. Sie verpasste ihm eine schallende Ohrfeige, sein Kopf schwang ob ihrer Wucht ein wenig zu Seite. Natürlich war Sayura klar, dass dies keine wirkungsvolle Abwehr gegen einen Vampir war, und das sollte es auch nicht sein. Diese Ohrfeige war eine Reaktion ihrer Enttäuschung über seine hässlichen Worte, dieses schreckliche Wiedersehen, eine Antwort auf das eifersüchtige Gefühl in Sayura, als sie sah, wie er Lena küsste. In erster Linie sollte es ihn jedoch aufwecken. Er war nicht der Natzuya, den sie in Erinnerung hatte. Selbst erschrocken über die schnelle Reaktion dieser Jägerin, reagierte er beinahe reflexartig, ergriff mit seiner Hand ihren Hals und würgte sie.

Ihre Hände schnellten hinauf zu seiner sie würgenden Hand. Doch statt sich zu wehren oder sich zumindest versuchsweise aus seinem starken Griff zu befreien, legte sie ihre Hände schließlich einfach nur auf seinen Unterarm. Sie wusste, dass sie als Jägerin keine Überlebenschance hatte, sobald ein Vampir die Distanz überwunden hatte und sie derart brutal festhielt. Natzuya würde sie nun schlicht erwürgen oder ihr einfach den Hals brechen. Doch war es nicht die Tatsache ihrer offensichtlichen Unterlegenheit, die sie hoffen ließ zu überleben. Sie hoffte es, weil dieser Vampir dort Natzuya war; und so sehr sie auch verletzt wegen seiner Worte war, schockiert über seinen Angriff, so sehr glaubte sie an seine Güte, Wärme und Zuneigung, die er ihr entgegengebracht hatte und die auch sie für ihn empfand. Sie wollte nicht glauben, dass die Bestie Vampir in ihm die Oberhand gewonnen hatte.

„Geh … geh nicht … weg!", röchelte sie. Sie bekam nur noch schwer Luft.

Als er sie ansah, konnte er neben Tränen in ihren Augen vor allem Erinnerungen erkennen. Erinnerungen an ihre Begegnung in Gefangenschaft, an ihre gemeinsame Nacht in ihrem Appartement. Er sah, dass sie seine Tötungsabsichten kannte. Er fühlte ihre Zerrissenheit, ihre Verzweiflung, aber auch ihre Hoffnung. Vor allem aber wiederholte sie unaufhörlich seinen Namen in ihren Gedanken, gerade so, als würde sie ihn rufen: „Natzuya, Natzuya, Natzuya".

Ihre Erinnerungen wurden zu seinen Erinnerungen und verdrängten Lenas Befehle. Seine Erinnerungen wurden zu einem Gefühl der Klarheit. Seine würgende Hand ließ ab von ihr. Die Haut ihres Halses war warm und gerötet, die Venen und Adern geweitet, ihr Körper pumpte Adrenalin, Blut, andere Hormone durch ihre Venen, wollte fliehen, und dennoch brachte Sayura so viel Selbstbeherrschung auf, um ihren Flucht- und Überlebensinstinkt zu bändigen, um ganz ruhig hier zu stehen und immer noch seinen Namen zu rufen. Was dachte sich diese kleine Menschenfrau eigentlich dabei? Er hörte ihren Herzschlag und begehrte sie plötzlich unbändig. Sein ganzer Körper pulsierte und verlangte nach ihrem Blut, nach dem Gefühl, sie zu erobern.

Seine Hände schnellten hinauf zu Sayuras zarten Schultern, umfassten sie wie Stahlklammern. Er zog sie ruckartig zu sich heran, um seine Zähne bedingungslos aggressiv in ihren Hals zu schlagen. Das hatte er schon tun wollen, als seine Entführer dieses Mädchen in sein Gefängnis gebracht hatten; als sie bewusstlos und schön vor ihm lag, ihr Busen sich aufgrund ihrer ruhigen Atmung langsam und gleichmäßig hob und senkte; als seine neuen Sinne und Wahrnehmungen explodiert waren. Er hatte sie gerochen, gehört, gespürt und wollte von ihr kosten. Aber er wollte ihr nicht antun, was ihm widerfahren war, und er wollte seinen Entführern schon gar nicht geben, was sie von ihm gefordert hatten.

Als jetzt ihr Blut seinen Mund ausfüllte, seine Kehle hinunterrann und seinem Körper Kraft gab, war das grausam schön und quälend zugleich, eine neuerliche Explosion der Sinne. Noch bei keinem anderen Opfer hatte es sich derart intensiv angefühlt wie bei ihr.

Doch plötzlich besann sich etwas in ihm, etwas Menschliches, ganz leise und schwach. Was zur Hölle tat er da?

Sayura hatte vor Entsetzen aufgestöhnt, als er seine Reißzähne in ihren Hals versenkt hatte. Unter dem Schmerz seines Bisses war sie zusammengezuckt. Noch nie in all den Jahren als Jägerin war ihr ein Vampir derart nahe gekommen, immer hatte sie es vermeiden können, gebissen zu werden, und ausgerechnet Natzuya war es, der sie derartig verletzte! Sie konnte sein Schmatzen hören, er trank ihr Blut. Sie spürte, wie er ihr ihre Lebenskraft entzog, und fragte sich, ob es das war, was ihre Mutter gefühlt hatte, als sie von einem Vampir angegriffen und getötet wurde.

„Ist das jetzt mein Tod? Wieso ausgerechnet Natzuya, wieso muss Natzuya mein Henker sein, Natzuya, den ich doch eigentlich so gerne mag, den ich küssen wollte, den ich für alles hielt, nicht jedoch für meinen Feind? Wieso hat er sich Lena hingegeben? Wieso ist er nicht er selbst und wird der schöne und mächtige Vampir, den ich bereits in ihm sah? Ich will nicht sterben. Oh, bitte, Natzuya, rette mich! Wieso bist du so erbarmungslos?" Tausende Gedanken durchströmten ihr und somit sein Wesen. Es war kein Appell direkt an ihn, es waren ihre vermeintlich letzten Gedanken. Völliger Unglaube darüber, dass ausgerechnet er sie töten würde, machte es ihr entsetzlich schmerzhaft bewusst, dass sie einen Fehler begangen hatte, einem Vampir zu vertrauen. Und das hatte sie wirklich getan. Sie hatte an Natzuya geglaubt, ihm vertraut und bis zum Schluss nicht einwandfrei glauben können, dass er sie wirklich töten würde. Und nun geschah es. Schmerzlich fühlte sich sein Verrat an.

Ihn erstaunte, wie oft er in ihren Gedanken vorkam. Er hatte nicht vor, sie zu töten, sollte er jetzt jedoch besser von ihr ablassen, bevor sie ohnmächtig würde. Als er seinen vampirischen Kuss löste und seine Reißzähne aus ihrem Körper zog, flüsterte er, die Lippen dicht an ihr Ohr gepresst: „Es tut mir leid ... du hast recht, ich bin nicht ich selbst gewesen. Lena stellt keine Gefahr für dich dar, sie ist nicht hier, sie hat nicht damit gerechnet, dass du so stark an mich glaubst, dass du ihre Barriere durchbrechen kannst. Ich muss offenbar noch so viel lernen. Es tut mir wirklich leid. Geh, geh nach Hause!", nuschelte er in ihr Haar hinein. Er hatte sie an sich gedrückt, diesmal sanfter, beschützend, tröstend. Ihr Geruch betörte ihn erneut. Zuallererst würde er jedoch Lena zurechtweisen, denn sie hatte ihn für ihren Krieg gegen Sayura als Marionette eingesetzt und sich seines Willens bedient, ohne dass er es überhaupt registriert hatte. Er spürte die Verletzung der jungen Frau in seinen Armen, als wäre es seine eigene. Mit ihrem Blut hatte er einen Teil ihrer Seele in sich aufgenommen. Ein paar Tage würde ihr Blut ihn am Leben halten, ein paar Tage wären sie verbunden; und alles, was er gesehen und gespürt hatte, konnte er immer und immer wieder abrufen, zumindest so lange, bis sein Körper ihren Lebenssaft aufgebraucht haben würde.

Keine Entschuldigung würde wiedergutmachen können, dass er sich hatte benutzen lassen. Keine Entschuldigung würde wiedergutmachen können, dass er seinen Instinkt nicht hatte kontrollieren können und seinem Verlangen derart egoistisch nachgegangen war. Er musste wirklich noch so vieles lernen.

Sie weinte bitterlich – teils aus Schmerz, teils aus Enttäuschung und auch aus Erleichterung. Sayura war jetzt nicht mehr seine Gefangene, verharrte jedoch weiterhin in seiner sicheren Umarmung.

Schweigend standen sie zusammen. Er leckte sich ihr Blut von den Lippen, genoss es, wollte mehr. Nur eines wollte er noch mehr: diesem Mädchen weitere Schwere, weiteres Leid und weitere Schmerzen ersparen.

„Ich hasse dich!", schluchzte sie in seinen Trenchcoat.

Er ließ sie wortlos ziehen, als sie sich aus seiner Umarmung gelöst hatte und davonrannte.

Erneut verstrichen die Wochen, wieder musste sie die Rückkehr ins „Naked" verlegen, die Bisswunde an ihrem Hals verheilte schlecht, tat lange noch weh. Sie war enttäuscht darüber, dass Natzuya nichts weiter war als ein Vampir.

Sie betrachtete sich im Spiegel ihres Badezimmers, berührte mit den Fingern ihrer linken Hand vorsichtige die Wunde an ihrem Hals, direkt über ihrer Halsschlagader. Die zwei Bissspuren seiner Reißzähne waren deutlich sicht- und unter ihren Fingerspitzen spürbar.

Wie hatte er ihr das antun können? Glaubte er wirklich, mit seiner Entschuldigung und lächerlichen Selbsterkenntnis wäre es vergeben und vergessen? Nur weil sie ihm vertraut hatte, verblüfft und vermutlich naiv war, war es ihm überhaupt gelungen, derart nah an sie heranzukommen. Dabei stand ihm die Aggressivität ins Gesicht geschrieben. Sie musste aufhören, an ihn zu denken, an ihn, ihren Lebensretter Natzuya, der sie nun beinahe getötet hatte.

Er war ein Vampir geworden, und zwar mit allen Sinnen. Er hatte Lena an seiner Seite; Sayuras Feindin, die auf ihrer persönlichen Abschussliste ganz oben stand. Eine Bestie war er geworden, wie es alle Vampire waren; Beeinflussung durch Lena hin oder her. Wie hatte Sayura etwas anderes annehmen oder glauben können? Sie war schrecklich enttäuscht und traurig – immer noch; vielleicht sogar traumatisiert.

Sayura war wenig begeistert, eben hatte sie einen Anruf von Kitty erhalten. Kitty war krank geworden und brauchte dringend eine Vertretung im Club.

Eigentlich war Sayura bereits fertig angezogen gewesen, um jagen zu gehen, notfalls sogar, um Natzuya zu Fall zu bringen, aber sie mochte Kitty und wusste, wenn sie sie jetzt nicht unterstützte, wäre diese aufgrund ihrer vielen Krankheitstage die längste Zeit im „Naked" Angestellte gewesen. Zudem war Kitty eine ideale Kollegin und sogar so etwas Ähnliches wie eine Freundin, auch wenn sie sich bisher nie privat getroffen hatten. Kitty war selbst sehr tauschwillig. Sayura und sie tauschten ihre Schichten hin und her, was für beide sehr praktisch war, viele Freiräume und viel Unabhängigkeit schaffte oder wie jetzt eben Unerwartetes auffangen konnte. Sayura willigte ein, zog sich um und machte sich auf den Weg ins „Naked".

Der Umkleidebereich im „Naked" war voll von bunten, aber knappen Kostümen, diversen Accessoires wie Hüten, Masken, Federboas, Glitzerstaub, Schminke und Perücken, um die Fantasie der männlichen Besucher anzuregen. Sayura hatte oft die Vermutung, dass diese Gäste alle durch die Bank weg pervers veranlagt waren. Sich einen nackten Körper anzuschauen war das eine; ein Mädchen anzufeuern, sich auszuziehen, weil es aussah wie ein Schulmädchen oder ein Bunny, erschien ihr doch merkwürdig. Aber genau diese Strip-Nummern erfreuten sich größter Popularität, genau wie der Auftritt des „Gentleman": eine Frau in Wrack und Zylinder. Nicht zu vergessen die zwei Mädchen auf der Bühne, die sich gegenseitig irgendwelche klebrigen Flüssigkeiten von den Nippeln leckten. Spätestens hier tobte der Saal.

Vielleicht war Sayura in dieser Hinsicht aber auch einfach nur zu engstirnig. Männer tickten ohnehin anders als Frauen. Zumindest hatte sie das irgendwo so aufgeschnappt, denn im Gegensatz zu ihren Kolleginnen verfügte sie über keinerlei Erfahrungen mit Männern, sei es nun auf der Beziehungsebene oder gar im sexuellen Bereich.

Im „Naked" angekommen, suchte sie zuerst Jeffrey auf, den Inhaber des „Naked" und ihren Vorgesetzten. Er saß zumeist an der Bar. In diesem Fall war er stets bester Laune, und man konnte über beinahe alles mit ihm sprechen. War er nicht anwesend, war er sehr wahrscheinlich in seinem Hinterzimmer. Entweder fickte er eine seiner Angestellten – oder es war geschäftlich; und wehe dem, der es wagte, dann auch nur an seiner Tür vorbeizugehen.

Auch Sayura hatte er ein paar Mal angebaggert, da sie sehr gut in sein Beuteschema passte. Aber das tat eigentlich jede Frau, die eine weibliche, schlanke Figur mit wohlgeformten Brüsten, lange gewellte braune Haare und einen festen Hintern besaß. Sayura erfüllte alle seine Kriterien und regte stets seine Fantasie an.

Als Jeffrey sie sah, lächelte er ihr auf seine schleimige Weise zu.

„Hallo, Mäuschen, du hier? Lass mich raten: Kitty ist wieder mal krank? Aber schön, dass du endlich wieder da bist."

„Hi, Jeff, ja, freut mich auch. Ich weiß nicht, was mit Kitty ist, aber sie hat ja für Ersatz gesorgt, oder nicht?", zickte sie Jeffrey sogleich zur Begrüßung an.

„Ja, ja, ich weiß ja, ihr seid die besten Freundinnen!", grinste Jeffrey den Barkeeper mit einem zweideutigen Augenzwinkern an, der jedoch nichts darauf erwiderte.

Sayura sah nun ebenfalls zu Stan, dem Barkeeper „Machst du mir'n Scotch?"

„Klar doch!", antwortete Stan, wie immer kurz angebunden. Er hatte die Sprache bei Weitem nicht erfunden. Am allerwenigsten redete er mit den Gästen, denn er hatte keine Lust, sich deren schlechte Geschichten über ihre gescheiterten Ehen oder deren Gelüste oder sonstige Perversionen anzuhören. Aber offenbar machte er seinen Job trotzdem gern und so lange Jeffrey den mürrischen Barkeeper nicht als geschäftsschädigend empfand weil, er möglicherweise Gäste vergraulte, war alles im grünen Bereich. Nicht zuletzt waren die Gäste ausschließlich wegen der nackten Mädchen hier und störten sich daher sicherlich nur geringfügig an einem wortkargen Barkeeper.

Sayura kam immer ca. eine Stunde vor Eröffnung. Sie genoss die Ruhe des Raumes, die leeren Sessel, die leere Bühne, auf der sich noch kein Mädchen aufreizend bewegte und rekelte und sich auch noch niemand um die silberne Pole wickelte, um sexuelle Handlungen zu simulieren. Nach und nach trudelten die anderen Mädels dann ebenfalls ein, um sich vorzubereiten. Einige duschten, schminkten sich, legten sich ihre Outfits zurecht, machten Dehnungsübungen, um ihre Körper zu erwärmen. Denn was so leicht aussah, nach Tanz und Erotik, war eine harte und sportliche Herausforderung. Den eigenen Körper um eine Stange zu wickeln und dabei zu lächeln, war ein echter Kraftakt.

In einer gemeinsamen Teambesprechung beschlossen sie täglich, wer an jenem Abend dann welche Rolle übernahm, wann wer mit wem auftrat, ob getauscht wurde, wer wann Pause machte und wer den zusätzlichen Thekendienst zu Stans Entlastung um Mitternacht, wenn die meisten Gäste anwesend waren, übernehmen sollte. Diese Teambesprechung lief meist ohne Jeffrey ab, was sie wesentlich einfacher, professioneller und ergebnisorientierter machte. Mit seiner Anwesenheit hingegen dauerte alles länger und war gespickt mit nervigen Doppeldeutigkeiten. Heute Nacht würde Sayura als Schulmädchen auftreten.

Der Barkeeper Stan ging vor Eröffnung stets noch einmal im Saal herum und sah sich um, putzte hier und da unnötigerweise die einzelnen, roten Tische ab oder wischte von den schwarzen Ledersesseln imaginäre Krümel weg. Dabei hatte Jeffrey extra eine Reinigungsfirma beauftragt, drei Reinigungskräfte kamen immer gegen 4:00 Uhr morgens und hinterließen die Räumlichkeiten sehr sauber – insofern man ein Striplokal, in dessen Sitzmöbeln Spuren von Schweiß, Alkohol oder auch Sperma zu finden waren, als sauber bezeichnen konnte. Sayura mochte den Moment, wenn Stan die Großraumbeleuchtung ausschaltete und damit den Raum in sein dämmriges Licht tauchte. Auf den Tischen standen schlichte Kerzen. Mittelpunkt war die Bühne, die mit kleinen Spotlights zwar beleuchtet wurde, aber zunächst noch im Dunkeln lag, bis die erste Showeinlage begann und die Bühne in hellem Licht erstrahlte. Im Hintergrund lief eine angenehme Musik, die eine Unterhaltung möglich machte, ohne dass sich die Gäste würden anschreien müssen. Der Geräuschpegel der Musik änderte sich, sobald eines der Mädchen die Bühne betrat. Dann hatten auch die Gäste anderes zu tun, als sich zu unterhalten. Einige starrten die Mädchen lüstern an, andere brüllten laut, dass sie sich schneller ausziehen sollte. Sie streckten die Hände mit 20-$-Noten nach dem Mädchen aus, um sie ihr in den winzigen Slip zu stecken. Gerne verteilten die Herren dann einen Klaps auf den Hintern der halb nackten Frau. Es war nicht gewünscht, wurde aber geduldet.

Sayura saß heute kurz nach Mitternacht bereits mit ihrem zweiten Scotch an der Bar und hing ihren Gedanken nach.

Der Laden hatte sich gut gefüllt. Noch waren die anwesenden Gäste relativ ruhig, das lag nicht an den schlechten Tanzkünsten Lauras, die die Zweite auf der Bühne war, sondern wohl eher am fehlenden Alkoholgehalt im Blutkreislauf der anwesenden Männer, die sich offenbar noch in Zurückhaltung übten. Je weiter der Abend voranschreiten würde, je mehr Alkohol fließen würde, umso lauter würden sie schreien und umso mehr Trinkgeld würden sie den Mädchen in ihre Slips und BHs stopfen, um dabei nicht zufällig auch einen Nippel oder eine andere individuell begehrte Stelle des weiblichen Körpers berühren zu können.

Sayura trank sich vor ihrer Show gelegentlich einen kleinen Schwips an. Sie fand, sie sei dann in den Hüften lockerer, und ein Betatschtwerden durch die Männer sei leichter zu ertragen. Das auf der Bühne war letztendlich eine reine Unterhaltungsshow. Sie tanzte gern, sie zog sich sogar sehr gerne aus, genoss ein Stück weit auch die begehrlichen Blicke, nicht aber die schwitzenden Hände sabbernder erwachsener Männer, die plötzlich vom Gedanken an Sex beherrscht wurden. Ein Stück weit fand es Sayura interessant, diesen Abfall des Niveaus, des Respekt, und der Würde zu beobachten. Dann wieder ekelte sie der Gedanke an, dass irgendeine Frau mit so einem Mann das Bett teilen musste. Erst in Situationen wie diesen, wenn ein Mensch sich wirklich gehen ließ, konnte man einen Teil seines Ichs erkennen, fand zumindest Sayura. Eigentlich hielt sie sich nicht für männerfeindlich, zumal sie niemand dazu gezwungen hatte, in einem Striplokal zu arbeiten aber trotzdem brachte sie es fertig, die Besucher eines solchen Etablissements zu verurteilen. Sie musste in sich hineingrinsen. Wesentlich unangenehmer waren ihr jedoch die sogenannten Lapdance-Buchungen. In abgetrennten Bereichen wurde dann von einzelnen Mädchen für einzelne Gäste, in einer wesentlich intimeren Umgebung ein Privattanz gegeben. Er erforderte die Aufnahme von engem Körperkontakt. Die halboffenen Kabinen schafften dem Gast zum einen das Gefühl der Intimität, zum anderen boten sie der Security genügend diskrete Einsicht um bei mangelnder Manier des Gastes einschreiten zu können.

„Einen doppelten Whiskey für mich und noch einen Scotch für die Lady!", erklang plötzlich eine bekannte Stimme hinter Sayura und riss sie aus ihrem Gedankenfluss.

Auf dem Hocker neben ihr nahm Natzuya lässig Platz.

Sie hatte ihn sofort an seiner Stimme und dem angenehmen Duft seines Aftershaves erkannt.

Sprachlos vor Überraschung, vor allem unter Berücksichtigung jüngster Ereignisse, sah sie ihn mit großen Augen schockiert an.

– 6 –

Er sah gut aus. Stark. Charismatisch.

Sein anthrazitfarbener Anzug aus matt glänzendem Stoff, perfekt auf seinen Körper zugeschnitten, machte ihn zum vornehmsten Gast dieser Lokalität. Offenbar hatte er sich gut in die Vampirwelt eingegliedert und wusste deren Vorteile für sich zu nutzen, sei es gerade auch finanziell. Lena musste stolz auf ihn sein. Sie hatte ihn zweifelsohne zu einem richtigen Vampir gemacht, das konnte Sayura förmlich fühlen. Es gab richtige Vampire und Menschen, die zu Vampiren wurden, denen es aber nie abzulegen gelang, was sie einst zu Menschen gemacht hatte. Natzuya war es gelungen. Er zog die Blicke vieler Anwesender auf sich.

„Hatte ich eine andere Wahl, als zu akzeptieren, was ich jetzt bin?", fragte er Sayura, nippte an seinem Glas und sah sie an. Sein Blick war fesselnd.

„Was willst du hier?", fragte sie schroff zurück, lehnte sich dann wieder wie zuvor auf die Bar und starrte in ihr Glas. Sie freute sich trotz aller Ereignisse, ihn zu sehen, und fand diese Erkenntnis fürchterlich. Wollte er sie hier erneut angreifen, er, dieser schöne Vampir? Sie bezog es nicht auf sein Gesicht oder sonstige körperliche Merkmale.

„Warum so schroff? Ich mache mir das Neutralitätsgesetz zunutze. In Läden wie diesen dürfen wir uns zusammen aufhalten, nicht bekämpfen, was ich im Übrigen auch nicht vorhabe. Ein Verbot, dass wir nicht reden dürften, gibt es nicht!", erklärte er ausgerechnet ihr.

Er hatte also dazugelernt, war aber immer noch dazu bereit, die Gesetze zu beugen.

„Seit wann ist dir nach reden? Du lässt doch lieber Taten folgen, nicht wahr? Wo ist deine bessere Hälfte?" Ihre Stimme klang brüchig, Sie hasste es, wenn sie unsicher war. Und dieses neue Gefühl der Eifersucht hasste sie noch mehr, zumal es völlig grundlos und unberechtigt in ihr aufkeimte, denn nichts, was diese Vampire taten, sollte sie interessieren.

„Du bist immer noch sauer, zu Recht. Ich habe mich fürchterlich gehen lassen. Aber lass dir gesagt sein, dass ich mich von Lena hinsichtlich ihrer Beeinflussung losgesagt habe. Ich gehe meine eigenen Wege. Sie ist nicht hier!", erklärte er ruhig und nippte an seinem Glas.

„Gut, und jetzt will ich, dass du verschwindest. Zwischen uns ist genug Schlechtes vorgefallen", fuhr sie ihn an, ohne dabei von ihrem Glas aufzusehen.

„Ich denke, als Mann hab ich begründetes Anrecht, hier zu sein, mehr noch als du. Ist das dein Versteck, wenn du nicht jagen gehst? Bleib lieber zu Hause und sieh dir einen Film an!" Als er das gesagt hatte, sah er sich schon beinah angewidert um. Sie konnte ihn in der Spiegelwand der Bar beobachten.

„Wo ich mich wann und warum aufhalte, geht dich nun wirklich nichts an. Wenn es dir hier nicht gefällt, steht es dir frei zu gehen! Aber tatsächlich ist es so, dass ich mir genüsslich einen genehmige, bevor ich Vampire wie dich kaltmache." Sie trank einen Schluck und freute sich über ihren Seitenhieb. Es war jedoch eine dumpfe Freude. Sie musste ihn unbedingt loswerden, denn der übernächste Auftritt war bereits ihrer. Sie wollte nicht, dass er sie tanzen sah, nicht hier, nicht nackt. Nicht nach all dem, was er ihr angetan hatte, sie war noch nicht darüber hinweg.

Was würde er sagen, wenn er sie – eine Vampirjägerin – als Stripperin in einem schäbigen Lokal sah? Zum Teufel mit seiner Meinung! Wieso legte sie so viel Wert darauf? Noch immer starrte sie in ihr Glas.

„Ich bin zufällig hier vorbeigekommen und konnte deinen Geruch wahrnehmen, da dachte ich, ich gehe dem mal nach. Ich freue mich darüber hinaus sehr, dich wiederzusehen!", erklärte er ohne Umschweife.

„Meinen Geruch?" Überrascht und verwirrt sah sie ihn nun doch an.

„Ja, du warst einer der ersten Menschen, der mir begegnete, seit ich ein Vampir bin. Meine neuen Instinkte waren damals noch überfordert von so einer enormen Reizüberflutung, und einige der ersten Gerüche sind mir so im Gedächtnis geblieben!", gestand er ihr erstmals.

„Na schön, jetzt hast du mich gefunden! Ist noch was? Es geht mir gut, meine Wunde am Hals ist verheilt. Danke." Sie hielt seinem Blick stand und versuchte, nichts zu denken.

Er sagte nichts, er wusste, dass sie ihm nicht verziehen hatte, es womöglich niemals würde können. Diese Unterhaltung ergab keinen Sinn. Natzuya stand auf, nickte ihr zum Abschied zu, legte eine 50-$-Note auf den Tresen und machte Anstalten zu gehen.

„Das ist zu viel Trinkgeld!", rief sie ihm hinterher. Warum sie das tat, wusste sie nicht. Sie sollte froh sein, dass er im Begriff war zu gehen. Er reagierte allerdings auch nicht darauf.

Im selben Moment legte Stan am anderen Ende der Bar den Telefonhörer auf und rief Sayura zu: „Sayura du bist die Nächste. Ariane bittet für diesen spontanen Tausch um Verständnis, geh dich bitte umziehen!"

Das war der längste Satz, den Sayura Stan hatte jemals sprechen hören, und zugleich der schlimmste. Sie sah an Stan vorbei. Natzuya war stehen geblieben und hatte sich umgedreht. Sayura sah ihm an, dass er ungläubig begriff, dass sie zum einen hier arbeitete und zum anderen auch noch als Stripteasetänzerin. Sie nahm ihr halb leeres Glas vom Tresen und ging auf ihn zu.

„Geh einfach, bitte!", dachte sie beinah schon verzweifelt. Sie war sich sicher, dass er ihre Gedanken lesen würde, wie er es immer tat. Dann bog sie kurz vor ihm ab, ging hinter die Bühne, um sich umzuziehen und in ein Schulmädchen zu verwandeln.

Sie betete die ganze Zeit bis zu dem Moment, als sie auf die Bühne stieg, dass er verschwunden sein mochte. Bevor der bekannte Song mit dem Namen „Hit Me Baby One More Time" eingespielt werden und das große Spotlight angeknipst würde, war der Saal bis auf die Kerzenlichter und die glimmenden Zigaretten, die aussahen wie kleine Glühwürmchen, in völlige Dunkelheit getaucht. Lediglich die Bar war eine Quelle des Lichtes.

Ihr Herz schlug vor Aufregung, als wollte es ihrer Brust entspringen. Aufregung wegen eines einzigen Mannes? Unfassbar! Nicht etwa, weil das ihr erster Auftritt seit Langem war. Sie hatte zu Hause ein wenig getanzt, geübt und festgestellt, dass sie trotz der langen Pause nicht verlernt hatte, lasziv zu tanzen. Nein, sie war vielmehr aufgeregt, weil dieser Mann Natzuya war.

„Werte Gentlemen, begrüßen Sie mit mir zusammen unsere lang vermisste, sexy Sayura. Sie wird Ihnen so einheizen, wie Sie es noch nie erlebt haben!", erdröhnte zu ihrer Überraschung Jeffreys Stimme über die Lautsprecher. Das Publikum jubelte. Sayura war gerührt, doch konnte das Gefühl der Freude ihre Nervosität leider nicht überbieten.

„Bitte sieh nicht zu!", war ihr letzter Gedanke, bevor Licht und Musik angingen und sie tanzend ihre Show präsentierte. Sie sah sich unter den Gästen um, warf den Männern Handküsse zu, zwinkerte ihnen übertrieben lächelnd zu und stopfte zugesteckte 20-$-Noten in ihren BH unter die Bluse. Zeit, sich dieser zu entledigen. Sie hatte Natzuya nirgends erkennen können. Somit nahm sie an, dass er tatsächlich gegangen war. Ihre Unsicherheit ließ nach. Sie spielte mit der Lust und Geilheit der umstehenden und grölenden Männer, streichelte ihren nackten Körper, lutschte einladend lasziv an ihren Fingern und rieb ihren Körper immer wieder geschmeidig und erotisierend an der kalten Pole, solange bis das Lied vorüber war und das Spotlight erlosch. Unter Zugaberufen des Publikums verließ sie schließlich nackt die Bühne.

Schwitzend und außer Atem war sie in die Garderobe geeilt und hatte sich, in einen Bademantel gehüllt, auf einen Stuhl gesetzt. Ihre Beine waren zittrig. Noch so eine Begegnung mit Natzuya würde sie vor Nervosität nicht überstehen.

Die Garderobe war ein kleiner, stinkender und viel zu enger Raum.

Sayura würde mit ihrer Show in zwei Stunden noch einmal drankommen. Sie war duschen gegangen, schminkte sich jetzt wiederholt, spritzte sich ein wenig Parfum in die Halsbeuge und würde sich sogleich in ein Kellnerinnenoutfit hüllen: schwarzes Korsett, Netzstrumpfhose, weißes Minischürzchen, Haarband sowie High Heels. Sie war bis zum nächsten Auftritt Stans Unterstützung an der Bar.

In all dem Durcheinander der Mädchen, die sich an- und auskleideten, sei es für Shows oder einzelne Tanzeinladungen in den Einzelkabinen, betrat plötzlich Jeffrey den Raum. Er ging zielstrebig auf Sayura zu.

„Süße, deine Show war wie immer geil. So geil, dass dich so'n Typ für einen Lap buchen will. Er zahlt gut, Kabine 3! Ich bin so froh, dass du wieder da bist!", sagte Jeffrey überschwänglich und wollte gehen.

„Wie sieht er aus, Jeff?" Sayura schnürte sich der Hals zu, sie hatte eine unangenehme Vermutung.

„Süße, ihr tanzt für alle, nicht nur für die Schönen oder Reichen …!", begann Jeffrey.

„Als wenn die sich hierher verirren würden!", rief Maria lachend aus, während sie tropfnass aus der Dusche stieg. Jeffrey glotzte gierig.

„Kabine 3?" fragte Eliza. „Da sitzt doch dieser hübsche Kerl, Sayura, du hast vorhin an der Bar schon mit ihm geredet!", mischte sich jetzt ein anderes Mädchen ein.

„Ja, also, wenn du nicht willst, tanze ich für ihn!", stupste Eliza Sayura mit den Fingern an.

„Nee, Ladies, der will nur Sayura, das hat er ausdrücklich betont. Also bitte zieh dich an und tanz!", sagte Jeffrey zu Sayura und schlürfte gemächlich davon, nicht ohne sich ausgiebig umzusehen. Er fand seine Mädchen allesamt atemberaubend und sah sie sich gerne an.

Er blieb noch einmal stehen: „Ach, Eliza, übernimm du bitte den Tresendienst, bis Sayura mit dem Typen durch ist!", befahl er herrisch.

„Aye-Aye, Captain!", witzelte Eliza. Sie nahm Jeffrey nie besonders ernst.

Sayura ließ sich Zeit mit dem Umziehen. Anstelle ihres Kellnerinnenoutfits schlüpfte sie in rosa Schuhe mit hohen, aber winzigen Pfennigabsätzen, schwarze Strapse mit rosa Rüschen und einen farblich passenden String sowie BH. Alles in allem gab es nicht mehr viel, was sie ausziehen musste. Aber beim Lapdance ging es ohnehin eher darum, dem Gast körperlich nah zu sein. Bei dem Gedanken Natzuya derart nah kommen zu müssen, geriet sie in einen Strudel aus Panik und Vorfreude. Beides zu unterscheiden war unmöglich.

Unsicher stöckelte sie schließlich auf Kabine 3 zu. Sie befand sich in der linken hinteren Ecke des Lokals. Ein samtenes rotes Lederrondell umsäumte einen kleinen Tisch, dessen Mittelpunkt, samt Pole-Stange trotzdem genügend Platz für körpernahe Tanzeinlagen bot. Derartig private Tanzaufführungen samt gebuchter, ausgewählter, favorisierter Tänzerin sowie Begrüßungschampagner gab es nicht gerade zu einem Schnäppchenpreis. Da saß er nun, hatte es sich bequem gemacht, sein Jackett ausgezogen und sich einen weiteren Drink bestellt. Er sah ihr dabei zu, wie sie auf ihn zustöckelte. Sie hasste diese überlegene Ruhe, die er ausstrahlte. Sie hasste dieses unangenehme Gefühl, das sie überkommen hatte. Noch nie hatte sie es als peinlich empfunden, in einem Stripteaselokal zu arbeiten. Jetzt jedoch empfand sie nichts weiter als Scham. Die rosa Spitzenunterwäsche trug nicht gerade zur Festigung ihres Selbstbewusstseins bei.

„Hier arbeitest du also ... zu deinem Ausgleich!", stellte er süffisant fest, als sie in Hörweite war.

„Ja. Wieso tust du das? Hast du mich nicht schon genug erniedrigt?", fragte sie schroff, zog sich elegant an der Stange in der Mitte des Tisches hoch und stellte sich mit ihrer Kehrseite zu seinem Gesicht hin auf. „Bringen wir es schnell hinter uns, okay?", meinte sie über ihre Schulter hinweg.

„Behandelst du alle deine Gäste so unfreundlich? Soll ich den Geschäftsführer holen? Ich habe für dich gezahlt, also biete mir den gleichen Service wie all euren schmierigen Gästen!", entgegnete er trocken, aber drohend.

„Möchtest du ein Glas Champagner mit mir trinken?", fragte er dann versöhnlich und nickte mit dem Kopf in die Richtung der Champagnerflasche. Eisgekühlt stand die Flasche geöffnet neben Natzuya bereit, zwei Gläser daneben. Er selbst hielt sein Whiskeyglas in der Hand und hatte es lässig auf seinem Knie abgestellt. Natzuya hatte die Bar bereits verlassen gehabt, konnte dem Reiz schließlich doch nicht widerstehen, sie tanzen zu sehen. Ihre Unsicherheit schmeichelte ihm. Ihre Eleganz ließ sein Begehren erneut aufflackern. Aus der Dunkelheit des Raumes sah er ihr zu, wie sie sich gekonnt auszog. Ihr langes dunkles und leicht gelocktes Haar bildete einen schönen Kontrast zu ihrer hellen Haut. Ihr Körper war schön, fest, weiblich und betörend, ihr Busen natürlich weiblich und etwas mehr als eine geschätzte Handvoll, schlanke Hüften, ein sexy Apfelpopo.

Er hatte sich entschlossen, doch noch einen Anlauf in Richtung eines versöhnlichen Ausklanges ihrer verfahrenen Situation zu nehmen. Er hatte natürlich keinen Cent bezahlt, sondern den Platzwart einfach hypnotisiert, als dieser die 250 $ einfordern wollte. Bevor dieser am Morgen seine Abrechnung machen würde und das fehlende Geld bemerkte, wäre Natzuya schon über alle Berge, zumal sich der Platzwart ohnehin nicht an ihn würde erinnern können. Die Fähigkeit der Hypnose fand Natzuya großartig. Zuerst konnte er sie an Tieren anwenden. Lena hatte ihm gezeigt, was nötig war, um sie auch am Menschen zu nutzen. Es war so einfach, so lohnenswert!

Sayura stand auf dem kleinen Tischchen vor ihm und begann zu tanzen, ließ ihre Hüften aufreizend kreisen, zog ihr linkes Bein an der Stange hinauf und streichelte es langsam, sinnlich.

Er sagte eine ganze Weile nichts, seine Blicke machten sie nervös. Sie wandte sich ihm zu und rutschte an die Pole gelehnt hinunter in die Kniebeuge. In der Hocke angekommen, spreizte sie ihre Beine. Er jedoch sah ihr ausschließlich in die Augen. Das überraschte sie.

„Du müsstest hier nicht arbeiten!", sagte er.

Sayura glitt gekonnt elegant vom Tisch und ging wenige Schritte auf ihn zu. Mit den Händen berührte sie sanft seine Knie. Er konnte ihr leichtes Unbehagen spuren. Sie zweifelte. Würde er sich beherrschen können? Würde er sie wieder angreifen? Ihre Professionalität und die vermeintliche Sicherheit dieses öffentlichen Ortes waren es schließlich, welche es Sayura ermöglichten ihre Zweifel zu überwinden. Durch den leichten Druck ihrer Hände öffnete er seine Knie, so wie sie es ihm durch ihre Geste nonverbal zu verstehen gab. Zuvor nahm sie ihm sein Glas aus der Hand und stellte es auf den Tisch hinter sich. Anschließend kniete sie nieder und drückte ihren Körper eng an den seinen. Er war angenehm warm. Mit der rechten Hand griff sie nach seiner Krawatte und zog ihn zu sich heran. Ihre Gesichter waren sich sehr nah. Sie konnte die wärmer seiner Lippen auf den ihren spüren.

„Alles Teil der Show", musste sie sich gerade jetzt ins Gedächtnis rufen, sie wusste auch nicht, warum sie das plötzlich als so intim empfand. Das hatte sie schon Hunderte Male mit anderen Männern gemacht.

Widerstandslos ließ er es geschehen. Es wäre so leicht, ihn zu küssen. Wieso hatte sie ihre Gedanken so wenig im Griff? Ihn hingegen schien dies alles nicht zu berühren. Sein augenscheinliches Desinteresse kränkte sie. In einer wellenförmigen Bewegung stand sie schließlich auf, ihr Busen glitt dabei an seinem Gesicht vorbei ohne es jedoch zu berühren.

„Doch, muss ich, weil das Töten von Vampiren leider nicht bezahlt wird!", flüsterte sie ihm von oben herab zu auch wenn es nicht der Wahrheit entsprach. Daraufhin ging sie rückwärts bis zum Tisch und zog sich an der Pole schließlich wieder hinauf. Distanz zu schaffen war der einzige Selbstschutz.

„Dann bist du selber schuld, wenn du es ehrenamtlich tust!", sagte er seinerseits von unten herauf. Er lächelte.

Nun stand sie ihm mit ihrer Kehrseite zugewandt und hielt die kalte Pole-Stange fest umklammert. Sie atmete kurz durch, öffnete mit einer Hand ihren rückseitigen BH-Verschluss und zog ihn anschließend elegant aus. Als Nächstes winkelte sie ihr rechtes Bein um die Stange und beugte ihren Oberkörper weit nach hinten zu ihm hinunter. Sie übergab ihm ihren BH mit der freien ausgestreckten Hand und konnte für den Moment erkennen, dass sein Blick über ihre Brüste geglitten war.

„Was willst du, Natzuya?", fragte sie ihn über Kopf, bevor sie sich wieder aufrichtete.

„Du kannst dich vor fremden Männern ausziehen, aber meine Gegenwart macht dich nervös, warum?", fragte er sie stattdessen.

Sie drehte sich nicht um, hielt aber inne in ihren Bewegungen.

„Ich weiß es nicht!", brachte sie zähneknirschend hervor, um ihre Tanzeinlage fortzusetzen. Vielleicht war es auch seine natürliche Ausstrahlung als Vampir, die es ihm und allen seiner Art einfacher machte, Menschen mit erotischer Präzision anzuziehen und zu töten.

Wieder ließ sie sich hockend, mit weit gespreizten Beinen an der Stange hinuntergleiten. Beim nächsten Aufstehen würde sie ihm ihre Kehrseite zuwenden und sich das Höschen ausziehen, sodass er freien Blick auf ihre intimsten beiden Stellen haben würde, danach würde diese Tortur vorbei sein. Auf die neuerliche körperliche Kontaktaufnahme würde sie verzichten, auch wenn das Protokoll es vorschrieb. Dann würde sie sofort verschwinden. Der Gedanke, ihm nun ihr Hinterteil völlig entblößt mit Blick auf ihre Schamlippen vor die Nase zu halten, erschien ihr so furchtbar verkehrt und billig. Dieser Anblick einer Frau, der so vielen Männern den letzten Funken Verstand raubte, würde sicher auch an Natzuya nicht ohne Gefühlsregung vorbeigehen, auch wenn er bisher keinerlei Regung erkennen lies. Aber er war auch nicht einer von diesen fremden Männern, die sonst das „Naked" besuchten. Auch wenn Sayura noch immer verletzt, sauer und gekränkt war, überlegte sie, ihren Tanz bereits jetzt abzubrechen. Sie wollte Natzuya und sich nicht in diese entwürdigende Situation bringen. Er kam ihr glücklicherweise zuvor.

„Lass es, das will ich auch nicht sehen, das ist unter deinem Niveau!", sagte er ruhig.

Dankbar sah sie ihn an, jedoch missdeutete er ihren Blick und erklärte sich.

„Deine Gedanken, du hast schon die nächsten Schritte vorbereitet. Ich will deine intimsten Stellen nicht sehen!" Nach einer kurzen Satzpause fügte er seiner Erklärung ein bedeutungsschwangeres „Noch nicht!" hinzu.

Vor Überraschung verlor sie das Gleichgewicht, rutschte mit dem Fuß vom Tisch und stieß sein Glas um, dessen Inhalt sich auf den Boden ergoss. Mit großen Augen sah sie ihn an, er erwiderte nüchtern ihren Blick, ohne jedoch etwas zu sagen.

„Was erwartest du in so einer Umgebung wie dieser für Leute zu treffen? Nette Leute, die Anstand bewahren angesichts einer nackten Frau, wie du eine bist, die darauf getrimmt ist, den Jungs das Geld aus der Tasche zu ziehen? Die einen zwar erregt, die man aber nicht anfassen darf?"

„Nein, das erwarte ich nicht von den Leuten, die herkommen, aber das erwarte ich von dir, weil du etwas Besonderes für mich bist und nicht …!" Sie brach den Satz mittendrin ab. Was hatte sie da eben gesagt?

„Siehst du? War das jetzt so schwer zu sagen, warum ich dich nervös mache? Du magst mich", lächelte er triumphierend.

„Hör auf, meine Gedanken zu lesen, verdammt noch mal! Verschwinde aus meinem Leben, hörst du? Du hast mich gebissen, Natzuya, du wolltest mich töten. Glaubst du, das kann ich dir einfach so verzeihen? Ich hab Angst vor dir, verstehst du das? Ich weiß nicht, was du als Nächstes tun wirst; nicht, solange du mit Lena zusammen bist. Sie und ich sind Todfein-

de. Dir habe ich vertraut, das kann ich aber jetzt nicht mehr."
Sie war verärgert, er hatte sie mit einfachen Wortspielereien dazu gebracht, über ihr Gefühlsleben zu reden. Wenn sie damit schon begonnen hatte, konnte sie ihm auch den Rest ihrer Gedanken offenbaren, wenn er sie nicht ohnehin schon gelesen hatte.

„Ja, deine Gegenwart verunsichert mich, und deine Anziehung ist verwirrend, aber all das schreibe ich einfach deinem neuen Wesen zu: Du bist womöglich manipulativ oder hypnotisierst mich gerade. Dabei hast du diese Fähigkeiten quasi mit in die Wiege gelegt bekommen. Mein Inneres ist zerrissen, Natzuya. Ich weiß nicht, was ich von dir zu erwarten habe, ob du mein Freund oder Feind bist …!"

Sie stieg vom Tisch herunter, denn sie wollte dieser peinlichen und intimen Situation jetzt endgültig entgehen und sie hatte keinerlei Interesse an seiner Antwort. Sayura zog ihren BH an, während sie barfuß davonstampfte. Jeffrey hatte sie beobachtet, er fing sie vor der Garderobe ab. Grob hielt er sie am Arm fest.

„Du hast dein Höschen noch an, Fräulein, der Typ hat für dich gezahlt. Er hat dich nicht unsittlich berührt. Ich sehe also keinen Grund, warum du gehst. Zurück mit dir, sonst warst du die längste Zeit hier Tänzerin! Und was wäre doch schade!"
Diese Drohung konnte sie nicht ignorieren, in dieser Hinsicht war er ganz und gar Geschäftsmann und viel zu erfolgs- und kundenorientiert. Also stapfte sie zurück zur Kabine Nummer 3; doch sehr zum Erstaunen aller war der gut aussehende Gast verschwunden.

Am Wochenende darauf saß Sayura lange auf ihrem Sofa und starrte den vor sich liegenden Brief auf ihrem Glastisch an. Er war ohne Absender, ohne Briefmarke und in schlichtem Weiß.

Selten erhielt sie derartige Briefe, den letzten vor knapp zwei Jahren. Er stammte direkt von der Organisation der Vampirjäger. Darin befand sich ein Tötungsauftrag der besonderen Sorte.

Diese Aufträge waren stets schwierig, da sie in der Öffentlichkeit stattfinden mussten, ohne dass eben jene davon etwas erfuhr.

Bei diesem Auftrag war das Neutralitätsgesetz außer Kraft gesetzt. Sie hasste diese Art von Aufträgen, bekam sie diese doch nur, wenn es sich um einen besonders gefährlichen, blutrünstigen und düsteren Vampir handelte, der die Gesetze nicht achtete, die Geheimhaltung gefährdete oder möglicherweise aus einem anderen Land geflohen war.

Vorsichtig hatte sie den Brief schließlich geöffnet. Zuerst las sie die Einladung und war aus einem anderen Grund erfreut. Diese Karte war der Zugang zu der angesagtesten High-Society-Party des Jahres. Einmal im Jahr fand diese Wohltätigkeitsfeier statt, und all die reichen Leute dieser Stadt versammelten sich, spendeten für Vereine, arme Menschen und Tiere, schlossen neue Kontakte oder Arrangements. Sie aßen sich an teurem Kaviar satt und tranken die edelsten Tropfen, alles im Sinn der Wohltätigkeit selbstverständlich. Immer schon wollte sie auf einer Feier wie dieser Mäuschen spielen und sehen, was dort wirklich vor sich ging, und nun hatte sie das unfassbare Glück, eingeladen zu sein. Das würde bedeuten, sie würde morgen einen ausgedehnten Einkaufsmarathon vor sich haben. Noch nie hatte sie so etwas getan, sich einfach gehen lassen und etwas für sich getan, einfach weil es Spaß machen würde. Sie brauchte ein tolles Abendkleid getreu dem Motto „Maskenball", das die Einladung auswies. Es musste ein Kleidungsstück sein, das zum einen den Anforderung eines Kostüms gerecht wurde und zum anderen trotzdem die Möglichkeit des Waffenversteckes bot. Geladene Gäste würden sicher nicht auf Waffen untersucht werden. Vermutlich würde sie sowieso den Hintereingang nutzen, denn sie wollte vermeiden, in den Zeitungen der Klatschpresse zu erscheinen, denn dies wäre so gar nicht „unsichtbar".

Sie geriet in Euphorie und freute sich sehr auf diese Gelegenheit trotz ihrer Bedenken wegen des morgigen Presserummels, den sie als Undercover-Jägerin unbedingt meiden musste und wollte. Als Nächstes entnahm sie dem Brief das Beilagenblatt mit den wichtigsten Angaben über den Vampir der Tötungsstufe 1 heraus, um sich das dort aufgedruckte Foto anzusehen. So euphorisch sie gerade noch war, so tief war ihr emotionaler Absturz. Auf dem Bild war eindeutig Natzuya abgebildet. Nun war es offiziell: Sie hatte den Auftrag, den Vampir Natzuya um jeden Preis am nächsten Abend zu töten. Das hatte er nun davon, ständig die Grenzen der Vampirwelt zu dehnen, aber wieso war die Organisation derartig empfindlich? So gefährlich, düster oder blutrünstig war er schließlich nicht – oder sollte er andere Seiten offenbart haben? Empfindlich war schließlich auch Sayura. Als sie den ersten Schock verdaut hatte, versuchte sie sich zu beruhigen. Schließlich war das nun mal ihr Leben, ihre Aufgabe. Er war ein Vampir; etwas Schlechtes, was nicht existieren sollte, zumal er es ihr bereits deutlich bewiesen hatte, als er sie gebissen hatte. Sie würde ihm das sowieso nie verzeihen, ihm nie trauen können, weil er ein Monster war. Sie war eine Jägerin, und sie würde ihn töten.

Als sie sich gegen Abend in ihre Jagdkluft gequält hatte und bereits die Türklinke ihrer Wohnungstür in der Hand hielt, überwältigte sie schließlich die enorme Welle der Traurigkeit, die sie den ganzen Tag so erfolgreich unterdrückt hatte. Sie begann zu weinen, lehnte sich gegen die Tür und ließ ihren Gefühlen freien Lauf. Natzuya hatte aber auch ihr Leben gerettet, das konnte sie doch nicht einfach so ignorieren! Sie zog sich schließlich wieder aus, legte sich auf ihr Sofa und weinte die halbe Nacht. Wie sollte sie diesen Mann töten können? Egal, was er getan hatte, was den Fokus der OdV auf ihn gelenkt haben mochte: Seit wann konnte und durfte man Lebensretter umbringen? Wenn es nur das gewesen wäre! Sie mochte ihn viel zu sehr, aber das durfte sie sich natürlich nicht eingestehen.

Nur schwer kam sie am nächsten Morgen aus dem Bett. Sie würde sich ein Kleid kaufen müssen. Dabei hatte sie sich so sehr darauf gefreut, nicht aber über den tatsächlichen Zweck dieses Kleiderkaufes. Sayura würde Natzuya töten müssen. Erst gegen Mittag betrat sie ein Kleidergeschäft, sie würde das Abendkleid nur leihen. Sie wollte kein Kleid besitzen, das sie daran erinnern würde, dass sie Natzuyas Mörderin war.

Eine kleine, etwas untersetzte Verkäuferin mit lauter Stimme kam auf sie zu, stellte sich ihr mit dem Namen Maureen vor und fragte, wie sie Sayura helfen könne. „Ich bin auf einen Maskenball eingeladen und suche ein entsprechendes Kostüm, vielleicht auch eine von diesen venezianischen Masken! Ich möchte das Kleid nur ausleihen."

„Verstehe, Sie werden sich wahrscheinlich eine pompöse Hochsteckfrisur machen lassen …!", sinnierte Maureen und versuchte sich Sayura bereits als Prinzessin vorzustellen. Nach einigen Sekunden schnippte sie plötzlich mit dem Finger: „Nun, ich glaube, ich habe das perfekte Kleid für Sie!", fuhr sie fort.

Sie führte Sayura in den hinteren Bereich des Ladens und zeigte ihr ein bordeauxrotes Kleid. Es war ein Traum, es war perfekt für Sayuras Zwecke: schulterfrei, eng in der Taille, etwas verspielt mit einem breiten Gürtel aus feinem gerüschtem Netz mit darin eingewobenen Strasssteinen, in einen leichten Reifrock ausschweifend. Auch der Saum, der in eine winzige Schleppe mündete, war ähnlich wie der Taillengürtel bestickt.

„Für den Hals empfehle ich ein dünnes Halsband oder eine Kette. Sie können das Halsband natürlich dazukaufen, ich hole es Ihnen gerne, während Sie das Kleid anziehen. Es gibt jedoch einen kleinen Haken: Dieses Kleid ist leider nur zum Kauf bestimmt, verzeihen Sie, das hatte ich vergessen", beteuerte die kleine Maureen, die ein verborgenes Verkäuferass war, sich wahrer Hinterlist bediente und zudem noch ein gutes Auge besaß.

„Ich nehme es trotzdem. Auch das Halsband. Bitte zeigen Sie mir eine passende Maske dazu!", bat Sayura. Sie hatte weder Lust noch Kraft für die Suche nach einem anderen Kleid. Dieses schöne rote Kleid war wie ein Vorbote. Es war so rot wie Blut. Blut, das sie heute Abend vergießen würde.

Maureen kam zurück mit mehreren pompös geschmückten Masken mit viel glitzernden Mustern und viel Federschmuck. Als Sayura eine an der dünnen Stange fest- und über ihr Gesicht hielt, war sie erschrocken, wie schwer und beengend eine solche Maske war.

„Haben Sie es etwas Schlichter?", fragte Sayura. Sie würde die Maske nur für die ersten Minuten der Feier benötigen und dann sowieso irgendwo ablegen. Schließlich musste sie die Hände frei haben.

Maureen brachte eine dünne und schmale venezianische Maske, die matt glänzte und lediglich die Augen und den oberen Wangenbereich abdeckte. Sie war schlicht, einfach, leicht und gerade deshalb fast schon so elegant, da sie unaufdringlich war.

Anschließend half Maureen Sayura beim Anziehen des Kleides. Beide hatten erwartet, dass an vereinzelten Stellen leichte Änderungen des Kleides notwendig wären, und waren schließlich überrascht, wie gut es auf Anhieb passte.

„Dieses Kleid ist offensichtlich ganz für Sie gemacht, es passt wie angegossen!", stellte Maureen überflüssig, aber charmant fest.

Sayura hatte noch nie so einfach ein Kleidungsstück, schon gar kein Kleid, für sich gefunden, und dieses hier fiel sprichwörtlich direkt in ihre Einkaufstasche. Sie zahlte, bedankte sich und ging nach Hause. Dort angekommen, ließ sie sich auf ihr Sofa fallen, sie fühlte sich matt. Ihr Blick fiel erneut auf die Einladung. Ganz kurz zog sie in Erwägung, den Brief zu vernichten, zu tun, als hätte sie ihn nie erhalten.

Sayura nahm den Brief zur Hand, um das Bild von Natzuya zu betrachten. Erstaunlich, wie nahe sie an ihn herangekommen waren, um sein Gesicht so deutlich zu fotografieren! Aber in der Welt der Elektronik und Technik gab es sicherlich ebenso ständige Neuerungen und Verbesserungen, die es möglich machten, selbst mit kleinen Kameras die tollsten Bilder zu machen; mit vermutlich 100-facher Zoomfunktion. Sayura kannte sich mit Waffen aller Art aus, nicht jedoch mit technischem Gerät der Menschenwelt. Ihre Mikrowelle und den Toaster hatte sie noch nie benutzt. Sie brachte es fertig, sich an der Kaffeemaschine zu verbrennen und einen Mixer innerhalb von fünf

Minuten gebrauchsunfähig zu machen. Wie immer dieses Foto zustande gekommen war – es zeigte Natzuyas Porträt. Liebevoll und gedankenverloren ließ sie ihre Finger darübergleiten. „Es tut mir so leid!", flüsterte sie dem Bild entgegen.

Sie legte sein Bild auf ihren Nachttisch im Schlafzimmer. Irgendwie war sie froh, ihn nun immer ansehen zu können. Wer sollte schon etwas dagegen haben, wenn sie sich ein Foto von einem Vampir auf den Nachttisch legte? Schließlich würde sie ihn töten. Das war alles verrückt. War es nicht auch masochistisch, sich ein Foto von ihm bereitzulegen, ihn zu töten und danach weiterhin das Foto sehnsüchtig anzuschmachten? Was war bloß los mit ihr?

Sayura nahm ein Bad, legte sich anschließend ihre Beinholster an, befestigte eine Waffe und ein Messer am Oberschenkel, am Knöchel einen weiteren Dolch. Letzterer war in einer spontanen Situation schnell zu erreichen. Sie übte die Bewegungsabläufe, denn es wäre schließlich verheerend, sich bei einer Tötungssituation mit den Händen im Kleid zu verfangen, den Dolch nicht zu erreichen und zu versagen. Sayura fragte sich, wie es sich wohl anfühlte, Natzuya eine Klinge in den Körper zu stechen, ihn sterben zu sehen. Allein diese Gedanken lösten einen erneuten Weinkrampf aus.

„Ich muss ihn töten, ich muss ihn töten!", beschwor sie sich schluchzend, während sie auf dem Boden kauerte und den Kopf schließlich auf ihren angewinkelten Knien ablegte.

19:00 Uhr.
Auf dem roten Teppich war die Hölle los. Die Berühmtheiten dieser Stadt flanierten und stolzierten darüber, ließen sich fotografieren, gaben Interviews und Autogramme. Einige andere rannten an Zuschauern und Fotografen vorbei, als wären sie auf der Flucht. Sayura verpasste all das, denn sie kam bewusst viel zu spät. Die Uhr zeigte mittlerweile 21:05 Uhr. Sie benutzte den Hintereingang, ein Junge in Kellnerkleidung stand draußen vor der Tür und rauchte. Es nieselte leicht. Verdutzt sah er Sayura an, als sie aus der Dunkelheit auf ihn zutrat.

„Hier meine Einladung, aber der ganze Medienhype da vorne ist mir echt zuviel!", erklärte sie ihm detailreich und streckte ihm ihre Karte entgegen.

„Gehen Sie nur rein!", nuschelte der Junge, ihre Schönheit blendete ihn. Er konnte sich nicht an ihr Gesicht erinnern, konnte nicht sagen, welche Berühmtheit sie war, aber zweifelsohne ein Model. Durch die Küche betrat Sayura schließlich den Festsaal.

Überall standen Stehtische. In der Mitte war eine große Tanzfläche, die derzeit noch leer war. Der Raum war groß, bunt, aber dezent geschmückt. Am anderen Ende des Raumes befand sich eine lange Theke. Mehrere Barkeeper in glitzernden Outfits und mehrere Servicekräfte waren emsig dabei, letzte Vorbereitungen zu treffen. Aus dem Nebensaal, dessen breite vergoldete Flügeltüren geöffnet waren, tönte eine angenehme, aber laute Mikrofonstimme und faselte etwas davon, dass der Erlös ein weiteres Bild eines, zumindest Sayura unbekannten Künstlers an eine Tierschutzorganisation gehen würde. Dies sei dann auch die letzte Versteigerung und das Büfett wäre nun eröffnet.

Sayura beschloss, im großen Festsaal zu warten. Sie postierte sich in der hintersten Ecke des Saales, von der aus sie die große Tür im Blick hatte. Während sie wartete, genoss sie die auf dem Tisch angerichteten kleinen Leckereien: feinste Schokolade, süße Fruchtspießchen und Bonbons. Nach und nach betraten die ersten Gäste den Festsaal und verteilten sich auf die Stehtische. Leise Fahrstuhlmusik lief im Hintergrund, die Anwesenden unterhielten sich angeregt. Bisher war Natzuya nicht dabei gewesen. Sayura sah sich weiter um. Sie erkannte viele Prominente aus den Medien. Zu jedem anderen Zeitpunkt hätte sie sich vielleicht etwas darüber gefreut, aber nicht heute Abend, nicht mit dieser Mission. Neben der Bar führte eine Treppe in das obere Stockwerk. Dort standen weiche Sessel und Sofas, vermutlich so eine Art Ruhebereich. Das viele Trinken und Geldausgeben erschöpfte die Anwesenden sicherlich ungemein. Sayura war verbittert.

Es war lange nach Mitternacht, und Sayura zog wiederholt ihre Runden. Sie war ein gefragter Blickpunkt. Ihre Maske hatte sie bereits zu Hause verlegt. Sie war aufgrund ihres bevorstehenden Tötungsauftrags derart gedanklich belastet, dass sie keinerlei Aufwand betrieb die Maske zu suchen. So hatte sie schließlich ohne sie das Haus verlassen. Die weiblichen Gäste waren ähnlich gekleidet wie Sayura. Alle Frauen trugen wunderschöne und farbige Ballkleider, bunte Masken, Federn in ihren schönen Hochsteckfrisuren und Fächer in den Händen. Die Männer trugen schwarze oder weiße Anzüge, Masken, Umhänge. Manche von ihnen erinnerten Sayura an alte Vampire. „Hier würde Natzuya gar nicht auffallen", dachte sie beinahe liebevoll.

Sayura gewann im Verlauf des Abends mehr und mehr die Erkenntnis und damit an Zuversicht, dass er gar nicht hier war und auch nicht mehr kommen würde. Was sollte er schließlich auch an einem Ort wie diesem? Gerade hatte sie einem netten Mann die Bitte abgeschlagen, mit ihr zu tanzen. Er war einer von vielen. Das schmeichelte ihr. Sie begann sich zu entspannen und wohlzufühlen in ihrem tollen und atemberaubenden Dress.

Die Musik war angenehm. Der DJ am anderen Ende des Saales hinter seinem Pult gegenüber der großen Bar spielte abwechslungsreiche Musik, die ein Kompliment für die Ohren war. Er fand stets die passenden musikalischen Übergänge, und das war Beweis für sein Können. Er wechselte ganz geschickt von Liedern aus den Charts hin zu alten Klassikern über ruhige Loungeklänge, belebende Elektrobeats zu Kuschelsongs bis hin zu klassischen Stücken wie etwa dem Walzer.

Ihr Glas mit Scotch war beinahe leer. Nachdem sie frische Luft geschnappt hätte, würde sie sich an einem Cocktail festhalten. Eigentlich sollte sie ihre Sinne nicht mit Alkohol benebeln, nicht, wenn sie doch eigentlich als Jägerin hier war und noch einen Kampf vor sich hatte. Aber irgendwie war ihr die Disziplin abhandengekommen, zumal der Alkohol einen Schleier über die Tragweite ihrer Mission gelegt hatte und sie es leichter ertragen konnte, Natzuya töten zu müssen. Da gab es nun eigentlich keine Option, keine Ausrede mehr, es stand unumstößlich fest.

Bei ihren Rundgängen hatte sie irgendwann die weitläufige Terrasse, mit Blick auf einen Garten, entdeckt. Zielstrebig trat sie hinaus in die Nacht. Tatsächlich fühlte sie sich erleichtert: Heute würde sie ihn ganz gewiss nicht töten müssen. Sie ging bis zur steinernen Brüstung und sah in den Nachthimmel. Erleichtert atmete sie tief ein und aus.

Leise drang die Musik in die Nacht hinaus. Aus dem Hintergrund drang das angenehme und beruhigende Geplauder der Gäste, deren oberflächliche Gespräche sich doch nur um Geld, neue Anschaffungen, Autos, Prestige und Besitztümer drehten. Reiche unter sich. Was wären all diese Menschen ohne ihr Geld? Was waren sie mit ihm? Waren sie nicht am Ende genauso einsam wie Sayura?

„Du bist wunderschön!", flüsterte ihr eine männliche raue Stimme leise ins Ohr. Eine wohlige Gänsehaut überzog ihre Haut. Natzuya stand dicht hinter ihr.

Lena wollte immer an diesen Veranstaltungen teilnehmen, sie versuchte etwas Abwechslung in die Tristesse ihres langen Vampirlebens zu bringen. Hier ließen sich die Leute zudem finanziell ausnehmen wie Schlachtgänse. Ihm behagten diese Veranstaltungen nicht. Es war ihm zu öffentlich. Es war viel Presse da, es wurden viele Fotos geschossen, er wollte vermeiden, in die hiesigen Klatschblätter zu gelangen, auch wenn es ein Lebenszeichen für seine Eltern oder Freunde bedeutet hätte.

Er hatte schließlich Lena zu dieser Thematik um Rat befragt, und sie hatte ihm schlicht geraten, unter sein altes Leben einen Schlussstrich zu ziehen, möglichst unfreundlich und einfach. Also hatte er mehrere Briefe geschrieben. An seine Eltern hatte er geschrieben, dass er einen Neuanfang in einer anderen Stadt suchen wolle, er müsse sich selbst finden. Seiner Freundin, jetzt Ex, Francesca hatte er geschrieben, dass es ihm leidtue, aber er sich in eine andere Frau verliebt hätte und jetzt mit dieser zusammenlebte. Es war kurz und prägnant formuliert. Er hatte auch nur bedingt gelogen. Seine alte Wohnung hatte er gekündigt, alle darin befindlichen Gegenstände und Erinnerungen an sein menschliches Leben gespendet, seinen Job gekündigt und das Studium aufgegeben. Das waren schwierige Wochen, er hatte viel geweint, geschrien, war wütend, hatte viel Kraft verloren und sich dann schließlich frei gefühlt. Lena bestand darauf, dass er zu ihr ziehen sollte, bis er diese Phase wirklich annehmen konnte und wieder stabil war. Er könne sich natürlich jederzeit ein eigenes Domizil suchen, aber sie wolle ihm Beistand leisten. Mit den Jahren würde es einfacher werden, hatte sie ihm beruhigend ins Ohr geflüstert. Er wohnte noch immer bei ihr, und dabei würde er es zunächst auch belassen. Lena himmelte ihn an, sie begehrte ihn. Er erwiderte dies nur bedingt, ohne wirklich ein Gefühl der Verliebtheit zu empfinden. Er wusste allerdings nicht, ob er dazu überhaupt noch in der Lage war. Er nahm auch an, dass sich Lena über seinen Gefühlszustand im Klaren war, aber es schien sie nicht zu stören, dass er nicht mehr als enge freundschaftliche Gefühle für sie empfand. Sie half ihm, diese neuen, unbekannten und schmerzlichen Situationen zu meistern und zu überstehen, da war Natzuya gerne bereit, ihr zu geben, wonach sie verlangte: seinen Körper.

Die vampirische Liebe war nicht anders als die menschliche: Man küsste sich, man zog sich aus und berührt sich intim. Auf die Vereinigung der Geschlechtsteile verzichteten Vampire zur Gänze, sie bissen sich stattdessen gegenseitig und tranken das Blut des Partners – in der Welt der Vampire an sich streng verboten. So war auch hier Intimität durchaus ein Tabuthema, aber auf anderen Ebenen. Lena und er hatten eine große Auseinandersetzung gehabt, in der es auch um Sayura ging. Diese hatten sie überwunden, und dies machte ein neuerliches Zusammenleben möglich, hatte der Disput doch auch Fronten geklärt. Er dachte manches Mal noch an jene Nacht zurück.

In jener Nacht, als er sich an Sayura verging, wurde ihm überhaupt erst einmal bewusst, wie sehr Lena ihn beeinflusst hatte. Noch in derselben Nacht suchte er sich ein einfaches Hotelzimmer und verbrachte den Tag dort. Lena war sehr wütend, als er nach Sonnenuntergang zu ihr kam. Sie stritten laut, beinahe wie ein Paar. Er sagte ihr, dass er so einfach nicht bei ihr als ihr Schützling bleiben könne, wenn sie ihn zu ihrem männlichen Ich formen wolle.

Sie fauchte ihn an, dass er diese Jägerin endlich vergessen und noch besser töten solle, sonst würde sie es tun. In diesem Moment eskalierte die Situation. Er knurrte, seine Augen wurden schwarz wie die Nacht, er bleckte seine Reißzähne und griff Lena an. Er verletzte sie im Gesicht und an den Armen, hatte sie auf den Boden gedrückt und sich auf sie gesetzt. Noch während er zusah, wie sich Lenas Wunden schlossen, fauchte auch er auf eine Art, die sie furchtbar erschreckte, dass er sie töten würde, sollte sie oder gar jemand aus dem Clan sich Sayura auch nur ansatzweise mit einer schlechten Absicht nähern.

Lenas Kommentar lautete, dass er besser verschwinden und sie sich besser nicht mehr allzu oft sehen sollten. Er müsse jetzt eine Phase erleben, die sie „Selbstfindung" nannte. Er müsse seine eigene Stärke und Macht als Vampir finden und in richtige Bahnen lenken. Er solle sich nicht erschrecken, sollte er dabei über die Stränge schlagen. Und das hatte er bereits getan. Erst Sayura – und nun hatte er auch noch Lena angegriffen. Letztere jedoch hatte ein dickeres Fell. Lena war es auch, die ihm schließlich schnell verziehen hatte.

Und nun hatte Lena ihn schon wieder auf so einen Ball mitgeschleppt. Lena tanzte mit irgendeinem reichen Mann und verdrehte ihm den Kopf, sei es nun auf natürliche Art oder durch Hypnose. Natzuya selbst hatte sich nach einer Weile auf die Terrasse zurückgezogen und auf die Brüstung gesetzt. Er hatte den Geräuschen der Nacht gelauscht, und plötzlich war dieses zarte Wesen auf die Terrasse getreten. Ihren Geruch hatte er sofort erkannt, nicht aber ihre grazile Erscheinung. Was für ein unwirklicher Zufall!

Sie trug ein sehr schönes Kleid, das ihren weiblichen Körper umspielte und vorteilhaft betonte. Sie trug ein Halsband in selber Farbe, und ihr Haar hatte sie zu einer aufwendigen Frisur hochgesteckt. Die Linie ihres Halses war sanft geschwungen, als hätte sie jemand gemalt.

Natzuya beobachtete sie eine Weile und wollte ihr dann plötzlich nahe sein, diesmal jedoch würde er sich beherrschen. Ihre Wandlungsfähigkeit verblüffte ihn. In wie vielen Rollen hatte er sie bereits gesehen? Als Jägerin, als Mensch, als Stripperin und nun als Edeldame. Das Verblüffende daran war, dass sie in jeder dieser Rollen glänzte und diese so ausgeprägt leidenschaftlich lebte. Keine davon erschien gespielt, immer war sie authentisch geblieben.

Als Natzuya hinter ihr stand, raunte er ihr ein Kompliment ins Ohr. Er sah ihre Gänsehaut im Nacken, spürte ihre Aufregung, ihre Freude und etwas anderes, was er nicht genau zuordnen konnte, vielleicht eine Art Enttäuschung oder Verzweiflung. Er würde es sicher in Erfahrung bringen. Ob dieser Situation hatte sie keine Angst. Es war fast so, als hätte sie ihn erwartet oder zumindest damit gerechnet, dass er hier sein würde.

Sayura drehte sich ihm zu. Als sie überschwänglich freudig zu ihm sagte: „Natzuya? Du auch hier?", wusste er, dass sie log. Es passte so gar nicht zu ihrem Wesen. Bedachte man ihre letzte Begegnung, ihre Gefühlsexplosion in dieser schmuddeligen Nacktbar und ihr Verhalten jetzt, so geplant versöhnlich, lagen Welten dazwischen.

„Ja. Lena hat mich mitgeschleppt, wir sind oft auf derartigen Veranstaltungen. Was tust du hingegen hier?", bohrte er sogleich nach.

„Ich wurde eingeladen!", antwortete sie kurz angebunden, richtig ansehen konnte sie ihn nicht. Sayura hatte vor lauter Aufregung vergessen, was sie sich an möglichen Antworten erdacht hatte, um ihre Glaubwürdigkeit besser unterstreichen zu können.

„Verstehe, dann bist du selbstverständlich in Begleitung hier!", stellte Natzuya fest.

Sie nickte „Ja, er ist irgendwo da drinnen und … ich … muss kurz …!" Ihre Stimme bebte, versagte. Sie stahl sich an ihm vorbei, um auf die Damentoilette zu fliehen.

Trauer! Das war es, was er gefühlt hatte und nicht zuordnen konnte.

„Lauf nicht wieder weg!", rief er über die Schulter hinweg. Aus den Augenwinkeln erkannte er, wie sie kurz vor Betreten des Festsaals zum Stehen kam. Sie drehte sich jedoch nicht um, sondern bemühte sich um Selbstbeherrschung. Ganz deutlich konnte Natzuya ihre Anspannung spüren, ihren Kampf gegen die Tränen, dieses verborgene Gefühl, das sie drohte zu überwältigen.

Sayura zitterte. Sie versuchte, sich ins Gedächtnis zurückrufen, dass sie schließlich eine Jägerin war, dass sie immer schon Vampire getötet hatte und dies nichts war, was ihr schwer fiel. Dieser Vampir dort war nichts anderes. Eine Chance auf seinen Tod hatte sie bereits vertan. Derart nahe, wie er ihr schon wieder gekommen war, wäre ideal für sie zum Angriff gewesen. Sogar der Ort wäre ideal gewesen: keine Zuschauer, keine Zeugen. Die Gäste im Inneren des Gebäudes waren mit sich beschäftigt, auf der Terrasse und im Garten hielt sich sonst niemand auf. Wie viele Gelegenheiten, ihn zu töten, hatte sie noch zu erwarten?

„Tanz mit mir!", bat Natzuya nun überraschend.

„Natzuya …!" Sie wollte irgendwas erklären, verneinen, aber erneut versagte ihre Stimme. Sayura spürte, dass Natzuya wieder dicht hinter ihr stand. Jetzt berührte er ihre Schultern. Seine Hände waren angenehm warm, sanft und beruhigend. Er zog sie nah zu sich heran, widerstandslos ließ sie es geschehen.

„Tanz mit mir!" Wieder flüsterte er leise, diesmal hörte sie seine Stimme eher in ihrem Kopf. Also hatte er seine telepathischen Fähigkeiten erweitert, überlegte Sayura. Zu Beginn hatte er ihr in die Augen sehen müssen, jetzt reichte die bloße Macht der Gedanken.

Langsam, zögernd drehte sie sich um, direkt in seine Umarmung, eng an seinen Körper gepresst. Eine Welle der Sehnsucht, der Erregung durchzog ihren Körper. Zufrieden nahm Natzuya dies zu Kenntnis. Seine vampirischen Fähigkeiten machten ihn zu einem Empathen, wie er es nie für möglich gehalten hatte. Ein derartiges Einfühlungsvermögen hätte er gern als Mensch besessen. Wie viel leichter wäre es im Umgang mit anderen Menschen gewesen, wenn man deren wirkliche Gefühlswelt kannte; ohne diese Fassade, mit denen die meisten versteckten, was sie wirklich bewegte, nur aus Angst vor Ablehnung, Versagen und Feigheit!

Natzuya hielt sie fest und genoss ihren Körper, der sich so vertraut an den seinen schmiegte, der sich seinem anpasste, als wären sie zwei passende Puzzleteilchen.

Sicher an seine Brust gelehnt, ließ sie ihrer Angst, ihrer Verzweiflung und ihrer Schwere freien Lauf. Was mit stillem Tränenfluss begann, endete in einem schluchzenden Weinkrampf.

Natzuya hielt sie in seinen Armen, vorsichtig wiegte er ihre beiden Körper hin und her. Irgendwann hatte sie sich beruhigt. Er wartete geduldig, wollte sowieso nirgends anders sein als genau an diesem Ort, genau zu dieser Zeit mit dieser Frau.

„Willst du mir erzählen, was dich so traurig macht?", fragte er sie leise.

Sie schüttelte den Kopf.

„Tanz mit mir, Natzuya!"

– 7 –

Natzuya war ein guter Tänzer. Er führte Sayura elegant und geschmeidig über die Terrasse. Hier draußen gab es viel Platz, keine anderen Menschen, auf die man achtgeben musste oder von denen man angerempelt wurde. Das Tanzen hatte er von seiner Mutter gelernt. Sie hatte einmal gesagt, dass ein Mann so etwas auf jeden Fall beherrschen müsse. Schließlich hatte sie sich auch aus diesem Grund in ihren Mann, seinen Vater, verliebt. Sein Vater konnte wegen einer Hüftverletzung durch einen Sturz kurz nach der Hochzeit nicht mehr tanzen. Gerne erinnerten sich beide daran zurück, wie es war, als sie über die Tanzfläche schwebten und nichts außer ihrer Liebe empfanden. Das Tanzen war verschwunden, die Liebe geblieben. So hatte er seine Eltern immer erlebt: als Verliebte. Natürlich gab es auch Streit, aber wenn er zurückblickte, konnte er von sich sagen, dass seine Kindheit wirklich schön war, liebevoll.

Natzuya schüttelte unmerklich den Kopf, als wolle er die Gedanken an seine Eltern verjagen. Diese Gedanken schmerzten ihn sehr. Er wollte nicht an sie denken. Auf gar keinen Fall!

Natzuya konzentrierte sich viel lieber auf die kleine, zarte Frau in seinem Arm, die sich ihm so offensichtlich beim Tanz hingab und diesen Moment so sehr genoss, dass er sich fragte, warum sie diese Leidenschaft zum Töten von Vampiren einsetzte und nicht einfach für ein wunderschönes, friedvolles Leben.

Noch immer mied sie es, ihn anzusehen. Sayura vermutete, dass er sehr viel dazugelernt hatte. Er würde mit einem Blick in ihre Augen tief in ihre Seele blicken können und sehen, was sie gerade so angestrengt vor sich selbst und auch ihm zu verbergen versuchte. Sie hatte sich entschlossen, diesen Moment jetzt so zu genießen, wie er war, ohne daran zu denken, wer sie waren, wo sie waren und warum vor allem sie selbst hier war.

Sayura genoss es, mit dem Mann Natzuya einen schönen Abend zu verbringen.

„Wird sich dein Begleiter nicht fragen, wo du so lange bist?"
Sayura schüttelte den Kopf „Nein, sicher nicht. Er kann mich ja suchen!", wich sie nicht von ihrer Lüge ab. Es war mehr Mittel zum Zweck geworden und eigentlich auch gar nicht als Lüge vorgesehen gewesen; aber so, wie er ihr, laut ihrer eigenen Empfindung, seine Begleitung Lenas unter die Nase gerieben hatte, wollte sie es ihm gleichtun; wollte in ihm das Gefühl der Eifersucht auslösen, wie auch sie es empfand. Dabei war sie sich allerdings gar nicht sicher, ob es ihm nicht eigentlich egal war. Allerdings würde er sonst wohl kaum nach ihrem Begleiter fragen, geschweige denn mit ihr tanzen. Wie sie Zweifel hasste! Wieso wollte sie ihn eifersüchtig machen, war denn die Situation nicht eindeutig genug? Wie gern würde sie in seine schönen Augen sehen, die Züge seines markanten Gesichts bestaunen und mit den Händen durch sein wuscheliges Haar fahren!

„Und was ist mit Lena? Wird sie dich nicht vermissen?", stellte sie stattdessen eine ähnliche Frage und lehnte ihren Kopf an seine Schulter.

„Nein, sicher nicht. Sie kann mich ja suchen!", verwendete er ihre Antwort. Sie musste lachen.

Da er sich ihr Lächeln keinesfalls entgehen lassen wollte, hob er mit Zeigefinger und Daumen ihr Kinn an und zwang sie so, ihn anzusehen. Natzuya erhaschte einen Blick auf ihr wunderschönes, lächelndes Gesicht, auf ihr Lachen, bevor dieses erlosch und einem panischen Ausdruck mit weit aufgerissenen braunen Augen wich. Er verstärkte seinen Griff um ihre Taille und hielt sie so in dieser Situation gefangen. Sayura hatte keine Angst vor einem erneuten Biss. Sie fürchtete vielmehr, dass er ihre Gedanken las, und erst darauf fürchtete sie seine Reaktion.

Sayura bewegte sich unruhig, wollte sich befreien. Eisern hielt er sie fest und hielt ihren Blick gefangen, sie war außerstande wegzusehen. Eifrig sog er alles auf, was in ihrem Innersten vor sich ging, was ihr Leid ausgelöst hatte.

Natzuya konnte ihre ermordeten Eltern sehen, die Ausbildung zur Jägerin, die hart, entbehrungsreich war, aber beinahe therapeutische Zwecke erfüllte, er konnte unzählige getötete Vampire sehen, Einsamkeit, ein Bild von sich selbst, die sexuellen Übergriffe während ihrer Gefangenschaft, die Todesangst, ihre Befreiung, die gemeinsamen Momente, Zweifel, seinen Angriff, Lena, seinen Besuch im Striplokal, den Auftrag, ihn zu töten und ihren Widerstand dagegen, der aber zu schwach war, gegen ihre erlernte und gefestigte Moral als Vampirjägerin zu bestehen, und so viele Wünsche nach ihm, nach Liebe, nach Freiheit und diesen Moment seiner Nähe, wie sie ihn gerade jetzt spürte.

Als Natzuya sie losließ, hielt sie sich geschwächt an der Brüstung fest. Jetzt wusste er alles, es war wie eine erzwungene Beichte. Er war in sie eingedrungen und hatte sich ihrer Seele bemächtigt, aber aus irgendeinem Grund war sie ihm nicht einmal böse. Als sie wieder aufsah, glitt ihr Blick ins Leere: Natzuya war verschwunden.

Mit hängenden Schultern stand sie eine Weile mit einem merkwürdigen Gefühl der Verletztheit da.

Jetzt war es vorbei, sie hatte offiziell als Jägerin versagt und war unfassbar froh darüber, auch wenn es bedeutete, dass sie Natzuya jetzt wohl nie wiedersehen würde. Aber eigentlich war auch das gut so, denn sie wollte es nicht sein, die ihn tötete; und vielleicht könnte sie ohne ihn eher noch in ihr altes Jägerdasein zurückkehren als mit ihm. Sie würde sich gegenüber der Organisation sicher rechtfertigen müssen, aber irgendetwas würde ihr dann schon einfallen.

Die Organisation war längst schon auf sie aufmerksam geworden. Jener Auftrag war eine Bewährungsprobe, ganz allein für Sayura. Man war darüber informiert, dass sie aus ihrer Rolle der Jägerin aufgrund bekannter Ereignisse herausgefallen war. Die ihr zugestandene Zeit der Regeneration war längst schon vorüber. Der Vampir Natzuya, ebenfalls eine ungeliebte Kreatur, galt hier eher als ein Köder.

In der Masse der Menschen auf dem Wohltätigkeitsball befand sich ein zweiter Jäger, unauffällig und unsichtbar. Er hatte sie und den Vampir beobachtete, er würde es sein, der ihnen einst furchtbares Unheil bringen würde. Zunächst zog er sich jedoch zurück, er hatte genug gesehen.

Schließlich war Sayura hineingegangen, direkt auf die Bar zugesteuert, hatte sich eine Flasche Sekt bestellt und diese mit sich genommen. Sie würde jetzt nach Hause gehen und ihre Gefühle im Alkohol ertränken.

„Du wirst ihn ins Unglück stürzen!", erklang plötzlich eine Stimme neben ihr. Als sie aufsah, erkannte sie Lena. Automatisch wich Sayura zurück.

„Du weißt ja, das Neutralitätsgesetz! Ich fass dich schon nicht an!", erklärte Lena müßig.

„Ja, richtig. Wir sind in der Öffentlichkeit!", rief sich nun auch Sayura ihr Wissen zurück in ihr Gedächtnis. Sie wirkte auf Lena ziemlich verwirrt, sie nahm an, dass dies sicher dem Alkohol zuzuschreiben war.

„Lass einfach deine Finger von ihm und werde die widerliche Kriegerin von früher! Versuche, uns zu töten, und passe dich dem Gefüge an – oder glaubst du, deine Organisation ließe es durchgehen, dass du mit einem Vampir inniglich tanzt?", erläuterte Lena kurz. Ihr Mund bewegte sich nicht. Ein derartiges Gespräch sollten die umstehenden Menschen nicht unbedingt mitbekommen

„Du hast es gesehen?" Sayuras Frage war überflüssig.

„Natürlich, ich passe auf ihn auf, und ich bin es, die seine Launen ertragen muss, immer dann, wenn ihr euch getroffen oder gesehen habt. Er wird nicht in sein Gleichgewicht finden, wenn du ständig am Horizont auftauchst und ihn verwirrst. Du machst ihn als meinen Geliebten völlig untauglich, weil er mich nicht mehr umgarnt, sondern nur noch depressiv in der Ecke hockt. Eure Gefangenschaft mag euch verbunden haben, ja, das war bestimmt schlimm, aber ihr lebt in verschiedenen Welten. Erinnere dich endlich daran! Sonst, glaube ich, nein prophezeie ich, nimmt das kein gutes Ende, selbst für dich nicht! Außerdem ist er viel zu jung, noch zu unkontrolliert, wenn du verstehst, was ich meine. Hindere ihn nicht daran, ein vollkommener Vampir zu werden!" Sie zweifelte nicht, dass die Jägerin verstanden hatte. Lena hatte in Sayuras Gedanken eine Gemeinsamkeit entdeckt: Auch sie hatte erkannt, welch ein großer Vampir Natzuya werden konnte und bereits war. Für Sayura hatte Lena plötzlich etwas Mütterliches, beinah schon Sympathisches angenommen. Auch sie registrierte ihre Gemeinsamkeit. Natürlich hatte Sayura sie verstanden: Lena meinte, dass Natzuya nicht vollständig Vampir werden könne, solange er noch mit Menschlichkeiten konfrontiert wäre; und obwohl er viele Fähigkeiten besaß, war er erst viel zu kurz ein Vampir, um über genügend Verständnis und Einsicht zu verfügen, wie wichtig es war, sein eigenes und das Menschsein anderer loszulassen. Aus diesem Grund hatte Lena ihn gebeten, mit seinen Verwandten und Freunden zu brechen. Er musste sie loslassen, und zwar für immer, um vollständig mit vampirischer Seele in Ewigkeit überleben zu können. Sie wusste aus eigener Erfahrung, dass dies eine der schwierigsten Aufgaben war, die es zu Beginn eines neuen Vampirlebens zu bewältigen gab. Man war noch zu sehr verwurzelt in seiner menschlichen Denkweise. Später, viel später begegnete man natürlich immer wieder Menschen, die ein Stück weit Wegbegleitung waren, aber ihr Dahinscheiden, ihr Verlust oder ein einfacher Abschied waren viel leichter zu bewältigen als der Abschied der Menschen aus dem eigenen Menschenleben. Diese Erinnerungen würde man stets bei sich tragen. Ein sauberer Schnitt war daher unumgänglich. Lena sah eine Gefahr in dieser aufkeimenden Liebe zwischen dem Menschenmädchen und Natzuya, ganz unabhängig davon, dass dieses Mädchen Jägerin war. Eine derartige Liebe war zum Scheitern verurteilt. Und dieses Scheitern würde für alle Beteiligten den Untergang bedeuten.

Während Lenas Gedanken weiter abglitten, sinnierte auch Sayura über den Mangel der fehlenden Selbstkontrolle junger Vampire.

Auf ihren Streifzügen und Kämpfen hatte Sayura oft junge Vampire gesehen, die sich leicht überschätzten, dadurch Fehler begingen und leichte Beute waren. Ob Natzuya damals die Kontrolle verloren oder sie doch ganz bewusst angegriffen hatte, vermochte sie daher nicht eindeutig einzuschätzen. Zwar stand er unter Lenas Einfluss, aber die Entscheidung, ihr Blut zu trinken, war seine. Und immerhin hatte er sich so weit unter Kontrolle gehabt, dass er sich von ihr lösen konnte. In einen Blutrausch war er nicht verfallen. Das hätte sie vermutlich auch nicht überlebt.

Lenas Aussage über die Tauglichkeit Natzuyas als ihr Geliebter hatte Sayura einen gehörigen Stich versetzt. Was genau das bedeutete, wollte sie sich nicht vorstellen, reichte ihr doch die Erinnerung an den Kuss, den sie zwischen Lena und Natzuya beobachtet hatte.

„Danke, Lena!", durchschnitt Sayura die jeweiligen Gedankenschleifen der beiden Frauen. Sie wusste ohnehin nicht, was sie anderes auf Lenas Aussage erwidern sollte, zumal sie es sicher einzig zu dem Zweck erwähnte hatte, Sayura deutlich zu machen, wer von ihnen Natzuya näherstand. Unabhängig davon würde sie Lenas Rat trotzdem überdenken: zu Hause, mit ihrer Flasche Sekt, im Bett.

„Gott, du bist echt bescheuert!", stöhnte Lena, verdrehte die Augen und ließ sie stehen. Lena konnte mit dieser neuen Jägerin nicht umgehen. Sie erschien ihr plötzlich so schwach, so menschlich und beinah schon nett. Gleichzeitig hasste sie sie, weil Natzuya nur wegen dieses Mädchens Lenas Liebe nicht erwidern konnte, weil er dieser Frau aus irgendwelchen Gründen besonders zugetan war.

Sayura stand an der Bar und musste lächeln. Was für ein Gespräch, was für ein Abgang! Irgendjemand rempelte sie an. Das war Zeichen zum Aufbruch. Sie wollte wieder den Ausgang durch die Küche nehmen, bog aber wohl falsch ab und war in einem endlosen Korridor mit vielen verschlossenen Türen und Bildern an den Wänden angekommen. Sie drehte sich um, wollte zurückgehen.

Er stand in einiger Entfernung vor ihr und sah sie schweigend an.

„Natzuya!", rief sie aufgeregt aus und ging ein paar Schritte auf ihn zu. Schließlich blieb sie unsicher stehen, sie konnte keinerlei Reaktion in seinem Gesicht erkennen, ob er nun als ihr Freund oder gar Feind vor ihr stand.

„Ich bin gegangen, weil ich zugegebenermaßen schockiert war. Aber du bist mir zu wichtig, Sayura, und dein inneres Chaos zeigt mir auf, dass du mich nicht töten kannst und es auch nicht willst. Du bist froh, versagt zu haben, hoffst auf mein Verschwinden, damit du in dein altes Leben zurückkehren kannst. Glaubst du, das ginge so einfach? So einfach mache ich es dir nicht." Seine Worte klopften in ihrem Kopf. Er gönnte ihr keine Pause.

„Ich bin ein Vampir, und du willst doch eigentlich gar nicht, dass ich aus deinem Leben verschwinde."

Er hatte den Vorteil, ihre Gedanken gelesen zu haben. Er musste nicht mehr an ihren Gefühlen zweifeln, egal, ob sie sie sich nun eingestanden hatte oder nicht.

„Also, was ist: Verlassen wir die Party und verbringen die letzten drei Stunden bis zum Morgengrauen zusammen – oder willst du lieber wieder weglaufen?" Sein Lächeln war frech, herausfordernd und doch charmant. Er zog sie auf.

Sayura hielt die verschlossene Flasche hoch.

„Die nehmen wir mit. Wir trinken auf den Widerstand!"

„Oder auf den Mut, aus alten Mustern auszubrechen und das Richtige zu tun!", berichtigte er.

Müde ließ Sayura die Arme sinken. „Bitte keine Grundsatzdebatten!", flehte sie innerlich.

„Wie ist dein Verhältnis zu Lena?", fragte sie nach einer Weile stattdessen, zumal ihr genau diese Frage zu stellen genau jetzt völlig richtig erschien. Er hatte sicher sowieso schon gesehen, was sie beschäftigte. Sie konnte gar keine Geheimnisse vor ihm haben.

„Sie ist meine Lehrerin, Freundin. Wir haben ein gutes Verhältnis!", antwortete er wahrheitsgemäß, aber unvollständig. Er wollte sie aus ihrem Schneckenhaus namens Unsicherheit herausholen. Wo sie sonst so leidenschaftlich war, versagte sie völlig, wenn es um ihre eigenen Gefühle ging. Diese Frage, die so unerwartet aus ihr heraussprudelte, war ein guter Anfang, aber er wollte, dass sie es aussprach! Dass sie aussprach, was sie wirklich interessierte.

Als hätte sie dieses Mal seine Gedanken gelesen und noch ein wenig darüber nachgedacht, seufzte sie schließlich und fragte dann mutig: „Liebst du sie? Emotional, körperlich?"

„Nein, ich liebe sie nicht. Nicht so, wie du annimmst. Ich mag sie, ich bin ihr für so vieles dankbar. Sie ist eine wichtige Freundin für mich. Ja, wir haben etwas, was ihr Menschen als Sex bezeichnen würdet!" Seine Antwort war gnadenlos ehrlich und traf sie wie eine Ohrfeige. Offenbar hatte sie sehr romantische, bisweilen naive Ansichten über Liebe, Leidenschaft, sexuelle Erfahrungen und Ähnliches, schoss es Natzuya kurz durch den Kopf.

„Was möchtest du noch wissen?", fragte er nach einer Weile des Schweigens.

„Nichts", log sie. „Nein, doch: Ich will wissen, wieso du mir das antust!", ergänzte sie dann doch.

„Was antun?", fragte er und wusste tatsächlich nicht, worauf sie hinauswollte, zu verwirrend waren ihre Gedankengänge, als dass er sie noch erfassen konnte.

„Was willst du von mir? Ich meine, du liest meine Gedanken, holst dir diesen Input gegen meinen Willen aus meinem Inneren, spielst mit mir und hypnotisierst mich. Was bin ich – dein Versuchskaninchen?"

„Wie kommst du auf den Gedanken, ich hätte dich hypnotisiert?", fragte er ungläubig. Schon im nächsten Moment stand er vor ihr. Die Schnelligkeit, mit der er sich fortbewegte, ließ Sayura schwindlig werden.

„Hast du etwa nicht? Ich bin in deiner Nähe und kriege das große Heulen. In deiner Nähe zu sein, tut mir weh. Ich bin von einer brutalen Sehnsucht erfüllt, will aber trotz dem Schmerz in deiner Nähe sein. Ist das deine Art, wie du Menschenmädchen willig machst, bevor du ihnen das Blut aussaugst?", brach es urplötzlich aus ihr heraus.

Das war die Sayura, die er kannte: eine Mischung aus Herz- und Kopflastigkeit.

Wieder hob er ihren Kopf mit Daumen und Zeigefinger an. Diesmal hielt sie seinem Blick freiwillig stand, sah, wie seine Iris sich von einem Braun in Schwarz verfärbte, konnte das Wachstum seiner Reißzähne hinter seinen leicht geöffneten Lippen erkennen, sah erneut fasziniert und erregt dabei zu. Sein Mund formte sich unter ihrem Blick zu einem neuerlichen charmanten Lächeln. „Ich habe es nicht nötig dich zu hypnotisieren. Es ist schade, dass du immer noch so schlecht von mir denkst. All das, was du eben beschrieben hast, sind deine eigenen, wahren Gefühle für mich!", erklärte er sinnlich flüsternd. Er näherte sich ihren Lippen. Bereitwillig hob sie ihm ihren Kopf noch etwas entgegen, öffnete leicht ihre Lippen und erwartete seinen Kuss.

„Nein, warte, wir dürfen uns nicht …!", wollte sie dann doch in letzter Sekunde protestieren.

Er unterbrach sie, indem er ihren Mund mit seinen Lippen verschloss. Ihr Protest löste sich so schnell auf, wie er aufgekeimt war.

Als seine Zunge in ihren Mund glitt, meinten beide, vergehen zu müssen vor Hingabe und diesem derart sinnlichen Gefühl.

Sayura schlang ihre Arme um seine Schultern, hinauf zu seinem Nacken. Sie zog ihn noch näher zu sich. Seine Hand, die sie zuvor gezwungen hatte, ihn anzusehen, berührte jetzt sanft ihr Gesicht, die andere Hand lag besitzergreifend auf ihrer Hüfte. Mit ihrer Zunge erfühlte sie seine Reißzähne und brachte ihn somit an die Grenze des Ertragbaren.

Als sich ihren Stimmbändern dann auch noch ein gutturales Stöhnen entrang, musste er den Kuss beenden.

„Es tut mir leid, Sayura, ich kann nicht, ich … bin zu schwach dazu … Ich will nur noch dein Blut!", stotterte er geschwächt.

Tatsächlich hatte er sich überschätzt. Diese begehrenswerte Frau im Arm zu halten, war das eine; ihr Leben, ihren Puls, das Rauschen ihres Blutes, ihren Herzschlag und ihr Wärme zu spüren, etwas völlig anderes. Die Bestie in ihm war erwacht, er wollte sie mit einem Biss besitzen.

„Ich muss gehen, denn … ich will nicht noch einmal … die Kontrolle verlieren und … gegen deinen Willen … von dir trinken … ich …!" Er ging während seiner Ausführungen rückwärts. Es war mehr ein blindes Torkeln denn ein Gehen. Alles in ihm kämpfte gegen den übermächtigen Wunsch an, seine Reißzähne in ihren Körper zu schlagen und ihren Saft zu trinken. Schließlich wusste er aus eigener Erfahrung, wie köstlich ihr Blut schmeckte, wie lang er davon zehren konnte, wie angenehm es war, ihr Blut durch seine Adern fließen zu wissen. Sayura erkannte seinen inneren Kampf. Es ängstigte sie, daher blieb sie regungslos, wie angewurzelt stehen.

„Natzuya, es tut mir leid!", versuchte sie sich zu entschuldigen.

„Nein, nicht!", keucht er. „Kein Grund zur Reue, dein Kuss war der Himmel auf Erden …!" Der Rest des Satzes erlosch unter einem merkwürdig knurrenden Geräusch, er verlor allmählich die Kontrolle über sich.

Ausgerechnet Lena war es, die nun neben ihm, scheinbar aus dem Nichts, auftauchte, seinen Arm griff und ihn mit sich fortzerrte. Ausgerechnet Lena war es, die Sayura vor einem Vampirangriff rettete! Sayura wurde schon wieder von Lena gerettet! Langsam wurde es peinlich.

„Verstehst du jetzt, was ich meine? Ihr bringt euch nur Unglück", hörte Sayura Lenas Stimme erstmals in ihrem Kopf, als diese schon längst verschwunden war.

Als er wieder klar im Kopf war, nahm er sein Umfeld erstmals wahr. Als er sich umsah, erkannte er Lenas Schlafzimmer. Sie war gerade dabei, die Außenjalousie herunterzulassen, und sie war nackt. Natzuya richtet sich in dem zerwühlten Bett auf, berührte seinen Kopf, als hätte er einen Kater. Ähnlich fühlte er sich tatsächlich. Er schmeckte Blut in seinem Mund. Es war Lenas Blut.

Das Zimmer lag nun in völliger Dunkelheit. Hier würden sie den Tag zubringen, sicher und geschützt vor dem Tageslicht. Ihre Augen hatten sich der Dunkelheit angepasst, sie sahen gestochen scharf und deutlich.

„Was ist passiert?", fragte er Lena. Als diese wieder zu ihm ins Bett kam, sah er zwar keine Wunden, aber Blut. Offenbar hatte er sie gebissen.

Sie lächelte zufrieden. „Nun, du hattest deinen ersten Blutrausch, herzlichen Glückwunsch!", gratulierte sie ihm. „Das gehört dazu, aber du musst lernen, es unter Kontrolle zu kriegen!" Sie setzte sich zu ihm. Nun stellte auch Natzuya fest, dass er nackt war.

„Lass mich raten: Du kannst dich an nichts erinnern?", fragte Lena nach.

Natzuya nickte.

„Bis zu welchem Moment kannst du dich zurückerinnern?"

Natzuya überlegte und antwortete: „Wir waren auf dieser Veranstaltung, ich hab Sayura geküsst und bin beinahe über sie hergefallen. Dann kamst du, hast mich weggezerrt und beruhigend auf mich eingeredet, dann hab ich einen Filmriss!"

„Ja, das kommt ungefähr hin. Du bist stark, hast dich immer wieder losgerissen. Du bist kurz vor meiner Tür über mich hergefallen, aber ich nehme es dir nicht übel. Im Gegenteil, wir passen gut zusammen. Du warst sehr leidenschaftlich, ich hatte lange schon keinen Sex mehr, das aber war wirklich toll, so gewaltig!", erklärte sie Natzuya, entsprach dies jedoch nicht ganz der Wahrheit.

In Natzuya war die Bestie Vampir erwacht, er war in einen Blutrausch geraten, hatte sich an Lena bedient, sie sehr oft gebissen, brutal und rücksichtslos, hatte ihr tiefe Fleischwunden zugefügt und ihr schließlich die Kleider vom Leib gerissen. Lena gefiel diese freigesetzte Kraft. Er war ein so schöner und starker Vampir, wie sehr wollte sie mit ihm die Ewigkeit verbringen! Seine Männlichkeit war beeindruckend, seine Art der leidenschaftlichen Liebe ebenso. Nicht aber, dass er ständig den Namen ihrer Feindin gesagt hatte. Er hatte zwar Lena geküsst, hatte sich in Lena bewegt, jedoch Sayura gemeint. Das trübte Lenas Genuss der Situation ungemein.

„Das muss aufhören, Lena. Wir sollten nicht mehr intim miteinander werden!", bestimmte er, nachdem er ihre Erklärung sichtlich schockiert verdaut hatte.

Lena war verletzt.

„Nein, Natzuya, du solltest aufhören, dich dieser Jägerin anzunähern. Ihr habt keine gemeinsame Zukunft, ihr seid zu verschieden. Wenn ich heute nicht gewesen wäre, wärst du über sie hergefallen; und glaub mir: Deine Art der Liebe hätte sie nicht überlebt. Deine Bisse waren brutal, der Sex hart, und du hast Blut gesaugt, als wärst du am Verdursten. Ich bin froh, dass ich noch einige Kanister davon im Kühlschrank habe und über meine Selbstheilungskräfte verfüge!", fuhr Lena ihn ungehalten an.

„Sieh mal", fuhr sie in versöhnlichem Tonfall fort, „du und ich sind ein prima Gespann, wir profitieren voneinander, verstehen uns gut und werden ewig leben. Lass uns einfach einander Begleiter sein. Wir sind beide Vampire", bat sie ihn.

„Ich kann nicht, Lena, nicht so, wie du es von mir erwartest. Ich bin dir dankbar für alles, hoffe auch, weiterhin viel von dir zu lernen. Ich hab es versucht, aber ich empfinde einfach nicht das, was ich für sie empfinde, verstehst du? Ich danke dir für deinen Rat in dieser Sache, aber das geht dich nichts an. Ich liebe dieses Mädchen, und zwar aus tiefster Seele!" Die Worte brannten wie Feuer in Lena, aber auch in Natzuya selbst.

„Deine Seele ist schwarz und verflucht, du bist tot. Du hast ihr nichts zu bieten, gar nichts. Glaubst du, du kannst ihr ein sicheres Leben bieten? Wie stellst du dir euer gemeinsames Leben vor? Ihr wäret ständig auf der Flucht vor den Jägern, du schliefest tagsüber, und sie passte auf dich auf? Ihr begeht ein Verbrechen, wenn ihr euch zusammentut. Was, wenn sie einst Kinder will? Du magst vielleicht einen hochkriegen, aber das ist auch schon alles. Renn nicht dieser dämlichen Romantik hinterher! All das gab es schon unzählige Male, und jedes Mal wurden diese ungleichen Paarungen ins Verderben gestürzt und gingen kaputt. Du kannst sie nicht berühren, ohne in einen Blutrausch zu verfallen; und was machst du, wenn sie alt und grau ist? Etwa auch zu einem Vampir? Willst du ihr das tatsächlich antun? Oder kannst du ihr einfach beim Sterben zusehen?", platzte es aus Lena heraus.

„Ich will sie nicht verlieren!", war das Einzige, was er ihr entgegensetzen konnte. Lena hatte mit jedem Wort recht. Das wussten sie beide.

Als sie schließlich still nebeneinander im Bett lagen, ging in Natzuya vieles vor. Er hätte sie heute tatsächlich töten können und es nicht einmal bewusst erlebt, nicht einmal steuern können; dabei war es so unglaublich schön, sie endlich küssen zu können! Er verlor sich schon wieder in diesem tollen Gefühl. Aber leider wogen die Schattenseiten des Vampirseins zu schwer. Wie sollte er mit Sayura ein gemeinsames Leben aufbauen können? All diese Dinge, die Lena gesagt hatte, waren ihm noch gar nicht bewusst gewesen. Er war blind vor Liebe zu diesem Mädchen und hasste es jetzt mehr denn je, ein Vampir zu sein.

Vielleicht sollte er sich doch auf diese Trennung der Welten einlassen, vielleicht hatten diese Gesetzte der Vampirwelt durchaus ihre Berechtigung, dienten am Ende dem Wohl eines jeden Vampirs und Menschen?

Als er die Augen schloss, sah er Sayura vor sich. Wie gerne wäre er ein Mensch, würde mit ihr ein ganz normales, spießbürgerliches Leben mit zwei Kindern, einem Hund und einem Reihenhaus leben wollen! Es war ein wunderschöner Traum.

Auch Sayura träumte, sie lag in ihrem Bett und spürte Natzuyas Körper auf dem ihren, spürte seine Küsse, hörte, wie er ihren Namen flüsterte. Ihr Körper kribbelte, sie erwachte verwirrt.

Was war das für ein verrückter Abend gewesen? Wie unglücklich hatte er geendet! Sie bewunderte Natzuyas Stärke, sich von ihr zurückgezogen zu haben, wenn auch mit etwas Unterstützung durch Lena. Sein Kuss war der reinste Wahnsinn gewesen, im positivsten aller Sinne. Treffender konnte man es einfach nicht formulieren. Mit ihm zu tanzen, war unglaublich romantisch; in seinen Armen zu liegen, war einfach und leicht. Darin zu weinen, war eine neue Art des Loslassens, die sie so noch nie erlebt hatte. Sayura fühlte sich bei ihm unsagbar wohl und auf eine sichere Art zu Hause.

Ihre Gedanken waren verdorben: Sie begehrte einen Vampir, ermahnte die Jägerin in ihr. Sayura verdrängte jedes Gefühl durch die Erinnerung an Natzuyas Kuss. Wie konnte ein Kuss so sinnlich sein, wie konnte er die Welt dazu bringen, still zu stehen?

„Natzuya!", flüsterte Sayura in die Dunkelheit ihres Schlafzimmers. Auch sie hatte die Sonne ausgesperrt, um besser schlafen zu können.

„Natzuya!", wiederholte sie leise, dabei glitt eine ihrer Hände über ihre Brüste, verweilte dort und streichelte sich selbst. Sie knetete ihre Brüste fest, spielte mit ihren Brustwarzen und genoss das erneute Einsetzen und bekannte Kribbeln ihres Körpers.

„Mmh!" Ihre Hand glitt hinunter zu ihrem Bauch und näherte sich dem Dreieck zwischen ihren Beinen, als sie mit einem Finger ihre erregte und feuchte Vagina massierte, um schließlich in sich selbst einzudringen. Sie sah Natzuyas Gesicht vor sich, vermeinte den Geruch seines Aftershaves wahrzunehmen und wünschte sich nichts sehnlichster als seine Nähe.

Sie wünschte es sich auch dann noch, als der Orgasmus längst vorüber war. Sie wünschte es sich ganz ohne Reue und ohne schlechtes Gewissen. Dabei hatte Sex in ihrem Leben weder eine große Rolle gespielt noch eine übermäßige Bedeutung gehabt, es fehlten ihr zudem Erfahrungswerte. Aber auch ohne diese Erfahrungen wünschte sie sich nichts mehr, als dass ihr Traum Wirklichkeit würde. Vielleicht wichen Traum und Wirklichkeit auch total voneinander ab; aber wenn sie heute Nacht entscheiden müsste, mit welchem Mann sie das erste Mal Sex haben wollte, wäre die Entscheidung eindeutig.

In den nächsten Wochen wartete sie, ohne es sich einzugestehen, insgeheim darauf, dass Natzuya zu ihr käme, um weiterzumachen, wo er aufgehört hatte, oder auch einfach nur, um mit ihm gemeinsam Zeit zu verbringen. Aber es tat sich nichts. Die Sehnsucht machte Zweifeln Platz, und diese wichen dem Liebeskummer. Dieses Gefühl würde Sayura natürlich niemals als solches bezeichnen. Einen Vampir zu lieben, war das größte aller Tabus der Vampirjäger, und der Sinn dieses Verbots ergab sich darin automatisch. Sie konnte sich an Geschichten erinnern, die sie während ihrer Ausbildung zur Jägerin gehört hatte, dass es derartige Eskapaden natürlich schon gegeben hatte. Wurde dies der Organisation zugetragen, gewährte diese dem Jäger angeblich eine letzte Chance, um den Vampir zu töten, um somit weiterhin dem Bund der Jäger anzugehören. Lehnte er ab, wurde betreffender Jäger auf die Liste der zu tötenden Vampire gesetzt. Verräter wurden innerhalb der Organisation der Vampirjäger nicht geduldet. Man gestand ihnen kein freies Leben zu. Jäger zu sein, bedeutete Pflichterfüllung auf Lebenszeit, allein schon wegen des Wissens über die Machenschaft der Regierung, der Löschung der einstigen Identität. Folglich würde irgendwo ein Jäger einen weißen Brief in seinem Briefkasten vorfinden und den Sonderauftrag erhalten, den abtrünnigen, verräterischen Jäger auszulöschen. Sayura empfand die beschriebene Vorgehensweise der Organisation damals, während der Unterrichtsstunde, als den einzig richtigen Weg, mit Verrätern umzugehen. Sie konnte sich nicht vorstellen, wieso sich ein Jäger in einen Vampir verlieben sollte oder gar konnte. Das erschien ihr pervers. Und heute war sie zu sehr selbst Betroffene, um zwischen dieser Erinnerung und ihrer eigenen Geschichte eine Verbindung zu erkennen.

Lethargisch lag sie auf dem Sofa in ihrem Wohnzimmer, aß schmatzend irgendwelche Chips und war traurig.

Lange schon war sie nicht mehr jagen gegangen, hatte keinen Vampir getötet, seit Monaten nicht mehr. Sie wusste, dass sich das ändern musste, aber sicher nicht mehr an diesem Abend und schon gar nicht mit dieser Stimmung.

Warum zeigte er sich nicht oder hinterließ zumindest eine Nachricht? Fand er ihren Kuss am Ende doch abscheulich? Lag er vielleicht gerade mit Lena im Bett? War sie am Ende nur ein Spielzeug für ihn? Hatte er es sich einfach anders überlegt? Waren seine Worte nur heiße Luft? Ihre Gedanken kreisten unaufhörlich um Natzuya.

Dass sie sein Foto innerhalb ihrer Wohnung überall mit sich trug, machte es vielleicht auch nicht ganz einfach, den nötigen Abstand zu erlangen. Aber letztlich machte es keinen Unterschied, ob sie das Foto neben der Spüle abstellte oder auf der Waschmaschine im Bad – sein Gesicht hatte sich unwiderruflich in ihr Gehirn eingebrannt.

Lena war zufrieden: Offenbar hatte ihre Moralpredigt Früchte getragen. Natzuya redete nicht über Sayura und dachte auch nicht mehr übermäßig viel über sie nach. Er widmete sich zunächst zur Gänze ihr. Lena spürte jedoch, dass er es nur halbherzig tat, aber diesen Zustand war sie eigentlich bereits gewöhnt. Schlafende Hunde sollte man nicht wecken.

Sie war sich sicher, dass er über diese Sayura hinwegkommen würde, er brauchte nur etwas Abwechslung und Zeit. Zeit hatte er als Vampir zudem reichlich.

Und dann begann er selbst für seine Abwechslung zu sorgen. Er nutzte sein Aussehen und seine Fähigkeiten, um der Vampir zu werden, dem die bekannte Klischeefigur aus Film, Fernsehen und sonstigen Medien am nächsten kam. Er ging des Nachts in Clubs, Bars oder Diskotheken, verführte junge Mädchen, trank ihr Blut, schlief mit ihnen, einige tötete er, andere ließ er überleben. Es schien beinahe so, als würde er üben, seine Empfindungen in Gegenwart von Menschenfrauen zu kontrollieren, und das wiederum behagte Lena so gar nicht.

– 8 –

Sie hatte ihren Bogen gespannt bis zum Anschlag. Er ächzte danach, seiner Spannung nachgeben zu dürfen, um seinen Pfeil abfeuern zu können. Aber sie konnte diesem Wunsch nicht nachgeben.

Sayura stand gegen die Wand gepresst und wechselte zwischen den beiden Vampiren mit ihrem Blick, ähnlich wie beim Tennis, hin und her. Ihr Blick kehrte jedoch stets schneller zu Natzuya zurück, auch den Bogen hielt sie nun wieder auf ihn gerichtet.

Natzuya sah sie mit dieser merkwürdig ruhigen Ausstrahlung an.

Ihr Körper zitterte unter der enormen Anspannung, die sie aufbringen musste, um die Spannung des Bogens halten zu können. Die Spannung der Sehne strapazierte zudem ihre Finger- und Armmuskeln. Wie war sie bloß da reingeraten?

Sie war an diesem Abend erstmals wieder als Jägerin unterwegs, rechnete allerdings nicht mit wirklichem Feindkontakt. Wieso sie so schrecklich undiszipliniert war, konnte sie nur vermuten, und diese Vermutung namens Natzuya gefiel ihr ganz und gar nicht.

Schließlich hatte sie sich aufgerafft und wurde zu ihrer eigenen Überraschung fündig. Sie hegte kurz Zweifel, ob sie einem derartigen Kampf nach der langen Zeit der Abstinenz gewachsen wäre, hatte sie doch zudem durch ihre Faulheit und Maßlosigkeit, was Kartoffelchips anging, ein wenig an Kondition und Ausdauer eingebüßt und etwas Fett angesetzt. Schließlich war sie hier nun gleich mit zwei Vampiren konfrontiert.

Sie beobachtete aus einem dunklen Schatten heraus auf der gegenüberliegenden Straßenseite die beiden männlichen Vampire. Sie unterhielten sich angeregt und nahmen keine Notiz von Sayuras Anwesenheit.

Sie spannte Pfeil und Bogen, visierte einen der Vampire an und schoss.

Der Pfeil verfehlte sein Ziel nicht, und als das Silber sich im Körper des Vampirs verbreitet hatte, zerfiel der Vampir unter stöhnenden Lauten zu einem Häufchen Asche. Der Pfeil war mit seiner enormen Durchschlagskraft in der nahe gelegenen Hauswand stecken geblieben.

Der zweite Vampir floh im Schutz seiner Unsichtbarkeit in die Dunkelheit.

Sayura hatte ihr Versteck verlassen und den Bogen zurückgelassen, war auf die Straße geeilt, hatte ihre leichteste Waffe aus dem Holster ihres rechten Oberschenkels gezogen, die Waffe entsichert, den Hahn gespannt und dem Flüchtling hinterhergestarrt.

Aber natürlich war der Vampir fort. Sie sah und hörte ihn nicht, was nicht unbedingt heißen musste, dass er auch wirklich fort war. Wie oft hatte sie es schon erlebt, dass sie aus heiterem Himmel aus dem Hinterhalt angegriffen wurde, obwohl der Vampir augenscheinlich in eine andere Richtung entflohen war! Trotz allem waren ihr jene Vampire am liebsten die den direkten Kampf bevorzugten, wie Lena es zum Beispiel tat. Komisch, dass sie Lena plötzlich als Maßstab nutzte!

Sayura rief sich ihre Mission ins Gedächtnis zurück und mahnte sich zu mehr Klarheit, schließlich war das hier kein Computerspiel, das sie bei wiederholtem Scheitern einfach neu starten konnte. Hier ging es um Leben und Tod. Schließlich holte sie ihren Bogen, schulterte ihn und ging in die Richtung, in die der Vampir geflohen war. Vorher zog sie noch den verbrauchten Pfeil aus der Hauswand und warf ihn zerbrochen in den nächsten Müllbehälter. Denn auch hier hieß es, möglichst keine offensichtlichen Spuren zu hinterlassen und der Menschenwelt auch als Jägerin verborgen zu bleiben.

Auf ihrem Streifzug und bei der Spurensuche nach dem geflohenen Vampir vernahm sie aus einer kleinen Gasse heraus ein leises Geräusch. Es hörte sich wie ein kurzes weibliches Stöhnen an. Um den Häuserblock herum schlich sie sich so leise wie möglich an. Die leichte Abendbrise stand ihr entgegen, so musste es sein. Der Wind sollte nicht, sprichwörtlich in Windeseile, ihr Kommen ankündigen, indem er dem Vampir ihren Geruch zutrug.

Hinter einem großen, stinkenden Müllcontainer fand sie Schutz.

Vorsichtig hatte sie aus ihrem Versteck hervorgesehen und beobachtete nun einen Vampir, der mit einem Menschenmädchen zugange war. Bingo.

Das Opfer stöhnte auf, doch hörte es sich weniger nach Schmerz denn mehr nach Lust an.

Sayura konnte den Vampir nur von hinten sehen, er war in der Dunkelheit der unbeleuchteten Gasse kaum zu erkennen. Sie erkannte die weißen Hände des Mädchens, die sich an seinem Rücken festhielten. Moment! Sie hielt sich fest? Sie wehrte sich nicht? Was geschah hier, hatte sie sich geirrt? War er das falsche Ziel und am Ende gar kein Vampir? Sie sah noch einmal genauer hin.

Als das Mädchen schließlich schmerzvoll aufstöhnte und sie das für Vampire so typische schmatzende Geräusch des Bluttrinkens vernehmen konnte, fühlte sie sich bestätigt. Auch die Körperhaltung des Vampirs war nun eindeutig. Er hatte seinen Kopf in Schräglage gebracht, um sich besser in die Halsbeuge des Mädchens vergraben zu können.

Sayura spannte erneut ihren Bogen und trat aus ihrem Versteck. Ihr war bewusst, dass der Vampir sie wahrgenommen hatte, als er von dem Mädchen abließ, seinen Kopf nach rechts drehte, um sie aus dem Augenwinkel, mit einem Blick über seine Schulter, besser wahrnehmen zu können.

Das Mädchen, das er eben noch festgehalten hatte, rutschte bewusstlos vor ihm zu Boden. „Halt dich zurück, Steve!", fauchte der Vampir.

Zuerst verstand Sayura nicht. Zu schockiert war sie angesichts der Tatsache, dass es sich um Natzuya handelte, der vor ihr stand und auf den sie zielte; Natzuya, der sich an diesem Mädchen vergangen hatte. Er leckte sich geradezu genüsslich das Blut des Mädchens von seinen Lippen.

Hinter ihr tönte plötzlich eine andere Stimme: „Verdammt, das wäre die Chance!"

Sayura lief es eiskalt den Rücken hinunter. Mit einem Satz sprang sie zur Seite, damit sie die Wand im Rücken hatte, um sich einen besseren Überblick verschaffen zu können.

Links von ihr stand der Vampir, dessen Begleiter sie erschossen hatte, jenen Vampir, den sie eigentlich gesucht hatte, um ihn zu vernichten. Rechts von ihr stand nun Natzuya.

„Ich wiederhole mich nur ungern Steve!", antwortete Natzuya kühl auf den Einwand des Vampirs.

„Nein, ich weiß. Aber die hat Vincent getötet!" Der andere Vampir fletschte nun seine Zähne und sah Sayura wütend an.

Diese riss den Bogen herum, bereit zu schießen, sobald der Vampir sich in ihre Richtung bewegen, und unsichtbar werden sollte.

„Sayura, bitte nimm den Bogen herunter!", sprach Natzuya beruhigend auf sie ein.

„Und du, Steve, verschwindest! Ihr werdet euch gegenseitig in Ruhe lassen!", befahl Natzuya beiden.

Der Vampir lachte: „Die da kannst du nicht herumkommandieren, das ist eine dreckige Schlampe! Eine Vampirjägerin!"

„Es reicht Steve, verschwinde!", sagte Natzuya mit gehörigem Nachdruck und leichtem Knurren in der Stimme.

Steve schüttelte den Kopf: „Nein, ich lass dich nicht mit ihr allein!"

„Okay, bleib meinetwegen hier, aber du bewegst dich keinen Meter. Ist das klar?", fragte Natzuya den anderen Vampir, obwohl es weniger eine Frage als mehr ein Befehl war. Ihm war Sayuras enorme Anspannung nicht entgangen. In diesem Zustand könnte sie leicht Fehler begehen, Bewegungen der Vampire falsch deuten und sie erschießen. Dann ging er langsam, sichtbar, auf Sayura zu.

Sayura riss jetzt den Bogen herum und zielte auf Natzuya.

„Bleib da stehen!", schrie sie ihm entgegen. Was war das für ein Spiel, das er da spielte? Er schien zu glauben, dass sie nicht auf ihn schießen würde, aber das würde sie tun. Sie sprach sich selbst Mut und Zuversicht zu.

„Sayura, bleib ruhig! Ich werde dir nichts tun, das hab ich dir immer beteuert. Ich dachte, wir wären schon weiter! Erinnerst du dich nicht an unsere letzte Begegnung auf der Medienveranstaltung? Nimm den Bogen runter, das willst du doch nicht!"

Steve war es jetzt, der ungläubig zwischen beiden hin und her schaute. Wieso gab es da eine oder mehrere Begegnungen zwischen den beiden? Was würde Lena dazu sagen? Steve wusste, dass es eine Art Verbot gab, die Jägerin zu töten, aber er würde sich sicher nicht daran halten, nicht, nachdem sie seinen Freund umgebracht hatte und auch jetzt die Existenz von Vampiren bedrohte. Natzuya selbst hatte schon vor Monaten untersagt, diese Jägerin anzurühren. Bisher war Steve der Annahme gewesen, Natzuya selbst würde diese Schlampe umbringen wollen, denn sie war wirklich eine Plage. Aber irgendwie fühlte sich das hier nach etwas anderem an.

„Hör auf, mich einzulullen! Was neulich geschehen ist, war ein Fehler", brüllte sie ihm entgegen. Ihre Stimme klang selbstbewusst und stark, laut. Das Herz klopfte ihr jedoch bis zum Hals. Mit diesem Bogen hatte sie keinen Bewegungsspielraum. Sie war nicht schnell genug, um ihn fallen zu lassen, eine andere, im Handling leichtere Waffe zu ziehen, ohne dass sie in der Zeit von einem der beiden Vampire angegriffen werden konnte. An Flucht brauchte sie aufgrund der körperlichen Nachteile gar nicht erst zu denken. Das hier war im wirklichen Sinn des Wortes eine Sackgasse.

Vor einer Situation wie dieser, einer derartigen Begegnung mit Natzuya, hatte sie die ganze Zeit Angst gehabt; er, der Vampir, sie, die Jägerin – ungeachtet dessen, was zwischen ihnen geschehen war. An der bekannten Tatsache, dass einer der beiden den jeweils anderen möglichst zuerst töten müsse, hatte sich nichts geändert.

„Wenn du das denkst, dann schieß, Sayura, ich stehe vor dir ... Ich werde nicht wegrennen!", sagte Natzuya, blieb stehen und breitete seine Arme einladend aus. Er hatte wieder ihre Gedanken verfolgt.

Sein Abstand zu Sayura hatte sich auf knapp drei Meter verringert. Steve staunte gespannt, wie nah sich Natzuya an die Jägerin herantraute und diese immer noch nicht geschossen hatte. Was war da bloß im Gange?

Sayura zitterte am ganzen Körper.

„Bezieh endlich Stellung, Sayura! Wenn du also meinst, es sei ein Fehler gewesen, was an jenem Abend zwischen uns geschehen ist, und ich in deinen Augen immer noch nur ein Vampir bin, dann erfülle deinen Job, Sayura. Ich werde nicht davonlaufen, anders als du!", sagte Natzuya sehr kühl.

Sayura saß in der Falle. Sie konnte ihn nicht erschießen. Das wusste er, das wusste sie. Sie hatte ihre Chance bereits auf der Wohltätigkeitsveranstaltung gehabt.

Ihr war aber auch bewusst, dass dieses Verhalten unter den Vampiren nicht publik werden durfte. Sie hatte keine Kraft mehr, den Bogen länger zu halten. Sie schwenkte ein letztes Mal in eine andere Richtung und ließ den Pfeil an der gespannten Sehne los.

Steve war viel zu überrascht, um in irgendeiner Form reagieren zu können. Als der tödliche Pfeil der Jägerin in seinen Körper eindrang, ihn durchzog und wieder heraustrat, war es zu spät wegzulaufen. Nicht einmal einen Schrei hatte er von sich geben können. Sang- und klanglos zerfiel er zu Staub.

Natzuya hatte sich nicht bewegt, nichts dagegen unternommen, und Sayura war sich sicher, dass er in ihren Gedanken gelesen hatte, was sie als Lösung in Betracht zog, um dieser Situation zum Teil zu entgehen. Sie konnte keine vampirischen Zeugen ihrer Unterhaltung mit Natzuya gebrauchen. Zugegebenermaßen war das ein banaler Grund, aber der Vampir hatte die Zahl ihrer Tötungsquote zudem einfach so verdoppelt.

„Ja, ich habe es in dir gesehen. Aber die Vampire sind mir im Grunde egal", sagte er und beobachtete Sayura, wie sie sich gegen die Wand fallen ließ und ihre Arme entspannte.

Sayura hatte die Augen geschlossen, Tränen stiegen auf und bahnten sich ihren Weg durch die geschlossenen Lider über ihre Wangen hinab.

Natzuya sagte nichts.

Als sie die Augen wieder öffnete, stand er noch immer vor ihr und sah sie ruhig an.

„Ich habe versagt!", flüsterte sie.

„Nein, hast du nicht, du hast zwei Vampire getötet, das ist doch eine gute Ausbeute. Das findest du selbst.", meinte Natzuya.

Sie schüttelte den Kopf: „Nein, es gilt, jeden Vampir zu töten. Jeden! Nicht nach Sympathien auszusortieren, wer überleben soll und wer nicht."

„Du magst mich eben!"

„Ja, Natzuya … ich meine: Nein, das darf ich nicht … das kann ich nicht! Ich kann keine Jägerin mehr sein, wenn ich auch nur einen von euch mag!", rief Sayura verzweifelt aus.

„Wer sagt das, deine Regeln? Ich sag dir was: Ich wäre nicht das, was ich jetzt bin, wenn ich mich an die Regeln halten würde, die es seit Jahrhunderten gibt. Zugegebenermaßen hatte ich einige Momente, in denen ich es in Erwägung zog, mich daran zu halten, aber diese sind vorüber."

„Natzuya, du kannst keine Gesetze verändern, die uralt sind! Es geht nicht nur um einen Krieg zwischen Jägern und Vampiren, es geht um das Gleichgewicht: Es darf nie mehr Vampire als Menschen geben!", ging sie auf ihn ein, ohne zu wissen, was genau er eigentlich meinte.

„Keine Sorge, es wird sicher nicht mehr Vampire geben als Menschen. Daran würde ich auch nicht beteiligt sein. Ich besitze diese Fähigkeit gar nicht. Ich beziehe mich eher auf mein Leben als Vampir. Es heißt, wir sollen im Verborgenen ein geheimes Dasein fristen. Weißt du, was? Vergiss es! Ich geh raus in die Welt und genieße mein Leben. Ich will auf nichts verzichten müssen, nur weil mich irgendjemand zum Vampir gemacht hat." Bedeutungsvoll sah er sie an.

„Zudem stehst du unter meinem Schutz. Ich sagte Lena und ihren Leuten schon vor einiger Zeit, dass sie dich in Ruhe lassen sollen. Ich genieße es, eine machtvolle Position zu haben. Ich lerne mit meinen Fähigkeiten und meiner Ausstrahlung zu spielen sowohl in der Menschenwelt als auch in, wie du immer so schön sagst, meiner vampirischen Welt. Ich versuche, mein Leben zu genießen, und ich will es mit dir tun."

„Was?", fragte sie, obwohl sie es verstanden hatte. Das waren viel zu viele Informationen auf einmal. Zuerst einmal begriff sie, warum sie auf ihren seltenen Streifzügen keine Spur der Vampire aufnehmen konnte.

„Du darfst dich nicht über sie erheben, Natzuya!", stellte sie erschrocken fest.

„Das will ich auch nicht. Aber ich gelte als gefürchteter und unberechenbarer Vampir, und das gefällt mir. So ist das Leben als Vampir erträglich und macht Spaß. Ich habe Geld im Überfluss, sieh dir allein meine Kleidung an! Als ich noch Mensch war, hatte ich all diesen Luxus nicht!", erklärte er ihr mit glänzenden Augen.

„Ohne Lena an deiner Seite wärst du nicht zu diesem Einfluss gekommen!", erinnerte sie ihn.

„Das mag sein, aber ich bin, wer ich jetzt bin!", antwortete er knapp.

„Ja, wer bist du? Verführst Mädchen und lässt dich dann nicht blicken?", fragte Sayura und hätte sich schon im nächsten Moment die Zunge abbeißen können. Sie deutete in die Richtung des bewusstlosen Mädchens. Sie atmete. Dies bedeutete: Sie lebte. Sayura ließ es darauf beruhen, mochten die Regeln etwas anderes vorgeben oder nicht.

„Was verlangen deine Regeln?", fragte Natzuya.

„Wir dürfen nicht eingreifen, wenn ihr Menschen tötet … ähm …!", stotterte sie unsicher. Er lachte laut auf. „Ihr Jäger sollt zuschauen, wenn ein Mensch getötet wird? Tolle Retter seid ihr!"

„Wir sind Vampirjäger, keine Lebensretter!", erklärte Sayura. Ihr gefiel der Verlauf des Gespräches überhaupt nicht.

„Ihr seid nicht besser als wir, wenn ihr an einer Opfer-Täter-Situation vorbeikommt und beim Morden zuseht. Ihr seid ja noch viel schlimmer, weil wir immer noch einen Grund haben: die Verlängerung unseres Lebens – doch ihr steht tatenlos da!", stellte er sarkastisch fest. „Wie dem auch sei; zurück zu deiner Frage, ob ich Mädchen verführe und mich dann nicht melde!", wiederholte er Sayuras Frage, die ihr sehr unangenehm war. Aber trotzdem war sie ihm dankbar für den Themenwechsel, obwohl das letzte Wort in der Angelegenheit sicher noch nicht gesprochen war.

„Nun, ich bin auch immer noch ein Mann, Sayura. Ich amüsiere mich, und wenn ich töte, tu ich es auf sanfte und schnelle Art und Weise! Melden tu ich mich niemals, wieso sollte ich das auch tun? Sollte das jedoch eine Anspielung auf unseren Kuss gewesen sein und auf meine anschließend fehlende Kontaktaufnahme, dann lass mich dir dazu ein paar Worte sagen!", wollte er eine Erklärung eröffnen.

„Das ist ja wahnsinnig tröstlich, Natzuya, du tötest auf sanfte Art und Weise! Hörst du, was du da redest?", fuhr Sayura ihn an, er hatte einen empfindlichen Punkt getroffen.

„Ja, Sayura. Akzeptiere, dass ich ein Vampir bin. Ich brauche Menschenblut, um zu leben! Das diskutiere ich nicht mit dir!"

„Du bist ein Vampir, wie er im Buche steht, Natzuya, das ist schön und erschreckend zugleich. Aber wir können keine Freunde sein; und den Kuss vergessen wir ganz schnell! Warum du dich danach nicht gemeldet hast, geht mich nichts an. Es ist im Grunde auch gut so. Ich weiß nicht, was ich eigentlich erwartet hatte. Du hast mich in einem schwachen Moment erwischt, da auf dem Fest. Nie hätte ich einen Vampir geküsst." Fest sah sie ihn an.

„Du hattest den Auftrag, mich zu töten. Das war dein schwacher Moment, Sayura, darf ich dich darin erinnern? Du bist also gekränkt, weil ich danach nicht auftauchte. Dafür gab es wirklich mehrere Gründe, und viele hatten mit meinen Überlegungen zu tun, was ich will, was ich kann, was ich darf und vor allem, ob ich nicht eigentlich eine Gefahr für dich bin. Dann bedenke noch deine lächerlichen Regeln, die besagen, dass ich als Vampir nicht das Haus des Jägers betreten darf!", witzelte er und fuhr fort: „Tja, und ich zog in Erwägung, dir aus dem Weg zu gehen, was mit Beweis des heutigen Tages nicht möglich ist, aber ich konnte nicht, wollte dich nicht aufgeben, also übe ich mit meinen Empfindungen umzugehen, das mag nicht richtig sein, aber ich will dein Freund und ...!"

„Ich will aber nicht dein Freund sein!", fiel sie ihm ins Wort.

„Du kannst oder willst nicht?"

„Beides!"

„Du kannst nicht, weil du eine Jägerin bist und deine Gesetze verraten würdest? Du kannst Vampire töten, so viele du willst, das ist mir gleich ...!"

„Was ist das für ein Kampf, wenn du ihnen den Befehl gibst, mir aus dem Weg zu gehen? Du selbst machst es mir unmöglich, Jäger zu sein. Hör auf damit!", appellierte sie an ihn.

„Ich kann nicht, ich will nicht, dass du stirbst. Ich hingegen habe kein Problem damit, mir einzugestehen, dass ich dich mag, Sayura!", brachte er den Kern des Gesprächs nochmals zurück auf ein ihm wichtiges Thema.

Mit offenem Mund sah sie ihn sprachlos an.

„Du hättest das Gefühl, das Andenken deiner Eltern zu beflecken, wenn du einen Vampir als Freund bezeichnetest, nicht wahr? Daher empfindest du auch den Kuss als Fehler", stellte er als Nächstes fest, nachdem er sich ihrer Gedanken bemächtigt hatte.

Sie nickte.

„Ach, Sayura, so etwas gab es schon immer, dass sich irgendwer in irgendwen verbotenerweise verliebte. Denk an die Geschichte um Romeo und Julia! Vermutlich gab es das auch schon unter Vampiren und Jägern. Sogenannte verbotene Liebschaften gab es sicher auch noch hundertmal in anderen Geschichten, Ländern und Völkern ob nun wahr oder nur erdacht, ist dabei nebensächlich, denn es ist wie es ist. Gefühle richten sich nicht nach Grenzen, Gesetzen oder sonstigen Vorschriften. Was wäre so schlimm daran, wenn du aufhörtest, Jäger zu sein? Du hast deine Eltern gerächt mehr als einmal, du kannst nicht alle Vampire töten, die es gibt. Dazu müsstest du auf der ganzen Welt umherreisen, und du bist ja noch nicht einmal aus deiner Stadt herausgekommen, oder?", fragte Natzuya, ohne eine Antwort zu erwarten.

Sie fand ihre Sprache vor Verblüffung immer noch nicht wieder.

„Ein Mensch tötet einen anderen Menschen. Klar will jeder erst mal Rache, aber er kann deswegen nicht alle Menschen auf Erden umbringen wollen, das nur mal als Vergleich! Und, Sayura, ich weiß, dass du mich nicht hasst, auch wenn du es vielleicht gern möchtest!", schloss er seine Belehrung ab.

Sayura wusste, dass er recht hatte.

„Aber ich … ich …!" Sie wusste nicht, was sie dem entgegensetzen sollte. Dass er ihre Eltern ansprach, tat ihr weh. Die Erinnerungen an sie waren tief in ihr verschlossen. Sie dachte nicht, dass sie je mit diesem Thema derart unvorbereitet konfrontiert würde. Bevor sie auf Natzuya getroffen war, hatte sie sich allerdings vieles nicht vorstellen können. Das hatte sich seit ihrer ersten Begegnung geändert. Immer wieder brachte er sie dazu, über sich nachzudenken. Es gab schmerzliche Erkenntnisse und Eingeständnisse, die sie regelmäßig bis an ihre emotionalen Grenzen brachten. Seit sie ihn kannte, hatte eine endlose Phase der Selbstreflexion begonnen, die sie nicht unter Kontrolle hatte. Allerdings fragte sie sich, wo sie all die Jahre gewesen war. Erst seit sie Natzuya kannte, fühlte sie sich klar und wach.

„Es liegt mir fern, dich zu verletzen. Aber vergiss bitte nicht, dass ich nicht nur Vampir bin, sondern auch Mensch war! Welche Grenze hab ich überschreiten müssen? Ich musste sterben, lernen, Menschen zu töten, um zu überleben, ich trinke Blut.

Sayura, ich bitte dich, das klingt wie ein Albtraum, aber ich habe gelernt, damit zu leben. Meinst du nicht, dein Rachemotiv ist veraltet?"

„Nein!", antwortete sie kurz und präzise.

„Dann willst du mich töten, weil vor Jahren andere Vampire deine Eltern töteten, obwohl ich damals selbst noch ein Kind war und vor allem ein Mensch?", bohrte er weiter nach.

„Nein!", antwortete sie wieder, diesmal sehr kleinlaut. „Lass das, halt dich raus aus meiner Geschichte, aus meinem Leben, meiner Vergangenheit!", fuhr sie ihn an.

Er nickte: „In Ordnung, lass es sacken. Lass mich bei dieser Gelegenheit noch ein anderes Thema anschneiden …!"

„Nein, wir sind hier in einer prekären Situation, wir sollten in verschiedene Richtungen davongehen und nicht ein kleines Pläuschchen halten!", unterbrach sie ihn erneut. Sie wollte keine weiteren Themen mehr anschneiden müssen, die sie so sehr schwächten.

„Geh nicht mehr in diesen Sexschuppen! Ich kümmere mich um dich, sorge für deinen Lebensunterhalt", fuhr er unbeirrt fort.

Das war wie ein Schlag ins Gesicht.

„Du tust es schon wieder, du lullst mich ein! Du willst mich kaufen? Ich soll das Jagen lassen, und du sorgst für meine finanzielle Unterstützung? Was willst du noch? Sex? Mein Leben gefiel mir bis zu dieser Entführung damals ganz gut", sah sie ihn jetzt entrüstet an. Aber sie log vor allem sich selbst an.

„Du bist auf dem Holzweg, Sayura. Sagtest du nicht selbst, dass es dir kaum noch möglich sei, Jägerin zu sein, weil du plötzlich mehr in den Vampiren siehst als bisher? Ja, ich würde dich finanziell unterstützen, denn du hast es nicht nötig, deinen Körper so zu verkaufen, wie du es dort tust. Nein, ich würde dich nie darum bitten aufzuhören, Jägerin zu sein, und auch nicht darum, die Seiten zu wechseln. Ich sagte schon, dass mir Lena und die Vampire egal sind. Ich hätte auch kein Problem damit, mit dir die Stadt zu verlassen und irgendwo, beispielsweise auf dem Land, zu leben und Sterne zu zählen! Dein Leben gefiel dir? Woraus bestand es denn? Aus Rache, Tötungen und Tristesse, du hast dich von anderen Männern beglotzen lassen. Wann hast du mal in Ruhe zu Hause gesessen, ein Buch gelesen, bist ins Kino gegangen, hast eine Reise unternommen? Das würde ich als gutes Leben betrachten, weil auch mal Gutes darin passiert!" Er machte eine kurze und ganz bewusste Pause. „Und Sex würde ich nicht von dir verlangen, wenn du ihn nicht auch mit mir willst!"

Wieder sah sie ihn mit großen Augen an.

„Ich weiß, du kannst das alles nicht verstehen. Ich lese es in deinen Gedanken, und du hast wahrscheinlich recht mit deinen Zweifeln. Ich werde mich äußerlich nicht verändern, ich werde äußerlich nicht älter, werde nicht sterben, ich kann keine Kinder zeugen, brauche Blut zum Leben, und du könntest nicht danebenstehen und zu sehen, wie ich ein Mädchen töte!", offenbarte er nun seine Überlegungen. „Ich würde keine Mädchen auf diese Art und Weise töten, es müssten auch überhaupt keine Mädchen sein, ich würde für dich kaltes Blut trinken, wir könnten es in Kanistern im Keller lagern. Ich würde dich auch nicht gegen deinen Willen zu einem Vampir machen, auch wenn es sicher schwierig zu ertragen wäre zu sehen, wie du langsam alt wirst und eines Tages stirbst. Aber Lena sagte mir, dass es nie einfacher würde, ganz egal, wie lange man schon lebe. Loslassen ist immer schwierig. Wusstest du, dass einige Vampire sogar Selbstmord begehen, weil sie die Ewigkeit nicht mehr ertragen …?"

„Hör auf damit, ich will das nicht wissen …!", fiel sie ihm ins Wort.

„Warum nicht, Sayura? Weil das alles zu menschlich wirkt? Hör endlich auf, die Vampire als gefühllose und blutrünstige Kreaturen zu betrachten! Das sind sie nämlich nicht, sieh mich an!"

„Du hast mich einmal gebissen und wärest beim letzten Mal schon wieder deiner wahren Natur erlegen!", griff sie ihn an.

„Wir können das zusammen schaffen, Sayura!" Er ignorierte ihre Attacke gekonnt. Sie hatte sich aufgrund dieser vielen Tatsachenkonfrontationen und Offenbarungen gegenüber Natzuya verschlossen und keinerlei Bedürfnis, auch nur ansatzweise eine sachliche Betrachtung der angesprochenen Themen in Erwägung zu ziehen.

„Es gibt kein ‚wir', Natzuya, ich kann keinen Vampir lieben!"

Jetzt sah er ihr fest in die Augen.

„Kannst du nicht? Falsch, Sayura, du tust es bereits!"

Sie saß zu Hause mit einer Tüte Kartoffelchips und sah fern. Wieder. Eigentlich hätte sie schon lange wieder auf Jagd gehen müssen, aber sie hatte keinerlei Lust auf eine neue Konfrontation mit Natzuya. Diesen Namen, diesen Mann, nein, diesen Vampir würde sie aus ihrem Gedächtnis streichen. Sie würde sich noch ein bisschen sammeln und dann wieder diszipliniert auf Vampirjagd gehen.

Sollte sie Natzuya begegnen, würde sie einfach wegrennen. Dass sie ihn nicht umbringen konnte, war ja nun wirklich sicher, sie würde ihn eben stets übersehen. Er war Niemandsland.

Ausgerechnet heute Abend mit der Jagd anzufangen, erschien ihr auch wirklich nicht sinnvoll. Das Fernsehprogramm war zudem überraschend gut.

So suchte sie sich unbewusst jeden Abend eine neue Ausrede, um nicht auf die Jagd gehen zu müssen. Mal war sie zu niedergeschlagen, mal hatte sie Kopfweh, und wieder ein anderes Mal war sie einfach nicht in Form.

Und so geschah es, dass sie plötzlich in ein ganz normales Leben hineinglitt. Sie ging abends ins „Naked", schlief den nächsten Tag lange aus. Das Fitnessstudio war gestrichen und hatte anderen Dingen Platz gemacht.

Morgens schlief sie aus, ging in die Stadt und frühstückte in einem netten kleinen Café. Einkaufen, Museumsbesuche und das Schwimmen standen ebenfalls auf dem Plan der sich abwechselnden Tagesaktivitäten.

Sie hatte sich einige Vorwürfe Natzuyas tatsächlich zu Herzen genommen. Es waren viele Themen, über die sie am liebsten nicht nachdenken würde, aber sie schlichen sich doch immer wieder durch ein Hintertürchen in ihre Gedanken ein.

Diese helle Menschenwelt war eine ganz andere Welt. Sie selbst fühlte sich wie eine Besucherin darin: all die vielen Menschen, die gestresst durch die Straßen von Termin zu Termin hetzten, sich in Cafés trafen und ihre „Wehwehchen" beklagten oder einfach faul im Park in der Sonne vor sich hin dösten. Pärchen, kleine Gruppen, die lachend durch die Straßen liefen, um ins Kino oder eine Cocktailbar zu gehen, die so unbeschwert und freudig, menschlich wirkten.

Trotzdem erschien Sayura dies alles zuerst so schrecklich fremd. Erst nach und nach hatte sie sich daran gewöhnt. Hätte es die Vampire nicht gegeben, wäre dies das Leben gewesen, das sie gelebt hätte. Wenn die Vampire ihre Eltern nicht getötet hätten, wäre sie nie Jägerin geworden, hätte die dunkle Seite der Nacht nie kennengelernt, sondern wäre ihren menschlichen Wünschen nachgegangen, und zwar bei Tageslicht. Sie neidete dieses menschliche Leben jedem Pärchen, jedem gestressten Menschen, der zum nächsten Termin hetzte, oder jenem vor sich hin dösenden Bankier im Park, der seine Mittagspause genoss. Sie neidete ihnen so viele Momente, die sie selbst nie erlebt hatte, von denen sie nicht einmal wusste, ob es der Realität entsprach oder schlicht nur ihren überzeichneten Vorstellungen. All diese Menschen hatten vermutlich viel Zeit mit ihren Eltern und Geschwistern verbracht, hatten kleine und große Schicksalsschläge ertragen, waren zum ersten Mal heimlich in ihren Nachbarn verliebt gewesen, hatten Höhen und Tiefen der menschlichen Gefühlswelt überstanden, den Schulabschluss gemacht, viele Partys gefeiert und waren nach einer durchzechten Nacht irgendwo auf einer Parkbank aufgewacht. Ein Stück weit beneidete sie diesen Menschen auch um ihre unbekannte Zukunft.

Partnerwahl, Heirat, Kinder, Reisen, vielleicht eine Scheidung, vielleicht auch nicht. Zusammen mit dem Menschen, den man liebte auf einer Bank im Garten hinter dem eigenen Haus sitzen, umsäumt von Hibiskus und Lavendel, mit grünem Gras unter den nackten Füßen sein ganzes, langes Leben Revue passieren lassen, die alten faltigen Finger ineinander verschlungen haltend und gemeinsam den Sonnenuntergang bestaunen: So einen Lebensabend würde es für sie vielleicht gar nicht geben.

Vielleicht war auch gerade das der ideale Grund, jetzt mit ihrem menschlichen Leben Bekanntschaft zu schließen. Aber sie wusste, dass die Organisation das nicht zulassen würde. Und nun auch noch vor einem Killer, der womöglich auf sie angesetzt würde, davonlaufen wollte sie wirklich nicht. Aber vielleicht würde die Organisation ihr einen längeren Urlaub gewähren oder gar eine Ausnahme für sie machen, wenn sie nur eine gute Begründung vorbringen würde? Schließlich war sie jahrelang eine großartige Jägerin gewesen, hatte viele Vampire ermordet. Hatte sie da nicht so etwas wie Urlaub verdient?

Natzuya hatte recht gehabt: Sie hatte ihre Eltern mehr als einmal und mehr als genug gerächt. Irgendwann war selbst diese Motivation erloschen, und es war zur Gewohnheit geworden. Sie hatte eigentlich keinen anderen Lebensinhalt mehr gehabt. Sie war schlicht abhängig von der Organisation und ihr stets hörig. Nie hatte sie sich über ein mögliches Leben, vielmehr über dessen Vorbeimarsch Gedanken gemacht bis zu jenem Tag, als sie in dieser Gefängniszelle erwachte und Natzuya kennenlernte.

Sayura seufzte.

Natzuya.

Er allein war schuld, dass sie alles aufgab. Er war der Vampir, den sie nicht töten konnte; und selbst das kleinste Zögern stellte eine Schwäche dar, dies war ein Beweis ihrer Unfähigkeit, weiterhin Vampirjägerin zu sein. Sie hatte die Organisation verraten; jene Organisation, die sie aufgenommen, sie ausgebildet und ihr eine Rache erst ermöglicht hatte. Wieder kämpfte in ihrem Inneren die Jägerin mit dem Menschen Sayura. Natzuya war der Vampir, den sie näher kennengelernt hatte, der ihr gezeigt hatte, dass nicht alle Vampire Bestien sind, dass Vampire eigentlich auch nur Menschen sind. Bei diesem Gedanken musste Sayura plötzlich grinsen.

Sie haderte von Tag zu Tag mehr mit sich und ihrer Tätigkeit als Vampirjägerin. Vampire waren tote Menschen, sie lebten vom Blut anderer. Einige wie zum Beispiel Natzuya hatten es sich nicht freiwillig ausgesucht, Vampir zu werden. Sie mussten Blut trinken, denn wer wollte schon gerne sterben? War dann die Jagd nach Vampiren nicht auch eine Form von Rassismus?

Sayura war erschrocken über ihre Ansicht, diese neue Ansicht. Bis vor Kurzem war sie aufgegangen in der Jagd nach Vampiren, nach den Menschenmördern – jetzt suchte sie nach Entschuldigungen dafür, dass sie nicht jagen ging.

Verdammt noch mal!

Energisch benutzte sie jetzt die Fernbedienung. Das Fernsehprogramm war doch nicht so toll. Auf allen Sendern lief irgendein „Herz-Schmerz-Film". Das konnte sie wirklich nicht gebrauchen. Ihre Gedanken drehten sich auch ohne solche Filme sowieso ständig nur um den einen, der dazu noch ein Vampir war; der Menschen tötete, um selbst zu leben; unsterblich und ein Kind der Nacht war: um Natzuya, den Vampir.

Jedes Mal, wenn sie wieder zur Arbeit ins „Naked" ging, wusste sie nicht, ob sie sich wünschte, dass er einfach da wäre und sie mitnahm – oder ob sie Angst hatte, dass er überhaupt anwesend wäre.

Gesehen hatte sie ihn bisher nicht. Er hielt nichts von ihrem Nebenjob als Stripperin, dies hatte er ihr bereits deutlich gemacht.

Sie wollte diesen Job ungern aufgeben, denn sie mochte ihn: Er zeigte ihr auch die Schwächen der Menschen, machte sie vermutlich selbst zu einem – etwas, wonach sie sich augenscheinlich sehr sehnte. Wo sonst zeigte man alles von sich, wenn nicht in einem Stripteaselokal? Über ihre eigensinnigen Weisheiten musste sie lachen. Die letzten Wochen waren vor allem eines gewesen: anstrengend. Denn sie war nur noch mit sich beschäftigt, mit Grübeleien und chaotischen Gedanken. Sie suchte sich neu zu definieren, zu erkennen, sich selbst zu finden.

Sayura überlegte dann tatsächlich, ob sie sich einen Beruf bei Tageslicht suchen, einen Freundeskreis aufbauen und ein ganz normales Leben führen sollte: keine Waffen mehr in den Schränken, keine nächtlichen Streifzüge und keine nervenaufreibenden Kämpfe mehr, vorausgesetzt, die Organisation stimmte dem zu. Sie würde gleich morgen einen entsprechenden, schriftlich ausgearbeiteten Antrag auf Befreiung aufsetzen.

Ob ihr das Leben der Jägerin fehlen würde? Ob die Organisation ihr dies überhaupt gewährte?

Vielleicht sollte sie die Stadt verlassen, es würde ihr helfen, Mensch zu sein. Denn in ihrem Viertel war sie unter den Vampiren bekannt wie ein bunter Hund, selbst auch dann, wenn Natzuya den Vampiren befohlen hatte, sich von ihr fernzuhalten. Ein Neuanfang in einer neuen Stadt war vermutlich einfach, weil sie dort ein unbeschriebenes Blatt war. Vielleicht würde sie sich auch eine neue Identität zulegen müssen. Denn vielleicht war sie viel zu naiv, was die Organisation anging. Sie grinste verbittert in sich hinein. Glaubte sie wirklich, die Organisation würde Sayura ein freies Leben oder nur einen Urlaub zugestehen? Die Organisation, die so viel Wert auf Regeln, Gesetze und Geradlinigkeit legte? Auf lebenslange Vampirjägerschaft? Sayura selbst kannte all das doch in- und auswendig. Es wurde geradezu in sie hineingehämmert. War ein Untertauchen überhaupt möglich? Was, wenn sie durch eine Flucht plötzlich zur Zielscheibe würde? Gesucht und gejagt wie ein Vampir? Ein Leben auf der Flucht? Oder war das womöglich immer noch besser als ihr jetziges Dasein?

Der Umzug in eine neue Stadt würde auch bedeuten, dass es keine zufälligen Begegnungen mehr mit Natzuya geben würde; Begegnungen, die sie eigentlich nicht mochte.

Verdammt, egal, worüber sie nachdachte, immer endete es mit ihm!

Na ja, vielleicht sollte sie ihn noch einmal aufsuchen, um ihm mitzuteilen, dass sie ihren Vampirjägerjob an den Nagel hing. Er könnte diese Nachricht unter seinen Vampiren verbreiten, und ein Ausstieg würde für Sayura einfacher sein. Sie müsste vielleicht keine Angriffe fürchten. Ob es tatsächlich so einfach war?

Einfach so auf die Straße gehen, ohne Waffen, ohne innere Anspannung? Sie wusste gar nicht, wie sich dieser unbeschwerte Zustand überhaupt anfühlte: frei von Waffen, frei von Ängsten, getötet zu werden, frei von der Besessenheit nach Rache! Aber dazu müsste sie Natzuya aufsuchen. Dabei hatte sie ihn doch neulich in der Gasse einfach stehen lassen. Müsste sie nicht sowieso einen Schritt auf ihn zugehen?

Als er ihr gesagt hatte, er glaube, dass sie ihn liebte, hatte Sayura ihn mit großen Augen und vor Verblüffung offen stehendem Mund angesehen. Dann war sie einfach davongerannt wie ein kleines Schulmädchen.

Das war vor genau sieben Wochen, und seither dachte sie täglich an ihn. Sayura schüttelte den Kopf. Nein, wie peinlich das war, ihre ständige Flucht! Und jetzt wollte sie auf ihn zutreten mit all ihren wirren, naiven und lächerlichen Plänen? Vor der Auseinandersetzung mit einem großen Thema scheute sie sich dennoch sehr. Immer wenn es Platz in ihren Gedanken einnehmen wollte, verdrängte sie es erfolgreich.

Seine Äußerung bezüglich ihrer Gefühle klopfte tief in ihr und wollte Beachtung finden. Den Kuss tat sie noch immer als Ausrutscher ab. Käme sie nach solchen Überlegungen eventuell zu dem Entschluss, tatsächlich etwas für ihn zu empfinden, müsste sie überlegen, wie es weitergehen sollte. Sie müsste einige ihrer jahrelang geformten Grundsätze über die Vampire über Bord werfen, um bei ihm sein zu können. Sie müsste mit jemandem zusammen sein, der Menschen tötete!

War sie besser? Sie tötete Vampire, ehemalige Menschen. Auch damit hatte Natzuya recht. Und sie stand tatsächlich einfach daneben, wenn ein Mensch umgebracht wurde, nur weil dieses Verhalten von der Organisation vorgeschrieben war.

Sie schüttelte den Kopf. Jetzt tat sie es schon wieder: Sie versuchte, Entschuldigungen dafür zu finden, einen Vampir als Freund, auf welcher Ebene auch immer, bezeichnen zu können. Nein, sie beschloss, Natzuya nicht zu mögen und ihn zu vergessen. Sie musste ihr Leben endlich in irgendeiner Form ordnen. Ihre Gedanken waren viel zu verworren. Diese Neuordnung sollte erst einmal oberste Priorität haben und nicht immer nur Natzuya.

– 9 –

Natzuya observierte dieses unscheinbare, aber schreckensvolle Gebäude seit Sayuras Befreiung. Unregelmäßig legte er sich dort auf die Lauer. Er war sehr wachsam, wollte vermeiden, dass er womöglich auffiel und selbst beobachtet wurde, im schlimmsten Fall sogar erneut in Gefangenschaft geriet.

Eine Zeit lang geschah gar nichts, und Natzuya hatte fast schon angenommen, das Haus sei seit dem Überfall durch Lenas Clan stillgelegt worden, was an sich für weitere potenzielle Entführungsopfer definitiv ein Vorteil war.

Nach einer weiteren unauffälligen seiner Lauernächte wollte er gerade gehen, als sich plötzlich etwas tat. Er selbst hatte sich hinter den Büschen versteckt, die einem Haus als Sichtschutz dienten, das Haus lag zu dieser Zeit der Nacht stets im Dunkeln. Natzuya wartete immer, bis auch der letzte darin befindliche Bewohner in sein Bett gegangen war. Es war ein Einfamilienhaus mit einem kleinen Garten und einem wirklich winzigen Goldfischteich. Der Rasen wurde akribisch kurz gehalten, das einzige Kind der Familie war ein männlicher Teenager, der jedoch eher sein Stubenhockerdasein fristete, anstatt mit Freunden um die Häuser zu ziehen. Aber dies sollte gerade Natzuya mehr als recht sein. Die Erwachsenen stritten oft, manchmal sogar noch, nachdem die Lichter erloschen waren und sie lang schon ins Bett gegangen waren. Es hatte seine Vorteile, Vampir zu sein: Durch das ausgeprägte Gehör konnte man über weite Entfernungen mit anhören, was andere Menschen besprachen, wenn man sich nur genau darauf konzentrierte und die Umgebungsgeräusche ausblenden konnte. Andererseits war es auch ein Fluch, denn oft war es sehr laut. Ständige Motorgeräusche der Autos, Flugzeuge am Himmel, das ständige Gebrabbel der Menschen, ob sie nun direkt vor einem standen, in unmittelbarer Nähe oder sich hinter Hauswänden vermeintlich ungestört unterhielten. Die Stille der Nacht – es war eine erstaunlich laute Welt, was Natzuya als Mensch niemals so drastisch aufgefallen war.

Ein schwarzer Van war plötzlich vorgefahren, jener Van, in den Natzuya hineingezerrt und betäubt worden war wie vermutlich auch Sayura. Natzuya erinnerte sich, so etwas in ihren Gedanken gelesen zu haben.

Der Van war schwach, mit nur einem Fahrer, besetzt. Er war ein blonder hochgewachsener Mann, und Natzuya gefror das Blut in den Adern, als er ihn erkannte. Jener Mann war es gewesen, der Natzuya zu einem Vampir gemacht hatte, der nach Erfüllung seiner Pflicht offenbar in die Freiheit entlassen wurde. Tja, und nun kehrte er selbst an diesen Ort zurück. Kehrte er zurück – oder gehörte er selbst zu diesen Leuten?

Aber zu viel sprach dafür, dass er dazugehörte: allein schon der Van; auch die Ruhe, mit der der blonde Vampir auf das Gebäude zuschritt. Er blieb stehen, um sich umzusehen.

Natzuyas Nerven waren bis zum Zerreißen gespannt. Plötzlich hörte er zu seinem Erschrecken eine Stimme in seinem Kopf, die ihm eindringlich befahl, sofort aus seinem Versteck hervorzutreten.

„Komm zu mir!", erklang die Stimme abermals. Natzuya wusste, dass sie dem blonden Mann dort auf der anderen Straßenseite gehörte. Diese Stimme hatte sich ihm eingebrannt. Natzuya hatte diesen Mann zu Beginn seiner Gefangenschaft zunächst für einen Mitgefangenen und später dann für ein armes Opfer der Entführer gehalten. Immer hatte er sich gefragt, ob der Mann, der Vampir, wirklich freigelassen worden war oder nicht. Nun hatte er die Antwort, die so offensichtlich vor ihm lag, dass er sie nicht genau erkannte.

Zu seiner eigenen Überraschung gehorchte sein Körper auf den Befehl des Mannes. Natzuya war nicht Herr über seine körperlichen Reaktionen. Er stand auf, trat auf die Straße und ging auf den Vampir zu.

Alles in ihm sträubte sich dagegen, aber ihm war, als würde ihn irgendetwas antreiben oder gar ziehen, so, als würde er an einem unsichtbaren Seil hängen, dessen Ende der Vampir in seinen toten Händen hielt.

„So abwegig ist der Gedanke nicht, Natzuya!", erklärte der Mann, nachdem er Natzuyas Gedanken gelesen hatte. Noch eine für Natzuya völlige Unklarheit: Vampire konnten ihre Gedanken untereinander nicht lesen, es sei denn, man gestattete es sich gegenseitig. Wieso konnte der Mann ohne seine Zustimmung einfach in ihn eindringen, Natzuya aber nicht in ihn? Wer war er?

„Nun, mein Freund, ich verstehe, dass du viele Fragen hast, lass sie mich dir beantworten!", erwiderte der Mann erneut auf Natzuyas gedankliches Chaos. „Ich nehme an, ich brauche dich nicht hereinzubitten?", schmunzelte der Mann und deutete mit einer einladenden Handbewegung auf das Haus hinter sich. Er sah in Natzuya dessen Entsetzen und ignorierte es geflissentlich.

„Wie du ahnst, bin ich dein vampirischer Erzeuger, so etwas wie dein Vater, und wie das eben so zwischen Eltern und Kindern ist, besteht da eine gewisse Verbindung; unter Vampiren nicht ewig, vielleicht ein oder zwei Jahre. So lange sollte der Jungvampir seinem Erzeuger unterstellt sein, um alle notwendigen Fähigkeiten für ein Vampirleben zu lernen. Du siehst, unsere Verbundenheit währt also nur noch ein paar Monate, dann ist unsere gemeinsame Zeit herum. Leider bist du damals geflohen. Ich habe dich zwar dann und wann versucht zu erreichen, aber jemand hat dich blockiert. Ich vermute, diese Lena. Sie war eine gute Lehrerin für dich, leider die völlig falsche. Wir hatten Großes mit dir vor, du hättest für uns kämpfen sollen. Aber vielleicht lässt sich das noch in die richtigen Bahnen lenken, jetzt, da du hier bist!", ergoss der Mann eine Erklärungsflut über Natzuya. „Ich bin übrigens Moe, du kannst gerne sprechen!", sagte der blonde Vampir.

Natzuya war tatsächlich unfähig gewesen, einen Laut von sich zugeben. Ihm war, als wäre sein Mund verklebt gewesen.

„Wir?", fragte Natzuya abgehackt, es fiel im ausgesprochen schwer zu sprechen. Die Gegenwart des Mannes löste in ihm eine merkwürdige Betäubtheit aus. Vermutlich kontrollierte er Natzuya weiterhin.

„Du hast bereits mehr mit uns zu tun, als dir bewusst ist. Du solltest ein großartiger vampirischer Jäger werden, mein Freund, aber du hast dich auf die Seite der Vampire geschlagen, was vermutlich unserem eigenen Versagen zuzuschreiben ist", erklärte Moe wahrheitsgemäß.

„Vampirischer Jäger?", stotterte Natzuya.

„Ja, so wie deine kleine Vampirjägerin Sayura, die du gern zu deinem Betthäschen machen würdest. Aber das, mein Freund, ist eine Entwicklung, die wir nicht für gut befinden können, zumindest solange du nicht auch unserem Bündnis beitrittst und uns deine Fähigkeiten zur Verfügung stellst. Kämpfe Seite an Seite mit mir, Natzuya! Wir sind Jäger mit fantastischen Fähigkeiten. Jetzt sind wir den Vampiren ebenbürtig!" Der Vampir redete sich euphorisch in Rage.

„Ich bin kein Jäger, war es nie! Ihr müsst mich verwechselt haben, ihr Bastarde!", raunte Natzuya dem anderen Vampir entgegen.

„Verwechslung ausgeschlossen, deine Ahnenreihe zeigt deutlich eine Verwandtschaft mit den Vampirjägern, doch überspringen die Gene deiner Familie bedauerlicherweise immer ein paar Generationen. So müssen wir immer den einen positiv veranlagten Sprössling abwarten und wieder neu mit der Ausbildung beginnen. Doch das ist nun vorbei. Du bist unsterblich, sobald du Jäger bist, gehören deine Fähigkeiten für immer uns!" Der Vampir freute sich überschwänglich.

„Ich bin ein Vampir, gewiss kein Jäger. Seit wann jagen Vampire Vampire? Ist das nicht verboten? Seid nicht ihr es, die derartig regelfanatisch sind?" Natzuya war schockiert.

„Komm schon, Regeln müssen gedehnt werden! Es ist Zeit für uns, sich der neuen modernen Welt anzupassen! Du selbst magst Regeln nicht besonders, also wo sollte da das Problem liegen?"

„Ohne mich, Vampir! Ich will kein Leben, wie es Sayura führt, so engstirnig und gefangen in dieser düsteren Welt aus Rache und Kampf!" Es klang beinahe angewidert.

Moe lächelte verächtlich „Das wird ihr vermutlich nicht gefallen, wenn sie erfährt, wie du über sie denkst!"

„Ich denke nicht über sie so, ich denke so über ihre angebliche Berufung zur Vampirjägerin!", antwortete Natzuya und wunderte sich, warum er sich rechtfertigte, aber vermutlich unterlag auch das einer Kontrolle des Vampirs.

„Nun ja, da haben wir es vermutlich übertrieben, aber ihr Fanatismus hat sie zu einer guten, tödlichen und erfolgsverwöhnten Kriegerin gemacht; zumindest war das so, bis wir euch zusammengesperrt hatten. Aber auch das Experiment ist aus dem Ruder gelaufen, dank eurer dämlichen Sturheit!" Sein Tonfall klang, als würde er wirklich bedauern.

„Warte: Du sagst, IHR hättet uns eingesperrt, IHR, die Organisation der Vampirjäger, vergeht euch an euren eigenen Leuten?", fiel es Natzuya plötzlich wie Schuppen von den Augen.

Es war ein unwirkliches Gespräch mitten in der Nacht irgendwo in einer Stadt auf einer Straße, und dennoch war es erschreckend.

„Nicht doch, nicht doch! Wir formen sie, wie wir sie haben wollen und brauchen. Meinst du nicht, das, auch Sayura eine wunderschöne Vampirin abgeben würde?", fragte Moe völlig überzeugt.

„Nein!", schoss es aus Natzuya heraus.

„Komm schon, mein Freund! Du selbst hast darüber nachgedacht, sie zu einer Vampirin zu machen wegen deiner angeblichen Liebe zu ihr!", stellte Moe wissend klar.

„Das sind völlig andere Beweggründe als die deinen, und ich würde sie in meine Pläne einbeziehen und nicht ihre Wahrnehmung manipulieren. Was habt ihr noch getan? Ihre Eltern getötet?", fauchte Natzuya seinen Erzeuger an.

Dieser schien kurzzeitig verblüfft.

„Wenn du mich so fragst, muss ich dies bestätigen. Fantastisch, du denkst wie wir!", freute sich Moe.

Natzuya war sprachlos. Er hatte lediglich ins Blaue geraten, wollte die Dreistigkeit der Vampirjäger und deren Manipulation Sayuras lediglich bissig untermalen.

„Ja, wir haben die Kleine manipuliert, ihre Eltern getötet – ein notwendiges Übel, zumal sie als Jäger zwar infrage kamen, aber schlichtweg untauglich waren. Wir löschten ihre Erinnerung an uns und griffen sie eindeutig als Vampire erkennbar an. So entstand Sayuras Hass auf jene Kreaturen, und wir konnten sie und ihren Hass nehmen, um sie in einen Diamanten zu verwandeln. Wir wollten sie durch dich, einen Vampir, zu einem Vampir verwandeln lassen und ihrem Hass somit neuen Nährboden schaffen. Stell dir ihren Hass vor und nun, wie sie ihn umsetzen könnte, wenn sie erst ein Vampir wäre!" Moe ballte die Fäuste.

„Aber nun flennt sie dir hinterher, vergeht jeden Tag vor Sehnsucht nach einem Vampir, das ist widerlich. Sie war eine Elitejägerin, und jetzt ist sie Müll. Sie bekam eine Chance, sich zu bewähren, und hat versagt, jetzt werde ich ihr den Garaus machen!" Wieder freute sich Moe. Sein Gesicht war eine hässliche Fratze.

„Und diese Chance zur Bewährung war meine Ermordung!" Natzuya verstand.

„Exakt. Wir können uns nicht mehr auf sie konzentrieren, und auch du scheinst für uns verloren. Wir nahmen an, ihr würdet euch gegenseitig umbringen – oder zumindest einer von euch würde fallen, doch nein: Stattdessen tänzeltet ihr inniglich über die Terrasse. Ich musste fast kotzen!", erinnerte sich Moe.

„Du warst da?", fragte Natzuya verwirrt.

„Natürlich. Wir mussten sehen, ob sie ihren Auftrag ausführen würde. Tja, und nun muss ich dieser starken Jägerin mitteilen, dass ich sie auslöschen werde. Die Organisation überlegt allerdings noch, ob das wirklich notwendig ist. Daher werde ich zunächst nur als Bote auftreten. Vielleicht besinnt Sayura sich dann endlich und springt mir, ihrem Tod, buchstäblich in letzter Sekunde von der Schippe!"

„Wieso erzählst du mir das alles? Ich könnte zu ihr gehen und ihr all das mitteilen!", stellte Natzuya folgerichtig fest.

„Nein, das wirst du nicht tun. Ich verbiete es dir. Ganz einfach!", verhängte Moe augenblicklich eine Sperre über seinen Schüler Natzuya. Dieser würde nur über diese Themen reden können, wenn er, Moe, es ihm erlauben würde. Um nichts in der Welt würde Moe sich entgehen lassen, dies alles Sayura zu offenbaren. Eine Verräterin, wie sie es war, verdiente keinen einfachen Tod. Sie würde ein Martyrium erleben, wie sie es sich nicht vorstellen konnte. Daher hoffte Moe inniglich, dass die Organisation ihr keine Sonderrechte einräumte und ihm endlich grünes Licht gab, sie zu exekutieren.

„Allerdings erzähle ich es dir, weil wir durch unsere Bindung einfach gezwungen sind, zueinander ehrlich zu sein. Das ist eben das Los zwischen Lehrer und Schüler! Außerdem: Selbst wenn du es ihr erzählen könntest, würde es nichts ändern. Denn keiner von euch könnte Kommendes verhindern. Im besten Fall sollte sie wieder die einzigartige Jägerin sein, die sie war, und du trittst uns bei. Perfekt."

„Deine Organisation und besonders du seid ja krank!", stellte Natzuya sachlich fest.

„Lass Sayura in Ruhe! Ich werde sie mit meinem eigenen Leben …!"

„Schweig, Dummkopf, sei nicht so verschwenderisch und opfere dich für eine Frau!", unterbrach Moe Natzuya sogleich. „Außerdem kannst du Tausende Frauen haben!"

„Ihr hasst Vampire und macht euch nun doch selbst zu welchen. Das ist ein einziger Widerspruch, der eure Verrücktheit wunderbar zum Ausdruck bringt! Ihr seid krank!", stellte Natzuya erneut fest.

„Ach, Natzuya, beenden wir das Gespräch an dieser Stelle! Ich muss zudem noch ein wenig arbeiten, und du hast bestimmt auch noch ein paar Dinge zu erledigen! Wenn du möchtest, kannst du jetzt gehen." Moe klang merkwürdig fürsorglich.

Tatsächlich war Natzuya, als würde sich eine unsichtbare Umarmung lösen, die ihn fest umschlungen hatte. Er trat einige Schritte rückwärts, um zu prüfen ob dieser Moe möglicherweise gelogen hatte. Moe bedachte ihn mit einem Kopfnicken, drehte sich auf dem Absatz um, schritt gemächlich die Stufen zum Gebäude hinauf und verschwand darin.

Natzuya war erleichtert, als dieser Vampir verschwunden war, aber er war schockiert wegen all der Dinge, die er in Erfahrung gebracht hatte. Auch wenn er es nicht Sayura direkt erzählen konnte, so hatte Moe nicht gesagt, er könne es nicht irgendjemand anderem erzählen. Musste eben Lena als Botschafterin fungieren. Sayura musste unbedingt über diese furchtbaren Machenschaften ihrer Organisation in Kenntnis gesetzt werden. Unbedingt!

Ihm schien, als wäre er geflogen. So schnell war er noch nie durch die Straßen gerannt. Lenas Wohnung lag im 2. OG eines Hochhauses. Die Jalousien waren offen, die Wohnung hell erleuchtet. Als Natzuya die Wohnung erreicht hatte, war es Angelo, der ihm öffnete. Er sah betrübt aus. „Was ist passiert, wieso guckst du, als wären wir auf einer Beerdigung?", fragte Natzuya ungeniert.

„Weil wir das sind!", antwortete Angelo.

„Ich verstehe nicht!", flüsterte Natzuya. Die Tür zu ihrem Schlafzimmer war weit offen. Der Blick auf ihr Bett war frei. Die weißen Laken waren mit einer dünnen Schicht Staub überzogen.

Natzuya schüttelte langsam den Kopf. „Nein", nuschelte er.

„Ich hab sie versucht zu erreichen, aber sie reagierte weder gedanklich noch aufs Telefon, das erschien mir irgendwie merkwürdig. Als ich herkam, war die Wohnungstür offen. Ich fand nichts, was auf einen Einbruch oder Kampf hindeutete. Wer immer das war, hat sie vermutlich so sehr überrascht oder gar im Schlaf getötet, dass sie keine Chance auf Gegenwehr hatte", erklärte Angelo.

„Ich hab schon die anderen gebeten, vorbeizukommen. Sie sind unterwegs. Wir räumen die Wohnung aus und wählen dann einen neuen Anführer. Meine Wahl fällt auf dich …, Natzuya", rief Angelo ihm hinterher, vergebens.

Natzuya war regelrecht aus der Wohnung geflohen. Er erinnerte sich an sein Gespräch mit diesem Widerling Moe. Jetzt erst fiel ihm auf, dass Moe bereits in Vergangenheitsform über Lena gesprochen hatte. Wer also für Lenas Mord verantwortlich war, lag auf der Hand, auch wenn es nicht den geringsten Beweis gab. Er hatte Natzuyas Lehrerin und Freundin umgebracht. Hatte er all das so perfide geplant? Würde er auch wissen, an welchem Ort dieser Welt Natzuya jetzt unbedingt sein wollte?

Sayura schlief tief und fest, als es plötzlich Sturm klingelte. Es war dunkel, ihr Herz pochte panisch. Sie blickte auf die Uhr ihres Radioweckers. Diese zeigte eine ungemütliche Stunde: 5:10 Uhr. Wer konnte das sein? Sie hatte keine Freunde, keine Verwandten, niemanden, der sie besuchen könnte; was zu dieser Uhrzeit selbst bei Vorhandensein von Verwandten oder Freunden außergewöhnlich gewesen wäre. Leise schlich sie sich auf Zehenspitzen aus dem Schlafzimmer, sie trug ein XXL-T-Shirt und einen Slip, nicht unbedingt die beste Kleidung, um am frühen Morgen die Tür zu öffnen.

Als sie vor der Tür stand, klopfte es, und erschrocken wich sie zurück.

„Ich bin es. Ich weiß, dass du hinter der Tür stehst, ich kann deinen Herzschlag hören!", brummte Natzuyas Stimme in ihrem Kopf.

Natzuya war hier? Natzuya, von dem sie sich eigentlich lossagen wollte, weil sie doch nun ein normales Leben beginnen wollte?

Alles vergessen. Er war endlich gekommen.

Sie riss die Tür auf und zog ihn an seinem Arm herein. Er wirkte fix und fertig. Wenn er vor ihrer Tür stand, musste das entweder bedeuten, dass er sie ebenso vermisst hatte wie sie ihn oder aber, dass etwas Schwerwiegendes geschehen war. So, wie er aussah, tippte Sayura auf Letzteres, ohne dabei gekränkt zu sein. Sie konnte spüren, dass etwas in der Luft lag. Als Sayura die Tür hinter ihm geschlossen hatte, ließ er sich nach hinten fallen und lehnte eine Weile wortlos dagegen.

„Es war nicht meine Absicht, dich zu erschrecken!", nuschelte Natzuya. Noch immer konnte er ihren überschnellen Herzschlag hören.

„Kein Problem, ich hatte schon geschlafen. Dein Klingeln hat mich nur überrascht. Ich bin so was nicht gewöhnt! Was tust du hier? Was ist passiert?", fragte sie ihn schließlich.

Nach ihrer Frage rutschte er sowohl innerlich als auch körperlich in sich zusammen. Er glitt an der Tür hinunter auf den Boden. So blieb er mit ausgestreckten Beinen und hängendem Kopf sitzen.

„Sie ist tot!", flüsterte er, und ein Schluchzen entrang sich seiner Kehle. Es war ein tränenloses Weinen.

Sayura schaute aus dem Fenster über die Stadt, es dämmerte bereits.

„Natzuya, komm bitte mit ins Schlafzimmer, dort ist es dunkel. Die Sonne geht langsam auf, hier bist du ihr schutzlos ausgeliefert. Erzähl mir, was passiert ist!" Während sie ihn dazu aufforderte, zog sie sanft an seinem Arm.

Er stand auf und folgte ihr willenlos ins Schlafzimmer. Sayura war in der Dunkelheit zunächst blind, Natzuya nicht. Sie setzten sich auf ihr Bett.

„Sag doch was!", bat Sayura nach einer Weile des Schweigens.

„Lena ist getötet worden!"

„Ich war es nicht!", erklärte Sayura sofort, beinah reflexartig. Sie wollte nicht, dass Natzuya sie für die Mörderin seiner Freundin hielt. Allerdings wäre er dann wohl kaum hier.

Sie war überraschend schockiert über diese Nachricht; zum einen, weil sie Lena begann zu mögen, zum anderen fragte sie sich, warum und durch wen Lena getötet wurde. Sie selbst war zu faul gewesen, auf die Jagd zu gehen. Es konnte nur bedeuten, dass es entweder einen Zwist unter den Vampiren gab oder ein weiterer Jäger aufgetaucht war. Welche natürlichen Feinde hatte ein Vampir sonst? Ein weiterer Jäger hingegen wäre ein wirklich schlechtes Zeichen für Sayura selbst gewesen. Es hätte bedeutet, dass man dabei war, sie zu ersetzen.

„Jemand drang in ihre Wohnung ein und tötete sie …!", erklärte Natzuya.

Sayura atmete erleichtert durch. In diesem Fall konnte es kein Jäger sein, schließlich gab es das Gesetz des gesicherten Rückzuges in die privaten Wände.

Natzuya lachte gehässig „Du glaubst auch noch an den Weihnachtsmann, oder?", griff er sie ob ihrer Naivität an. Ihre Augen hatten sich an die Dunkelheit gewöhnt, sie sah irritiert zu ihm hinüber.

„Auch ein Jäger kann geschlossene Türen überwinden, ob es da irgendwelche Gesetze gibt oder nicht. Es ist wie mit einem Schild an der Tür, das sagt: ‚Draußen bleiben!' Es ist eben nur ein Schild, eine Richtlinie. Aber so ein Schild kann dich einfach nicht aufhalten!", erklärte er und bereute, dass er sie so angefahren hatte.

„Nicht ganz. Wenn diese Gesetze gebrochen werden, sind ernste Konsequenzen bis hin zur Todesstrafe zu erwarten, je nach Schwere des Gesetzesverstoßes, versteht sich. Meinst du denn, es war ein Jäger?", fragte Sayura nach.

Natzuyas Kehle verschnürte sich schlagartig. Er versuchte in seinem Kopf den Namen Moe zu bilden, aber es gelang ihm nicht. Er wollte ihr sagen, dass Moe ein Killer ist, einer, der die Grenzen ihrer Organisation gehörig beutelte. Wenn es also ein Gesetzesverstoß war, Lena in ihrer Wohnung zu töten, dann solle Sayura ihn gefälligst anzeigen und zur Rechenschaft ziehen, was auch immer! Aber nichts dergleichen entrang sich seiner Kehle.

„Ich weiß es nicht!", lautete schließlich seine Antwort.

„Vielleicht war es auch ein Vampir, sicher hatte sie auch Feinde?", fragte Sayura. Sie wollte dazu beitragen, eine Spur zu finden. Sie wusste aber eigentlich gar nicht genau, was sie zu ihm sagen sollte. Wie sollte sie ihn trösten?

„Du kannst mich nicht trösten, er hat meine Lehrerin und Freundin getötet!", zischte Natzuya.

„Er? Das heißt, du hast einen konkreten Verdacht?", fragte Sayura perplex.

Natzuya nickte „Ja, habe ich!"

„Na, sag schon, wer ist es? Soll ich ihn töten?", fragte sie. Das war das Einzige, was sie für ihn tun konnte und wollte: eine Jägerin sein; zumal Sayura nicht ertragen würde, wenn Natzuya wegen des Mordes an einem Vampir selbst getötet würde. Denn die Regeln seiner Welt schlossen aus, dass sich Vampire gegenseitig töten durften. Sayura ging automatisch davon aus, dass der Täter nur ein Vampir sein konnte. In jedem Fall würde sich sicher auch Natzuya rächen wollen.

„Ich kann nicht darüber sprechen! Aber gut zu wissen, dass du für mich, nein, für Lena in den Kampf ziehen würdest!"

Sayura sah auf den Boden. „Für dich, Natzuya, für niemanden sonst!", gestand sie leise. Sie war verlegen geworden.

„Leg dich jetzt besser hin. Schlaf und erhol dich etwas! Ich leg mich aufs Sofa", erklärte sie, während sie Anstalten machte aufzustehen.

Am Handgelenk ergriff er sie und hielt sie fest. „Nein, bitte. Bleib hier bei mir!", bat Natzuya und sah sie an.

„Wirst du dich im Griff haben, wenn wir aufwachen?", fragte sie jetzt doch sorgenvoll, obwohl alles in ihr danach verlangte und gehofft hatte, bei ihm schlafen zu können.

„Ja, werde ich!", lautete seine kurze Antwort. Er verzichtete auf Erklärungen, und sie akzeptierte dies. Sie vertraute ihm, und das bedeutete ihm viel, wenn man vergangene Ereignisse näher in Betracht zog, durch die eine andere Einstellung wenig verwunderlich gewesen wäre.

Während er sich seines Anzuges entledigte, hatte Sayura sich bereits in ihr Bett gelegt. Sie war ganz nach links gerutscht. „Es fühlt sich seltsam fremd an, plötzlich das Bett mit jemandem zu teilen, dazu noch mit einem Mann", sinnierte sie gedanklich, aber tatsächlich fühlte sich dieser Moment, neben aller Dramatik, zugleich auch aufregend und sinnlich an.

„Soll ich lieber auf dem Boden schlafen?", griff Natzuya ihre Gedanken auf. Er stand vor ihrem Bett und sah sie an. Sein Blick fiel auf ihren Nachtschrank, auf dem übliches Allerlei stand: eine kleine Lampe, ein Glas Wasser und eine Packung Taschentücher. Doch fiel sein Blick auf sein Foto. Er war überrascht.

Noch bevor sie auf seine Frage antworten konnte, stellte er bereits eine neue: „Wann hast du das Foto von mir gemacht?"

Sayuras Kopf schnellte herum zu ihrem Nachttisch. Das hatte sie völlig vergessen, nein, wie peinlich!

„Ähm…!", begann sie wenig sinnvoll. „Das war die Organisation. Das Foto galt zu deiner Erkennung für den Auftrag deiner Ermordung, weißt du noch, diese Wohltätigkeitsveranstaltung?", erklärte sie und war unangenehm berührt.

„Verstehe. Deine Organisation ist krank, weißt du das? Schicken dir ein Foto, wo sie doch wissen, dass wir uns kennen. Das war ein mieser Test!" Natzuya knurrte, konnte jedoch nicht weitersprechen.

„Woher sollten sie das wissen, Natzuya?", fragte Sayura neugierig. „Die haben ihre Augen nun auch nicht überall! Und was meinst du mit ‚Test'?"

„Ich kann nicht darüber sprechen!"

„Wieso nicht, was verbirgst du vor mir?", hakte Sayura nach.

„Nichts." Natzuya kroch nun neben sie in ihr Bett, legte sich auf den Rücken und starrte zur Decke. Wie gern hätte er ihr all das gesagt, was er über die OdV wusste! Aber jedes Mal, wenn er nur in die Nähe des Themas kam, verschnürte sich seine Kehle.

Nun legte sich auch Sayura hin. Auch sie starrte zur Decke hinauf.

„Es tut mir leid, was mit Lena passiert ist!", flüsterte sie plötzlich und wandte sich ihm zu.

„Das mit dem Foto von mir ist gruselig, aber es ist auch schmeichelhaft, dass du es auf deinen Nachtschrank gelegt hast", schnitt er ein anderes Thema an. „Danke auch dafür, dass ich bei dir schlafen kann trotz unserer letzten unglücklichen Begegnung!"

„Im Notfall sind Freunde doch immer füreinander da, nicht wahr?", nuschelte sie.

„Freunde? Hast du nicht gesagt, wir können keine Freunde sein?"

„Du hast vieles gesagt, was ich nicht hören wollte. Ich hab die letzten Wochen viel darüber nachgedacht, weißt du? Heute also, für den Moment, biete ich dir gerne meine Freundschaft an …!" Sie unterbrach sich.

„… aber du weißt nicht, ob du morgen nicht lieber wieder wegläufst!", beendete Natzuya ihren Satz.

Sie nickte stumm. Sayura rückte ein wenig näher zu ihm und lehnte ihren Kopf schließlich gegen seinen Arm. Auch eine ihrer Hände legte sie darauf ab.

Ihre Berührung tat ihm gut.

„Ich wünschte wirklich, es wäre anders, Natzuya!", sagte sie dann aufrichtig und ehrlich.

Als er sich zu ihr drehte, verschwand sie in seinen Armen, lag mit dem Kopf gegen seine Brust gedrückt und war einfach glücklich. Hoffentlich würde dieser Moment nie enden! Sie schlang ihren Arm um seine Hüfte und mochte diese neue Art der Berührung sehr. Noch war seine Haut warm. Wenn sie am Abend aufwachen würden, wäre er kalt und bleich, aber all das war ihr völlig egal. Sie war da, wo sie sein wollte: nämlich bei Natzuya, ihrem Vampir.

Gegen Nachmittag wachte sie auf. Leise schlich sie aus dem Zimmer. Als sie die Tür öffnete, achtete sie sorgsam darauf, dass kein Lichtstrahl auf ihr Bett fiel, der Natzuya womöglich verletzen konnte. Er lag da wie tot. Wie treffend dieser Gedanke doch war! Sie fragte sich, was Natzuya derartig verstört hatte. Es schien hier um mehr zu gehen als nur um Lenas Verlust. Wieso konnte er nicht mit ihr darüber sprechen?

Sayura räumte ein wenig ihre Wohnung auf, ging duschen und aß eine Kleinigkeit. Sie sah hin und wieder zu ihrer geschlossenen Schlafzimmertür und fand es wieder einmal mehr als amüsant, dass ausgerechnet sie es war, die einem Vampir Unterschlupf gewährte; sie, die vor fast 1 ½ Jahren noch jeden Vampir ermordet hatte, ohne darüber nachzudenken!

Als die Sonne langsam unterging, hielt sie es für besser, nicht zu Gegend zu sein. Auch wenn sie ihm vertraute, konnte sie sein Verlangen nach Blut kurz nach dem Aufstehen und seine Willenskraft, sich nicht an ihr zu vergehen, nicht einschätzen und wollte nicht wirklich ein Risiko eingehen. Sie hinterließ ihm einen Zettel: „Guten Abend, Natzuya, bin kurz weg. Ich hol was zu naschen. Wenn du magst, kannst du gern auf mich warten oder nach Befriedigung deiner Bedürfnisse wiederkommen. Liebe Grüße, Sayura"

Irgendwie war es ihr wichtig, dass sie weiter Zeit miteinander verbringen konnten. Sie hoffte, er wäre noch oder wieder da, wenn sie wiederkäme. Sayura mochte seine Gegenwart sehr.

Den Zettel legte sie vor die Schlafzimmertür. Dort würde er ihn vermutlich am ehesten finden.

Die Sonne war untergegangen, die Dunkelheit war beinahe hereingebrochen. Sayura beeilte sich und verließ die Wohnung.

– 10 –

Sayura rutschte quer über die Straße. Sie schürfte sich dabei Arme und Beine auf. Dieses Gefühl war heiß und unangenehm auf der Haut. Schmerzhaft.

Dann lag sie still, hörte seine Schritte, die auf sie zukamen. Sie hörte ein klickendes Geräusch. Dieses Geräusch war ihr selbst allzu bekannt: Eine Waffe, deren Hahn gespannt wurde, klang so.

Sayura richtet sich mühsam auf. Ein kleines Rinnsal Blut floss ihr aus dem rechten Mundwinkel. Sie spürte, dass ihre Unterlippe aufgeplatzt war. Das hatte sie schon gespürt, als er ihr mit der Faust ins Gesicht geschlagen hatte. So etwas konnte wieder nur ihr passieren.

Sie war aufgrund Natzuyas Anwesenheit offensichtlich sehr unkonzentriert; wie sie fand, auf eine angenehme Art. Sie fühlte sich ob seiner Gegenwart sehr sicher. Trotzdem war sie sicherheitshalber aus ihrer eigenen Wohnung geflohen, um ihn nicht unnötig in Versuchung zu bringen und sowohl ihn als auch sich selbst nicht in eine gefährliche Situation zu bringen. Diesmal würde Lena nicht kommen und Natzuya wegzerren, sollte der seinen Blutdurst nicht kontrollieren können. Lena war gestorben, nein, sie war getötet worden. Das war unfassbar, noch dazu in ihrer eigenen Wohnung.

Sayura war mit diesen vielen Gedanken aus der Wohnung gestürmt. Sie wollte kurz zum Multistore und sich eine Kleinigkeit zum Naschen besorgen. Es war nur ein kurzer Weg bis zu dem „24 Hours Open Multistore", etwa zwei Blocks von ihrer Wohnung entfernt. Sie stellte erst auf der Straße fest, dass sie ohne jede Form der Bewaffnung das Haus verlassen hatte. Das Gefühl war befremdlich, neu, aber dann doch überraschend angenehm. Allein die Waffen wogen immer eine Last, ihr Lederkleid war eng und starr. Heute Abend trug sie einfach nur ein leichtes, blumiges Sommerkleid mit kurzen Ärmeln.

Als sie den Multistore mit Schokoladenkeksen und einer Flasche Milch unter den Armen wieder verlassen hatte, war ihr der Mann auf der anderen Straßenseite sofort aufgefallen. Sie kannte ihn nicht, aber so, wie er gekleidet war, dunkel und bewaffnet, konnte er nur ein Vampirjäger sein. Dieses Bild war sehr untypisch, wieso zeigte er sich so offensichtlich? Wusste er, dass auch sie eine Jägerin war?

Als sie ein paar Schritte gegangen war und bemerkte, dass er ihr folgte, war sie stehen geblieben, um das Gespräch zu suchen.

Er war schnellen Schrittes auf sie zugekommen. Sie konnte sein Schwert erkennen, das er geschultert hatte. Es war ein japanisches Schwert, ein Katana, wie auch sie eines besaß. Offenbar zog er den Nahkampf mit den Vampiren vor. Mutig.

Sayura hatte ihr Katana ausgesprochen selten bei sich. Ihr genügte es, es in ihrem Besitz zu wissen. Sie empfand es als edel, sein Anblick machte Mut, es wirkte irgendwie auch mystisch. Grundsätzlich war es ihr trotzdem lieber, mit Pfeil und Bogen zu kämpfen, um in sicherer Distanz zu stehen. Ihre Waffen hatte sie innerhalb ihrer Wohnung in ihrer Abstellkammer gelagert. Das Katana und andere Schwerter waren der Größe nach an der Wand mit entsprechender Aufhängevorrichtung sicher angebracht.

Dieser Mann, der nun auf sie zugekommen war, trug eine Skimaske. Diese erinnerte sie sehr an die Männer aus ihrem Gefängnis, in dem sie Natzuya zum ersten Mal begegnet war.

Aber er war ein Vampirjäger, dessen war sie sich ganz sicher. Dennoch, irgendetwas war anders an ihm, auch wenn sie nicht hätte sagen können, was es war, einmal abgesehen von der Maskerade. Dies allein war zwar schon sehr ungewöhnlich für Vampirjäger, aber vielleicht hatte er einfach eine Eigenart, die sich darauf bezog, sich bei einem Kampf mit Vampiren unkenntlich zu machen. Jedoch gab es hier keinerlei Anlass für einen Kampf.

Sie hatte ihn schließlich verwundert gefragt, was er von ihr wollte. Statt einer Antwort hatte er sie mit der Faust niedergeschlagen. Die Glasflasche, in der sich die Milch befand, zerbrach auf dem Boden, die Kekse lagen unbeschädigt in der Packung neben Sayuras Füßen. Ihr Gesicht fühlte sich an, als sei es zersprungen.

Ihr war immer noch schwarz vor Augen, als er sie plötzlich an den Schultern hochzog wie ein Gewichtheber, der Gewichte stemmte, und sie dann einfach von sich wegschleuderte. Sie rutsche die Straße entlang. Als Nächstes fühlte sie, wie er seine Pistole gegen ihre Schläfe presste.

Sayura sah ihn mit weit aufgerissenen Augen von unten herauf an. Sie war schockiert über seinen unvermittelten Angriff, wunderte sich zudem über seine enorme Stärke, aber ihr war auch klar, dass sie ihn unbedingt ablenken musste, damit er nicht beendete, was er offenbar plante. Sayura richtete sich auf.

„Wieso tust du das?", stotterte sie. „Ich bin doch auch eine Vampirjägerin!"

Seine Augen verengten sich zu dünnen Schlitzen, dann lachte er kurz und abgehackt.

„Vampirjägerin? Du bist wohl eher die Nutte eines Vampirs! Du bist eine Verräterin!", sagte er dann bissig.

„Was, aber …!", versuchte sie zu erklären und sich dabei wackelig aufzurichten.

„Halt's Maul! Man hat dich gesehen, wie du mit einem Vampir, dazu noch dem gefährlichsten seiner Art, mehrmals geredet hast, sogar mit ihm tanztest und ihn nicht getötet hast, als du die Chance dazu hattest. Darüber hinaus hast du seit mehreren Wochen die Jagd vernachlässigt. Du bist keine mehr von uns!", erklärte er ihr in überaus sachlichem Tonfall.

„Na und, habe ich nicht das Recht auf eine Pause?", fragte sie und überlegte gleichzeitig, wie sie aus dieser misslichen Lage wieder herauskommen sollte.

„Nein! Vampirjäger ist man auf Lebenszeit. Du bist eine wahre Schande für die Organisation. Freundest dich mit einem Vampir an …!"

„Ja, weil er mir das Leben gerettet hat!", unterbrach sie ihn mutig.

„Mir wird schlecht, wenn ich eine ehemalige Vampirjägerin wie dich, die dazu ein Profi war, so reden höre! Sieh dich an! Du stopfst dich mit Keksen voll und wartest auf den Vampir, damit er dich fickt … du bist abstoßend!", ächzte er ihr entgegen.

„Jetzt hör aber auf, ich habe kein Verhältnis zu ihm! Und selbst wenn: Nicht alle Vampire sind Bestien …!" Schon als sie es aussprach, wusste sie, dass sie es nicht hätte sagen dürfen, nicht ausgerechnet zu ihm.

Mit der anderen Hand holte er zu einem weiteren kräftigen Schlag aus. Doch war dieser Schlag viel stärker, als sie erwartet hatte. Sie verlor das Gleichgewicht und fiel erneut zu Boden. Sie schmeckte noch mehr Blut in ihrem Mund.

Seine Kraft war schon fast vergleichbar mit der eines Vampirs, aber das konnte nicht sein, da er Vampirjäger war, und die waren bekanntlich alle Menschen. Wieder hielt er die Waffe auf sie gerichtet, bereit, abzudrücken und sie zu töten.

„Am liebsten würde ich dich töten, du Dreckstück! Aber ich bin nur Botschafter!", sprach er angewidert aus. „Die Organisation räumt dir für deine besonderen Dienste und die vielen ermordeten Vampire tatsächlich eine Sondergenehmigung ein. Sie lassen dich leben, sie bieten dir eine Versetzung an. Du hast zwei Wochen Gnadenfrist. Wenn du in einem anderen Land als Vampirjägerin tätig wirst und jeden Kontakt zu Natzuya abbrichst, dann darfst du leben …!", begann er die Bedingungen für ihre Lebensverlängerung aufzuzählen.

„Ihr seid verdammt gut informiert. Seit wann kennen wir die Namen der Vampire?", fragte sie ihn überrascht. Jeder andere würde in einer Situation, wie Sayura sie gerade erlebte, sicher panisch oder betäubt sein, aber sie hatte schon zu viele ähnlich gefährliche Momente mit Vampiren erlebt, in denen es um ihr

Leben ging. Daher wusste sie, dass es sich in jedem Fall lohnte, nicht den Kopf zu verlieren.

Der Mann, der seine Waffe auf sie gerichtet hatte, sah sie verunsichert an. Sie erwiderte seinen Blick. Nervös vermied er es jetzt, sie weiter anzusehen.

„Hör mir gefälligst zu, Schlampe, es geht hier um dein Leben!", schrie er sie beinah an. Dann fing er sich wieder in seinem Tonfall.

„Also verlasse das Land und fang ein neues Leben an! Du bekommst eine neue Identität und eine neue Chance. Für mich aber wirst du immer eine Verräterin bleiben!"

Wieder suchte sie den Augenkontakt.

„Du bist kein Vampirjäger!", stellte sie dann fest. „Du bist ein Vampir!"

Die Straßen waren menschenleer, obwohl es noch recht früh am Abend war. Was würde der Vampir, der sich als Vampirjäger ausgab, wohl als Nächstes tun? Immerhin hatte sie ihn enttarnt. Sayura versuchte zu verstehen, wieso ein Vampir das tat. Was war das für eine arge Hinterlist? Sie ermahnte sich selbst, sie sollte sich wirklich etwas mehr konzentrieren.

„Ich bin Jäger!", antwortet der Mann mit der Skimaske überzeugt.

Trotzdem konnte er Sayura nichts vormachen. In all den Jahren erkannte sie an jeder noch so kleinen körperlichen Abweichung, bei wem es sich um einen Menschen und bei wem es sich um einen Vampir handelte. Vampire waren blass, ihre Adern durch die bleiche Haut sichtbar. An diesem Zustand der Haut änderte sich auch nichts, wenn sie Blut getrunken hatten. Ihre Reißzähne waren nicht die ganze Zeit in dieser verlängerten Form, wie es aus Film und Fernsehen bekannt war. Ein Vampir konnte sie bei Bedarf wachsen lassen. Sie waren lediglich seine Werkzeuge, wenn es darum ging, seinem Opfer das Blut auszusaugen. Vampire setzten ihre spitzen Eckzähne auch wegen der Signalwirkung ein; sei es, um sexuelles Interesse zu bekunden, oder sei es, einem Feind zu signalisieren, dass er besser das Weite suchen sollte.

Ähnlich war es mit den Augen: Die Farbe ihrer Iris war gleich der eines Menschen. War der Vampir jedoch auf der Jagd nach Blut oder in sonst einer ähnlichen Situation, wie zuvor beschrieben, änderte sich seine Augenfarbe in ein tiefes Schwarz.

Sayura hatte in Kämpfen und Beobachtungen sehr viel über die Vampire gelernt. Anders, als in manchen Filmen oder Büchern beschrieben, konnten Vampire sich bezüglich ihres äußeren Erscheinungsbildes jedoch nicht mehr großartig verändern. Haut und Nägel wuchsen nicht nach. Klemmte sich ein Vampir beispielsweise den Fingernagel ein, fiel dieser aus und wurde nicht durch einen neuen ersetzt. Genauso verhielt es sich mit den Haaren. Abschneiden war möglich, bis hin zur Glatze. Nachwachsen würden die Haare jedoch nicht. Eine Typveränderung bei einem Vampir sollte von diesem also sehr gut durchdacht sein, denn er hatte sie immerhin für alle Zeit.

Das Blut eines Menschen war für den Vampir eine Art Elixier. Zunächst einmal bereitete ihm die Verführung des Menschen zum willigen Opfer einen enormen Spaß, ebenso das Aussaugen des Blutes selbst. Das menschliche Blut in dem toten Körper des Vampirs machte ihn erst lebensfähig, setzte Motorik und Verstand in Gang. Zu körperlichen Beeinträchtigungen kam es nicht. Vampire benötigten keine feste Nahrung mehr, zumal der tote Körper die Nahrung unverdaut wieder ausscheiden würde.

All die kleinen Dinge verrieten einen Vampir, all die kleinen Dinge hatte Sayura im Lauf der Zeit zu deuten gelernt, so auch bei dem Mann, bei dem Vampir, ihr gegenüber. Seine Augen waren schwarze Knöpfe geworden. Seine Haut um die Augen herum, die nicht durch die schwarze Skimaske bedeckt war, wurde durch die Farbe des Stoffes erst recht in ihrer Blässe betont.

Plötzlich festigte sich ihre Körperhaltung, obwohl sie verletzt auf dem Boden saß. Sie sah ihn selbstsicher an.

„Wer von uns ist hier ein Verräter? Du bist ein Vampir und gibst dich als Jäger aus, du bist erbärmlich! Glaubst du, von dir lasse ich mir irgendetwas sagen? Was soll das, wer hat dich geschickt? Was bildest du dir ein, über mich und Natzuya zu urteilen? Niemand bezeichnet mich als Hure!", bombardierte sie ihn mit Fragen und Vorwürfen. Dabei hatte sie begonnen, ihn wütend anzuschreien.

Verwirrt sah der Vampir zu ihr herunter. Er wusste offenbar nicht, was er sagen sollte.

„Nein, nein, ich bin Vampirjäger!", rechtfertigte er sich wieder.

Sayura hätte später nicht mehr sagen können, wie sie plötzlich ihre Kräfte mobilisieren konnte. Sie sprang auf, schlug ihm die Waffe aus der Hand und ergriff ihn an seinem Kragen.

„Du bist enttarnt, Arschloch!" Dann zerrte sie ihm die Maske vom Kopf. Er war so überrascht, dass er nicht reagieren konnte, er wurde überrumpelt.

Dann sah sie ihn wütend an. Er hatte kurzes blondes Haar, ein rundliches Gesicht und schwulstige Lippen. Seine Vampirzähne blitzten hervor. Offenbar fühlte er sich bedrängt, denn plötzlich, jetzt viel zu schnell für ihre Augen, stieß er sie von sich.

Wieder fiel sie zu Boden. Bei dem Versuch, sich mit den Händen abzufangen, verletzte sie sich ihre linke Hand. Als sie mit den Händen den Sturz abzufangen versuchte, konnte sie nicht ahnen, dass an jener Stelle die Scherben der zerbrochenen Milchflasche liegen würden. Selbst wenn sie dies gekonnt hätte, wäre auszuweichen unmöglich gewesen. Der Schmerz durchzog sie, dennoch linderte das in ihrem Körper ausgestoßene Adrenalin ihn schnell. Es gab jetzt Wichtigeres als ihre linke Hand. Blut und Milch bildeten einen interessanten Farbkontrast.

„Verlass die Stadt! Du bist keine Jägerin mehr, ich bin jetzt für dieses Revier zuständig, ist das klar!", fauchte der blonde Vampir sie an.

„Die Vampirgesetze sind dir offensichtlich nicht bekannt! Vampire dürfen keine Vampire töten! Also ist das hier mit Sicherheit nicht dein Revier!", belehrte sie ihn.

Er spürte, dass sie ihn nicht mehr für voll nahm, keine Angst und schon gar keinen Respekt übrig hatte.

„Ich sag's dir zum letzten Mal …!" Er sprach nicht weiter, denn plötzlich erfüllte das Echo eines lauten Lachens die Umgebung.

Sayura und der Vampir sahen sich gleichsam suchend um, doch konnten sie keine Person ausfindig machen, der dieses Lachen gehörte.

„Ja, sag es ihr nur! Sag ihr, wer du bist!", sagte jene Stimme, die zuvor gelacht hatte.

Doch diesmal war sie nahe hinter Sayura. Sie zuckte zusammen. Sie wusste, wem diese Stimme gehörte, ohne ihn gesehen zu haben: Natzuya!

Natzuya war aufgewacht. Sein Instinkt funktionierte wie eine Uhr. Er erwachte erst bei völliger Dunkelheit. Als er in Sayuras Wohnung aufwachte, rekelte er sich zunächst in ihrem Bett. Gern hätte er seinen Arm nach ihr ausgestreckt, um sie zu umarmen, mit ihr zu kuscheln, doch längst schon hatte er registriert, dass sie nicht einmal mehr in der Wohnung war. Vermutlich hatte sie doch ein wenig Angst vor ihm oder zumindest vor seiner Blutgier. Natzuya hatte erst vor Kurzem getrunken, und dies hielt immer drei bis vier Tage vor. Er verspürte keinen Durst. Als er aufgestanden war und aus dem Schlafzimmer trat, fand er ihren Zettel zu seinen Füßen. Amüsiert lächelte er: Sie wollte also nicht, dass er ging oder im Fall seines Verschwinden anschließend wiederkäme. Wie beruhigend! Ihm ging es ähnlich.

Natzuya hatte beschlossen, ihr zu folgen, ein kleiner Spaziergang würde ihm guttun. An ihrer Seite einkaufen zu gehen, wäre einen Moment lang sicher so herrlich banal gewesen, als hätte er ein ganz normales Leben.

Kaum aus der Tür, hatte Natzuya den Duft ihres Blutes sofort in der Nase gehabt. Als er sich der Situation genähert hatte, erkannte er auch Moe. Dieses dreckige Schwein war schnell in der Ausführung seiner Taten, verdammt schnell.

Natzuya ging hinter Sayura in die Hocke, schlang seine Arme um ihren Körper und hob sie hoch. Als er aufrecht stand, sahen sie sich beide an. Er wandte den Blick ab, um den anderen Vampir anzusehen.

„Deine Selbstsicherheit kann dir zum Verhängnis werden, Natzuya! Ich könnte dich und das Mädchen töten, du hättest keine Chance, dich zu wehren mit ihr auf dem Arm!" Mit dem Kopf nickte der Vampir, der sich immerfort als Jäger ausgab, in Sayuras Richtung.

Sayura konnte zusehen, wie sich Natzuyas Iris schwarz verfärbte. Trotzdem sah der den blonden Vampir ruhig an. Sie staunte über seine Selbstbeherrschung.

„Da magst du wohl recht haben, aber ihr Vampirjäger habt doch eure Regeln, nicht wahr? Du bist als Botschafter hier, nicht als Todesengel. Du sollst Sayura lediglich vorschlagen, Land und Leute zu verlassen. Mich willst du doch gar nicht töten!", fasste Natzuya kurz zusammen.

„Ich weiß es, weil du, wie Sayura auch, diese gleiche Art von Fanatismus besitzt, was Gesetze und ihre Ausführung angeht. Du tötest mich nicht, weil du willst, dass ich werde wie du!", erklärte Natzuya sachlich.

Verwirrt blickte Sayura zwischen beiden Vampiren hin und her, verweilte zum Schluss mit dem Blick jedoch bei diesem gefährlichen Vampir. Was geschah hier, und wieso war Natzuya derart gut informiert?

„Also sag ihr, wer du bist, sonst ist deine Glaubwürdigkeit schlichtweg im Eimer. Du hast gesehen, wie Sayura reagierte, als sie dich nicht mehr für voll nahm. Sayura hat sich mit dir, einem Vampir, im Nahkampf angelegt!" Natzuya lächelte.

„Na schön, warum auch nicht!", lenkte der andere Vampir ein. „Ich bin Moe, ich war einst ein Mensch und wurde zu einem Vampir gemacht. Ich bin Natzuyas vampirischer Erzeuger!", stellte er sich zunächst unvollständig vor.

Sayura sah nun zwischen Natzuya und Moe hin und her.

„Komm zum Kern der Sache!", befahl Natzuya.

„Ich gehöre der gleichen Organisation an wie auch du. Ziel ist es, Vampirjäger auszubilden, die ebenfalls Vampire sind, damit wir eine realistische Chance gegen die Vampire haben. Vampire leben ewig, Jäger nicht. Die Organisation ist es leid, ständig neue Jäger auszubilden, also erdachte man sich die Erschaffung eigener vampirischer und damit unsterblicher Jäger!", erklärte er.

Sayuras Kopf schnellte schlagartig in seine Richtung. Vor Verblüffung und Erstaunen gingen ihr beinahe die Augen über.

„Was? Du lügst!", brachte sie nur stotternd heraus.

„Nein, wieso sollte ich das tun? Ich bin Moe Tomson, Registrierungsnummer 897", bewies er seine Zugehörigkeit zur Organisation der Vampirjäger. Sayura wurde übel.

Moe fuhr fort: „Wir wollten dich wie Natzuya zu einem Vampir machen, denn du bist eine der besten Vampirjägerinnen überhaupt. Wir wollten, dass du noch mehr Wut auf Vampire bekommst, als du sie ohnehin schon in dir trägst. Daher sollte Natzuya dich zu einem Vampir machen. Auch er sollte übrigens ein Jäger werden. Wir hätten dich und deine Wut erneut aufgefangen und dich gelehrt, mit deinen neuen vampirischen Fähigkeiten umzugehen, und zu einer noch besseren Jägerin gemacht, als du es bis zu dem Zeitpunkt deiner Gefangenschaft warst."

„Was bedeutet ‚erneut auffangen'?", fragte Sayura, denn so richtig verstand sie das nicht.

„Na ja, du hattest die besten Anlagen. Deine Vorfahren waren ähnlich wie die von Natzuya Vampirjäger. Wir mussten es nur so aussehen lassen, als seien Vampire schuld an dem Tod deiner Eltern, und schon gehörtest du zu uns!", erklärte er.

Seine Stimme war sehr monoton.

„Aussehen lassen?", wiederholte Sayura schwach. Sie ahnte in den Tiefen ihres Seins, was er erzählen würde. Natzuya spürte ihr Unbehagen, er verstärkte den Druck seiner Hände, als wollte er ihr stummen Beistand spenden.

„Ja, es waren zwar Vampire, aber sie kamen aus unseren eigenen Reihen. So wie du trägt auch Natzuya die Gene vergangener Vampirjäger in sich. Im Gefängnis wollten wir ihn so mürbe machen, dass es uns ein Leichtes sein würde, ihn zu beeinflussen, um für uns zu arbeiten. Auch er sollte genug Wut auf Vampire haben, da er durch einen vermeintlichen Vampir selbst zu einem wurde, sodass er sie nur noch würde töten wollen! Einfache Manipulation eben. Deine Eltern waren Mittel zum Zweck, mehr nicht. Sie mussten sterben, damit du als Jägerin erwachen konntest." Moe lachte hysterisch.

„Mein Gott …!", flüsterte Sayura.

„Tja, leider scheiterte der Plan, und ihr musstet euch gegenseitig helfen. Natzuya ist ein starker Vampir geworden. Es gefällt uns, wie er sich entwickelt, aber wir bedauern, dass er es für die falsche Seite tut. Ich bot ihm bereits an, unserer Organisation beizutreten, dann stünde auch eurer Liaison nichts im Wege, aber er will es nicht. Er begründete es damit, dass er nicht so rach- und hasssüchtig sein wolle wie du in deiner engstirnigen Welt! Und du, Mädchen, musstest dich auch noch in ihn verlieben, deine Ansichten gerieten ins Wanken, du bist für uns verloren", erklärte Moe. Das letzte Wort in dieser Angelegenheit war für ihn lange noch nicht gesprochen.

„Wieso erzählst du das alles?"

„Wieso nicht? Natzuya weiß es, und du selbst bist seit Wochen von der Bildfläche verschwunden. Einer musste deinen Job machen. Das bin jetzt ich …!"

„Ja, du Schwein, du hast Lena getötet!", brach es jetzt aus Natzuya heraus. Offenbar konnte er seine durch Moe erschaffene Barriere durchbrechen. Er hasste Moe wegen so vieler Dinge. Er war es, der seinem Leben als Mensch ein Ende setzte; er war es, der Lena ermordete; er war es, der Sayura physischen und psychischen Schmerz zufügte und der die Tatsachen verdrehte. Natzuya hoffte, Sayura würde diesen Angriff überstehen, nicht vor diesem Schwein zusammenbrechen. Moe hatte keinerlei Triumph verdient. Er appellierte gedanklich an Sayura, erreichte sie jedoch nicht. Sayura hatte zu vieles gehört, was schrecklich für sie sein musste, wenn sie es überhaupt schon begriffen hatte.

Der Vampir hob plötzlich die Hand und signalisierte Natzuya so zu schweigen. Natzuya schwieg augenblicklich.

„Das stimmt so nicht. Ich halte mich an unsere Gesetze. Ich erhielt einen Sonderauftrag, sie zu töten, egal wo. Das Neutralitätsgesetz und das Recht des Rückzuges waren aufgehoben! Ihr kennt diese Sonderaufträge aus eigener Erfahrung."

„Du hast sie getötet ohne einen erkennbaren Grund. Sie war keine Gefahr für euch. Wieso hat sonst Sayura diesen Auftrag nicht schon viel früher erhalten?", knurrte Natzuya ihm entgegen. Er erwartete jedoch keine Antwort, er gab sie gleich selbst „Ich sag dir, warum: weil du dachtest, ich rannte wie ein verschrecktes Hündchen zu dir, sobald meine Lehrerin tot wäre. Aber ich sag dir noch was: So verzweifelt bin ich nicht. Lena hat mir vieles beigebracht. Ich bin ein starker und mächtiger Vampir, und das wirst du …!"

Wieder hob der andere Vampir seine Hand, wieder schwieg Natzuya. Dem Vampir entging nicht Sayuras fragender Gesichtsausdruck wegen des unterwürfigen Verhaltens seines Schützlings.

„Als Jungvampir ist Natzuya meinem Willen noch immer unterworfen. Wenn ich will, dass er schweigt, tut er das. Wenn ich will, dass er zu mir kommt, tut er das. Ich könnte ihn sogar bitten, dich zu töten! Nicht Lena ist Meisterin seines Wesens gewesen – ich habe es ihr lediglich gestattet, indem ich von ihm abließ."

„Nicht mehr lange, und du hast keinerlei Einfluss mehr auf mich!", widersetzte Natzuya sich ihm wieder.

„Das ist wohl wahr. Mein Einfluss auf dich lässt nach, und ich gebe dir recht: Du bist bereits ein starker und mächtiger Vampir!", lobte der Vampir Natzuya.

„Ich könnte kotzen, wenn ich dich so was sagen höre. Ich werde dich umbringen, sobald ich Gelegenheit dazu bekomme!", knurrte Natzuya bedrohlich leise. Er bemühte sich auch nicht um eine vornehme Wortwahl. Seine Emotionen flossen einfach und unverarbeitet aus seinem Mund heraus.

Moe lachte: „Versuch's ruhig, mein Junge, versuch es ruhig!"

„Warum lässt du ihn am Leben, wenn du doch weißt, dass er nicht für euch kämpft und dir sogar droht?", fragte Sayura. Sie wusste: Wenn sie den Inhalt dieses Gespräches erst einmal realisiert hatte, würde sie sicher zusammenbrechen.

„Wie gesagt: Mein Einfluss auf ihn schwindet, er kann sich dagegen wehren. Er entdeckt seinen eigenen vampirischen Willen. Ich kann einen so schönen Vampir, wie er einer ist, nicht töten, zumal ich ihn geschaffen habe. Ich hege so etwas wie Vatergefühle für ihn!"

Natzuya lachte angewidert.

„Und was dich angeht, Sayura, hat Natzuya recht: Ich halte mich an die Gesetze der Organisation, und das ist der einzige Grund, warum ich dich noch nicht töte. Du hast deine Warnung erhalten. Verschwindest du jedoch nicht aus dieser Stadt und bleibst bei Natzuya, werde ich dich bei nächster Gelegenheit töten; und wenn ich ehrlich bin, hoffe ich darauf!"

„Sayura bleibt bei mir, und ab jetzt steht sie unter meinem persönlichen Schutz!", knurrte Natzuya.

Moe grinste schief.

„Lass sie das entscheiden, mein Freund! Ich glaube nicht, dass sie dauerhaft bei einem Vampir bleiben wird oder kann. Ihre Moral und ihre Ansichten, die wir ihr beigebracht und eingetrichtert haben, sind schlicht unüberwindlich für sie. Sie wird stets hin- und hergerissen sein. Wenn sie das nicht kaputt macht, dann werde ich es sein!", schwor Moe.

Moe machte nun Anstalten zu gehen.

„Hey, Vampir!", rief Sayura nach ihm. Er sah sie über seine Schulter hinweg an. „Ich war die längste Zeit eine Jägerin für die Organisation. Dieser intriganten Organisation, die vor Mord nicht zurückschreckt, sich selbst verrät und ein Netzwerk aus Lügen spinnt, um ihre Ziele zu erreichen, schlimmer noch: eigene Leute zu Vampiren macht und dann immer noch auf Jagd gegen Vampire geht, gehöre ich sicher nicht an. Und ich bleibe bei Natzuya. Du machst mir keine Angst."

„Du redest von Mord? Sei vorsichtig! Wie viele Vampire hast du ermordet?"

Sayura lächelte: „Ich werde nur noch einen einzigen Vampir töten, und das wirst du sein!"

„Wie oft denn noch, ich bin Vampirjäger!"

– 11 –

Sayura weinte und weinte und weinte. Alles, was der blonde Vampir ihr gesagt hatte, alles, was sie über die Organisation erfahren hatte, war, wie sie erwartet hatte, in ihr Bewusstsein vorgedrungen und hatte sie gnadenlos überwältigt.

Ihre Eltern wurden ihretwegen ermordet, damit sie Vampirjägerin wurde. Die Organisation schuf ihre eigenen Vampire und verletzte eigene und andere Gesetze. Sayura war jahrelang falschen Idealen nachgejagt. Sie jagte Vampire, gab ihnen die Schuld am Tod ihrer Eltern, und dabei arbeitete sie selbst für jene Organisation, die diese Morde in Auftrag gegeben und mit eigenen Leuten ausgeführt hatte. Lug und Betrug, das war es, was sie unterstützt hatte. Sie hatte ohnehin noch nie für Ideale gekämpft, sie hatte aus Rache gekämpft.

In letzter Zeit beschlich sie immer häufiger der Gedanke, dass Rache der falsche Grund war, um in einen Krieg zu ziehen; nicht zuletzt, weil sie Natzuya kennengelernt hatte. Dabei wollte sie andere Menschen davor beschützen, Opfer von Vampirattacken zu werden, wie sie selbst eine erlebt hatte. Das war der tiefere Hintergrund. Sie dachte immer, eigentlich etwas Gutes zu tun, wenn sie Vampire tötete. Aber sie tötete die Falschen, verurteilte die Falschen und hatte Jahre ihres Lebens mit der Wut auf die Falschen verschwendet. Diese Erkenntnis war sehr bitter.

Wieder weinte sie, ihr Schluchzen nahm zu, ihre Wut auf ihre eigene Blindheit ebenso. Aber Gefühle wie Wut, die zu Rache führten, sollte sie zukünftig vielleicht besser überdenken.

„Geh nicht so hart mit dir ins Gericht!", flüsterte Natzuya ihr zu.

Sie lagen zusammen auf dem Sofa in Sayuras Wohnzimmer. Er hatte sie nach der anstrengenden Unterhaltung mit Moe nach

Hause getragen, hatte die Wunde ihrer Hand versorgt und sie gefragt, ob sie schlafen wolle. An dieser Stelle war ihre lang aufrechterhaltene Schutzmauer gebröckelt. Tiefe Schluchzer entrangen sich ihrer Kehle, sie zitterte am ganzen Leib und stand wie ein kleines Mädchen unsicher, verletzlich und weinend vor ihm. Er nahm sie in seine Arme. Lange standen sie so in Sayuras Wohnzimmer, bis sie sich auf die Couch gelegt hatten.

Die ersten Reaktionen eines Schocks hatten sich bereits auf dem Heimweg eingestellt: Sie war blass und schweigsam geworden. Er würde sie in diesem Zustand nicht allein lassen, und auch sie wollte nicht ohne ihn sein.

„Wie hast du es herausgefunden?", fragte sie ihn zwischen den verzweifelten Schluchzern.

„Na ja, ich überwachte das Haus, in dem man uns gefangen hielt. Tja und gestern erst begegnete mir dort Moe, mein vampirischer Erzeuger! Er sagte mir vieles und verhängte gleichzeitig eine Sprachbarriere, daher konnte ich dir nichts von meinen Erlebnissen erzählen, konnte dich nicht warnen. Ich wollte Lena bitten, das für mich zu tun, aber da hatte er sie bereits getötet. Glaube mir, ich bin so froh, endlich offen reden zu können! Was Moe über meine Ansicht über dich erzählte, ist etwas aus dem Zusammenhang gerissen, so denke ich nicht über dich", erklärte sich Natzuya.

„Hast du versucht, ihn zu töten?" Sie ging nicht weiter auf seine Rechtfertigung ein.

„Nein, du hast es selbst gesehen: Noch kann er mich mit einer einzigen Handbewegung zum Schweigen bringen!", erklärte Natzuya und drückte Sayura an sich.

Sayura richtet sich ein wenig auf, um ihn ansehen zu können. Ihre Augen waren verheult, ihre Wangen von Tränenspuren benetzt.

„Wirst du jetzt tatsächlich auf mich aufpassen?", fragte sie.

„Ja, das hab ich gesagt, und ich halte mein Wort. Das heißt aber, dass du die Zeit künftig mit mir verbringen wirst. Was ist mit deiner Moral, mit deiner Antipathie gegenüber Vampiren?"

„Wie sich herausgestellt hat, wurde ich einer Gehirnwäsche unterzogen. Ich muss meine Ansichten also überdenken. Ich werde nicht für Vampire kämpfen, schon gar nicht für die Organisation, ich gehöre also keiner Seite an, aber ich versuche, mit dir bzw. deiner Lebensweise als Vampir zurechtzukommen! Na ja, und seit du gestern Nacht vor meiner Wohnungstür standest, will ich eigentlich nicht mehr ohne dich sein", gestand sie zu seiner Überraschung sehr ehrlich. Sie war verlegen geworden und hatte ihren Kopf zurück auf seine Brust gelegt, um ihn nicht ansehen zu müssen. Gleichzeitig zerbrach sie sich den Kopf darüber, ob es nach derartigen Offenbarungen überhaupt angemessen war, jetzt über Gefühle zu reden. Gefühle! Sie hatte erst wieder Gefühle gespürt, als sie Natzuya kennengelernt hatte. Geweint hatte sie zuletzt mit acht Jahren, als sie zusah, wie ihre Eltern getötet wurden. Nicht einmal, als man ihre tote Schwester aus dem Fluss gefischt hatte, hatte Sayura geweint. Damals war sie schon zu sehr Tötungsmaschine geworden, als dass ihr dieser Verlust noch etwas ausgemacht hätte. Das Weinen eben war sehr schmerzhaft, aber auch sehr befreiend. Jetzt jedenfalls musste sie eigentlich kein schlechtes Gewissen haben, weil sie mit Natzuya zusammen sein wollte.

Wie zur Bestätigung strich er ihr mit einer Hand plötzlich übers Haar.

„Es wird nicht einfach werden. Wir haben beide die Jäger am Hals, das wird nicht unbedingt ein Spaziergang!", erklärte Natzuya dann nüchtern-realistisch.

„Ich weiß, und die Vampire sind auch nicht wirklich meine Freunde!", stellte sie fest.

„Ach, die habe ich im Griff, zumindest die, die nicht der Organisation angehören; und wenn es zu bunt wird, hauen wir eben einfach ab!", bestimmte er.

Wieder hob Sayura ihren Kopf, um ihn anzusehen. Ihre Wangen waren errötet. Er fand sie wunderschön, selbst so verheult, wie sie war. Sie hatte eine erstaunliche Wandlung vollzogen. Seit ihrer Begegnung in dieser Baracke, wo sie noch die überzeugte Vampirjägerin war, bis hierher hatten sie viele Ereignisse gemeinsam erlebt und überstanden, und nun war Sayura eine zarte, verletzliche Frau mit viel Leidenschaft und Stärke in sich. Vielleicht hatte sie ihr Trauma nun auch einfach überwunden. Ein neues Gefühl der Wärme machte dem der Rache in ihr Platz.

So nah war Sayura noch nie einem Mann gewesen. Natzuya war der Erste, von dem sie geküsst worden war. Ihr Beruf als Vampirjägerin ließ eine intimere Beziehung einfach nicht zu, zumal sie einerseits an so etwas nie gedachte hatte, da es keinen Raum in ihrem Leben dafür gab, und sie andererseits auch nichts Derartiges vermisste. Jetzt lag sie halb neben und halb auf ihm auf ihrem Sofa, spürte ihren Körper an den seinen gepresst und war seinen Lippen nahe. Nähere Intimitäten kannte sie nicht. Ihre Nacktheit im „Naked" setzte sie nicht mit Intimität gleich, da das Ausziehen ein gefühlloser Ablauf war, den der Berufszweig einfach verlangte. Ausnahme war auch hier wieder Natzuya. Als er damals anwesend war, meinte sie vor Scham im Erdboden versinken zu müssen. Bei Natzuya war irgendwie alles anders. Ihr wurde bewusst, dass er wieder ihre Gedanken gelesen hatte, als sie bemerkte, wie sich die Farbe seiner Iris von ohnehin Dunkelbraun in Schwarz verfärbte. Da seine Lippen leicht geöffnet waren, konnte sie auch die weißen Eckzähne erkennen, die in kürzester Zeit gewachsen waren. Immer wieder faszinierte sie diese Veränderung an Natzuya. Ihr Blick flog zurück zu seinen Augen.

Er sah sie ruhig und herausfordernd an. Ein kleines Lächeln umspielte seine Mundwinkel. Er würde nichts für oder gegen einen Kuss tun.

Statt eines Kusses ging Sayura lieber ihrem Forschungsdrang nach, denn auch einem Vampir war sie noch niemals so nah gewesen. Mit dem Zeigefinger der rechten Hand näherte sie sich langsam seinem Mund.

„Darf ich?", fragte sie vorsichtig.

Er nickte sanft.

Ganz vorsichtig berührte sie mit dem Finger einen seiner Eckzähne. Er war sehr spitz, und schnell zog sie ihren Finger zurück. Sayura sah Natzuya forschend an. Sie suchte nach irgendeiner Regung in ihm.

„Ich habe heute schon mehrmals bewiesen, dass ich nicht über dich herfalle, okay? Denk an deine blutende Hand! Ich habe sie eben sogar verarztet. Wenn du jetzt meine Zähne berührst, ist das also noch kein Grund, über dich herzufallen!" Er klang beinahe gekränkt.

„Entschuldige, aber du hast mich schon einmal gebissen, auch ohne erkennbaren Grund, weißt du noch?", erinnerte sie ihn.

Er nickte: „Ja, das weiß ich, und es tut mir noch immer leid, aber das lag an so vielen Faktoren. Ich war mit so vielen neuen Dingen und Ansichten konfrontiert, unterstand damals Lenas Befehl und stritt mit dir, hatte mich wenig unter Kontrolle!", erklärte er.

„Wie ist das, einen Menschen zu beißen?", erkundigte sie sich.

„Es ist angenehm, es hat viel mit Lust und Eroberung zu tun. Es ist ganz leicht; und der Moment, wenn die ersten Tropfen warmen Blutes in meinen Mund fließen, ist unbeschreiblich. Unbeschreiblich intensiv ist es auch gewesen, dich zu beißen. Das liegt aber auch eher daran, dass ich dich auch als Frau begehre!"

„Natzuya!", rief Sayura schockiert aus.

„Na, was denn? Ist es verboten, etwas auszusprechen, was längst schon offensichtlich ist? Sogar Moe sagte, du seiest in mich verliebt!"

Sayura richtet sich nun doch auf.

„Aber das ist eine Sache, die nur mich etwas angeht, so etwas muss wachsen. Ich kann nicht etwas fühlen und umsetzen, nur weil ihr Vampire in meine Gedanken, meine Seele vordringt und darin lest wie in einem Buch. Ich bestreite nicht, dass ich auch gern in deiner Nähe bin, aber ich kann einfach nicht mehr geben, verstehst du? Heute ist so verdammt viel passiert, so viel offenbart worden. Es ist ein ganz neuer Gedanke, dass die Organisation das Böse ist und nicht ihr, die Vampire. Nicht nur, dass ich die Möglichkeit habe, deine Freundin zu sein, und ich meine das wirklich nur im freundschaftlichen Sinn!", versuchte sie ihm ungefähr ihre Gefühlslage zu erklären.

Er nickte wissend. „Wieso hast du es dann zugelassen, dass ich dich küsste, damals auf diesem Fest? Wieso hast du eben an Intimitäten gedacht, jetzt, da wir uns nah sind? Wieso höre ich, wie dein Körper meine Gegenwart genießt?"

„Weil du ein Vampir bist, Natzuya. Ich kann nicht deine Geliebte sein, ich möchte nicht enden wie Romeo und Julia, und wir befinden uns immer noch im Krieg, jetzt vielleicht schlimmer als zuvor. Jetzt sind vielleicht alle gegen uns ...!"

„Mir wäre das egal!"

Sayura stand im Bad. Sie musste diesem Gespräch entkommen. Sie hatte so vieles zu verdauen und sollte jetzt noch ausführlich über ihre Gefühlslage nachdenken? Sie hatte leichte Bauchkrämpfe. Reichte nicht vorerst das einfache Eingeständnis, dass sie sich gegenseitig sehr mochten?

Nach einigen Minuten kehre sie aus dem Bad zurück. Natzuya kam gerade aus der Küche und hatte ein Tablett mit allerhand leckeren Häppchen vorbereitet.

„Du hast bestimmt Hunger!", vermutete er, als er das Tablett auf dem gläsernen Wohnzimmertisch abstellte.

„Oh ja!" Sayura freute sich über seine Fürsorge.

„Lass uns bitte darüber reden, wie wir nun mit der geänderten Situation, unabhängig von unserer Gefühlslage, umgehen wollen!", bat sie und hoffte, er verstand, worauf sie hinauswollte.

„Nun, ich kann natürlich nicht immer hier bei dir sein. Ich muss ein paar Geschäften nachgehen, habe selber ein kleines Appartement und mein Leben als Vampir, das natürlich etwas anders ist als deines. Du musst dich neu orientieren, du musst aus der Wohnung raus, die ODV beobachtet jeden deiner Schritte. Zieh um! Kündige deinen Job in diesem Sexschuppen ...!", erklärte er.

„Du kannst's nicht lassen, in diese Kerbe zu hauen, oder?", witzelte nun Sayura.

Er richtete sich auf und sah sie ernst an. „Nein, ich hasse es, wenn ich weiß, dass dich da Widerlinge beglotzen, du begrapscht wirst und Einzelshows gibst. Aber unabhängig davon ist eine radikale Änderung deines Umfeldes trotzdem nicht verkehrt, damit die Leute von der Organisation dich nicht so leicht ausfindig machen. Daher schlage ich vor, du ziehst zu mir!", schlug er ihr einfach, pragmatisch und schlicht lösungsorientiert vor.

„Außerdem ist es mir so besser möglich, auf dich achtzugeben. Egal, wofür du dich nun entscheidest, werden wir uns jetzt jede Nacht sehen", untermauerte er seine Aussage.

„Vermutlich hast du recht, schließlich zahlt die Organisation das hier alles, quasi mein ganzes Leben. Ich bin abhängig!", stellte Sayura überrascht fest. Es plötzlich laut auszusprechen, machte es ihr überdeutlich bewusst: Wirklich alles in dieser Wohnung hatte sie der Organisation zu verdanken. Sicher würde es schwierig sein, auf all den Luxus zu verzichten. Skeptisch sah sie sich in ihrer Wohnung um.

„Luxus kann auch ich dir bieten. Mein Appartement besteht momentan aus zwei Zimmern, aber das lässt sich leicht ändern. Es wäre eine vorübergehende Lösung! Aber du solltest diese Wohnung schnellstens verlassen! Moe halten verschlossene Türen nicht ab."

„Bei dir verlerne ich noch das Sprechen!", witzelte sie erneut, überhörte die Anspielung auf Lena, denn sie stand seinem Gefühl der Trauer nackt gegenüber. Zugleich war es erstaunlich, dass ihr in seiner Nähe alles so einfach vorkam.

„Ich verfolge deine Gedanken gerne. Entschuldige, das ist natürlich nicht die feine englische Art!", gab der reumütig zu.

„Ich kann eigentlich auf all das hier verzichten, lediglich meine Waffen nehme ich mit, und die nehmen sehr viel Platz weg! Ich denke, vorerst sind wir hier sicher. Du weißt ja, ich habe Bedenkzeit von zwei Wochen, um mich zu entscheiden!", überlegte sie laut.

„Deine Waffen kannst du mir nachher zeigen. Komm, setz dich und iss was! Deine Organisation mag einigermaßen regeltreu sein, nicht aber dieser Moe. Schließlich war er es, der in

Lenas Wohnung einbrach und sie tötete", erinnerte er diesmal deutlich, während er auf das Sofa deutete.

Bestürzt setze sie sich. „Ich wollte nicht, dass all das passiert!", sagte sie dann und sah ihn an.

„Du bist nicht schuld daran. Dieser Anschlag galt mir, nicht dir. Vielleicht galt er auch niemandem, und er tat es, weil er eben Spaß daran hat, Regeln zu brechen und zu töten!" Natzuya schüttelte den Kopf. „Sei es drum. Ich möchte doch lieber nicht mehr über Moe reden."

Sayura begann zu essen. Er hingegen wanderte unruhig auf und ab.

Mit einem Vampir zusammenzuziehen, war das überhaupt möglich? War das sicher? Natzuya war zudem auch ein Mann, all das wäre absolut neu für Sayura. Ein gemeinsames Leben, vielleicht wie eine Art Wohngemeinschaft oder später mehr? Sie spähte zu ihm rüber. Er hatte ihre Gedanken nicht gelesen, er schien mit etwas anderem in seinen Gedanken beschäftigt zu sein. Sein Gesichtsausdruck war angespannt und verbissen. Ob er doch immer noch an diesen widerlichen Moe dachte?

„Natzuya, alles klar? Setz dich doch!", bat sie freundlich.

Er knurrte kurz und erschrak ebenso darüber wie Sayura.

Sie war wieder aufgestanden und nahm ihn ins Visier.

„Nein, nein, keine Sorge!", brachte er ihr sogleich beruhigend entgegen.

„Was war das? Was ist los?" Sayura ließ ihn nicht aus den Augen, sie setzte sich auch nicht wieder hin. Die wachsame Jägerin in ihr war erwacht.

„Ach, deine Wunde, sie verströmt noch immer den Duft von frischem Blut. Das macht mich ein bisschen nervös, aber ich habe mich im Griff, hörst du!", versicherte er ihr einigermaßen glaubhaft.

Sayura sah sich den Verband ihrer linken Hand an: Keine Blutflecken, der Verband war noch immer strahlend weiß.

„Ähm, Natzuya, das ist nicht meine Wunde!", bekannte sie plötzlich, sichtlich peinlich berührt.

Er sah sie fragend an.

„M… meine Periode, ich habe meine Periode bekommen!", stotterte sie verlegen.

Mit derartigen Themen war Natzuya noch nicht konfrontiert gewesen. Sayura verströmte den süßlichen Geruch frischen Blutes, und das nun auch noch permanent. Auf Dauer würde ihn das sicher belasten. Als er ihr den Verband ihrer Hand angelegt hatte, war es keine Herausforderung gewesen, mit ihrem Blut konfrontiert zu sein, da seine Handlung Fürsorge bedeutete. Als ihre Wunde versorgt und bandagiert war, war auch der Geruch des Blutes verschwunden. Nun war er wieder da, nur roch er diesmal verführerischer.

Er wusste, er musste diese Probe bestehen, nur so wäre ein Zusammenleben möglich. Solchen Situationen wäre er schließlich öfter ausgesetzt; mindestens einmal im Monat, zusätzlich zu möglichen Schnittverletzungen, die sich Sayura im Haushalt zuziehen könnte. Sie beobachtete ihn genau, sein Scheitern würde auch das Aus ihrer Pläne bedeuten. Er durfte ihr Vertrauen jetzt nicht verspielen.

Natzuya erwiderte ihren Blick, seine Augen waren schwarz, dies konnte er nicht verhindern, auch nicht, dass beim Sprechen seine Fänge aufblitzten. „Es ist alles in Ordnung, Sayura!", versicherte er ihr abermals.

„Ich will dir glauben, wirklich, aber deine Körpersprache ist eine andere. Was soll ich tun?" Sie klang beinahe verzweifelt.

„Setzen wir uns einfach hin! Du isst gemütlich, und wir schauen, was zu dieser gottlosen Stunde noch so im Fernsehen läuft!", schlug er vor.

„Tut mir leid!", entschuldigte sie sich plötzlich.

„Sayura, so ein Unsinn! Du bist eine Frau!", erklärte er überflüssigerweise. Natzuya war nicht recht imstande, noch klar und deutlich zu denken. Je weniger er sagen musste, umso einfacher war es, mit der Situation umzugehen.

So saß Sayura kerzengerade, mit überkreuzten Beinen, stocksteif auf dem Sofa, Natzuya in einiger Entfernung auf dem Sessel. Wortlos starrten sie in das Fernsehgerät. Was genau sie anschauten, hätten sie beide später nicht sagen können.

Der schwere, süßliche Geruch des Blutes gewann an Intensität. Er focht einen Kampf jede Minute, den er neben ihr saß. Sayura fühlte sich sichtlich unwohl.

„Willst du was trinken?", fragte sie urplötzlich und staunte selbst nicht schlecht, als ausgerechnet sie, eine ehemalige Vampirjägerin, ihren Arm ausstreckte und ihm ihr Handgelenk darbot. Sie konnte sich gut vorstellen, dass es ihm Erleichterung verschaffen würde.

Natzuya starrte darauf, als sei er ein Pilger in der Wüste, dem man einen Eimer Wasser hingestellt hatte. Sein Auge nahm den feinen Puls ihres Handgelenkes wahr, seine Nase roch ihr Blut, und sein Ohr konnte dessen Rauschen in ihren Adern, sogar ihren aufgeregten Herzschlag, hören!

Er schluckte.

„Nein. Danke!", flüsterte er zähneknirschend.

„Du hast recht: Wenn das mit uns klappen soll, kann und darf es so etwas zwischen uns nicht geben. Wenn du dich zurückziehen möchtest, ist das okay, so können wir es dann auch machen, wenn wir in denselben vier Wänden leben. Wenn du gehst, ist das kein Beweis für das Scheitern unseres Projektes! Es ist vielmehr der Beweis, dass du dich kontrollieren kannst; und wenn du dafür gehen musst, ist mir das viel lieber, als wenn du mich beißt, weil das nämlich ganz gemein wehtut …!", erklärte sie ihm ausführlich, während sie sich übergenau auf die kleinen Häppchen vor sich konzentrierte, die er so liebevoll auf einem Teller angerichtet hatte.

Als sie keine Antwort erhielt, schaute sie zu ihm rüber. Der Sessel war leer, Natzuya fort.

Kurz vor Morgengrauen klingelte es erneut an der Wohnungstür zu Sayuras Appartement. Als sie öffnete, stand Natzuya sichtlich entspannt im Türrahmen.

„Hör zu, ich hab mir was überlegt!", begann er, ohne Zeit mit der Begrüßung zu verschwenden, und trat ein.

„Ich wohne wie du in einem Appartementhaus, und dort sind immer wieder Wohnungen frei!" Zur Not konnte er derartige Prozesse wie die Fluktuation in einem Mietshaus auch beschleunigen. Er dachte dabei an seine hypnotischen Fähigkeiten, wodurch er quasi umsonst lebte und trotzdem ein Luxusleben führte. Es fehlte ihm an gar nichts, und das würde es auch nie wieder tun. Das, was er benötigte, verlangte er und bekam es. Ein tiefer Blick in die Augen der Menschen, ein deutlich ausformulierter Wunsch, und seine Opfer setzten es um. Besser noch: Sie glaubten daran, dass es ihre Idee gewesen sei. So würde er die freundliche Stewardess, die in dem kleinen Appartement ihm gegenüber lebte, auch einfach zum Auszug bewegen. Sie war die meiste Zeit ohnehin nicht da. Darüber würde er Sayura natürlich keine Details verraten. Mit dieser Manipulation hatte er zu Anfang seines Vampirseins auch enorme Schwierigkeiten gehabt. Vielleicht war dies auch der Grund, dass er sich nur ein kleines Zwei-Zimmer-Appartement gesucht hatte. Er wollte dem Hauseigentümer nicht allzu sehr zur Last fallen, obwohl dieser angesichts horrender Mietpreise, über die sich die Anwohner zumeist lautstark im Hausflur verärgert äußerten, ganz sicher nicht am Hungertuch nagen musste.

„Ich glaube, gegenüber meinem Appartement wird demnächst eine Wohnung frei, selber Schnitt, selbe Größe. Ausreichend und gemütlich. Wir wohnen quasi zusammen und doch separiert. Ich denke, da die Situation für uns beide neu ist, sollten wir es auf diesem Weg probieren und uns aneinander gewöhnen. Was sagst du?" Er stand in ihrem Wohnzimmer und drehte sich nun endlich zu ihr um.

„Hört sich gut an. Was meinst du, wie lange es dauert, bis wir das umsetzen können? Was kommt finanziell auf mich zu? Umzug, Miete, Lebensunterhalt? Mein Vermögen ist begrenzt, auch wenn die Organisation gut zahlt. Wer weiß wie lange noch? Nur vom Gehalt aus dem Stripjob im „Naked" kann ich auf Dauer nicht leben. Länger als nötig will ich zudem hier in dieser Wohnung nicht sein, sonst zieh ich doch erst mal in ein billiges Motel. Schließlich vergehen 14 Tage doch sehr schnell, ich meine, bei dem, was ich alles organisieren muss!", erklärte sie ihre Gedanken.

Beide waren weitestgehend erleichtert. Ein Zusammenzug war in jedem Fall ein großer Schritt; und unter Berücksichtigung der vielen Probleme, mit denen beide zu kämpfen hatten, war es ein beängstigender Schritt: Sayura sollte plötzlich mit einem Vampir zusammenleben und Natzuya mit seiner Blutgier kontrolliert umgehen.

„Du brauchst dich um nichts zu sorgen, ich kümmere mich darum. Morgen Abend leite ich alles in die Wege, beim Umzug helfen ein paar Freunde, und übermorgen ist alles überstanden. Den Tag morgen verbringst du in meinem Appartement. Pack ein paar Sachen ein, und dann bist du hier erst einmal weg. Tagsüber kommen wir uns nicht in die Quere!", bestimmte er.

„Sind deine Freunde auch Vampire?", fragte Sayura zögerlich. Zu seiner Spontaneität fand sie keine Worte.

„Ja, was sonst?"

„Ich habe sie vor Kurzem noch gejagt. Meinst du, da helfen sie mir einfach so?", fragte sie erneut unsicher.

Er trat auf sie zu. „Ich sagte doch, du musst dich um nichts mehr sorgen!" Er hörte, wie sich ihr Herzschlag steigerte, sie wurde auf eine schmeichelhafte Art und Weise nervös, die ihm gefiel. Er sah sie an und fesselte ihren Blick.

„Nicht!", flüsterte sie.

Sayura kannte das Gefühl und wollte nicht, dass er wieder in sie eindrang und ihre Gedanken las. Er würde lesen, dass sie entgegen ihrer Aussage wegen seines plötzlichen Verschwindens am Abend verunsichert war und daran zweifelte, dass ein Zusammenleben möglich war, auch wenn sie es gern versuchen wollte. Sie wollte es jedoch aus ganz niederen Gründen. Sie wollte bei ihm sein, ihm nah sein, von ihm berührt werden, ihn küssen und womöglich geliebt werden; geliebt auf körperliche Art, wie es ihre Vorstellungskraft mangels Erfahrung romantisch verzerrte. In ihr war ein Klischeebild aufgetaucht, das sie in erneute Zweifel gestürzt hatte. Er war der charismatische Vampir, sie die zarte Jungfrau. Was, wenn er genau das wollte, weil es eben in seiner Natur lag? Dann wieder war sie innerlich zerrissen, da sie einfach so ihr Vampirjägerdasein loslassen konnte. Aufgrund der bekannten Sachlage zwar nachvollziehbar, war es immerhin ihr halbes Leben gewesen. Wieso konnte sie ihr Leben so einfach abhaken? Nur wegen eines Mannes, eines Vampirs. Sollte das Liebe sein? Mit diesem Gedanken war die Kette dann durchbrochen, ihre Gedanken rissen ab.

Natzuya lächelte.

„Ich geh jetzt schlafen, kommst du mit?"

– 12 –

Sayura war nervös und voller Vorfreude wie ein kleines Mädchen, das sich auf Weihnachten freute. Sie hatte ihre kleine, neue Wohnung geputzt, sich vorhin noch schnell geduscht und wartete jetzt, bis es endlich klingeln würde. Die Sonne war schon vor einer Stunde untergegangen, bald würde er hier sein.

Es war alles so wie die letzten Abende auch seit dieser gruseligen, aber offenbarenden Begegnung mit Moe, dem Vampir, der ein Vampirjäger war und Sayuras Umzug in die unmittelbare Nähe zu einem Vampir, dem befreundeten Vampir Natzuya. Natzuya hatte alles unglaublich schnell ermöglicht, wie er es eben versprochen hatte.

Als die beiden am Abend in Sayuras Wohnung erwacht waren, packte Sayura zunächst ein paar Sachen, Kosmetik und ein paar Waffen, auf die sie auf keinen Fall verzichten wollte. Auch ihre Lederkluft wollte sie nicht zurücklassen, sie war wie eine zweite Haut geworden, und auch wenn Sayura sie womöglich nie wieder anziehen musste, war dieses Kleidungsstück das einzige ihrer Ledersammlung, das sie nicht ausrangieren wollte. Da die Zukunft ohnehin völlig im Ungewissen lag und mögliche Kämpfe, unter Umständen sogar mit diesem Moe, nicht auszuschließen waren, galt ihre Jägeruniform ihrer inneren Sicherheit.

Als Natzuya ihre Waffensammlung sah, war er wirklich erstaunt. Er konnte nicht sagen, ob auf positive oder negative Weise. Ihr Waffenzimmer, was einer Familie unter Umständen als Arbeits- oder Kinderzimmer genügt hätte, war bis unter die Decke voll mit allerhand Waffen und Zubehör: Da gab es Schwerter, Messer, Pistolen, Gewehre, Klingen aller Größe und Formen, Pfeile, Patronen, Riemen, Seile und vieles, was er nicht einmal benennen konnte.

„Und das soll alles mit?", hatte er ungläubig gefragt. Sie hatte wortlos zugestimmt und genickt.

Dann waren sie mit Sack und Pack in seine Wohnung am anderen Ende der Stadt eingefallen.

Sein Appartement lag im 2. Stockwerk eines achtgeschossigen Hauses. Was er als „kleines Appartement" betitelte, maß immerhin eine Größe von 72 qm. Modern, schlicht und sauber war sein Wohnungsstil. Trotzdem wirkte es steril. Nichts erinnerte an sein Leben als Mensch, kein Foto, kein Gegenstand, und sei er noch so kitschig, spiegelte die kleinste Erinnerung. Seine Wohnung war komplett neu eingerichtet. Sayura wagte nicht, ihn nach dem Grund dafür zu fragen.

Die gesamte Wohnung war hell gefliest. Die Bodenbeheizung aktivierte er erstmals, nur für sie. Natzuya selber kannte das Gefühl der Kälte nur noch im Zusammenhang mit Blutmangel. Sobald er anfing zu frieren, war dies ein alarmierendes Signal, seine Blutreserven wieder aufzufüllen.

Die Wohnung war klein, Einbauküche inklusive, auch die Waschmaschine stand hier. Allerdings verfügten Küche und Bad über kein Fenster. Dafür gab es im Badezimmer einen Jacuzzi. Für Sayura stand fest, dass sie diesen sobald wie möglich ausprobieren würde. Das hatte sie schließlich getan, als Natzuya sich nach der Wohnungsführung höflich verabschiedete, um die Organisation und Planung für ihren Umzug in die Wege zu leiten. Er hatte Sayura sein charmantes Lächeln zugeworfen und war wortlos gegangen, als sie ihn fragte, ob sie nicht doch helfen könne, schließlich tat er all das für sie. Sie hatte Schwierigkeiten damit, gar nichts beizutragen, war sie doch zeit ihres Lebens eine „Macherin" gewesen.

Nach dem angenehmen Sprudelbad hatte sie seine Wohnung noch einmal unter die Lupe genommen und den einen oder anderen Blick in seine Schränke geworfen. Sie empfand dies zwar, als unhöflich aber die Neugierde war zu stark. Sayura wollte wissen, wer er war. Aber auch dort fand sie gar nichts, was an sein Leben als Mensch erinnerte, nicht einmal ein einziges Foto, das ihn, Freunde oder gar seine Eltern zeigte. Ob dies unter Umständen zu schmerzlich war?

In der Küche war sie schließlich auf ein eimergroßes Gefäß gestoßen, das im Kühlschrank deponiert war. Da dort nichts Essbares zu finden war, konnte sie sich ausmalen, was sich in diesem Behälter befand: gekühltes Blut. Die Vampire bezogen es auf allen möglichen Wegen, ob nun legal oder illegal. Beliebt waren gekühlte Blutkonserven aus Krankenhäusern.

Ein menschlicher Organismus benötigte ca. sieben Liter Blut, ein Vampir benötigte ebenso viel, um ca. drei oder vier Tage zu leben, bis er erneut Blut trinken musste, wollte er nicht sterben. Das Gefäß in Natzuyas Kühlschrank fasste ca. zehn Liter. Sayura ersparte sich einen Blick hinein.

In seinem Schlafzimmer stand ein großes Bett mitten im Raum, der Kleiderschrank mit Spiegelfront massiv und wuchtig daneben. Natzuyas Kleidungsstil war stets elegant. Im Kleiderschrank befanden sich Unmengen von Anzügen in Schwarz, Grau, Nadelstreifen, dazu Hemden, Krawatten aller Farbvariationen, klassisch eben, Unterwäsche, Socken, elegante Herrenschuhe bis hin zum Turnschuh, Jacken, Jacketts und ein Trenchcoat. Sein Bett war zerwühlt, bezogen mit schlichter weißer Leinenbettwäsche.

Die Jalousie war verschlossen. Zuletzt machte Sayura es sich dann auf seinem großen Ledersofa gemütlich. Sie starrte auf den großen Flachbildfernseher, der über die einzelnen Bausteine der Wohnwand an der Wand montiert war. Auf dem Balkon stand eine Sonnenliege; zum Schein, nahm Sayura an. Tatsächlich saß Natzuya gelegentlich darauf und heulte den Mond an, haderte mit seinem Schicksal und dessen Glaubhaftigkeit, fragte sich, warum all das ausgerechnet ihm zugestoßen war.

Gegen drei Uhr in der Nacht kam Natzuya dann zurück. Er fand Sayura schlafend auf seinem Sofa bei laufendem Fernseher und einem halb leeren Glas Wasser. Natzuya konnte spüren, wie ihr Bewusstsein erwachte. Verschlafen öffnete sie die Augen und sah ihn müde an.

„Du kannst gleich weiterschlafen, morgen Abend machen wir den Umzug. Allerdings möchten meine Freunde ungern in deiner Nähe sein. Sie haben sich bereit erklärt, deine Sachen aus der alten Wohnung zu holen unter der Prämisse, dass du weder dort noch hier bist! Darum sei so nett und gib mir nachher die Wohnungsschlüssel. Morgen sprechen wir dann den Zeitplan ab."

Sayura richtete sich auf. Müder rieb sie sich die Augen. „Das sollte doch zu schaffen sein, aber wieso geht das alles so schnell? Sagtest du nicht, es würde erst in Kürze etwas frei? Und auch, dass der Vermieter so schnell zugestimmt hat, ist doch …!" Sie unterbrach sich, überlegte.

„Wir sind alte Freunde, der Vermieter und ich, belass es einfach dabei!", erklärte Natzuya freundlich, aber bestimmt.

Ihre Gedanken hatten noch keine klare Vorstellung von der Art der Manipulation, aber dass es mit vampirischen Fähigkeiten einhergehen musste, war ihr jetzt klar. Sie atmete tief durch. Loslassen. Es war eben so, wie es war.

„Ich werde noch ein paar Lebensmittel für dich besorgen, da mein Kühlschrank nichts Brauchbares für dich hergibt!", wollte Natzuya sich erneut verabschieden.

„Warte, nimm mich mit, ich bin jetzt sowieso wach!", entgegnete sie ihm spontan.

Kurz darauf waren sie beide noch zu einem Multistore gegangen und hatten Brötchen, Käse und ein paar Äpfel eingekauft. Was heißt „eingekauft" – hier bekam Sayura erstmals bewusst mit, wie sich Natzuya seiner Kräfte bediente. Er hatte sie zwar gebeten, draußen zu warten, aber sie wollte sehen, was geschehen würde.

Natzuya legte seinen Einkauf auf die Theke wie jeder normale Kunde auch. Der junge Mann an der Kasse ermittelte per Laserpistole, die er über den Strichcode der gekennzeichneten Ware zog, den Preis und forderte Natzuya zur Zahlung auf. Als er Natzuya schließlich ansah und dieser seinen Blick fesselte, geschah scheinbar nichts. Trotzdem hatte Sayura die Metapher einer Fliege, die in das Netz einer Spinne geraten war, im

Kopf. Nach ein paar Sekunden erwachte der junge Mann aus einer Art Trance und sagte freudig: „Danke für Ihren Einkauf! Beehren Sie uns bald wieder!"

An der frischen Luft fragte Sayura Natzuya, ob er sie auch schon einmal derart manipuliert hätte, wie eben bei dem jungen Mann geschehen. Er verneinte. Sie wusste jedoch nicht recht, ob sie ihm glauben konnte. Wer wusste, wozu er sie bereits gezwungen hatte, ohne dass sie sich daran erinnern konnte!

Über ihren Zweifel war er dieses Mal nicht erhaben.

„Was soll das? Ich bin nicht deine Organisation, die linke und widerwärtige Tricks anwendet, um dich zu manipulieren, ich bin dein Freund. Wenn du das nach all dem, was wir erlebt haben, was ich für dich getan habe, noch immer nicht kapiert hast, muss ich wirklich an deinem Verständnis zweifeln! Ich habe es nicht nötig, dich zu irgendetwas zu zwingen, so ein charakterloses Wesen, wie du es augenscheinlich annimmst, bin ich nicht!", war es aus ihm herausgeplatzt.

„Natzuya, verzeih! Du hast natürlich recht. Aber versteh bitte meine Zweifel – nicht an dir, sondern an deinen Fähigkeiten als Vampir. Du hast so viel gelernt, wendest so viele deiner vampirischen Fähigkeiten an, erstrahlst dabei als majestätischer, kraftvoller Vampir. Beinahe ist es so, als wärest du schon immer ein Vampir gewesen! Und bisher musste ich mich vor diesen Fähigkeiten immer fürchten. Eben habe ich danebengestanden, als du sie an einem Menschen angewandt hast. Das ist neu für mich. Wir haben zudem quasi einen Diebstahl begangen!", stellte sie moralisch genau fest und wollte die Stimmung damit entspannen.

„Und was ist mit deinen unzähligen Morden? Die waren moralisch alle korrekt, ja, weil du ja eine Vampirjägerin bist, nicht wahr!", fauchte er sie an.

„Natzuya!", stieß sie erschrocken aus. Damit konnte sie nicht umgehen, weder mit seiner Äußerung noch mit deren geräuschvoller Untermalung. Vampirlaute verband sie stets mit Angriffslauten.

„Schon gut, schon gut!", nuschelte er und setzte seinen Weg unbeirrt fort. Sie blieb stehen und sah ihm hinterher. In Halbdunkel verschwand er plötzlich vor ihren Augen.

„Entschuldige! Hab keine Angst vor mir, vertrau mir, und wenn die Zeit gekommen ist, gib dich mir hin!", hörte sie seine Stimme in ihrem Kopf, ohne dass sie ihn sehen konnte.

„Geht es dir nur darum?", fragte sie in die weite, stille Leere um sich herum. Es war eine Frage ohne Vorwurf darin.

„Nein, ich will alles von dir! Und es wirft mich zurück, wenn du mir derartige Unterstellungen machst wie eben. Ja, ich habe dich einmal angegriffen; ja, ich habe dein Blut getrunken und es genossen. Ich gebe zu: Wenn du es erlauben würdest, würde ich es ohne Zögern wieder tun. Ja, ich lese deine Gedanken und genieße dein Begehren, es schmeichelt mir; aber all das weißt du. Ich lüge nicht, also zweifle nicht an mir! Ich bin an deiner Seite, beschütze dich und …!" Er vollendete den Satz nicht. In ihrem Kopf herrschte eine merkwürdige Stille.

Plötzlich erschien er neben ihr, sie zuckte zusammen.

„Gehen wir nach Hause?", hatte er dann versöhnlich gefragt und sie von oben herab angelächelt.

Und nun war sie in ihrem neuen Appartement. Ein paar Möbel ihrer alten Wohnung hatten die Vampire auf Anraten Natzuyas doch mitgenommen. Er wollte nicht, dass sie möbellos in einer neuen Wohnung leben musste. Sie hatte so vieles für die Organisation gegeben, angefangen bei der Ermordung ihrer Eltern bis zur Auflösung ihres menschlichen, normalen Lebens, da sollten doch ein paar Möbel eine halbwegs angemessene Anerkennung für ihre Dienste sein. Der OdV würde es sicher nicht wehtun. Entsprechend überrascht zeigte sich Sayura, als Natzuya sie am vereinbarten Treffpunkt nach erfolgtem Umzug abgeholt und in die neue Wohnung geführt hatte.

Ihre Waffen waren in verschiedenen Umzugsboxen und Kisten untergebracht und standen verstreut in der ganzen Wohnung, zwischen den bekannten Möbeln ihrer alten Wohnung, herum.

„Oh mein Gott! Wie habt ihr das in der Kürze der Zeit gemacht? Wahnsinn. Sag ihnen herzlichen Dank für ihre Hilfe! Ich kann mir vorstellen, dass sie es höchst widerwillig getan haben", freute Sayura sich aufrichtig und doch demütig.

„Mach dir keine Gedanken darum!", hatte er mit einer entsprechenden Handbewegung weggewischt. Tatsächlich hatte er seinen Freunden nicht gesagt, um wen es sich handelte, der da so dringend Hilfe benötigte. Die schweren Waffen hatte er zuvor selber in die Kisten und Boxen eingeräumt. Als dann die Unterstützung eintraf, ahnten sie nicht, dass sie sich im Domizil einer ehemaligen Jägerin befanden. Er hatte es für besser gehalten, beide Parteien zunächst noch voneinander getrennt zu halten. So war er es auch er, der veranlasste, das Sayura während des Umzuges nicht einmal im selben Haus wie die Vampire war. Sie saß in einer nahe gelegenen Cocktailbar, in der Sicherheit einer Menschenansammlung, und ein Trupp von fünf Männern, allesamt Vampire, führten parallel dazu ihren Umzug aus. Er empfand es nicht als Lüge, sondern als reine Schutzmaßnahme: Kein Vampir hätte einer Vampirjägerin geholfen, egal, aus welchem Grund. Diese Gründe zu erklären, war allemal zu langwierig. Er wollte den Umzug hinter sich bringen und sie in Sicherheit wissen.

Durch die spontane Eingebung, noch ein paar Möbel mitzunehmen, hatte sich der Umzug in die Länge gezogen. Weit nach Mitternacht hatte er Sayura dann aus der Cocktailbar abgeholt. Sie war in eine angeregte Unterhaltung mit einem jungen Mann vertieft. Als sie Natzuya erblickte, ließ sie den sehr spendablen Mann und seine eindeutigen Absichten stehen und eilte Natzuya lächelnd entgegen. Sie war durch den Alkohol ein wenig angeheitert. Vielleicht war auch das der Grund, warum sie Natzuya in ihrer neuen Wohnung sorglos und dankbar um den Hals gefallen war. Diese befreite Sayura gefiel Natzuya ausgesprochen gut.

Heute Abend allerdings schien er sich etwas zu verspäten. Die Schnittwunden ihrer Hand, mit der sie in die Glasscherben der zerbrochenen Milchflasche gefasst hatte, heilten sehr gut ab. Sie trug lediglich ein kleines Pflaster. Auch der Riss in ihrer Lippe war gut verheilt und unsichtbar geworden. An Armen und Beinen hatte sich anstelle der abgeschürften Haut Schorf gebildet.

Vor ihr auf dem Glastisch ihres neuen Wohnzimmers stand ein Glas Orangensaft. Es war für ihn. Er sagte, dass dies eine Gewohnheit aus seinem früheren Menschenleben sei. Wenn er bei jemandem zu Besuch war, trank er stets ein Glas Orangensaft. Das war eine erste Erinnerung aus seinem menschlichen Leben, die er ihr gegenüber preisgab, sie hatte sie sich gemerkt und sogleich umgesetzt.

Natzuya war die letzten Abende immer ca. eine halbe Stunde nach Sonnenuntergang bei ihr gewesen. Sie hatten dann auf der Couch gesessen und die ganze Nacht erzählt und gelacht. Kurz vor Morgengrauen war er dann verschwunden.

Heute würde sie ihm anbieten, bei ihr zu bleiben und den Tag bei ihr zu verschlafen. Immerhin hatte auch ihr Schlafzimmer hier Außenjalousien, die nicht einen Lichtstrahl hereinließen; und vielleicht würde sie ihn küssen?

Sayura musste sich eingestehen, dass sie sehr gern mit Natzuya zusammen war. Sie mochte seinen Geruch, seine Art zu reden und sich zu bewegen, sie mochte, wie sein Haar ihm beim Sprechen ins Gesicht fiel. Sie berührte ihm beim Sprechen des Öfteren – natürlich absichtlich unabsichtlich – am Arm. Sein Körper fühlte sich gut an. Das wusste sie, seit er damals mit ihr auf dem Wohltätigkeitsball getanzt hatte. Sie würde gerne noch einmal mit ihm tanzen. Sayura sah ihn beinah ununterbrochen an, wenn er auf ihrem Sofa saß. Sie konnte nicht genug von ihm bekommen.

Als sie zusammen auf der Couch in ihrer alten Wohnung gelegen hatten, hatte sie sich so wohl mit ihm gefühlt! Sie hätte ihn auch beinahe geküsst, denn sie war seinen Lippen sehr nah gewesen, hatte sich dann aber dagegen entschieden. Vielleicht hatte ihr aber auch schlicht der Mut gefehlt.

Moe hatte recht gehabt mit seiner Aussage, dass die Organisation Sayura über Jahre eine feste Moral und unumstößliche Ansichten über Vampire eingetrichtert hatte. Sie würde sich sehr oft überwinden müssen, wenn sie mit Natzuya zusammen sein wollte, musste eventuell über vieles hinwegsehen. Allein die Situation, als Natzuya den Kassierer manipuliert hatte, war für ihre Moral sehr anstößig gewesen, aber erträglich. Unerträglich wäre es, ihn dabei zu beobachten, wie er sich an einem Menschen verging, auch wenn es allein dem Zweck diente, sein Leben zu verlängern.

Wenn sie jetzt an die letzten Nächte zurückdachte, war ihr nichts an seinem Verhalten vampirisch vorgekommen. Er erzählte, er lachte, er nippte an seinem Orangensaft, sah ihr in die Augen und hörte aufmerksam zu, wenn sie etwas erzählte. Lediglich die kleinen Anomalien wie etwa die Färbung seiner Augenfarbe oder das Hervorblitzen seiner weißen Vampirzähne waren Auffälligkeiten, die Sayura aber nicht als störend empfand. Im Gegenteil: Sie fand es beinahe schon erotisierend. Vielmehr war sie über diese, seine, körperlichen Reaktionen verwundert, denn es gab oft keinen Anlass für einen Stimmungswechsel. Aber er hatte seine eigenen Gedanken und sie nicht den Vorteil, wie er Gedanken lesen zu können.

Dann endlich klingelte es kurz an der Tür. Schnellen Schrittes ging sie zu dieser. Bevor sie sie schließlich öffnete, atmete sie tief ein und aus. Sie musste ihren Puls, ihren Herzschlag beruhigen, da er ihn sicher durch die geschlossene Tür hören konnte. Sie wollte nicht, dass er spürte, wie aufgeregt sie seinetwegen war, obwohl sie nicht bezweifelte, dass es ihm bereits mehr als deutlich aufgefallen war. Zumindest ging er damit respektvoll um und zog sie nicht mit ihrer Schwärmerei auf.

„Hallo, Natzuya!", grinste sie ihm entgegen, als sie die Tür schwungvoll geöffnet hatte.

„Guten Abend, Sayura!" lächelte er ihr zu, kam herein, zog seinen Mantel aus und hängte ihn an den Kleiderständer neben der Tür.

„Dein Orangensaft steht schon bereit …!", sagte Sayura und geleitete ihn in ihr Wohnzimmer.

Plötzlich war er auf selber Höhe wie sie. Sayura war wieder etwas zusammengezuckt. Durch seine veränderte Physik bewegte er sich, wenn er unachtsam war, zu schnell für einen Menschen. Er schien Zeit und Raum einfach überwinden zu können. In letzter Zeit war Sayura deshalb öfter erschrocken, zumeist fanden es beide trotzdem amüsant.

Heute legte er seinen Arm um sie und sagte: „Entschuldige, ich wollte dich nicht erschrecken!"

Sie sah ihn an, ihr Herz ließ sich nicht beruhigen, es klopfte ihr bis zum Hals. Bloß an nichts denken, was sie kompromittieren könnte, sagte sie sich ununterbrochen selbst. An seinem Blick erkannte sie, dass er versuchte zu deuten, was sie versuchte zu verbergen. Er bohrte nicht weiter nach.

Während sie sich setzten, fragte er: „Hättest du vielleicht Lust auf einen nächtlichen Ausflug? Lass uns in eine Bar gehen und vielleicht einen Cocktail trinken, lass uns ausgehen!"

„Ich dachte, hier wäre es auch ganz nett!", äußerte sie sich verwirrt, beinahe ein wenig verletzt.

„Das ist es auch, aber ich wäre trotzdem dankbar, wenn wir uns ein wenig die Beine vertreten könnten!"

„Wieso, was ist denn los? Fällt dir die Decke auf den Kopf?"

Er nickte, sagte aber nichts Näheres zur Erläuterung. Er wirkte heute seltsam traurig.

„Okay, gib mir fünf Minuten, und wir können gehen!", sagte sie. Sie begriff, dass es nicht um ihre egozentrische Vermutung ging, dass es ihm womöglich nicht gefiel, bei ihr zu sein. Irgendetwas belastete ihn schwer.

„Du kannst dir auch länger Zeit lassen, ich weiß doch, wie ihr Frauen seid!", sagte er, es sollte unbeschwert klingen.

„Nicht diese Frau, Natzuya, ich bin pflegeleicht!", sagte sie, während sie in ihrem Schlafzimmer verschwand. Am liebsten hätte sie sich die Zunge abgebissen. Warum sie sich rechtfertigte, verstand sie selber nicht. Es war ohnehin ein merkwürdiger Dialog. Während sie in ihrem Kleiderschrank nach etwas Passendem suchte, ertönte seine Stimme nah und deutlich. Er schien vor ihrer Schlafzimmertür zu stehen, kam aber nicht herein. Er besaß Anstand.

„Das sollte eben kein Vergleich mit anderen Frauen sein! Ich bin heute etwas daneben. Entschuldige, wenn ich heute nicht der perfekte Gesprächspartner bin, den du verdient hättest!" Seine Stimme klang matt.

Sayura zog sich einen knielangen schwarzen Bleistiftrock samt weißer geraffter und tief dekolletierter Bluse an. Ihre Kleidung betonte ihre frauliche Figur. Sayura sah elegant und sexy aus. Für die kühle Abendluft nahm sie eine dünne Strickjacke aus Kaschmir mit. Somit war sie das perfekte Pendant zu Natzuyas angenehmem Erscheinungsbild. Zum Schluss schlüpfte sie in einfache, schwarze Pumps und empfand sich nach einem prüfenden Blick in den Spiegel als sehr hübsch, sehr weiblich. Ihre Wunden als letzte Zeugen der Begegnung mit Moe waren unter ihrer Kleidung weitestgehend unsichtbar.

„Ich weiß, und ich hab es auch nur ein bisschen wie einen Vergleich empfunden, aber ich merke schon, dass es dir heute nicht gut geht", sagte sie, als sie aus dem Schlafzimmer kam.

„Du siehst gut aus!", bemerkte er trocken. Es war nicht gerade das, was sie sich von ihm erhofft hatte.

„Wenn du nicht erzählen möchtest, was dich bedrückt, macht es mir nichts aus, schweigend in einer Bar neben dir zu sitzen, solange wir einen netten Drink haben!", versuchte sie ebenfalls entspannt zu klingen, ohne weiter auf seine Bemerkung, ihr Aussehen betreffend, einzugehen. Er sagte es sicher nur so dahin.

„Nein, verdammt noch mal, ich sage nichts einfach nur so dahin!", fuhr er sie an, erschrak aber ähnlich wie sie über seinen eigenen Tonfall.

„Entschuldige, ich sollte vielleicht besser gehen!" sagte er gleich im Anschluss und wandte sich ab.

„Nein!", widersprach sie lauter als notwendig und hielt ihn am Arm fest. „Geh nicht, Natzuya, bleib, bitte!", bat sie dann leiser als nötig.

Über die Schulter hinweg sah er sie an.

„Okay, komm, gehen wir!"

Eine halbe Stunde später saßen sie an der Bar eines Hotels nebeneinander auf den ledernen Barhockern. Hier herrschte ein ruhiges, aber gehobenes Ambiente. Neben ihnen saßen entweder allein oder in Zweier-Konstellationen Besucher dieser Lokalität und unterhielten sich angeregt miteinander. Mancher Single starrte betrübt in sein Glas oder blickte sich suchend nach einem bekannten Gesicht um. Im Hintergrund spielte sanfte Musik.

Die Bar war sehr lang, drei Barkeeper bewirteten sie und beeindruckten mit kleinen Stunts. Sie mischten Cocktails, indem sie die Flaschen und halb volle Gläser in die Luft warfen, um sie gekonnt hinter ihrem Rücken wieder aufzufangen und schließlich gefüllte Gläser vor den Gästen abzustellen. Sie spielten mit dem Feuer, vollführten kleine Zaubertricks und boten den Gästen generell ein kleines, aber anregendes Unterhaltungsprogramm.

Es waren hübsche Jungs mit strahlend weißen Zähnen, gegelten Haaren und vom Solarium gebräunter Haut. Sayura ließ sich von ihren Shows beeindrucken, zumal Natzuya wirklich nicht gesprächig war und gedankenverloren in sein Glas starrte, dessen Inhalt er nicht einmal angerührt hatte. Dabei waren die Cocktails hier wirklich einzigartig gut. Für den Preis, der dafür verlangt wurde, war dies zudem das Mindeste.

Sayura trank wie immer einen Scotch. Er schmeckte in einer so noblen Bar gleich viel besser als in dem billigen Tanzlokal „Naked". Sie beugte sich jetzt zu Natzuya.

„Erzähl es mir!", flüsterte sie.

„Ach, es geht nur um Dinge, womit ich mich früher oder später sowieso hätte auseinandersetzen müssen!", winkte er ab.

„Du bist mein Bodyguard, weißt du noch? Wir verbringen Zeit zusammen, das hast du selbst so gesagt. Hilf mir, dich kennenzulernen, lass mich deine Freundin sein! Freunde sind da, um zuzuhören und zu helfen!", hielt sie eine kurze Predigt.

„Freundin!", wiederholte er, starrte dabei weiterhin in sein Glas.

Sayura hatte sich wieder aufrecht auf ihren Barhocker gesetzt und einen Schluck getrunken.

„Ich wurde heute mit meiner Vergangenheit als Mensch konfrontiert!", sagte Natzuya dann plötzlich.

„Wie das?", fragte sie leise zurück.

„Ich bin heute noch kurz zum Multistore gegangen, wollte Blumen besorgen oder sonst irgendetwas Schmeichelhaftes mitbringen, aber kurz davor begegnete mir Francesca!" Jetzt trank auch er. „Meine Freundin, Exfreundin!", erklärte er. Er sah sie nicht dabei an. Er spuckte die Worte beinah angewidert aus.

Sayura trank ihr Glas mit einem großen Schluck leer. „Freundin", dachte jetzt sie.

„Lena sagte, dass ich besser jeden Kontakt abbrechen sollte, am besten wäre es im Streit, denn ich würde in Erklärungsnot geraten, wenn alle meine Freunde älter würden, nur ich nicht. Das tat ich, ich habe ihr einen Brief geschrieben und die Beziehung beendet. Mein altes Leben werde sterben, nur ich bliebe, so hatte es Lena ausgedrückt. Ein Vampir sollte Freunde nur für eine kurze Dauer haben!" Wieder trank er einen Schluck und winkte dann einen der Barkeeper heran.

Sayura war wie vor den Kopf gestoßen. Über solche Belange hatte sie sich noch nie Gedanken gemacht. Zum einen war ihre eigene Familie ausgelöscht worden, Freunde hatte sie keine, und über das Leben der Vampire und deren Nöte hatte sie schon aus Prinzip nicht nachgedacht. Aber das sollte sie wohl einmal tun. Natzuya war einst ein Mensch, er hatte es schon einmal erwähnt, dass er Student war, auf dem Weg zu einem Mädchen, als er entführt worden war. Natürlich, Sayura hatte dies völlig vergessen, verdrängt, da es zudem mit der Zeit ihrer eigenen Entführung zusammenhing. Natzuya war bis vor knapp zwei Jahren selber noch Mensch gewesen. Und nun war er ein frisch erwachter Vampir, der all das, was er erlernt hatte, immer weiter vertiefen würde. Seine Erfahrungen, die er dabei machte, waren, wie es sich herausstellte, nicht nur gut.

„Sie sah mich mit großen Augen an. Ich konnte nicht anders, als ihre Gedanken zu lesen. Sie war natürlich verwirrt, überrascht und noch immer verletzt wegen dieses Briefes. Wir begrüßten uns, umarmten uns, und ich spürte so viele Fragen in ihr. Aus einem Impuls heraus entschuldigte ich mich dafür, wie alles gelaufen sei und dass es schlicht besser sei, wie es jetzt ist. Natürlich warf dies Fragen auf, noch mehr Fragen. Ich wünschte ihr alles Gute und machte auf dem Absatz kehrt. Und auf diesem kurzen Weg zu dir überschwemmten mich all diese Erinnerungen und Sehnsüchte, vor allem im Hinblick auf meine Eltern. Ich meine: Wie sehr müssen sie sich sorgen? Schließlich haben sie auch nur einen einzigen Brief erhalten und seither nie wieder etwas von mir gehört. Wie schlimm muss so etwas für Eltern sein? Ich meine, ich habe mich einfach abgewandt!", brach es aus ihm heraus.

„Dann sag es ihnen, sag ihnen, was und wer du jetzt bist!", schlug Sayura vor. Sie war überrascht über sich selbst. Das Gefühl der aufkommenden Eifersucht kämpfte sie nieder, ging es hier schließlich um viel mehr als nur um das Wiedersehen seiner Exfreundin. Hier ging es um seine menschliche Vergangenheit, die ihn jetzt übermannt hatte. Sayura hatte gar kein Anrecht auf ein Gefühl der Eifersucht.

Umso überraschender war ihr nun ihr eigener Ratschlag erschienen, die Regeln waren ihr natürlich bekannt: Vampire sollten ihre Existenz geheim halten, aber für alles gab es Ausnahmen, und Natzuya machte es sowieso nichts aus, Gesetze zu beugen. Und war es in diesem Fall nicht eine gute Sache? Er hatte ihr den Kopf zugewandt und sie ungläubig angesehen.

„Ich soll zu ihnen gehen und sagen: ‚Hallo, Mom, Dad, Freunde! Ich bin jetzt ein Vampir, eine blutsaugende Leiche und werde ewig leben!'", spielte er das Szenario durch.

„Nein, nicht allen. Sag es deinen Eltern und deiner Freundin, wenn du dir sicher bist, ihnen vertrauen zu können! Du kannst sie alle noch eine Weile treffen, so schnell werden sie nicht alt, und irgendwann fängst du an, dich innerlich zu verabschieden und dann auch äußerlich. Und dann werden neue Freunde in dein Leben treten. Sieh mal, selbst das Menschenleben ist so ausgelegt. Man kann sich nicht aussuchen ob und wie lange welche Menschen einem erhalten bleiben, alles ändert sich ständig. Versuche, es nicht so dramatisch zu sehen! Niemand stellt dir ein Ultimatum, wie schnell du deine Freunde und Familie verabschieden musst, du hast noch so viel Zeit dafür; Menschenzeit, nicht die vampirische Ewigkeit. Du musst ihnen zunächst auch gar nicht erzählen, dass du ein Vampir bist. Du kannst ihnen erzählen, dass du tagsüber arbeiten müsstest. Wir denken uns schon etwas aus, sodass ein Treffen eben erst frühestens nach Sonnenuntergang möglich ist. Dann könnt ihr so vieles gemeinsam machen: ins Kino gehen, ins Theater, zu Hause zusammensitzen und Karten spielen, erzählen. Mit deiner Freundin, Exfreundin, kannst du die Discos und Bars unsicher machen. Außerdem, ganz ehrlich: Unternimmt man dies alles nicht auch als Mensch eher abends? Du musst es ihnen nicht erzählen. Es gibt genug Ausreden, warum ein Treffen erst nach Einbruch der Dunkelheit möglich ist. Gut, vielleicht ist es im Sommer etwas schwieriger, weil es ja dann erst später dunkel wird, aber mit der richtigen Notlüge ist es nicht unmöglich!" Sie redete sich in Fahrt. „Sie erkennen nicht, was du jetzt bist, wenn du es ihnen nicht sagst. Nimm Kontaktlinsen, um die Verfärbung deiner Augenfarbe zu tarnen, nur falls du unter deinen Freunden einen aufmerksamen Beobachter hast! Und wegen deiner Zähne lass den Mund eben geschlossen; und solltest du mit deiner Freundin intim werden …!"

„Hör auf, darum geht es mir nicht! Es geht mir mehr um meine Eltern! Sie fehlen mir. Ich war früher mindestens einmal in der Woche bei ihnen zum Abendessen. Diese Abende fehlen mir. Aber sie würden nicht verstehen …!" Er klang verzweifelt.

„Siehst du, wieder eine abendliche Aktivität! Du musst sie noch nicht aufgeben, Natzuya! Natürlich ist das lediglich eine

Theorie. Ich weiß nicht, in welcher Situation du dich wirklich befindest, und es lässt sich so leicht dahersagen, aber ich unterstütze dich gern bei der Umsetzung." Jetzt legte sie ihre Hand ganz bewusst auf seinen Arm und ließ sie dort liegen. Diese Geste sollte Trost und Unterstützung zum Ausdruck bringen.

Der Barkeeper brachte jetzt endlich Natzuyas neues Getränk. Sayura nutzte seine Anwesenheit, um sich ebenfalls einen weiteren Scotch zu bestellen. Den brauchte sie jetzt einfach.

„Klingt umsetzbar, was du eben alles erzählt hast. Ich kann einen langsamen Abschied nehmen, nicht jetzt und nicht sofort!", sagte Natzuya, es war jedoch eher eine Art Abschätzung seiner Möglichkeiten. „Danke, Sayura, du hast mir ein wenig Hoffnung gegeben!", sah er sie an, doch verfinsterte sich plötzlich sein Blick.

– 13 –

„Du wirst eines Tages auch nicht mehr da sein!", stellte er dann mit finsterer Miene fest. Sie saßen noch immer an der Bar.

Sayura nickte langsam. Erst nach einer ganzen Weile antwortete sie.

„Für mich wäre es die schlimmste Strafe, ein Vampir werden zu müssen. Ich kann dem Gedanken nichts abgewinnen, ewig zu leben, Blut zu trinken, Menschen zu töten und das Gras wachsen zu hören. Darum bewundere ich dich so sehr: Du trägst diese Last mit so viel Anmut und Würde und Kraft! Selbst wenn ich es unter dem zeitlichen Aspekt betrachte und der Gedanke mich traurig macht, weil ich alt werde und du ewig jung sein wirst, ich sterbe und du noch lange, lange nach mir auf der Welt sein wirst, so wäre meine Bitte an dich: Lass mich Mensch bleiben, so schwer ein Abschied auch ist! Ich bin mir sicher, dass wir uns irgendwann alle wiedersehen werden, egal, was wir dann sind oder an welchem Ort das sein wird!" Ihr theologischer Kurzvortrag enthielt all ihre Ansichten, einfach zusammengefasst.

„Ich werde wahrscheinlich auch einer von den Vampiren, die sich selbst umbringen, weil sie die Ewigkeit nicht mehr ertragen, und dann sehen wir uns wieder …!"

„Natzuya! Hör auf damit!", sagte sie erschrocken und etwas zu laut.

Einer der Barkeeper guckte zu ihr herüber, auch die Frau neben ihr wandte ihren Kopf kurz, um Sayura aus den Augenwinkeln zu beäugen.

„Du bist so charismatisch, majestätisch, stark und schön! Du bist ein wundervoller Vampir, denk doch nur, wie ich mich seit unserem Kennenlernen gewandelt habe, welche Macht du allein auf mich hattest! Sprich nicht von Selbstmord, Natzuya! Die Art und Weise, wie du ein Vampir wurdest, war schlimm, aber du sagtest einst, dass es dir gut gehe, besser als in manchen Phasen deines Menschseins. Wenn diese Bürde jemand tragen kann, dann bist du das!", erklärte sie dann etwas leiser, dafür sehr eindringlich und völlig überzeugt.

Er sah sie darauf lange und wortlos an.

„Stört es dich eigentlich nicht, dass die Leute neben uns denken, dass wir irre sind, weil wir scheinbar so ein dummes Zeug daherreden?", fragte Natzuya dann. Offenbar wechselte er das Thema.

Sayura schüttelte den Kopf. Es war ihr tatsächlich egal; sollten sie doch denken, was sie wollten. Dieses Gespräch mit Natzuya zu führen, war wichtig, zumal sie ohnehin die Zeit und den Raum vergaß, wenn sie mit ihm zusammen war.

„Das mit meiner Freundin …!", begann er zögernd.

„Lass gut sein, Natzuya, du hattest ein Leben vor diesem, das hatte ich vergessen", winkte jetzt Sayura ab und trank erneut einen großen Schluck aus ihrem Glas.

„Ich habe sie in einer Vorlesung kennengelernt, wir haben uns körperlich sofort verstanden und darauf eine Art Beziehung aufgebaut. Es war schön, aber nicht unbedingt meine Vorstellung von meinem Zusammensein mit einer Frau. Meine Eltern imponieren mir in dieser Hinsicht sehr. Langfristig wollte ich nicht mit ihr zusammenbleiben. Am Abend meiner Entführung war ich auf dem Weg zu ihr. Wir wollten ausgehen nach unserem üblichen Begrüßungssex. Tja, der Rest ist Geschichte. Ich habe mich aus ihrer Sicht einfach nicht mehr gemeldet, und irgendwann kam mein einfacher „Ich mach Schluss-Brief", erklärte er weiter und ignorierte ihren Widerstand. Dabei sollte sie dankbar sein: Sie war es doch gewesen, die so gern mehr über sein Leben als Mensch hatte in Erfahrung bringen wollen. Doch aus irgendeinem Grund gefiel Sayura nicht, was er sagte.

Sie schwiegen beide vor sich hin.

„Weißt du, was ich gerne tun würde?", fragte sie, um die Stille zwischen ihnen zu unterbrechen. Auch sie würde das Thema einfach so wechseln. Vermutlich war das ohnehin das Beste.

„Ja!", sagte er, er hatte es wieder in ihren Gedanken gelesen „Du würdest gern tanzen, ausgerechnet in diesem Sexschuppen!" Erneut klang er angewidert.

„Ja, es fehlt mir irgendwie. Hätte nie gedacht, dass ich das mal sagen würde. Mein ganzes altes Leben fehlt mir, es war zwar gefährlich, aber doch mein Leben. Das hier ist alles noch so fremd …!"

„… so menschlich!", vollendete er ihren Satz.

Sie nickte.

„So gefällst du mir besser!", stellte er dann fest.

„Als Mensch?"

„Ja, nicht als Jägerin oder als diese Stripperin, auch wenn du jede dieser Rollen perfekt beherrscht hast. Aber als das Mädchen, das du jetzt bist …!" Er sprach nicht weiter, er schien nach einer Formulierung zu suchen. „… wirkst du so weich, so zerbrechlich, und doch um einiges stärker, als du es als Jägerin je gewesen bist. Die Jungs werden sich um dich reißen, du gründest eine kleine Bilderbuchfamilie, und dein Leben wird schön sein!"

„Jungs haben sich noch nie um mich gerissen, ich hatte bisher auch keine Zeit dafür! Eine Bilderbuchfamilie? Hab mir noch nie Gedanken darum gemacht, zumal du das doch nicht wirklich glaubst. Denk an die OdV, sie werden uns ewig jagen!" Sie antwortete in einem schroffen Tonfall. Sie war verletzt; warum, wusste sie selbst nicht so genau. Sie fand seine Äußerung schlicht und einfach unangebracht. Sayura spürte die Wirkung des Scotchs, ihr war leicht schwindelig. Als Nächstes würde sie sich ein Wasser bestellen.

„Tja, und ich kann literweise Alkohol in mich hineinkippen, seine Wirkung spüre ich nicht mehr! Ich trinke zum Schein, der Erinnerung wegen!", erklärte Natzuya bitter. „Blut bringt mir das, was dir Alkohol bringt: einen Rausch, ein Hochgefühl und – ach, entschuldige, ich bedauere mich heute tatsächlich selbst. Ich weiß, dass du so etwas ganz sicher nicht hören willst!" Offenbar hatte er sich selbst reden gehört. Sayura war erleichtert: Sicher würde er jetzt zu seiner Stärke zurückfinden. Natürlich gestand sie ihm ein Tief zu. Niemand hatte mehr Recht darauf als er, aber sie wollte mit Natzuya doch einfach so unbeschwert zusammen sein wie die letzten Abende vorher auch. Oder machte sie sich schlicht etwas vor? Hatte sie ihre Realität einfach ausgeblendet? Recht schnell wurde sie dorthin zurückgeholt.

„Pass auf!", sagte er motiviert, trank sein Glas in einem Zug leer, setzte sich aufrecht hin und sah sie an. Er wirkte vital, zu allem bereit. „Du trinkst jetzt in aller Ruhe aus, und dann bringe ich dich nach Hause, ich muss heute auf die Jagd gehen!", erklärte er bestimmt.

Mit großen Augen sah sie ihn an. Das nackte Entsetzen stand ihr ins Gesicht geschrieben.

„Das mit uns war ein Fehler!" Sayura sprang von ihrem Sitz auf „Ich muss gehen!"

Sie fand sich schneller auf der Straße wieder, als es ihr selbst lieb war. Sie brauchte frische Luft. Sie hatte ihn einfach dort zurückgelassen. Eine andere Möglichkeit hatte sie nicht gesehen. Sein Gerede war das Letzte. Sie atmete tief ein und aus. Auf die Jagd gehen! Was sollte das heißen? Ein Mädchen aufreißen, sie verführen, ihr das Blut aussaugen und sie töten – und das nur, weil er eine Depression hatte? Verdammt. Sayura knirschte mit den Zähnen, sie kämpfte mit den Tränen. Sie konnte tolerieren, dass er Blut brauchte, um selbst am Leben zu bleiben, solange er kein Spiel daraus machte. Sie konnte es tolerieren, solange sie es nicht sah. Aber sie tolerierte es nicht, wenn er es stolz ankündigte, wenn er tötete, um sein Ego aufzubessern, und sie wollte sich nicht vorstellen, wie er ein Mädchen verführte. Es kam ihr erneut zu Bewusstsein, was er war, nämlich ein Vampir. Ganz so leicht, die Moral der Vampirjägerin abzustreifen, war es also nicht. Eben diese Vampirjägerin hatte sich in ihrem Inneren gerade ganz entschieden aufgerichtet und protestiert.

Zu allem Überfluss war Sayura auch noch wütend auf sich selbst: über ihre Unfähigkeit, Natzuya darauf anzusprechen, ihn zur Rede zu stellen, sich selbst zu erklären. Sie war wütend darüber, bei Konflikten immer nur weglaufen zu können. Das musste sehr respektlos wirken. Dabei wollte sie doch nur, dass sie heute einen schönen Abend zusammen hatten; und vielleicht hätte sie ihn auch geküsst. Aber das alles hatte sich in Rauch aufgelöst; sie konnte doch keinen Vampir küssen, der Mädchen aus Vergnügen verführte und anschließend kaltblütig tötete!

Sayura blieb stehen. War sie etwa eifersüchtig auf so eine groteske Vorstellung? In ihrem Kopf drehte es sich.

Entschlossen machte sie auf dem Absatz kehrt und ging zurück in das Hotel mit der langen Bar und den zauberhaften Barkeepern. Sie würde es ihm erklären, alles, auch ihre Eifersucht und all diese verwirrenden Gefühle, die sie einfach nicht klar denken ließen. Aber vor allem, dass sie es nicht ertrug, wenn er vollständig Vampir war und sie so behandelte, als sei sie wie er. Sie hoffte auf sein Verständnis und auf seine Rücksichtnahme.

Doch schon, als sie durch die Tür des Hotels schritt, fiel ihr Blick auf die zwei Barhocker, auf denen zuvor Natzuya und sie gesessen hatten. Längst waren sie durch ein anderes Paar besetzt.

Sie stand schließlich eine ganze Weile vor dem Hotel auf dem Gehweg und sah in den Sternenhimmel. Leute gingen an ihr vorbei, ein paar Mal wurde sie angerempelt. Aber das störte sie nicht.

Natzuya hatte keinen Grund gehabt zu warten, wieso hätte sie auch zurückkommen sollen? Jetzt war er sicher auf der Jagd, verführte ein Mädchen mit seinen fesselnden Blicken …! Sayura schüttelte den Kopf, um die Erinnerung an Natzuyas schöne Augen zu vergessen, sah zu Boden und trat dann ihren Heimweg an. Vielleicht hätte sie ihn einfach gehen lassen sollen, als er selbst dies zu Beginn ihres gemeinsamen Abends angekündigt hatte. Vielleicht hätte sie nicht um jeden Preis ihre Erwartung an ihn und diesen Abend durchsetzen sollen. Vielleicht musste Natzuya in dieser Phase einfach allein sein.

Sie bildete sich plötzlich ein, sein Aftershave in der Luft wahrnehmen zu können. Das war sicher der Alkohol, er hatte ihre Sinne benebelt. Natzuya hatte ungefähr die gleiche Wirkung auf sie. Sie lächelte vor sich hin. Ihr Ausbruch ihm gegenüber tat ihr plötzlich leid. Ob er sie anhören würde? Sie hatte plötzlich Angst davor, von ihm abgelehnt zu werden. Vielleicht würde er ihr nicht einmal mehr die Tür öffnen. Sie erwartete immer Akzeptanz und Toleranz für ihre Situation; aber konnte er das auch von ihr erwarten? Sayura zweifelte selbst daran. Soziales Miteinander hatte sie nie gelernt. Ein Gespräch war dennoch notwendig. Sie wollte nämlich gar nicht, dass er aus ihrem Leben verschwand. Vielleicht war es an der Zeit, sich dies einzugestehen?

„Wenn sich ein Mensch allein und unbeobachtet fühlt, ist es leichter für mich, seine Gedanken zu lesen!", sagte Natzuyas Stimme dicht hinter ihr.

Sayura war gerade dabei gewesen, ihre Wohnungstür aufzuschließen. Beinahe schon reflexartig fuhr sie herum, um mit der Faust den Angreifer abzuwehren. Aber Natzuyas Reflexe und Bewegungen waren schneller, sodass er ihre Faust gekonnt und ohne jede Anstrengung abfing.

„Gott, Natzuya, mach das nie wieder!", stöhnte sie erschrocken. Ihr Herz hatte vor Schreck beinahe aufgehört zu schlagen.

„Okay, und du lauf nicht wieder weg!", konterte er passend.

Das Licht im Hausflur ging aus. Sayura war blind, Natzuya nicht. Sayura tastet nach dem Lichtschalter. Das helle Licht tat ihr in den Augen weh. Sie drehte sich um und schloss schließlich die Tür auf. Ohne ein weiteres Wort ging sie zunächst ins Schlafzimmer, um ihre eleganten Sachen gegen einen einfachen Jogginganzug zu tauschen. Natzuya hatte es sich auf der Couch bequem gemacht. Das Glas Orangensaft stand einsam auf dem Tisch. Mittlerweile war dessen Inhalt sicherlich abgestanden, denn sie hatte es bereits vor seinem Kommen an diesem Abend auf den Tisch gestellt, in der Annahme sie würden auch heute wieder auf der Couch sitzen und einfach erzählen. Das war lange bevor er ihr seinen Seelenzustand offenbarte.

Sayura stand noch eine Weile unschlüssig vor ihrem Schlafzimmerspiegel. Sie starrte hinein, ohne sich zu sehen. Sie war in Gedanken versunken, wollte nicht zu ihm gehen, denn sie fürchtet sich vor dem, was jetzt kommen würde; was längst überfällig, aber nötig war.

„Entschuldige, dass ich dich versucht habe zu schlagen!", sagte sie, als sie sich schließlich neben ihn auf die Couch gesetzt hatte.

„Du warst erschrocken. Schlimmer wäre es, wenn du in so einer Situation gar nicht reagiert hättest! Gute Reflexe!", antwortete er. „Wieso sagst du mir nicht einfach, dass dich mein Gerede über das Jagen anwidert? Wieso sagst du nicht, was du für uns geplant hast, was du für Erwartungen an uns stellst?", fragte er gleich darauf, wartet jedoch nicht auf ihre Antwort, sondern sprach weiter: „Könnte ich deine Gedanken nicht lesen, wäre unser Miteinander unmöglich!"

„Kannst du nicht endlich damit aufhören, meine Gedanken zu lesen?", jammerte sie beinahe.

„Nicht, solang du nicht ehrlich zu mir bist!"

„Ich bin ehrlich zu dir!", rechtfertigte sie sich, ließ dann aber den Kopf hängen. „Zumindest, soweit ich es selbst für ungefährlich halte!"

„Bitte weiter!", bat er.

Sie seufzte. „Na schön, also ich mag dich unheimlich gerne und will jede Minute bei dir sein. Eigentlich störte es mich nicht, dass du ein Vampir bist. Aber heute, dein Tief, das vollkommen gerechtfertigt ist, hat es mir wieder ins Gedächtnis gerufen, was du bist. Und dann all das Gerede über dein vergangenes menschliches Leben, deine Eltern, aber wahrscheinlich eher über deine Freundin! Obwohl es mich brennend interessierte, bin ich aus allen Wolken gefallen; auch, weil du vorher mit mir geflirtet hast, mir sagtest, dass du mich mögen würdest; und da klang es gar nicht so, als hättest du eine Freundin. Es ist für mich problematisch, auch wenn mir klar ist, dass du einen Strich unter dein menschliches Leben gezogen hast. Dann deine Aussage über all die Jungs, die mir zu Füßen liegen würden, die fand ich schrecklich; aber wirklich schlimm finde ich immer noch deine Ankündigung der Jagd. Du sagst mir, einer ehemaligen Jägerin, die sich gerade an die Nähe eines Vampirs gewöhnt, du wollest losziehen und ein Mädchen verführen und töten, und das nur, um dein Ego aufzubauen. Das geht nicht. Außerdem hab ich mir den Abend mit dir anders vorgestellt. Ich wollte hier mit dir sitzen, Orangensaft trinken, erzählen und dich …!" Sie brach ab, holte Luft, um Mut zu finden, weiterzusprechen: „.. küssen …! Nicht zuletzt möchte ich mich dafür entschuldigen, dass ich weggelaufen bin und von dir immer sehr viel Toleranz fordere, aber selbst kaum biete. Ich verspreche, nicht mehr so egozentrisch zu sein", beendete sie seine eingeforderte Beichte.

„Und? War das jetzt so schwierig?", fragte er.

Sie nickte und musste anschließend lachen.

„Gut, also hör mir zu: Ich werde mit deinen Vorbehalten, so gut es geht, aufräumen. Zuerst einmal: Ich mag dich auch sehr, aber das hab ich dir bereits mehrmals gesagt und gezeigt. Ich habe mit dir geflirtet und es dich wissen lassen, weil dies meinen wahren Gefühlen entspricht. Diese Freundin, die ich habe bzw. hatte, gehört zu meinem vergangenen Leben und war eine Bettgeschichte. Bitte fühle dich nicht verglichen, aber die Gefühle, die ich für dich habe, sind so viel intensiver und aufrichtiger, als sie das bei Francesca je waren. Heute Abend habe ich mich generell nach dem Menschsein gesehnt – ausgelöst durch die Begegnung mit Francesca, die so schmerzlich war, nicht, weil ich an ihr hänge, weil ich ein paar Mal mit ihr geschlafen habe, sondern weil sie als eine lebendige Erinnerung aus meinem menschlichen Leben plötzlich vor mir stand. Ich muss mich an das Leben als Vampir immer noch gewöhnen, auch wenn ich dessen Vorteile durchaus erkenne und zu nutzen weiß. Aber es stimmt: Es war auch ein wenig taktlos von mir, dir von meiner Freundin zu erzählen, zumal ich ja wusste, wie es um deine Gefühle für mich steht. Ich bin nicht blind. Selbst wenn ich kein Gehör für deinen aufgeregten Herzschlag hätte, wenn ich in deiner Nähe bin, so verraten dich dein ganzes Verhalten, deine Nervosität, deine strahlenden Augen, deine ‚zufälligen' Berührungen. Aber gerade deswegen hätte ich sensibler mit dieser Thematik umgehen sollen. Jedoch war ich schlicht überfordert mit all diesen Gefühlen, darum vergib bitte auch du mir mein heutiges Verhalten! Das Gerede über die Jungs, die dir zu Füßen liegen, gefällt dir deswegen nicht, weil du willst, dass ich es bin, der dir zu Füßen liegt. Glaub mir, Sayura, das tue ich!

Nun zu der Sache mit der angekündigten Jagd: Du hast wieder recht; auch das war rücksichtslos. Ich weiß, wie du mit deinen Moralvorstellungen kämpfst, wenn es um mich geht. Ich kann trotzdem nicht mit dir darüber diskutieren, dass ich Blut zum Leben brauche, aber wir können gerne über das Wie diskutieren. Ich gehe nicht auf Jagd nach Mädchen und verführe sie auch nicht, bevor ich sie töte. Streiche endlich diese Klischees aus deinem Kopf. Ich töte bevorzugt Männer, Straßenpenner, aber ab und an brauche ich auch anderes, reines Blut, z. B. von gesunden Frauen, Männern oder alten Ladys. Überwiegend bediene ich mich dennoch der Blutkonserven aus dem Krankenhaus. Ich weiß, wie schwer das für dich ist, aber ich sterbe, wenn ich kein Blut trinke. Okay? Selbstverständlich nehme ich deine Entschuldigung an. Und bitte glaube mir: Nie im Leben würde ich dich gegen deinen Willen zu einem Vampir machen; aber bitte lass uns nicht jetzt schon an derartige Dinge denken! Die Vorstellung, dass du einst stirbst, egal, in welchem Alter, behagt mir nicht", schloss er seinen Erklärungsbericht ab, der so ehrlich war.

Sayura war ganz verlegen geworden.

„Wieso kannst du so offen über all das reden?", fragte sie völlig verblüfft.

„Weil ich einmal gestorben bin, Sayura, ich nichts klären, nichts aufräumen und mich nicht verabschieden konnte; und dieses Gefühl werde ich nicht vergessen. Aus diesem Grund spreche ich seither aus, was mich beschäftigt. Bei meinem heutigen Tief kannst du mir nicht helfen, ich muss da nun mal durch. Aber überraschenderweise konntest du mir neue Perspektiven aufzeigen. Danke noch einmal dafür!" Er sah sie an.

Sie lächelte verlegen zurück.

„Sei ab jetzt offener zu mir, zumal du deine Gedanken sowieso nicht im Griff hast!", zog er sie auf. Sayura nickte.

„Also für den Fall, dass es nicht richtig bei dir angekommen ist, Sayura: Ich liebe dich!"

– 14 –

Als das Spotlight ausgegangen war und sie von der Bühne abging, sammelte sie schnell ihre Sachen, die sie im Verlauf ihrer Stripshow ausgezogen hatte, ein. In der Garderobe kuschelte sie sich in ihren flauschigen, weißen Bademantel.

Sayura hatte wieder begonnen, als Stripperin zu arbeiten. Als sie bei Jeffrey angefragt hatte, ob sie wieder im „Naked" einsteigen dürfe, hatte er sie eine Woche über seine Entscheidung im Unklaren gelassen, sie aber dann schließlich angerufen und gesagt: „Ja, in Ordnung. Komm wieder, aber noch so 'n Ausrutscher, und du brauchst dich nie wieder blicken zu lassen. Es geht einfach nicht, dass du dich so lange nicht meldest!"

Kitty saß neben ihr und wartete ungeduldig auf den Beginn ihres eigenen Auftritts. Sie selbst war einige Tage krank gewesen, und nach einer derartigen Arbeitspause war sie trotz ihrer Erfahrung und ihres Könnens immer aufgeregt, wenn es um den ersten Auftritt ging.

„Du siehst schlecht aus, Süße, willst du nicht lieber nach Hause gehen?", fragte sie Sayura nun besorgt.

Sayura saß an ihrem Spiegeltisch und sah Kitty aus dem Spiegel heraus an.

„Nein, nein, alles okay. Außerdem muss ich gleich noch mal raus auf die Bühne!"

„Gut, aber wenn du reden willst, bin ich für dich da!", sagte Kitty besorgt, klopfte Sayura auf die Schulter und verließ den Raum. Sie kannte ihre Kollegin mittlerweile so gut, dass sie wusste, wann Sayura mit ihrer Fassung rang, wann sie versuchte, Tränen zu unterdrücken. Das war in ihrer langjährigen Bekanntschaft nur einmal vorgekommen. Der Grund war ihr entfallen aber sie wusste, dass Sayura in diesen Fällen lieber unbeobachtet war. Über derartige Themen oder Gefühlslagen hatten sie nie gesprochen und auch wenn sie wunderbar nonverbal kommunizieren konnten, so wünschte sich Kitty doch mehr Zugang zu Sayura. Kitty offenbarte ihr vieles von sich selbst, aber Sayura blieb verschlossen, immer etwas distanziert. Über eine freundschaftliche Berufsbekanntschaft ging es eigentlich nie hinaus.

Sayura sah sich nun selbst im Spiegelbild an. Sie sah wirklich schlecht aus, sie hatte tiefe Augenränder, dünnes Haar, matte Haut, einen verhärteten, aber doch unsicheren Gesichtsausdruck, und sie war deutlich abgemagert. All das konnte man zwar mit Schminke abdecken, aber ein Blick in ihre Augen verriet, wie schlecht es ihr ging. Sie sah krank aus. Essen konnte sie seit Wochen nicht richtig, sie heulte ständig und vermisste Natzuya; dabei völlig grundlos, wie sie selbst der Meinung war.

Nach seinem Liebesgeständnis war er gegen Morgengrauen gegangen, hatte ihr einen kleinen Kuss auf die Wange gegeben und war seither nicht mehr wiedergekommen. Das war nun knapp drei Wochen her. Wo war er nur? Warum kam er nicht mehr wieder? Wieso öffnete er nicht die Tür, schließlich waren sie Nachbarn? War etwas mit ihm passiert? Sollte sie ihn suchen? Wo?

Selbstzweifel machten sich in Sayura breit, ergriffen von ihr Besitz. Meldete er sich nicht mehr, weil sie nach seinem Geständnis nicht auch gesagt hatte, dass sie ihn liebte?

Einmal war sie losgezogen und hatte die ihr bekannten Umschlagplätze der Vampire aufgesucht, konnte ihn aber nirgends ausfindig machen. Auch sonst konnte sie keine Vampire ausfindig machen. Das war Sayura merkwürdig vorgekommen, insgeheim jedoch mehr als recht, denn sie wusste nicht, wie die Vampire auf sie reagiert hätten – auf sie, die konvertierte Jägerin, die trotzdem aus einem Sicherheitsbedürfnis heraus eine Waffe bei sich trug. Trotzdem hätte sie gern nach Natzuya gefragt. Wenn doch nur Lena noch am Leben wäre! Vielleicht hätte Sayura zu ihr einen einigermaßen sicheren Kontakt herstellen können.

Natzuya sollte mehr Stärke besitzen, als eine Ablehnung mit einem Rückzug zu begründen. Wenigsten einen Hinweis hätte er ihr geben können. Einst hatte sie gehört, dass Männer dafür bekannt seien, sich plötzlich nicht mehr zu melden. Was an diesem Gerücht dran war, vermochte sich nicht zu beurteilen, es schien auf Natzuya zumindest zuzutreffen.

Dann fand sie ihr Verhalten wiederum sehr lächerlich. Der Versuch, Natzuya zu finden, war das eine, aber wie wäre es weitergegangen, wenn sie ihn gefunden hätte? Sie wäre sich ja doch dumm vorgekommen, wenn sie gefragt hätte: „Wo warst du? Warum hast du dich nicht mehr gemeldet?" Vielleicht sollte sie seine Entscheidung auch einfach respektieren, egal, wie er sie nun umsetzte, war er doch schließlich ein eigenständig entscheidendes Lebewesen. Der Schmerz darüber würde sicher vergehen; auch das Gefühl, ihn zu vermissen, würde nachlassen.

Gegen 4:45 Uhr morgens war sie zu Hause, legte sich erschöpft ins Bett und schlief durch bis zum Abend. Alle ihre vergangenen Abende liefen in gleicher Art und Weise ab: arbeiten, schlafen und wieder arbeiten gehen. Die Zeit dazwischen verbrachte sie mit Nachdenken, Selbstzweifeln und der Frage danach, ob ihm nicht vielleicht doch etwas passiert sei. So kreisten ihre Gedanken unaufhörlich um Natzuya. Sie träumte auch noch von ihm und sah sein Gesicht vor sich. Er schien etwas zu rufen, aber sie verstand es nicht.

Als am Abend der Wecker klingelte, stand sie müde und lustlos auf. Sie duschte, rasierte Beine, Intim- und Achselbereich, cremte sich ein und föhnte ihr Haar. Vor dem Spiegel kreisten die Gedanken wieder um Natzuya. Sayura fragte sich, warum sie ihm eigentlich nicht gesagt hatte, dass sie ihn auch liebte. Und sie fragte sich, ob es etwas geändert hätte.

Als er ihr diesen mächtigen Satz gesagt hatte, hatten sich beide angesehen. Natzuya in seiner ruhigen Ausstrahlung wirkte völlig selbstsicher. Sayura hatte ihn überrascht, geschmeichelt und entsetzlich verlegen angesehen. Sie war überfordert – mal wieder. Er hatte sie in die Arme genommen, ihr einen Kuss auf ihren Kopf gegeben, und so blieben sie schließlich liegen. Offenbar hatte er keine Antwort erwartet. In Sayura hingegen war ein Sturm losgebrochen; ein Sturm der Gefühle, die sich überhaupt nicht ordnen ließen; die sie nicht einmal hätte in Worte fassen können. Ob Natzuya dieses Chaos in ihr mit seinen übernatürlichen Fähigkeiten mitbekommen hatte? Warum hatte er nichts gesagt, nicht geholfen, Sayuras Gefühle zu ordnen?

Sayura war irgendwann zu der Ansicht gekommen, dass es nicht seine Aufgabe war, ihre Gefühle auszusprechen. Sie selbst musste erkennen, was sie fühlte, was sie wollte. Was nützte ein erzwungenes Liebesgeständnis? Darüber war sie schließlich in seinen Armen eingeschlafen und hatte sich dabei so unendlich sicher und geborgen gefühlt. Sie fühlte sich bei ihm zu Hause.

Jetzt erst war ihr klar, was sie für ihn empfand. Es war so offensichtlich. Wieso hatte sie so lange gebraucht, dies zu erkennen? Nein, wieso hatte sie so lange gebraucht, es sich selber einzugestehen? Und was nutzte ihr diese Erkenntnis jetzt noch?

Als sie aus der Wohnung trat, fiel ihr Blick sehnsüchtig auf die verschlossene Tür zur Nachbartür. „Bitte öffne dich!", flehte sie diese starre und unerbittliche Tür stumm an. Nichts tat sich.

Sie eilte durchs Treppenhaus auf die Straße. Flüchtig sah sie noch schnell in den Briefkasten und war umso erstaunter, als sie tatsächlich einen Brief darin vorfand. Sie kannte niemanden, der ihr hätte schreiben können, und selbst wenn es so eine Person gegeben hätte, wüsste diese sicher nicht ihre neue Adresse. Sayura hatte es auch versäumt, sich auf dem Amt umzumelden.

Als sie den weißen absenderlosen Brief der OdV schließlich erkannte, gefror ihr das Blut in den Adern. Wie hatten sie Sayura ausfindig machen können?

Mit einer bösen Vorahnung riss sie den Brief schließlich auf. Der Umschlag fiel leise raschelnd zu Boden. Sayura hielt einen DIN-A5-großen Zettel in den zittrigen Händen und las gleich mehrmals die darauf handschriftlich vermerkten Wörter:

Wenn du deinen Vampir retten willst, komm zum Parkplatz an der Monroe Street, Ecke Mallows! Sofort. Ich stelle Dir ein Ultimatum, Jägerin. Moe.

Sayura sah sich um, sie fühlte sich plötzlich beobachtet. Moe musste sie observiert haben, denn wie konnte er sonst wissen, um welche Uhrzeit sie die Wohnung verlassen würde? Wie sonst sowohl Zeit- und Treffpunkt bestimmen?

Aber in Sayura geschah noch mehr. Trotz der Angst durchzog sie eine Welle der Erleichterung, denn das Rätsel um Natzuyas Verschwinden war aufgeklärt. Sie musste nicht lange überlegen. Sie würde Natzuya retten, ihn aus den Fängen Moes befreien und diesem gehörig den Arsch aufreißen. Sie machte auf dem Ansatz kehrt und eilte zurück in ihre Wohnung.

Das „Naked" und Stans Androhung der fristlosen Kündigung bei nochmaligem unentschuldigtem Fehlen waren vergessen. Es gab nichts Wichtigeres auf der Welt als Natzuya; Natzuya, den Mann, den sie liebte.

Sayura musste nicht überlegen, wie sie zu diesem Treffen erscheinen sollte, denn immerhin bestand auch die Möglichkeit, dass es eine Falle war. Der Organisation und vor allem Moe traute sie alles zu. Sie beschloss also, ihre komplette Montur anzulegen, die sie früher als Jägerin getragen hatte.

Als sie die Lederkluft das erste Mal seit Langem wieder auf ihrem Körper fühlte und ihre Waffen anlegte, fühlte sie sich plötzlich sehr wohl. Auch das Anlegen ihrer Kleidung ging schneller, als sie in Erinnerung hatte. Ihr Körper und ihre Jägeruniform hatten ganz offensichtlich einander vermisst. Ihre Waffen waren angenehm schwer.

Dann rannte sie los, schnell und ausdauernd über Kreuzungen, an Autos, an verwundert dreinschauenden Passanten vorbei, an Häuserblocks vorüber zu jenem Parkplatz, den Moe als Austragungsort ausgewählt hatte. Das Gesetz der Unsichtbarkeit war ihr egal, sollten die Menschen sie doch sehen und Fragen stellen. Der Parkplatz lag etwas weiter entfernt, war dafür aber versteckt hinter einem leeren, maroden Gebäude. Der verblichene Schriftzug über dem Eingangsbereich ließ darauf schließen, dass hier einst ein kleiner Supermarkt seinen Sitz hatte.

Schon von Weitem konnte Sayura einen schwarzen Lieferwagen erkennen, denn er war der einzige Wagen auf diesem Parkplatz. Es war jener Entführungswagen, den Sayura nie wieder vergessen würde, jener Wagen, der manchmal noch immer übergroß und unheimlich in ihren Träumen neben ihr anhielt.

Sayura verlangsamte ihr Tempo. Sie wollte die Umgebung in sich aufnehmen, scannte mit dem Blick alle vor ihr liegenden Ecken und Winkel ab, warf gelegentlich einen Blick zu Seite, um den Van dann erneut zu fokussieren.

Sie versuchte, nicht daran zu denken, was Moe Natzuya eventuell angetan haben könnte oder was er gar von ihr wollte. Sie verdrängte auch den immer wiederkehrenden Gedanken an ihre mangelnden Kampffähigkeiten. Hatte sie nach all der Zeit der Abstinenz noch genügend Kraft, ihre Waffen zu führen? Noch genug Schnelligkeit, Reflexe und Ausdauer, um gegen einen oder mehrere Vampire zu kämpfen?

Ungefähr zehn Meter vor dem Wagen blieb sie stehen und wartete. Die Zeit tropfte zäh dahin.

Sie hielt diesen Sicherheitsabstand unbedingt für nötig.

Quietschend ging schließlich die Seitentür des Vans auf. Moe stieg langsam und kontrolliert aus dem Wagen. Er verschloss die Tür hinter sich.

„Schön, dass du erschienen bist. Leg doch als Erstes die Waffen ab!", forderte er in einem reservierten Befehlston.

„Was willst du, und wo ist Natzuya!?", pöbelte Sayura ihn sogleich an, ohne auf seine Aufforderung einzugehen.

Moe stützte sich mit der Hand auf der Motorhaube des Wagens ab und lächelte.

„Hier drin! Noch lebt er, und über sein Weiterleben entscheidest du!"

„Was meinst du damit?" Sayuras Herz tat einen Sprung, teils aus Angst um Natzuya, teils aus dem Wissen resultierend, dass sie ihm so nahe war.

Wie hatte sie Natzuya nur Desinteresse an ihr vorwerfen können? Sie hätte ihm nicht misstrauen dürfen. Hätte ihn wirklich besser kennen müssen.

„Wir möchten, dass du uns alle Aufenthaltsorte der Vampire verrätst, die dir bekannt sind!"

Sayura wusste, dass sie in einer ungünstigen Lage war, um zu scherzen, aber sie tat es dennoch.

„Was denn, hast du versagt, Vampir? Sind die anderen Vampire gewarnt und haben sich versteckt? Ist eure Masche, euch zu Vampiren zu wandeln, gescheitert?" fragte sie ironisch.

Moe reagierte nicht weiter darauf.

„Ich erspare mir das, was du dir jahrelang in gefährlichen Kämpfen erarbeiten musstest. Außerdem: Du als ehemalige Jägerin könntest uns helfen, uns, den Vampirjägern, zu denen noch immer auch du zählst!"

„Was sind das für neue Töne, Moe? Hieß es nicht neulich noch, du würdest mich töten, wenn ich mich mit einem Vampir verbündete und nicht nach Ablauf der 14 Tage die Stadt verlassen hätte? Waren das nicht deine Worte, Moe? Jetzt soll ich euch alles verraten und damit einem Jäger helfen? Anschließend tötest du mich doch trotzdem und Natzuya vermutlich auch, wenn er nicht schon lange tot ist. Weder deinem Wort, dass Natzuya da wirklich drinnen ist, noch der Organisation ganz allgemein glaube ich." Dabei hatte sie mit einer Kopfbewegung in Richtung des Vans gedeutet.

„Ihr habt mich lange genug für dumm verkauft. Finde doch einfach selbst zu den Wurzeln der Jägerschaft zurück und erkämpfe dir das, was du willst, schlicht selber! Das macht die Arbeit und den Stolz eines Jägers aus, nicht euer Diebstahl! Außerdem lebst du doch jetzt ewig, Vampir! Hast also genug Zeit für alles."

Man merkte Moe die Verblüffung an. Sayura war nicht leicht in eine Opferrolle zu pressen.

„Wir versprechen dir, dich als vogelfrei zu erklären, wenn du uns an deinem bisherigen Wissen teilhaben lässt. Ja, du hast recht: Die Vampire verstecken sich, Natzuya hat sie gewarnt." Moe war merkwürdig ehrlich.

Vogelfrei? Bedeutete das nicht, dass sie trotzdem getötet werden konnte? Ein Leben in Sicherheit und Freiheit meinte er sicher nicht damit, zumal sie so etwas in der Geschichte der Jägerschaft noch nie vernommen hatte, geschweige denn jemals ein Gesetz dazu erlassen wurde. Verrat war Verrat, in dieser Hinsicht war die Organisation der Vampirjäger recht geradlinig.

„Das mit Natzuya kann ich beweisen!", unterbrach Moe Sayuras Gedankengänge, ohne weiter darauf einzugehen. Ihre Gedanken hatte er gelesen und sichtlich genossen, über diese Fähigkeit zu verfügen. Sie hasste ihn dafür. Dieses Privileg würde bis in alle Zeit einzig Natzuya genießen dürfen, aber nicht diese Kreatur, die da vor ihr stand.

Moe schlug mit der Handfläche zwei Mal auf die Motorhaube des schwarzen Wagens. Die Seitentür des Lieferwagens öffnete sich neuerlich in quietschend-bekannter Weise. Heraus sprangen zwei Männer mit Skimasken, die Natzuya festhielten. Es war weniger ein Halten als eher ein Schleifen.

Natzuya war in miserablem Zustand. Er schien bewusstlos, da er zwischen den beiden Männern hing wie ein nasser Sack. Seine Füße schleiften auf dem Boden, sein Kopf war nach vorne auf seine Brust gefallen. Die Kleidung, die er am Leib trug, war zerrissen und blutverschmiert. Sie hatten ihn sicher gefoltert, seine Wunden waren aufgrund seiner Selbstheilungskräfte verheilt. Das war ein gutes Zeichen und bedeutete: Er hatte noch Kraft in sich.

Sayura überlegte, wie viele Vampire oder Menschen möglicherweise noch im Lieferwagen waren und sich verborgen hielten. Sie hatte es früher, in ihrer aktiven Zeit als Jägerin, des Öfteren mit mehreren Vampiren gleichzeitig aufgenommen. Allerdings hatten diese hier die gleichen Kampftechniken erlernt wie sie selbst. Schließlich waren sie alle von derselben Organisation ausgebildet worden. Hinzu kam, dass Sayura lange nicht mehr gekämpft hatte.

„Natzuyas Leben hängt am seidenen Faden, wir haben ihm seit zwei Tagen kein Blut mehr gegeben, und du weißt, was das bedeutet. Er ist bereits sehr schwach!", sagte jetzt wieder Moe.

Ja, das wusste Sayura. Es bedeutete, das Natzuya sterben würde.

„Also mal angenommen, ich verriete euch die alten Verstecke bzw. Umschlagplätze der Vampire, dann nützt euch das doch auch nichts, wenn sie sich jetzt neue gesucht haben. Außerdem glaube ich nicht, dass dies wirklich alles ist. Ich sage euch, was ihr wissen wollt, und ihr lasst Natzuya und mich gehen? Seit wann macht ihr es einem so einfach?", äußerte Sayura all ihre Zweifel und versuchte, ihre Ängste um Natzuya zu unterdrücken. Sie musste ihn, seine Verletzungen, seine mutmaßliche Geschichte des Leids der letzten Wochen ausblenden. All diese Gedanken und ihre Emotionen würden Stress auslösen, und ihr Körper würde ihr nicht mehr gehorchen, ihr Hirn würde nicht mehr einwandfrei arbeiten. Sie war geübt im Stressmanagement.

„Zunächst reicht uns das! Es ist ein Beweis deiner Loyalität!"

„Was heißt ‚zunächst'?"

„Nun, du sollst uns als Informantin dienen, uns dein bisheriges Wissen zugänglich machen und uns alles verraten, was Natzuya dir zukünftig über die Vampire mitteilt. Und du solltest Natzuya überzeugen, seine Leute zu unterwandern. Vielleicht nimmt er dich, als seine Geliebte, auch mit zu den Vampiren, und ihr könnt uns davon berichten. Schließlich stammt er ebenfalls aus einer alten Linie von Jägern ab. Wir führen euch beide eurer Bestimmung wieder zu und sind bereit, euch euren Verrat zu vergeben. Ihr seid zu qualifiziert, um einfach zu sterben, habt uns zu viel Zeit und Geld gekostet. Euer Status nennt sich vogelfrei, weil ihr keine konkretere Aufgabe habt als die Spionage. Ihr bewegt euch zwischen den Welten", erklärte Moe erstmals ausführlich.

„Ich arbeite weder für die Organisation noch für die Vampire. Ich möchte einfach nur mein eigenes Leben als Mensch führen!", erklärte Sayura ihrerseits.

„Mit einem Vampir an deiner Seite?", fragt Moe sarkastisch. „Du kannst kein normales Leben haben, du steckst mitten in einem Krieg zwischen uns und den Vampiren …!", fuhr er fort.

„Ja, und mir erscheinen die echten Vampire als ehrlicher!", blaffte Sayura dazwischen und war beinah selbst erschrocken über ihre Aussage.

„Ist das deine Antwort?", fragte jetzt Moe. „Du entscheidest dich für die Seite der Vampire? Dir ist hoffentlich klar, dass wir dir in diesem Fall keine Freiheit einräumen können und auch Natzuya töten müssen!"

„Warte, hier geht es um eine Entscheidung?" Sayura war irritiert.

„Natürlich. Ich sagte ja eben schon, dass es ein Krieg ist. Zum Töten bist du der Organisation wohl zu schade, auch wenn ich das anders sehe, aber deine Liaison zu Natzuya hat zwangsläufig sicher zur Folge, dass du auch einmal für sie kämpfen wirst, und das ist das Letzte, was wir wollen, zumal Natzuya zäh ist. Wenn ihn jemand beeinflussen kann, dann bist du das. Wir können den Kontakt zu seiner Welt gut gebrauchen!"

„Ihr wollt mich tatsächlich zurück als Jägerin?"

„So ist es. Und wir räumen dir das Privileg ein, eine Affäre zu Natzuya zu haben, wenn er ebenfalls ein Jäger wird!"

„Ihr verratet alle eure Glaubensgrundsätze! Ach nein, das ist ja nicht mehr möglich, das habt ihr schon getan, als ihr euch selbst zu Vampiren machtet!" Sayura konnte sich diesen Kommentar einfach nicht verkneifen. Sie war entsetzt.

Plötzlich zog Moe eine Waffe und richtete sie auf Sayura.

„Also entscheide dich: wir oder die Vampire!" Er hatte keine Lust mehr, noch länger zu diskutieren und sich diese dummen Kommentare dieses Weibsbildes anzuhören. Die Entscheidung der Organisation vermochte er ohnehin nicht nachzuvollziehen. Diese beiden widerten ihn an: Natzuya, der sich trotz Schmerz und Folter nicht überzeugen ließ, sein Erbe als Jäger anzutreten, der auch Erpressung durchschaute – und diese Sayura, die ohnehin viel zu stur war. Moe hätte diese Frau immer noch sehr gerne getötet. Er hasste sie.

Sayura sagte nichts, sie war zu überrascht von der unvorhergesehenen Wandlung der Situation. Sie konnte nicht überlegen, was sie tun sollte, dabei hätte sie sicher auch lügen können, um Natzuya und sich zu schützen. Aber als sie den Mund öffnete, war sie wie Moe gleichermaßen überrascht, als sie sagte: „Dann die Vampire!"

– 15 –

Sayura wusste nicht, ob sie tot oder lebendig war. Alles, was sie gegenwärtig fühlte, war Schmerz. Aber immerhin hatte Moe sie nicht erschossen, auch wenn es zunächst so ausgesehen hatte.

Er war mit der Waffe schneller, als sie wahrnehmen konnte, auf sie zugekommen und hatte sie schließlich an Sayuras Stirn gedrückt. Die Mündung der Waffe fühlte sich kalt an, bissig.

„Du blöde Schlampe!", hatte er sie dann laut und wütend angeschrien.

Sayura wusste, dass sie ihres und auch Natzuyas Leben mit ihrer Antwort verwirkt hatte. Sie wusste, dass sie keinerlei Chance hatte, irgendwie aus dieser Situation zu entkommen. Sie konnte nur hoffen, dass der Tod schmerzfrei und schnell kam.

Doch Moe schoss nicht. Wie schon einmal schlug er sie nieder. Sayura machte sich diesmal nicht die Mühe, sich aufzurichten. Das war sicher noch nicht alles, was er durch körperliche Stärke an Aggression an ihr auslassen würde. Moe enttäuschte ihre Erwartung nicht. Er trat nach ihr. Sayura krümmte sich vor Schmerzen, als sein Fuß sich tief in ihrer Magenkuhle versenkt hatte. Aus ihrem Mund kam ein jammerndes, stöhnendes und wimmerndes Geräusch. Tränen schossen ihr in die Augen, und sie heulte hustend. Sie versuchte zu atmen, aber es tat weh. Doch zu keiner Sekunde dachte sie daran, eine ihrer Waffen zu ziehen. Sollte er sie töten, nicht aber Natzuya. Sie fürchtete, wenn sie eine Waffe zöge, wäre auch der letzte Rest Hoffnung verloren, zumal das Ziehen einer Waffe sowieso zwecklos gewesen wäre. Vor Schmerzen konnte sie kaum noch atmen, Moe wäre in jedem Fall schneller, selbst wenn er kein Vampir wäre. Er hatte keine Schmerzen, lag nicht am Boden, war nicht voller Angst und Sorge. Wie und warum also eine Waffe ziehen? Dies würde sicher nur ein weiterer Reiz für Moe sein, sie tot zu prügeln.

Vermutlich durch ihre Stimme, diesen Schmerzensschrei, war Natzuya zu sich gekommen. Seine Sinne waren betäubt, aber er roch, spürte und hörte Sayura. Er wollte sich von den beiden Männern losreißen. Da er kaum noch Blut in sich hatte, schwanden seine Kräfte schlagartig, und er sackte erneut in sich zusammen. Lediglich ein fauchendes Geräusch als letzter Protest entrang sich seiner Kehle. Trotz seiner Schwäche bedeutete es für die Männer in den Skimasken, die ebenfalls Vampire waren, eine enorme Mühe, Natzuya festzuhalten. Sie zerrten ihn unter einer nicht zu übersehenden Anstrengung zurück in den Wagen. Erneut fauchte er sie mit gefletschten Zähnen an.

Moe riss Sayura derweil an den Schultern zu sich hoch.

„Wie blöde bist du? Hier geht es nicht nur um dein Leben, es geht auch um seines. Wie wenig bedeutet er dir, dass du es verwirkst!", schrie er sie an.

Sayura heulte vor Schmerzen.

„Deines interessiert mich nicht, zugegeben, aber seines! Und ihn kriege ich nur durch dich!", zischte Moe. Er hatte sie nah zu sich herangezogen. Ihre Körper berührten sich, ihre Gesichter waren sich viel zu nahe.

„Ich dachte, du würdest alles für ihn tun!"

„Tue ich, aber ich tue nichts für euch, und er empfindet das genauso! Er und ich sind eins!", antwortete Sayura, vor Schmerzen nuschelnd.

„Alles", fauchte Moe, „wäre, zur Organisation zurückzukommen und nicht noch die Seiten zu wechseln!"

„Ich wollte gar nichts von beidem. Du hast mich dazu gezwungen, indem du Natzuyas Leben riskierst!", konterte Sayura leise.

„Mach, was wir dir sagen!", zischte Moe und schlug Sayura ein letztes Mal ins Gesicht, bevor er sie zu Boden fallen ließ. Er ging zurück zum Auto.

„Lasst ihn frei, der ist sowieso hin!", rief er den Männern im Wagen zu.

„Was? Töten wir …!", versuchte einer der Männer aufzubegehren.

„Tu, was ich dir sage! Er hat keine Kraft mehr, Beute zu machen, und sie wird niemanden auftreiben, ihm zu helfen. Dazu ist sie zu sehr Jägerin, sie würde keine Menschen opfern! Soll sie ihm doch ihr Blut geben, sind wir die wenigstens los! Lasst uns abhauen, hier müssen wir uns nicht die Hände schmutzig machen! Einer von den beiden verreckt sowieso, den anderen holen wir uns später. Betrachtet es als Übung, nehmt einfach an, wir jagten einen Flüchtigen", hörte Sayura Moe zu seinen Leuten sagen. Als Moe sie fallen ließ, hatte sie sich das Steißbein geprellt, aber angesichts des hohen Adrenalinspiegels würde sie das erst später registrieren. Sayura richtete sich auf, um die Geschehnisse zu beobachten. Sie konnte es nicht fassen, dass Moe sie und Natzuya gehen ließ. Offenbar hatte er Natzuya wirklich gern, wie er es einmal gesagt hatte. Offenbar hatte er so etwas wie ein Herz, dessen Gefühle in seltenen Momenten einen Weg durch all die Dunkelheit seines vampirischen Wesens fanden. Er wirkte einen kurzen Moment lang eher zerrissen.

Die Männer in den Skimasken warfen Natzuya aus dem Wagen. Als er wie ein nasser Sack auf dem Asphalt aufschlug, fauchte er wieder, blieb aber schwach und regungslos liegen. Moe setzte sich hinters Steuer, warf einen letzten Blick auf Sayura und startete den Wagen.

Hatte er ihr zu verstehen gegeben, was sie tun sollte, um Natzuyas Leben zu retten? Oder bildete sich Sayura das nur ein? Hatte er doch auch seinen Kollegen einen Wink gegeben, was zu tun oder nicht zu tun war, hatte ihnen einen Befehl gegeben! Sayura kannte eine derartige Hierarchie innerhalb der Organisation nicht, sie selbst hatte nie einem Vorgesetzten unterstanden. Offenbar änderte die Organisation grundlegend ihre Ansätze, Regeln und verfolgte effektive und effiziente Ziele. Sayura sah zu, wie der schwarze Wagen in der Nacht verschwand.

„Sayura …!", stöhnte plötzlich Natzuya.

So schnell sie konnte, kroch sie auf allen Vieren zu ihm. Ihr Körper, ihr Gesicht schmerzten höllisch. „Wie geht es … dir?", flüsterte er sorgenvoll.

„Mir geht es gut, keine Sorgen. Oh, Natzuya, was soll ich tun? Wie dir helfen?", jammerte sie. Jetzt konnte sie die Angst um Natzuya endlich zulassen. Sie wusste, wie schlecht es um ihn stand.

„Nichts, bleib nur bei mir, wenn ich sterbe …", antwortete er abgekämpft.

„Nein, nein, nicht sterben, Natzuya, ich brauche dich. Kämpfe! Ich will dir doch noch so viel sagen!" Jetzt weinte sie um Natzuya; aus Angst davor, dass er sterben würde.

„Ich brauche Blut, Sayura … Aber Moe hat recht, ich … hab keine Kraft mehr, um zu jagen …!", stöhnte er.

Sayura schluchzte.

Natzuya streckte seine Hand nach ihr aus. Sie ergriff sie und drückte sie fest. „Schon gut, Sayura!" Er hielt die Augen geschlossen.

„Dann nimm meines, Natzuya!", sagte sie entschlossen, wenn auch unter heftigem Schluchzen.

„Du weißt ja, nicht mehr, was du sagst!" Er lächelte schwach und sah sie nun an.

„Doch, weiß ich. Tu es, Natzuya, bitte! Bleib bei mir!"

„Es tut nur ein bisschen weh, du wirst bewusstlos werden …!", versuchte er ihr mit letzter Kraft den Vorgang zu erklären.

„Das weiß ich doch, du hast mich schon einmal gebissen, weißt du noch?", erklärte sie ihm fast schon liebevoll.

„Stimmt … Ich kann nicht … richtig denken." Sein Flüstern wurde immer leiser.

„Natzuya!", flüsterte sie weinend zurück und beugte sich schließlich über ihn.

Sie stützte sich mit den Händen neben seinem Kopf ab und beugte sich nah zu ihm herunter. Sie überstreckte ihren Hals und bot ihn ihm dar. Es war eine unnatürliche und unbequeme Haltung.

„Trink, Natzuya!", forderte sie ihn panisch auf, da er sich nicht rührte.

Natzuya sammelte innerlich Kraft. Langsam hob er den linken Arm, umfasste ihre Schultern und zog sie noch näher zu sich. Anschließend schob er jene Hand in ihren Nacken und bewegte ihren Kopf mit leichten Bewegungen in die ideale Position für seinen Biss. Ihr Körper auf seinem fühlte sich seltsam intim an, auch wenn sie sich darüber, ausgerechnet jetzt, keine Gedanken machen sollte.

Natzuya hatte einmal gesagt, dass er bestimmen würde, wann er sie küssen würde; und auf eine merkwürdige Weise hielt er dieses Versprechen. Natzuya würde Sayura einen vampirischen Kuss geben. Er selbst konnte kaum noch denken.

Sayura spürte, wie er sich erneut langsam regte. Er zog sie endgültig zu sich heran. Sie spürte seine Lippen auf ihrem Hals, sie bekam Gänsehaut. Jedoch schon als Nächstes wurde dieses Gefühl von einem neuerlichen Schmerz überschattet: Natzuya schlug seine Reißzähne durch die dünne Haut ihres Halses direkt in die Vene. Er bewegte seinen Kopf leicht hin und her, so vergrößerte er die Austrittslöcher. So würde das Blut schneller in seinen Rachen fließen. Natzuya wusste, dass dies zusätzliche Schmerzen bedeutete, aber darauf konnte er keine Rücksicht nehmen. Jetzt nicht.

Als Sayura der Schmerz durchzogen hatte, verkrampfte sich ihr Körper. Eine Hand krallte sich in sein Haar, eine andere in seine Schulter. Sie stöhnte auf und konnte hören, wie Natzuya ihr Blut trank. Er schmatzte, schluckte, schmatzte. Sayura konnte spüren, wie er ihr das Blut aus dem Körper sog, es war ein sehr eigenartiges Gefühl.

Nach einigen Minuten spürte sie, wie ihr Kreislauf zu resignieren begann. Ihr wurde schwindlig, und die Welt um sie herum begann sich zu drehen. In ihrem Kopf baute sich ein unangenehmer Druck auf, ihr wurde heiß, und doch war ihr kalt. Sie zitterte.

Natzuya ließ plötzlich von ihr ab. Er richtete sich mit ihr in den Armen auf und sah sie an.

„Nur noch ein bisschen, mir geht es schon besser! Hab keine Angst!", lächelte er sie jetzt an.

Geschwächt lächelte Sayura zurück.

„Ich liebe dich!", flüsterte sie. Ihre Lippen formten ein Lächeln. Die Lider ihrer Augen waren schwer, aber sie sah ihn an; wollte ihn ansehen, ihn nie wieder aus den Augen lassen.

Natzuya nickte.

„Ich weiß!", lächelte auch er.

Natzuya beugte sich zu ihr herunter, aber statt, wie erwartet, seine Zähne erneut in Sayuras Hals zu vergraben, senkten sich seine Lippen nun auf die ihren. Sayura konnte den Geschmack ihres eigenen Blutes schmecken, war aber von dem Gefühl seines Kusses überwältigt.

Alle Erlebnisse aus jüngst vergangener Zeit, all die Befürchtungen, von Natzuya verlassen worden zu sein, all die Schmerzen, die Moe ihr zugefügt hatte, all ihre Ängste, dass Natzuya sterben würde, waren durch ihn selbst, durch seine Anwesenheit wie weggeblasen: durch ihn und seinen Kuss.

„Lass jetzt los, Sayura! Vertrau mir, ich passe auf dich auf. Nirgends bist du so sicher wie bei mir", flüsterte er in ihrem Kopf. Sie verstand es erst, als er den Kuss löste, seinen Kopf dann erneut absenkte und ein weiteres Mal in den Hals biss. Er wählte die bereits vorhandene Wunde.

Eine gigantische Welle des Schmerzes durchflutete Sayuras Körper. Wieder verkrampfte sie sich. Natzuyas Umarmung verstärkte sich. Er konnte nicht riskieren, sie durch ihre Bewegung tödlich zu verletzen. Seine Zähne waren auch Waffen. Mit Leichtigkeit konnte er ihr die Hauptschlagader zerfetzen, sie würde innerhalb kürzester Zeit verbluten.

In Sekundenschnelle wurde Sayura schließlich schwarz vor Augen. Bevor sie noch irgendeinen Gedanken fassen konnte, wurde ihr Bewusstsein von einer tiefen Ohnmacht hinfortgerissen.

Sayura kam zu Hause in ihrem Bett wieder zu sich. Sie war zugedeckt und trug, nachdem sie sich selbst überzeugt hatte, nur ein Nachthemd aus ihrem Kleiderschrank. Neben ihr auf dem Nachttischchen mit einer Lampe, dem Wecker und Natzuyas Foto standen ein leeres Glas und ein Suppenteller mit den Resten einer breiartigen Masse.

Im nächsten Moment klopfte es schon an der Tür. Automatisch zog sie sich die Decke bis unters Kinn. Natzuya hatte sie entkleidet, er hatte sie schon wieder nackt gesehen. Obwohl dies in der Vergangenheit bereits mehrfach geschehen war, war sie unsicher und schämte sich. Da war es beinahe schon ein Segen, diesmal ohnmächtig gewesen zu sein.

„Schön, dass du wach bist!", begrüßte er sie beim Betreten des Schlafzimmers.

„Hi, wie lange habe ich denn geschlafen?", fragte Sayura sichtlich verunsichert.

„Einen Tag. Wir haben es jetzt weit nach 3:00 Uhr nachts. Ich hab dir Essen und Trinken eingeflößt, damit du wieder zu Kräften kommst. Ich war, wie versprochen, die ganze Zeit bei dir, auch um bei einer möglichen Verschlechterung deines Gesundheitszustands helfen zu können", erklärte er.

„Was hast du vor?", fragte er sie dann zweifelnd, als er beobachtet, dass sie versuchte aufzustehen.

Sie hatte die Decke zurückgeschlagen und schaute, ob ihr Nachthemd nicht zu weit hochgerutscht war und nicht etwa den Blick auf intimere Stellen freigab. Natzuya hatte sie wirklich komplett entkleidet, darüber schien sie nicht hinwegzukommen.

„Natürlich. Glaubst du, ich lege dich schwer bewaffnet und mit diesem Lederanzug zur Gesundung ins Bett? Muss dir nicht peinlich sein. Ich hab dich öfter schon nackt gesehen!"

Ihre Gesichtsfarbe wechselte in ein leichtes Rosé. Warum musste er immer nur alles so gnadenlos ehrlich ansprechen!

Sayura setzte ihre Füße auf den flauschigen Teppich ihres Schlafzimmers.

„Lass das lieber, du bist noch viel zu schwach!", belehrte Natzuya sie. Von ihrem Plan, aufstehen zu wollen, hielt er augenscheinlich nicht viel.

Sie überhörte seinen Einwand und stand auf. Schnell wurde ihr schwindelig. Schwankend sank sie zurück ins Bett.

„Siehst du? Das kommt, weil du nicht hören kannst!", sagte Natzuya.

Nun kniete er vor ihr, nahm ihre Hand, mit der sie sich die Stirn rieb, in seine großen Hände. Er sah sie besorgt an.

„Was findest du nur an mir …!", begann sie und streckte ihre andere Hand nach seinem Gesicht aus, um es zu berühren. „Ich renne immer weg, zweifle an dir, kränke dich und kann nicht auf dich hören!" Sie genoss die Berührung ihrer Hand auf seiner warmen Haut.

„Ja, das frage ich mich langsam auch. Du bist stur, dickköpfig und musst immer deinen Willen durchsetzen. Du ziehst Gefahren magisch an und musst dich ständig herumprügeln."

Er sah sich sorgsam ihr Gesicht an, das voller Blessuren war. Als er sie ausgezogen hatte, war er schockiert wegen des großen blauen Flecks auf ihrem Bauch. Natzuya würde Moe dafür bluten lassen. Sayura hatte viel Glück, dass Moes Tritte keine inneren Verletzungen verursacht hatte. Sie war ein kleines zähes Ding, nicht zuletzt hatte sie das sicher auch ihrer robusten Kleidung zu verdanken. Sein Blick wanderte hinab zu ihrem Hals. Seine Bisswunden waren zwei große Löcher in ihrem zarten Hals gewesen. Er hatte sie desinfiziert und mit einer größeren Kompresse überklebt.

„Ich liebe dich, Natzuya!", riss sie ihn schlagartig aus seinen Gedanken. Jetzt sah er in ihre Augen und lächelte sie wissend an.

„Ich weiß, dass ich das schon auf dem Parkplatz gesagt habe; aber vielleicht hast du gedacht, ich sage das, weil ich schon nicht mehr ganz beisammen war!", erklärte sie sich.

Natzuya beugte sich zu ihr vor und küsste sie auf den Mund. Zaghaft erwiderte sie seinen Kuss, als wolle sie es vermeiden, etwas Ungewisses heraufzubeschwören.

Sie wollte sich gerade zurückziehen, als sie Natzuyas Hand in ihrem Nacken spürte. Liebevoll, aber bestimmt hielt er sie fest.

In ihrem Kopf vernahm sie deutlich seine Stimme: „Du hast mein Leben gerettet, Sayura, danke! Verzeih die Schmerzen, die du dafür ertragen musstest. Und glaube mir: Ich zweifelte keine Sekunde an der Aufrichtigkeit deiner Worte, egal, in welcher körperlichen Verfassung du dich dort auf dem Parkplatz befandest."

Seine Küsse nahmen an Intensität zu. Sie waren fordernd und erotisch.

Sayura umschlang nun seinen Nacken mit beiden Armen. Er legte eine seiner Hände auf ihr linkes Bein. Er wartete, bis sich ihre innere Nervosität ob dieser ersten, zaghaften, aber intimen Berührung legte. Dann öffnete er ihren Schoß und schob seinen Körper dazwischen. Seine Hände umfassten anschließend ihren Rücken und glitten langsam hinunter zu ihrem Po. Dann zog er sie mit einem Ruck zu sich heran. Seine Hände erkundeten ihre Hüften und hielten sich sanft an ihnen fest. Er genoss die Bandbreite ihrer Gefühle, die wie ein bunter Regenbogen vor ihm lag. Zwischen Panik, Neugierde, Erregung und Anspannung wandelte Sayura in einer chaotischen Gefühlswelt umher.

Sayura durchfuhr jetzt ein erregendes Gefühl, sie bekam eine angenehme Gänsehaut. Sie würde es geschehen lassen, denn was sich nun an Vorzeichen für bevorstehende Leidenschaft abzeichnete, wollte auch sie erfahren. Sie wollte mit Natzuya schlafen. Er sollte der Mann sein, der sie eroberte, der sie besitzen durfte, dem sie ihre Jungfräulichkeit schenken würde.

Ihr Kuss unterbrach sich nicht eine Sekunde.

Sayura genoss jede Sekunde. Sie presste sich an ihn, zog ihre Beine an und schlang sie um seine Hüften. Sie wusste nicht, ob es richtig war, aber es fühlte sich gut an.

Natzuyas scharfe Eckzähne wuchsen aufgrund seines sexuellen Verlangens, das sich unter normalen Umständen entlud, wenn er nach der Jagd und Verführung der Erlösung seiner Lust nachgab, indem er seine Zähne in einen schön geschwungenen Hals eines Menschen schlug. Er hatte so schon orgasmusähnliche Gefühle erlebt. Jedoch unterschieden sich diese Gefühle von denen während der Nahrungsaufnahme. Und das hier war ohnehin weit mehr.

Sayura konnte die Verlängerung seiner Zähne mit der Zunge erfühlen, und das tat sie ausgiebig. Abrupt brach er den Kuss nach einigen Sekunden ab.

Schwindlig sahen sich beide an.

„Entschuldige", keuchte er ihr zu, „ich kann nicht, das kostet mich Unmengen an Kraft, dem Drang, dich in die Zunge zu beißen, zu widerstehen!", antwortete er schon beinahe gequält.

Sie zog ihn erneut zu sich heran und küsste ihn weiter, ertastete weiter mit ihrer Zunge seine Zähne, ohne darauf Rücksicht zu nehmen, was er eben gesagt hatte.

Natzuya unternahm einen letzten schwachen Versuch, sich von ihr zu lösen, den sie abwehrte.

Sein Biss in ihre Zunge war kurz und schnell. Sie stöhnte vor Überraschung und Schmerz, er stöhnte vor Lust. Sayura schmeckte wieder ihr eigenes Blut. Natzuya saugte nicht, er badete mit seiner Zunge darin. Beide waren überrascht. Sayura hatte einem Drang nachgegeben, einer Stimmung. Sie wollte ihm plötzlich alles von sich geben, und sie hatte keine Angst vor ihm. Dann plötzlich, nachdem sich bereits einiges an Blut in ihrem Mund angesammelt hatte und Sayura Mühe hatte, den Schluckreflex zu unterdrücken, schluckte Natzuya das rote Gold selbst hinunter.

Seine Hände erkundeten nun ihren Körper. Diesmal schob er dabei jedoch ihr Nachthemd nach oben. Überrascht hielt sie mit dem Kuss inne.

Er sah sie an, suchte nach einem Protest. Natzuya nahm ihre Hände, umfing sie und hob sie in die Höhe über ihren Kopf.

„Ich mach das", flüsterte Natzuya und zog ihr schließlich das Nachthemd aus.

Nackt und verschüchtert saß sie vor ihm. Sie hatte die Augen geschlossen und wartete auf seine Küsse. Die Hände hatte sie auf ihrem Schoß verschränkt.

„Sieh mich an!", bat Natzuya liebevoll. Beinah widerstrebend öffnete sie ihre Augen.

Sayura sah Natzuya zu, wie er sich sein eigenes T-Shirt auszog und neben sich zu Sayuras Nachthemd auf den Boden ablegte. Vorsorglich legte er auch seinen Gürtel ab. Sayura sah Natzuya hypnotisiert dabei zu.

„Ich habe noch nie mit einem Mann geschlafen!", flüsterte Sayura plötzlich, als Natzuya sich ihr wieder zugewandt hatte.

Sie wusste, dass Natzuya dies aus vorherigen Gesprächen und ihren Gedanken sicher bekannt war, wollte es jetzt aber noch einmal offiziell sagen.

Er sagte nichts, lächelte sanft und führte ihre Hände zu seiner Brust.

Sayura folgte ihren Händen mit dem Blick. Sein Körper war fest, durchtrainiert, schlank. Seine Brust war haarlos. Ihre Hände begannen, sich zaghaft selbstständig zu machen, und fuhren die Konturen seiner Brust nach, hinauf zu seinem Hals und wieder hinab über die Schultern zurück zu seiner Brust.

Natzuya tat es ihr gleich. Er küsste sie und streichelte ihre Haut, ihren Rücken, ihre Schultern und Arme. Er zog sie zu sich heran. Als ihre nackten Oberkörper sich berührten, meinten beide vor Verlangen nacheinander vergehen zu müssen. Im nächsten Moment schon spürte sie seine Lippen an ihrem Hals, sie erschreckte sich nicht, sie war zu allem bereit. Sollte er sie beißen, sollte er sie küssen, sollte er tun, was er wollte, sie wollte es ebenso.

Er küsste die unverletzte Linie ihres Halses nach. Dann verlagerte er sein Gewicht nach vorn. Gefügig gab ihr Körper dem seinen nach. Sie fielen zusammen auf das Bett. Angenehm schwer lag er auf ihr. Ihre Beine schlangen sich wieder fest um seinen Körper.

Seine Lippen eroberten ihre Lippen, ihr Gesicht, ihren Hals- und Schulterbereich, nicht zuletzt all ihre Sinne. Ein leises Stöhnen entrang sich Sayuras Kehle, als Natzuyas Küsse ihre Brüste liebkosten. Kurz war sie selbst von diesem Stöhnen überrascht.

Es war ein intimes, neues Geräusch. All das, was gerade in diesem Moment geschah, war neu.

Er zog sie nun mit der Hand unter ihrem Po noch etwas mehr auf das Bett hinauf.

Sayuras Hände glitten schnell über seinen Rücken, fühlten Muskeln, Rippen unter seiner Haut. Sie hielt sich an seinen Hüften fest und zog ihn fest zu sich heran. Erstmals konnte sie seine Erregung spüren. Es war ein erregendes, kribbelndes Gefühl, Natzuya derart auf sich zu spüren. Sie fühlte den Stoff seiner Hose zwischen ihren nackten Beinen, seinen erigierten Penis, der dahinter gefangen schien.

Mit einer Hand öffnete Natzuya schließlich selbst seine Hose. Sayura wurde nervös. Noch nie war sie mit dem männlichen Geschlechtsteil konfrontiert gewesen, noch nie in erigiertem Zustand. Was sollte sie jetzt tun? Was erwartete Natzuya von ihr?

Natzuya löste den Kuss. „Nichts, Sayura, ich übernehme das. Mach dir keine Gedanken und genieße unsere Nähe!"

Sie nickte. Das würde sie tun, denn sie war unglaublich froh, dass sie noch am Leben waren und dass sie selbst sich ihre Liebe zu ihm endlich eingestanden hatte. Es hätte auch zu spät sein können. Natzuya entledigte sich bei dieser Gelegenheit seiner Hose. Samt Boxershorts ließ er alles vom Bett fallen. Als er sich wieder auf sie legte, spürte sie seinen Penis zwischen ihren Beinen. Es war ein warmes, weiches, aber dennoch hartes Gefühl. Sie zitterte am ganzen Körper. Natzuya küsste erneut ihren Hals, ihr Dekolleté und ihren Busen.

Er war erregt, er wollte sie besitzen, er wollte genießen, aber er wollte auch, dass sie es genoss, mit ihm zu schlafen. In ihm kämpften der Mann und der Vampir einen ungleichen Kampf.

Der Vampir gewann. Natzuya küsste Sayura. Eine seiner Hände glitt hinunter zu ihrem Po, ein wenig hinauf und berührte ihre Scheide. Sie verlangte nach ihm, sie war feucht, sie war geöffnet und wartete sehnsüchtig. Als sein Finger in ihre feuchte, dunkle Mitte eindrangen, stöhnte Sayura lustvoll auf. Just in diesem Moment biss Natzuya zu. Es war ein kurzer, präziser Biss in die Brustwarze Sayuras rechter Brust. Ihr Stöhnen verwandelte sich in einen Schrei. Sie krallte ihre Hände in sein braunes, zerzaustes Haar und zog reflexartig die Beine an. Dabei drang Natzuya in sie ein. Sein Penis glitt behutsam, aber bestimmt in ihren Körper. Es war ein heißes, drückendes und ungewohntes Gefühl. Sayura spürte Natzuya auf und in sich. Sie stöhnte abermals erregt auf. Er spürte sie fest und warm um sich. Natzuya gab ihr Zeit, um sich an das neue Gefühl zu gewöhnen. Still lag er auf und in ihr.

„Alles gut?", fragte er fürsorglich.

Sie sahen sich in die Augen. Sie nickte: „Ja, alles gut!" Ihre Hände umfingen seinen Nacken und zogen ihn zu sich herunter. „Mach weiter, Natzuya, bitte mach weiter!", bat sie ihn süchtig. Er kam ihrer Bitte zunächst nicht nach, er verwendete viel Zeit darauf, sie intensiv und leidenschaftlich zu küssen. Sayuras Lust stieg an, sie begann plötzlich, sich von allein unter ihm zu bewegen. Sie spielte mit den Möglichkeiten. Natzuya bewegte sich schnell und kurz, dann langsam und lang, er reizte sie und hielt dann mitten in der Bewegung inne.

Er spürte genau, wie weit sie noch von ihrem Orgasmus entfernt war. Natzuya konnte ihre körperlichen Reaktionen spüren, hören und sogar riechen. Er verzögerte ihren Orgasmus, ärgerte sie und freute sich darüber, wie sehr sie es genießen konnte.

„Natzuya", stöhnte sie plötzlich wiederholt zwischen den Küssen. Ihre Bewegungen wurden schneller, zuweil zuckender, ihre Hände krallten sich in seinen Rücken, und ihre Küsse nahmen ab, da sie nach mehr Luft rang. Sie brauchte mehr Luft, um mehr Kraft in ihr lauter werdendes Stöhnen zu legen.

Natzuya bewegte sich nun gleichbleibend, um ihren sich entwickelnden Orgasmus nicht zu zerstören.

Ihr letztes Stöhnen und ihr letzter Versuch, seinen Namen auszusprechen, endeten in einem abgebrochenen „Natzu…!", bevor sich ihr Körper seinem mit aller Macht entgegendrängte und sich ihr Orgasmus lang und intensiv entlud.

Er küsste sie sanft und konnte spüren, dass sie langsam zu Sinnen kam. Puls und Atmung beruhigten sich. Sayura streichelte schließlich sanft seinen Rücken. Sie streichelte über jene Stellen, in die sie sich zuvor hineingekrallt hatte.

Er war noch immer mit ihr vereint, als er das Küssen einstellte, sein Gesicht anhob und in ihres sah.

Ihr Blick war glasig, ihre Wangen rosig durchblutet. Sie sah nach purem Sex aus. Ihr Haar lag wild durcheinander auf dem Kopfkissen, darin verworren eine Hand Natzuyas. Mit der anderen Hand hatte er sich abgestützt, um nicht mit dem vollen Körpergewicht auf ihr zu liegen. Sie lächelte ihn glücklich an.

Er lächelte zufrieden zurück.

„Und du?", fragte sie dann liebevoll.

„Ich hab es sehr genossen, ich brauche nichts weiter außer deiner Befriedigung!", antwortete er. „Außerdem hast du genug durch mich gelitten!"

„Ja, dein Biss in meine Brust war gemein!", stellte sie ernsthaft fest. Doch schon im nächsten Moment flog ein verzeihendes Lächeln über ihr Gesicht. „Mach, dass es auch für dich unvergesslich ist!", bestimmte sie und hoffte, er verstand es so, wie es gemeint war.

„Sicher? Es wird wehtun!" Er zweifelte selbst, ob er es wagen sollte.

„Ich bin die Deine, Natzuya. Mach mich auch auf deine vampirische Art zu deiner Geliebten!" Nein, sicher war sie nicht; ob sie den Schmerz ertragen konnte, wusste sie erst recht nicht, aber sie wollte ihm etwas von dem zurückgeben, was er ihr geschenkt hatte: etwas von seiner Leidenschaft, seiner Liebe, seinem Verzicht und seiner bedingungslosen Hingabe.

In Natzuya tobte tatsächlich noch immer eine Erregung anderer Art. Der süßliche Duft ihres Blutes benebelte noch immer seine Sinne. Sein finaler Orgasmus als Vampir bestand nicht darin, in ihre Brustwarze zu beißen. Er strebte nach mehr, und er war überrascht, dass sie es erraten hatte. Nie hätte er gewagt, danach zu fragen.

Natzuya löste sich von ihr, er glitt bis in eine kniende Position vom Bett und zog sie mit sich. Er küsste sie noch einmal flüchtig auf den Mund und kniete schließlich vor ihr. Sayura lehnte sich zurück. Sie lag nackt und offen vor ihm, er küsste die Innenseite ihre Oberschenkel, bevor er ihre Beine anwinkelte und seine Schultern dagegenpresste.

Natzuyas Hände berührten vorsichtig ihren Bauch, ihren Busen, suchten ihre Hände und umklammerten sie. Er hatte sich mit dem Mund in ihrer Mitte vergraben, küsste und leckte ihre Scheide, ihren After und genoss ihren hörbaren Genuss. Sie stöhnte laut, hingebungsvoll und verlor sich selbst. Als er mit seiner Zunge einen Weg an ihren Schamlippen vorbei in ihr Inneres erobert hatte, überkam sie ein neuerlich, schneller Orgasmus. Natzuya fühlte ihre vollen, pulsierenden Lippen, er wartete den betäubendsten Moment ihres Höhepunktes ab, bevor er sich ganz auf sich konzentrierte. Dann ließ er den Vampir in sich frei. Dieser Vampir wollte dieses Mädchen auf seine Art besitzen, wollte ihr Schmerz, Lust, Qual und Leid zufügen, wollte ihr Blut schmecken, wollte sie süchtig nach seiner Liebe machen und wollte sie selbst derart lieben, wie es das nur noch in jenen alten Legenden gab, die unendlich tief in seinem düsteren vampirischen Wesen verborgen waren. Sein Biss war langsam, schneidend scharf und saß genau in Sayuras pulsierendem Zentrum. Sie versuchte, sich zu entziehen, aber er hielt sie an den Händen fest. Er knurrte und stöhnte orgasmisch, genoss ihre Gegenwehr, ihre Kraft, ihr Verständnis.

Sie bäumte sich unter Schmerzen auf, versuchte, ihn mit den Beinen wegzudrücken, aber sein Körper war eine Mauer, bewegte sich nicht einen Zentimeter, wich nicht zurück, löste nicht seinen schmerzlichen Kuss.

Erst als jede noch so kleine Zelle seines toten Körpers, jeder Seelenanteil seines vampirischen Wesens Genugtuung erfahren hatte, ließ er von ihr ab, erst dann registrierte er erstmals ihr unterdrücktes Schluchzen. Natzuya erwachte aus seiner Trance. Mit blutverschmiertem Mund tauchte er zwischen ihren Beinen hervor und legte sich neben sie auf das Bett. Sie zog die Beine an, drehte sich ihm zu und weinte.

„Es tut mir leid, ich hätte nicht …!", begann er aufrichtig besorgt und reumütig.

„Doch …doch!", protestierte sie unter Tränen.

„Keiner hat gesagt, dass deine vampirische Liebe schmerzfrei sei. Meine romantischen Vorstellungen betrafen den Teil unserer Liebe, die wir als Menschen erfahren haben, und wurden weit übertroffen. Ich wollte, dass du mich liebst als das, was du bist, Natzuya, mein Vampir", erklärte sie, nachdem der Schmerz nachgelassen und sie sich einigermaßen beruhigt hatte. Natzuya streichelte sie sanft, unaufhörlich, tröstend.

Plötzlich lachte Sayura: „Ich frage mich, ob ich je wieder laufen kann! Jeder wird mir ansehen, dass ich Sex mit einem Vampir hatte."

Als sie ihn nun ansah, blieb ihr Blick an seinem, mit ihrem Blut verschmierten, Mund hängen.

Mühsam richtet sie sich auf. Sie küsste seinen Mund, seine Wangen und begann, ihr Blut zu kosten. Sie leckte es von seinen Lippen.

Natzuya rührte sich nicht, er genoss ihr Interesse und spürte ihre gemeinsame neuerliche Lust.

– 16 –

Sayuras Körper war übersät mit Bisswunden, ihre Zunge geschwollen. Gut zwei Wochen vergingen, bis ihre Wunden verheilten. Auch der blaue Fleck auf ihrem Bauch, verursacht durch Moes Fußtritt, war kaum noch zu erkennen. Natzuya und Sayura verbrachten die Wochen ohnehin nur im Bett, sie küssten und liebten sich. Natzuya hatte ausgesprochen viel Spaß an der menschlichen Liebe mit Sayura. Sie erlaubte ihm stets auch, seinen Gelüsten nachzugehen, aber er wollte, dass ihr Körper zunächst einmal komplett gesundete.

Er hatte menschliche Geliebte von Vampiren gesehen, deren Wunden nie Gelegenheit dazu bekamen zu heilen. Dieses Thema schnitt er eines Nachts ganz unverbindlich an, denn wollte er Sayura in seiner Welt an seiner Seite haben, gab es nur eine einzige Möglichkeit – sie musste zu seiner Geliebten avancieren.

Die Menschen, ob nun Männer, Frauen oder gar Kinder, die zu Spielzeugen der Vampire gemacht wurden, waren nichts weiter als schöne Haustiere, dennoch galten sie fast schon als ein Statussymbol. Jeder Vampir, der etwas auf sich hielt und eine gewisse Machtposition innehatte, sollte so ein Spielzeug besitzen. Dies war nun nicht der Nutzen, den sich Natzuya erhoffte. Er wollte lediglich ihre Nähe genießen und sie stets um sich haben. Dabei begann er es zu hassen, dass er sich den bestehenden Gesetzen der vampirischen Welt begann zu beugen. Vor einiger Zeit hatte er das noch anders gesehen.

Aber er würde sie beschützen müssen, und das ging eben nur, wenn sie zusammen waren. Er war bereit dazu, einige Opfer zu bringen, keinesfalls jedoch würde er sie teilen. Allzu gerne wurden die menschlichen Geliebten unter den Vampiren umhergereicht, nicht selten zum Spaß getötet, nur um bei nächster Gelegenheit ein neues, schöneres Spielzeug mitzubringen. Schönheit war dabei wirklich kein unwesentliches Thema. Und Sayura war schön. Er hatte rückblickend nie eine schönere Frau gesehen. Ihr Blut schmeckte unbeschreiblich sanft und machte Lust auf mehr. Allzu gerne würde er mit ihr angeben wollen, aber leider war sie bekannt wie ein bunter Hund. Schließlich war sie eine Vampirjägerin, ein Feind. Sicher würden die Vampire über sie spotten, sie hassen. Natzuya hingegen würden die Vampire in den Himmel loben,, da er sie, die Jägerin, gefügig gemacht hatte. Es müsste stets ein Schauspiel sein, er würde sich feiern lassen, sie hingegen hatte kein Sprachrecht, denn sie diente schließlich ihm, einem Vampir. Sie wäre eine Dienerin, eine Sklavin, mehr nicht.

All das sprach er in einer ruhigen Minute an. Sayura saß nackt im Schneidersitz vor ihm, auf ihren Beinen stand eine kleine Schüssel. Sie aß langsam ein paar Trauben und hörte aufmerksam zu. Natzuya hatte es sich neben ihr im Bett gemütlich gemacht, ein Kissen stützte seinen Rücken. Er sah sie aufmerksam an, während er sprach.

„Ich habe in meiner Laufbahn nie Vampire in menschlicher Begleitung gesehen, also nicht, dass ich annehmen konnte, dass es sich dabei um so einen Diener handelte!", überlegte sie, zunächst ohne auf sein Anliegen einzugehen.

„Nun, nicht jeder Vampir hat so einen Diener; und jene, die darüber verfügen, müssen nicht mehr des Nachts auf Jagd gehen, müssen keine Blutkonserven oder Kanisterblut trinken, sie haben ihr warmes Blut stets bei sich. Sie vergnügen sich im Gesellschaftsleben, sowohl dem menschlichen als auch dem vampirischen", erklärte er. Er musste behutsam sein, denn er spürte, dass er eine Thematik anschnitt, die einem Minenfeld glich.

„Und du willst, dass ich deine Geliebte werde, damit du mich in die vampirische Gesellschaft einführen kannst, weil …?", fragte sie erwartungsvoll, wenn auch bissig.

„Ich liebe dich, ich will dich bei mir haben. Wir können dort mehr Schutz finden, als wenn wir uns ständig hier oder anderswo verstecken. Moe halten verschlossene Türen nicht davon ab, uns zu töten. Er wird sicher nicht einfach aufhören, uns zu jagen, und sich einfach so zurückziehen. Er würde uns vielleicht sogar um die ganze Welt jagen in seinem Wahn. Sicher plant er bereits einen neuen Angriff. Er hat Lena umgebracht, obwohl es eure, nein, obwohl es die Gesetze der Vampirjäger gibt. Ich möchte zudem ungern den Anschluss an meine Gruppe verlieren. Sie haben mir angeboten, Lenas Nachfolge anzutreten, das erweitert meine Macht und meine Möglichkeiten ungemein. Zudem, glaube ich, wollen wir beide nicht davonrennen."

„Nein. Das stimmt. Dieser Moe ist ganz schwierig einzuschätzen. Er hatte die Möglichkeit, uns zu töten, und tat es nicht. Ich versteh es auch nicht, auch wenn ich natürlich froh darüber bin. Deine Argumente klingen plausibel, aber es fällt mir schwer, plötzlich ein Teil der Vampirwelt zu werden. Ich vertraue dir, aber sonst keinem!"

Natzuya nickte. Er war froh, dass sie es zumindest nicht sofort ablehnte.

„Das verstehe ich. Und deine Einführung wird sicher auch nicht einfach, aber du gehörst zu mir, und das werden die Vampire akzeptieren. Lass uns abtauchen! Probier ein neues Leben an meiner Seite, unter meinem Schutz aus. Du musst nicht mehr kämpfen!"

„Na ja, wachsam muss ich wohl weiterhin sein, denn ich möchte von keinem anderen Vampir angefasst werden als von dir! Tut das einer, werde ich mich nicht zurücknehmen, egal, ob ich nun zum Schweigen verpflichtet bin oder nicht, verstanden?"

„Heißt das, du sagst Ja?" Natzuya war überrascht.

„Ja, warum nicht? Ich hab Jahre an die Organisation verschwendet. Sie sollen sehen, wie sich Verrat anfühlt! Aber heißt das, dass du mich fortan auch als lebendes Tetrapack benutzen wirst?" Sie war verunsichert.

Er lachte über ihre Formulierung, fand dann aber schnell zu der Ernsthaftigkeit des Themas zurück. „Nein, natürlich nicht. Denn die Lebensdauer solcher Menschen ist nicht sehr hoch.

Permanenter Blutverlust schwächt und tötet sie. Damit es aber glaubwürdig ist …!"

„Ja, verstehe schon. Damit es glaubwürdig ist, müssen einige Stellen meines Körpers trotzdem ein paar Bisswunden aufweisen", sprach sie zu Ende. Dann lächelte sie verlegen.

„Ich glaube, das sollte kein Problem für uns sein, schließlich haben wir täglich Sex!", lachte sie dann.

„Meine Bisse dienen deiner Markierung. Sie zeigen allen anderen, wem du gehörst. Da wir keinen Eigengeruch haben, ist das also eine Art Stempel für den eigenen Besitz. Wichtig ist, dass du dich trotzdem zurückhaltend benimmst, denn auf diesen Treffen wirst du vieles zu sehen bekommen, was deiner Moral als ehemaliger Vampirjägerin, aber auch als Mensch gehörig zusetzen wird!"

„Hast du ein Szenario für mich? Ich will da nicht völlig naiv rangehen und dann dort vor Entsetzen Amok laufen, und ich möchte entscheiden, ob ich mich dem überhaupt aussetzen kann und möchte!" Die Ernsthaftigkeit der Lage schien ihr durchaus bewusst. Natzuya war froh darüber. Sie durften sich keine Fehler erlauben, das Interesse anderer Vampire nicht auf sich lenken, keine Auflagen verletzen, denn dadurch wären sie beide des Todes. Denn seine Fähigkeiten waren begrenzt. Auch wenn er diese junge Frau mit seinem Leben und all seiner Kraft schützen würde, würde es gegenüber anderen, älteren Vampiren nicht genügen.

„Nun, eigentlich ist es ähnlich diesen Empfängen, wie sie Menschen geben: großes Gehabe um Nichts, viel Kitsch, viel Schmuck, Musik, Bühnenshows, schöne Kleider, Gespräche um Macht, Geld, Sex und Blut. Dort schwingt so eine alte Aura mit, dort sind Vampire, die mehrere Hunderte, wenn nicht Tausende Jahre alt sind; und auch wenn ihre Körper jung aussehen, starren aus ihren Augen alte Seelen, die Gesetze, Regeln, Loyalität, Ehre, Würde und Strenge erkennen lassen. Müde wirken sie, bisweilen schwermütig. Aber aus irgendeinem Grund fühle ich mich dort wohl. Jedoch finden dort auch Opferungen statt zu Ehren von Vampiren, die irgendeine Tat vollbracht haben, z. B. einen Jäger getötet, Geburtstag haben oder was weiß ich. Dort sind natürlich auch Menschen, sie werden herumgereicht wie ein Glas Wein. Möchte man geschäftliche Verbindungen eingehen, bietet man einander die Diener an, sei es zum Kosten oder aber für sexuelle Dienste, einfach um das beginnende Bündnis mit einem Geschenk zu festigen. Rituale eben. Dort sind Frauen, Männer und, wie schon erwähnt, auch Kinder. Das ist etwas, was mir sehr aufstößt. Die Erwachsenen bieten sich in der Regel freiwillig an, Kinder jedoch werden verkauft, verschleppt, verschenkt …!" Natzuya brach ab.

Aus der menschlichen Welt war ihm dies bekannt gewesen, stets über die Medien, mit einem gewissen Abstand betrachtet. Weltweit wurden Nachrichten über Kindesentführungen gemeldet. Seine Gedanken drehten sich dann um jene kleinen Opfer, deren widerwärtige Mörder und die Kraft der Eltern, die weiterleben mussten mit jener Ungewissheit, wenn das eigene Kind verschwunden blieb, oder der Gewissheit, dass und wie es gestorben war. Natürlich waren die Gedanken kurzweilig gewesen, da es doch nur eine Nachricht im Fernsehen war, die schon bald von einem Spielfilm abgelöst wurde. Menschen, die Kinder entführten und ihnen schreckliche Dinge antaten, hatten seiner Meinung nach ebenso Schreckliches verdient, nicht die in seinen Augen sinnlose Sicherheitsverwahrung in Gefängnissen. Längst nicht alles ließ sich zudem damit entschuldigen, dass auch ein Täter einst Opfer gewesen war.

In seiner neuen Welt war er wesentlich dichter an dieses Thema herangeführt worden, als ihm lieb war. Als Lena ihn das erste Mal zu einer derartigen Veranstaltung mitgenommen hatte, war er entrüstet davongerannt, als die Kehle eines Kindes zerfetzt wurde. Er war schockiert und wütend. „Da sind Kinder dabei, sie töten Kinder!", hatte er Lena angeschrien.

Sie hatte genickt. „Wieso bewertest du den Tod eines Kindes schlimmer als den Tod eines Mannes oder einer Frau? Weil das Kind noch mehr Zeit vor sich hatte? Vergiss die Zeit, Zeit ist relativ! Der Tod dient dir zum Leben, weißt du nicht mehr? Noch besitzt du Teile deiner menschlichen Moral, bald geht auch das vorüber, und du siehst die Menschen als das, was sie sind: unsere Lebensversicherung. Eine Koexistenz zwischen uns und ihnen kann und wird es nicht geben. Einige Menschen laufen zu uns über, weil sie sein wollen wie wir. Dumm, wie sie eben sind, wissen sie nicht, welch Geschenk es ist, ein Mensch sein zu dürfen. Und möchtest du jetzt von Perversion reden, weil es sich ein Kind nicht unbedingt aussucht? Fang bei den Menschen selbst an! Wie gehen sie selbst mit sich und ihren eigenen Kindern um? Natzuya, schüttle ab, was dich einst zu einem Menschen machte! Es ist eben, wie es ist! Du selbst musst dich nicht an Kindern laben, du musst nicht hinsehen, nicht daran teilhaben. Aber hast du erwartet, dass dort nur Dinge stattfänden, die der menschlichen Moral entsprechen? Natzuya, wir sind Vampire, Kinder der Nacht. In uns wohnen Bestien, die seit Jahrhunderten an die Kette gelegt sind. Auf diesen Veranstaltungen können wir endlich sein, was wir sind: Vampire! Du wirst noch viele Dinge sehen, die dir zunächst aufstoßen werden, aber versuche die nicht zu bekämpfen! Und manchmal stellt sich mir die Frage, welche Moral die schlimmere ist: die unsere oder die der Menschen", hatte sie ihm erklärt und ihn danach in seine Halsschlagader gebissen. Sie selbst war nach diesen Veranstaltungen stets elektrisiert und erotisiert. Sowohl Dunkelheit als auch Erotik tropften während solcher Veranstaltungen geradezu zäh von der Decke herab.

Irgendwie gehörte jene schwere Aura also doch zum Mythos Vampir dazu, und überall gab es Grenzen, die überschritten wurden, auch wenn es für vieles keine Entschuldigungen gab. Kein Schönreden. Und das Wegsehen war und blieb ein Verbrechen.

„Natzuya?" Sayuras Ruf seines Namens riss ihn zurück in die Gegenwart.

„Oh ja, entschuldige bitte! Meinst du, du kannst mich dennoch dorthin begleiten?"

„Du verlangst ganz schön viel von mir!"

„Ich weiß! Und es tut mir leid!"

Sayura stellte ihre leere Schüssel auf den Nachtschrank und kuschelte sich an Natzuya.

„Ich will es versuchen, denn auch ich will an deiner Seite sein, Natzuya. Du bist ein Vampir, hast selbst dein menschliches Leben verloren. Da werde ich es schaffen, stillschweigend und mit zum Boden gesenktem Blick hinter dir herzulaufen. Aber können wir vielleicht ein Zeichen vereinbaren, das als Signal für den Aufbruch gilt, für den Fall, dass es einfach nicht länger geht?"

„Unbedingt! Denn eines ist dort enorm wichtig: Habe keine Gedanken, denke an oberflächliches Zeug, denke nicht an unsere Beziehung! Du bist dort meine Dienerin, du dienst mir und wirst von mir stets erniedrigt. Trotzdem bist du mir verfallen. Überhöre, was ich sage und tue, wir werden es danach auswerten. Und das werden wir müssen."

„Hören wir auf, okay? Ich fürchte mich vor deiner Welt, Natzuya! Lass uns noch ein bisschen so tun, als gäbe es nur dich, mich und nichts weiter auf der Welt als dieses Bett!"

„Einverstanden."

Am nächsten Morgen rief Sayura im „Naked" an. Sie musste einen endgültigen Schlussstrich unter ihr altes Leben ziehen. Kaum hatte sich Sayura gemeldet, hatte Jeffrey bereits in den Hörer gebrüllt, dass sie gekündigt sei, ihre ständigen Ausfälle ohne irgendeine Art der Mitteilung konnte und wollte er nicht mehr vertreten, sie sei schlimmer als Kitty.

„Danke, Jeffrey, genau deswegen ruf ich an. Ich beginne ein neues Leben und wollte mich einfach nur von dir verabschieden. Richte bitte auch Stan und den Mädels, ganz besonders Kitty, meine besten Grüße aus!", bat sie aufrichtig.

„Oh … äh, ja, natürlich. Dann alles Gute!" Seine Antwort war kurz, eingeschnappt, dann hatte er aufgelegt.

Am Abend berichtete sie Natzuya und kam nicht umhin, seine Erleichterung zu bemerken.

„Ja, was soll ich sagen? Der Gedanke, dass du dich für andere Männer auszieht, gefiel mir nie, und ich habe gehofft, du würdest dieses Thema nicht mehr anschneiden. Daher gefällt es mir gut, zu welchem Ergebnis du gekommen bist. Wenn du also unbedingt tanzen willst, tu das gern für mich. Ich besorge auch eine Pole fürs Schlafzimmer", witzelte Natzuya.

„Sag mal, damals, als du mich gezwungen hast, für dich zu tanzen, hat dich das erregt? Du hast so unbeeindruckt gewirkt", erinnerte sie sich zurück.

Er schmunzelte. „Ja, ich war wahnsinnig erregt. Deine Nervosität schmeichelte mir ungemein. Aber ich hatte dir natürlich auch etwas mitzuteilen, daher musste ich einen kühlen Kopf bewahren!"

„Übrigens: Um für dich zu tanzen, brauche ich keine Stange. Das kann ich auch so." Verführerisch sah sie ihn in.

Natzuya lehnte sich genüsslich in seinem Ohrensessel zurück.

„Nur zu, Madame, ich lass mich gern verwöhnen!"

Mitten in ihrem Liebesspiel wurden sie abrupt unterbrochen. Es klingelte an der Tür. Sayura schreckte hoch, ihr Herzschlag war sehr schnell.

„Bleib ruhig, Süße! Moe würde wohl kaum klingeln. Ich denke, es ist einer meiner Freunde. Bleib sicherheitshalber hier!", beruhigte Natzuya seine geliebte Sayura, während er sich anzog.

Tatsächlich war es Jack, ein Getreuer aus Lenas ehemaligem Clan, der sich ebenfalls Natzuya als neuern Anführer wünschte.

„Du bist nicht allein?", stellte er sogleich an der Wohnungstür fest. Er konnte eine Frau riechen, ihren Körper, den Sex, den Schweiß und Blut. Er grinste frech.

„Ich werde nicht lange stören, aber es gibt da ein paar Dinge, die du wissen musst!"

„Klar, komm rein. Willst du was aus meinem Kanister?", fragte Natzuya, während er voraus ins Wohnzimmer ging.

„Nein, nein. Ich hab kürzlich erst getrunken. Es geht um eine Zusammenkunft. Da ist ein Neuer aufgetaucht. Er mordet zwar in Grenzgebieten, im Unterschied zu uns aber äußerst brutal. Er hält sich nicht an Regeln und Vereinbarungen. Er dringt in Häuser und Verstecke der Vampire ein, als hätte er keine Gesetze, die er befolgen müsste, und es scheint, als wäre er ein Vampir. Wir wollen zur alten Ordnung zurückfinden. Dazu findet in ein paar Tagen eine Zusammenkunft einiger Clans der Stadt statt, vielleicht kannst du als unser Anführer dabei sein? Wir werden den Vampir töten! Deine Vampirjägerin ist seit Wochen nicht mehr gesichtet worden. Wir hatten gehofft, dass sie sich der Sache annehmen würde, aber offenbar hast du ihr wie uns verboten, gegeneinander anzutreten? Gut gemacht!", lobte er Natzuya.

„Du irrst. Ich habe ihr nichts verboten. Und mir war nicht bewusst, dass ich bereits zugestimmt hatte, den Clan anzuführen?", fragte Natzuya sarkastisch.

„Ich weiß, ich weiß, aber du bist eine Ausnahmeerscheinung. Lena hat viel von dir gehalten, wir haben dich erlebt. Natzuya, hilf uns so, wie wir einst dir geholfen haben!", appellierte Jack mutig an seinen Freund.

Natzuya schwieg.

„Er ist ein Vampirjäger; und wenn ihr kämpft, will ich auf eurer Seite kämpfen! Unterschätzt ihn nicht! Er ist mehr als nur brutal", erklang plötzlich Sayuras Stimme hinter Jack.

Er drehte sich um und sah die grazile Frau, nur mit T-Shirt und Boxershorts bekleidet war, regungslos an. Seine Gesichtszüge veränderten sich zusehends. Er war entsetzt, als er sie endlich erkannte.

Fluchend sprang er von dem Sessel auf, um sie, die Jägerin, nicht länger im Rücken zu haben „Scheiße, was soll das? Was macht die hier? Natzuya!" Er blickte aufgeregt und verständnislos zwischen Natzuya und Sayura hin und her.

„Beruhige dich, mein Freund, sie gehört zu mir! Was mich zu meinen Bedingungen führt, um Lenas Nachfolge anzutreten." Diese Situation war Natzuya gerade recht gekommen, auch wenn es ihm aufzeigte, dass Sayura alles andere als folgsam war.

Anderes hatte er jedoch nicht wirklich von ihr erwartet. Eiskalt handelte er Bedingungen nun zu seinen Gunsten aus.

„Sag ihnen, ich trete das Amt an, wenn sie an meiner Seite akzeptiert wird und den Schutz der Vampire genießt!", forderte Natzuya schlicht und nickte dabei in Sayuras Richtung.

„Alter, spinnst du? Erst dein Verbot, sie anzugreifen, das wir gerade so hingenommen haben, und jetzt sollen wir eine Mörderin der Unsrigen beschützen? Wieso? Ach was, da gibt es nichts zu überlegen!" Jack war zum Angriff bereit, auch wenn das Mädchen dort im Türrahmen alles andere als gefährlich erschien. Ohne ihre Jägerkluft wirkt sie fast schon sympathisch.

„Ich habe einen Fehler begangen, bin falschen Idealen hinterhergejagt und habe der Organisation der Vampirjäger den Rücken gekehrt, nun bin ich selbst die Gejagte wie auch Natzuya. Wir fielen der Organisation beide zum Opfer. Sie hielten uns zum Narren. Ich weiß, dass ihr keinen Grund seht, mich zu schützen, nachdem ich euch das Leben so lange zur Hölle gemacht habe, aber ich biete euch meine Dienste zur Wiedergutmachung an! Ich will euren Schutz. Ich bin bereit, das vor einem eventuellen Gremium eurerseits zu wiederholen. Dieser Vampir ist ein Jäger wie ich, und er wird nicht der Letzte sein."

Sayura war überrascht über sich selbst. Sie wollte keine Seite wählen, wollte nicht mehr kämpfen müssen, aber nachdem sie den Bericht über einen mordenden Vampir, der zweifelsohne nur Moe sein konnte, vom Schlafzimmer aus mit angehört hatte, war ihr bewusst geworden, dass es nur den Kampf gegen ihn gab, um sich von ihm zu befreien. Ob es je Frieden für sie geben würde, wusste sie nicht. Sicherlich würde die Organisation einfach einen neuen Jäger aussenden. Sayura hoffte, dass es vielleicht anders käme, wenn sie ganz offiziell die Seite der Vampire wählte. Unter Umständen würde sie selbst bei der Organisation um Freiheit bitten. Einen derartigen Fall hatte es zwar noch nie gegeben, aber vielleicht wurde es auch nur nie kommuniziert, vielleicht gab es noch mehr Abtrünnige wie sie?

„Ich habe keine weiteren Kämpfe für dich im Sinn, Sayura!", schaltete sich nun Natzuya ein. Ihm gefiel nicht, was er in ihrem hübschen, sturen Köpfchen lesen konnte.

„Du weißt selbst, wie stark er ist. Es war deine Idee, den Schutz der Vampire zu suchen. Am liebsten würde ich gegen die ganze Organisation in den Krieg ziehen, aber natürlich ist mir klar, dass sie eine Institution ist, die es seit Erscheinen des ersten Vampirs gab und die nicht zu vernichten ist. Aber Wesen wie Moe müssen in ihre Schranken gewiesen werden, und zwar von Anfang an!"

„Ein Jäger ist ein Vampir?" Jack verstand nicht. Zudem zweifelte er an der Klarheit der beiden. So etwas hatte es noch nie gegeben, es musste sich um ein Missverständnis handeln. Sicher war der Vampir brutal, und es war nicht nachvollziehbar, warum er sich an anderen Vampiren vergriff, aber daraus gleich den Rückschluss zu ziehen, dass er ein Jäger sein sollte, erschien Jack unklar. Andererseits erschienen Natzuya und diese Frau wiederum sehr überzeugt. Allerdings taten sie gerade so, als sei dieser unbekannte Vampir unbesiegbar, und das war nun wirklich übertrieben.

„Er und ich haben dieselbe Ausbildung genossen, besitzen und nutzen dieselben Waffen. Er jedoch wurde mit Einverständnis der Organisation zu einem Vampir gemacht. Selbiges Schicksal drohte einst Natzuya und mir! Wir haben bereits mehrere Begegnungen mit ihm überlebt, aber konnten ihm zu keinem Zeitpunkt irgendetwas antun, zumal Natzuya noch bedingt unter seinem Einfluss steht", antwortete Sayura, denn sie bemerkte seine Zweifel.

„Ich werde es den teilnehmenden Vampiren so vortragen, Jägerin, ich mache keinerlei Zusagen. Das Recht habe ich nicht. Sorge du dafür, dass Natzuya uns führt, und wir bieten dir unseren Schutz, du uns deine Kraft, die du so gerne gegen uns eingesetzt hast!", verhandelte Jack eifrig, auch wenn er das alles noch immer nicht so glauben konnte.

„Einverstanden!"

„In Ordnung. Natzuya, ich sehe dich dann in drei Tagen bei der Konferenz", wandte sich Jack schließlich an seinen Freund.

„Ich kämpfe auf eurer Seite, das ist viel mehr, als einfach nur Natzuyas Geliebte zu sein. Eine Zugehörigkeit zu euch, den Vampiren, ist auch ein Statement gegen die Organisation", versuchte Sayura den Vampir weiter zu überzeugen, obwohl er längst zugestimmt hatte.

„Das mag sein, aber vielleicht solltest du dich mit der Rolle seiner Geliebten zunächst zufriedengeben. Wie du dir denken kannst, halten wir weder viel von dir, noch trauen wir dir. Wenn du dich traust, begleite Natzuya!"

„Spinnst du? Sie werden sie töten!", wandte Natzuya sofort ein.

„Dieses mögliche Opfer schuldet sie uns, will sie eine von uns sein!"

„Warte, ich will keine Vampirin sein, ich will lediglich an eurer Seite kämpfen!" Sayura war es wichtig, ein mögliches Missverständnis von vornherein aufzuklären.

Jack nickte.

Als er sich schließlich verabschiedet hatte, blieb Natzuya an der geschlossenen Tür stehen.

Sayura wartete im Wohnzimmer auf ihn, er war sicher nicht begeistert.

„Nein, ich bin alles andere als das!", knurrte er, plötzlich hinter ihr stehend.

Erschrocken schrie sie auf und sprang zur Seite.

„Siehst du? Ich bin nur einer! Bei dieser Versammlung sind es ein paar Vampire mehr! Und alle können für dich unsichtbar einen Angriff verüben."

„Ich habe keine Angst, Natzuya; außerdem ist das die Gelegenheit meiner Einführung. Lass uns das nicht versäumen! Ich glaube, für mich gibt es keinen anderen Weg. Ohne das offizielle Einverständnis eines Vampirrates gibt es keine offene Tür für mich. So wie Jack wird jeder Vampir auf mich reagieren. Ich bin in ihren Augen eben einfach die Jägerin. Und weißt du, was? Solange Moe da draußen herumläuft und meuchelt, will ich noch nichts anderes sein. Es erschreckt mich, weil ich mich leider auch ein Stück weit in ihm wiedererkenne, zumindest was seine Besessenheit und seinen Hass angeht. Aber es freut mich, weil es plötzlich so leicht ist, eine neue Seite zu wählen; deine Seite, Natzuya, weil es mir zeigt, dass ich mich weiterentwickelt und jene Wut und jenen Hass hinter mir gelassen habe."

„Ganz ehrlich: Deine feurige Rede in Ehren, aber gegen die teilnehmenden Vampire auf dieser Konferenz kann ich dich nicht beschützen! Wieso springst du eigentlich nicht gleich aus dem Fenster? Nicht alle sind so zugänglich wie Jack!" Natzuya war wirklich wütend. Er knurrte sie an, fletschte die Zähne.

„Deine Kondition als Jägerin ist völlig dahin!", packte er sie an ihrem Ego.

„Ich weiß", gestand sie nüchtern ein, „aber daran kann ich arbeiten und du mir sogar dabei helfen. Du bist ein Vampir, du kannst mich auf die Schnelligkeit und Stärke abstimmen. Wir trainieren zusammen und besiegen Moe.!" Natzuya spürte die Veränderung, die mit Sayuras neuer Mission in ihr vorging, spürte die Kraft, die in ihr aufstieg. Er wusste, dass er dagegen nicht ankam. Er konnte nur hoffen, dass die Vampire ihr Angebot der Wiedergutmachung annehmen würden. Was war aber, wenn der neue Feind besiegt und man zur alten Ordnung zurückkehren würde? Was würde dann mit Sayura geschehen?

Sayura kuschelte sich gerade an Natzuya wie ein Kätzchen. Sie schmiegte sich an ihn, küsste seinen Hals, hielt sich an seinem Körper fest.

Seine Wut auf ihren Leichtsinn, mit der sie die Sache offenbar anging, sein Knurren verebbten nur langsam.

„Natzuya, Natzuya, mein Natzuya!", flüsterte sie ihm ins Ohr.

„Keiner sagte, dass es einfacher würde, wenn du mich erst erobert hast!", neckte sie ihn.

Nach einem weiteren sanften Kuss auf seinen Hals biss sie plötzlich recht kräftig in sein Fleisch. Fast so, als sei sie ebenso ein Vampir wie er.

„Lass das, ich bin nicht in Stimmung!", begehrte er fauchend auf.

Sie stellte sich auf die Zehenspitzen und zog seinen Kopf mit beiden Händen sanft zu sich herunter. Zunächst erwiderte er keinen ihrer Küsse. Ihre Zunge drängte immer wieder gegen seine scharfen Zähne.

„Vielleicht sollte ich dir deine Zunge so zerbeißen, dass du in drei Tagen noch gar nicht wieder sprechen kannst!", dröhnte seine Stimme in ihrem Kopf, bevor er zubiss.

Benommen und mit tauber Zunge sah sie ihn nach seinem vampirischen Kuss an.

„Ich habe auch Angst zu sterben. Ich habe Angst davor, dich zu verlieren, sei es, weil wir umkommen oder aber ich alt werde. Ich möchte immer, immer, immer bei dir sein. Ich hatte nie an diese Art der Liebe geglaubt, hielt sie für ein Märchen. Aber ohne dich kann und will ich nicht sein, Natzuya, weder in dieser noch in der nächsten Welt!" Sie sah ihm fest in die Augen.

„Ich versteh nicht ganz!" Ihr Gespräch nahm plötzlich eine ganz andere Richtung.

„Vor einiger Zeit noch war es eine unmögliche Vorstellung, auch ein Vampir werden und ewig leben zu müssen. Aber mit dir erscheint mir selbst die Ewigkeit noch zu kurz. Auch wenn ich es gegenüber Jack deutlich gemacht habe und auch dich noch immer bitte, mich nicht zu einem Vampir zu machen, schließe ich es in einer nahen Zukunft nicht gänzlich aus! Wenn, dann aber soll es ausschließlich durch dich geschehen", gestand sie ihm ganz plötzlich. Selbst auf die Gefahr hin, dass es unendlich kitschig klang: Es war genau das, was sie aus tiefster Seele für ihn empfand und was sie sich vorstellen konnte.

Mit großen Augen sah Natzuya sie nun an. Er war sprachlos. Nie würde er eine ihrer Grenzen überschreiten, nie hätte er ihr sein Schicksal ohne ihre Zustimmung angetan, auch dann nicht, wenn es ihn bei dem bloßen Gedanken daran zerriss, ihr beim Sterben zusehen zu müssen. Aber diese neue Nachricht, diese neue Aussicht auf ein gemeinsames, ewiges Leben erleichterten ihn unendlich. Auch wenn er gegenwärtig also noch keine vollständige Zusage hatte, war Sayura bereit, ihr unumstößliches Nein zur Vampirwerdung zu lockern. Er selbst würde ohnehin erst lernen müssen, einen Menschen zu einem Vampir zu wandeln, doch zweifelte er nicht daran, dass sie genug Kraft hatte, diesen Prozess zu überleben.

„Oh, geliebte Sayura!", stöhnte er plötzlich ergriffen auf und drückte sie fest an sich.

– 17 –

„Du traust dich was!", fauchte eine Vampirin Sayura entgegen. „Kommst unbewaffnet hierher, du, eine Jägerin. Glaubst du, das hielte auch nur einen von uns ab, dich auf der Stelle zu töten?", goss sie ihre Gefühle weiter über der ihr verhassten Jägerin aus.

Die Konferenz fand zu Sayuras Überraschung in einem kleinen Lokal statt. Es hatte etwas von einem Treffen der sizilianischen Mafia. Es handelte sich um ein kleines, schäbiges Lokal mit kaum einem Gast. Hinter der Theke stand ein kahlköpfiger, untersetzter Mann mit Bart und Brille. Als Natzuya und Sayura dort angekommen waren, hatte er Natzuya kurz zugenickt und mit dem Kopf in Richtung einer schmalen Tür gedeutet. Die Position hinter seiner Bar hatte er dabei nicht verlassen, auch gesagt hatte er nichts.

Als sie durch die Tür gingen, führte eine schmale Treppe hinunter in den Keller. Dort war ein Raum, der offenbar als Treffpunkt diente. Es gab keine Fenster, keine Tische, nur ein paar Stühle, die auch schon bessere Tage gesehen hatten. Im Raum, zu kleinen Grüppchen versammelt, standen mehrere Männer und Frauen, vertieft in ihre Unterhaltungen. Dies änderte sich schlagartig, als Natzuya und Sayura die Tür geöffnet hatten.

Natzuya hatte Sayura bereits vorgewarnt. Diese Konferenz fand in einem kleinen Rahmen statt, die Umgebung war eher unangenehm, und keinesfalls würden mehr als zehn Teilnehmer anwesend sein. Jene Vampire waren die Anführer verschiedener kleinerer Clans aus der Umgebung. Nichts Spektakuläres, kein Vampirrat mit uralten Vampiren, wie man vielleicht annehmen mochte, aber dennoch wichtig.

„Ich trete die Nachfolge Lenas an. Bedingung dafür ist, dass Sayura, ihres Zeichens Vampirjägerin, ihre Kraft in unseren

Dienst stellt und ...!", begann Natzuya zu erklären. Er hatte Sayura das Versprechen abgenommen, dass sie sich unbedingt in Zurückhaltung üben musste.

„Du bist Lenas Spielzeug gewesen, mehr nicht. Wer ihre Nachfolge antritt, ist nebensächlich, und wenn ihr Clan in alle Winde zerstreut ist, ist mir das auch egal!", unterbrach eine Vampirin Natzuya fauchend.

„In Ordnung, dann gehen wir!" Natzuya war die Ruhe in Person.

Er drehte sich um, nickte Sayura zu, um den Arm an ihr vorbeizustrecken und die Tür zu öffnen. Dann schob er Sayura bestimmt, aber sanft zur Tür hinaus und schloss sie hinter sich.

Sayura wollte protestieren, aber mit einem Blick brachte er sie zum Schweigen.

Im nächsten Moment schon wurde die Tür hinter ihm aufgerissen.

„Warte, vielleicht sollten wir uns anhören, was du zu sagen hast, dann entscheiden wir! Verzeih meine aufbrausende Art! Du wirst verstehen, dass ich in ihrer Nähe ungehalten bin?" Die Vampirin schien wie ausgewechselt.

„Ich trete die Nachfolge Lenas an. Bedingung dafür ist, dass Sayura, ihres Zeichens Vampirjägerin, ihre Kraft in unseren Dienst stellt und ...!", wiederholte Natzuya, dieses Mal mit künstlicher Unterbrechung.

Offenbar gab es auch unter den Vampiren Machtproben. Vielleicht wurde Natzuya auch nur auf seine Tauglichkeit geprüft.

„... an meiner Seite unter dem Schutz der Vampire steht und von diesen akzeptiert wird. Wir stehen einer neuen Generation von Vampirjägern gegenüber, die im Keim erstickt werden muss. Sayura selbst hat ihr Amt als Jägerin niedergelegt."

„... und steht jetzt selbst ganz oben auf der Jägerliste. Welch Ironie, Jägerin!", lachte ein anderer Vampir frech.

„Er hat recht, wieso sollten wir ihr helfen? Jack hat uns bereits mitgeteilt, dass ihr davon ausgeht, dass jener Vampir, der außer Rand und Band ist und Vampire ermordet, ein Jäger sein soll, aber selbst wenn dem so ist, ziehen wir los und töten ihn so, wie wir es mit jedem Verräter unserer Rasse tun würden; so, wie es eben auch die Organisation mit ihren Verrätern tut." Der Vampir warf einen hämischen Blick auf Sayura. „Diese Zusammenkunft heute dient der Festlegung, wer von uns den Auftrag erhält, die Hinrichtung auszuführen. Ein weiterer Ordnungspunkt ist Natzuyas Aufnahme zum Anführer seines Clans, und offenbar hat er seine Geliebte gleich mitgebracht." Der Vampir lachte. „Und zum Schluss besprechen wir noch …"

„Nein, so läuft das nicht. Sie ist nicht nur einfach meine Geliebte. Wir brauchen beide euren Schutz, denn dieser Jäger ist brutal, listig, er hat Lena getötet, umgeht jede Regel und rekrutiert menschliche Jäger zu vampirischen Jägern. Er macht Vampire ohne die Zustimmung des Rates. Ihr geht nicht einfach zu ihm und tötet ihn! Glaubt ihr, das hätten wir nicht bereits versucht? Glaubt ihr, Lena hätte sich nicht gewehrt, wenn er sie nicht feige im Schlaf ermordet hätte? Sayura hat die Seiten gewechselt, stellt ihre Dienste uns zur Verfügung, bedeutet das denn gar nichts?", brach es plötzlich aus Natzuya heraus.

„Nein, denn sie ist immer noch ein Mensch. Somit gehört sie nicht zu uns. Einzig den Status, deine Geliebte zu werden, räumen wir ihr ein, und das ist viel, bedenkt man, wer sie ist. Beschützen musst du sie schon selbst, Natzuya! Natzuya? Wohin willst du?"

„Ich gehe. Meine Bedingungen hatte ich bereits angesprochen. Ihr seid nicht bereit, sie zu erfüllen, also habe ich hier nichts verloren." Natzuya hatte der Gruppe bereits erneut den Rücken gekehrt.

Ein weiterer Vampir erhob das Wort: „Du warst Lenas Schützling, sie hielt viel von dir, du hast starke Charaktereigenschaften und kannst es als Anführer eines Clans weit bringen unter den Vampiren. Du bist weit, wenn man bedenkt, wie kurz du erst Vampir bist. Ein Stück weit bist du auch unberechenbar, aber trotz allem bist du eine echte Ausnahmeerscheinung. Deine Gefühle für diese Menschenfrau …!"

„… gehen dich nichts an und tun nichts zur Sache", fiel Natzuya ihm ins Wort. „Auch nutzt es dir nichts, mir mein Wesen zu erklären. Ich weiß selbst sehr gut, was ich kann und wer ich bin. Wenn ihr die ersten schweren Verluste eingefahren habt im Kampf gegen diesen Jäger, überlegt ihr es euch vielleicht anders. Sie und mich gibt es nur zusammen!"

„Ich möchte meinen Irrtum wiedergutmachen versteht ihr das nicht?", war es nun Sayura, die ihre Stimme flehentlich erhob.

„Dein Irrtum?", schrie eine Stimme von hinten, die Person dahinter blieb zunächst unsichtbar.

Viel zu schnell für Sayuras Augen spürte sie plötzlich zwei eiskalte Hände an ihren Schultern. Mit einer enormen Kraft wurde sie gegen die Wand hinter sich gepresst und schlug sich dabei den Kopf an. Erst als der Druck beinahe unerträglich war, wurde ein braun gelocktes Mädchen vor ihren Augen sichtbar. Die Finger des Mädchens bohrten sich unerbittlich in Sayuras Schultern.

„Du hast meine Familie ausgelöscht, Freunde getötet, und das nur, weil sie zufällig dort waren, wo auch du deine Runde gemacht hast. Du weißt gar nicht, wie sehr wir dich hassen. Du weißt gar nicht, wie viele von uns dich hassen und so gerne tot sehen würden!" Ihre schreiende Stimme hatte sich in ein leises, bedrohliches Flüstern gewandelt.

„Doch, weiß ich!" Sayura klang müde.

„Ich weiß es wie keine andere. Ich war einst du, meine Familie wurde auch ausgelöscht und meine blinde Wut in blinde Bahnen gelenkt. Jetzt bin ich jenes Monster, das einst meine Familie ermordet hatte. Ich wollte nie auf der anderen Seite sein, ich hab es nicht gemerkt, wie ich zu dem wurde, was ihr so sehr hasst. Ich möchte es wiedergutmachen, mich entschuldigen …!"

„Glaubst du, eine Entschuldigung reicht aus, um den Mord eines Mannes, eines Freundes oder einer geliebten Schwester ungeschehen und vergessen zu machen?" Die Stimme des Mädchens überschlug sich erneut.

„Nein!", antwortete Sayura aufrichtig.

„Deine Sühne sollte darin bestehen, dass wir dein Blut verschwenden dürfen, dich hier und jetzt töten! Fahr zur Hölle, Jägerin."

Natzuya hielt ein Einschreiten bis zu diesem Zeitpunkt für unnötig, bis zu einem gewissen Grad sollte Sayura ruhig Rechenschaft ablegen müssen, aber jetzt wandelte sich die ohnehin angespannte Situation zu einem unberechenbaren Ereignis. Die übrigen Vampire hielten sich zurück, sie wussten, dass Natzuya Gesetze überging, und er würde auch das Tötungsgesetz der eigenen Vampire missachten, er würde für dieses Mädchen sterben, das war ihnen klar. Das war es, was ihn so unberechenbar machte. Seine Leidenschaft. Ein wenig fürchteten sie ihn, ein wenig bewunderten sie ihn aber auch. In ein paar Jahrhunderten des Vampirseins würde jedoch auch er seine bewundernswerte Leidenschaft und sein Feuer eingebüßt haben.

Natzuya, der also keine Konsequenz fürchtete, griff das Vampirmädchen ohne jede Vorwarnung an und schleuderte sie von Sayura fort. Sie flog ein paar Meter durch den Raum und schlug nun selbst gegen die Wand. Stöhnend rutschte sie zu Boden.

Schützend stand Natzuya vor Sayura. „Jeder, der es wagt, sie anzurühren, ihr den Tod androht oder sie mit niederen Gedanken abstraft, wird mich kennenlernen. Mich interessieren eure Gesetze nur bedingt, ich bin mir selbst am nächsten, und bei einem nächsten Angriff töte ich auch diese Göre dort. Ihr wollt meine Bedingungen nicht akzeptieren? Einverstanden. Wir gehen jetzt!" Natzuyas Stimme klang eisig. Sayura erkannte ihn nicht wieder. Beinahe fürchtete sie sich nun selbst ein bisschen vor ihm. Sprach nun die Bestie Vampir aus ihm? Der Vampir, der unberechenbar, bösartig und blutrünstig sowie respektlos und vor allem frei von Gefühlsregung war?

Die umstehenden Vampire hielten sich weiterhin zurück. Das Mädchen war vom Boden aufgestanden und verhielt sich ganz ruhig. Sie sah beinahe schon demütig zu Boden.

„Glaubt mir, ich bin euer kleinstes Problem! Es werden Jäger wie Sayura kommen. Sie konnte euch bereits als Mensch die

Stirn bieten, nun kommen Jäger, die dazu noch eure Fähigkeiten besitzen. Was, glaubt ihr, hat die Organisation vor? Weist sie in ihre Schranken! Tut das ohne Sayura und mich oder mit uns, aber reagiert schnellstens auf diesen einen Jäger. Er trägt den Namen Moe!"

„Die Organisation gibt es, seit es Vampire gibt, alles hat seine Regeln und Gesetze, auf beiden Seiten sterben Menschen und Vampire gleichermaßen, es gibt immer einen Ausgleich!", erklärte ein alter Vampir.

„Ja, solange sich jede Partei daran hält, mag das so sein. Die Organisation jedoch verändert die Regeln, indem sie Menschen zu vampirischen Jägern macht. Sorgt dafür, dass die frühere Ordnung wiederhergestellt wird bzw. erhalten bleibt! Macht, was ihr wollt, führt einen Krieg gegen die Organisation, tretet in Verhandlungen zu ihr oder lasst euch überrennen! Ich habe euch gewarnt, Sayura wollte euch dienen und helfen. Wir hatten hier und heute eine entsprechende Chance und haben sie nicht genutzt. Das war s!" Natzuya warf einen enttäuschten Blick in die Runde. Er hat schon immer gesagt, dass ihn die Vampire nicht interessierten, auch wenn er selbst zu einem gemacht wurde. Er hatte geglaubt, dass vielleicht doch mehr in ihnen steckte, wollte sie für etwas Besonderes halten; glaubte daran, dass sie doch eine große Familie waren; glaubte an ihre Weisheit und Weitsicht und hatte nicht angenommen, dass sie sich ablehnend gegen seinen Vorschlag, einen Überläufer der Organisation aufzunehmen, äußern würden; hatte nicht angenommen, dass sie einen schutzsuchenden Vampir und seine Geliebte abweisen würden, dass sie taub für deren Warnungen waren. Er hatte sich also doch nicht geirrt: Lena und ihr Clan stellten schon immer eine Ausnahme dar. Aber durch ihren Tod zerfiel die Gruppe und zerstreute sich in alle Winde. Natzuya wollte kein Anführer sein ohne Sayura an seiner Seite und offensichtlich schon gar nicht, wenn er dann Mitglied einer Führungsriege sein sollte, wie sie hier vor ihm stand: machthungrig und blind. Er hatte bereits neue Pläne.

Schneller, als ihr lieb war, fand sich Sayura im Dunkel der Nacht auf der Straße wieder.

„Dass du auch nicht den Mund halten kannst! Ich bat dich, nur auf mein Zeichen zu sprechen. Dir musste doch klar sein, wie sie auf dich reagieren würden?"

„Willst du mir jetzt die Schuld geben, dass es nicht wirklich optimal gelaufen ist?" Bereits kurz nachdem Sayura die Frage gestellt hatte, mussten beide lachen.

„Ja, natürlich, du bist die Jägerin von uns!", prustete Natzuya vor Lachen.

„Warten wir es ab. Sie sind stur und unnachgiebig. Vielleicht ändern sie ihre Meinung, vielleicht auch nicht. Ich muss nicht hierbleiben. Mir ist egal, wohin wir gehen, wenn wir es nur zusammen tun. Vielleicht sollten wir es tatsächlich in Erwägung ziehen, die Stadt zu verlassen. Was meinst du?", fragte er dann ernst und sprach aus, was ihn ohnehin schon seit Längerem beschäftigte.

„Du meinst, vor Moe davonlaufen?"

„Nenn es, wie du willst! Er macht vielleicht gerade eine Pause, aber er hat uns sicher nicht vom Haken gelassen!"

Sayura schwieg.

„Okay, von mir aus, aber vorher lass uns zu deinen Eltern gehen und reinen Tisch machen!", schlug sie dann vor.

Damit hatte sie Natzuya völlig unvorbereitet mit einem Thema konfrontiert, das er sorgsam verdrängt hatte. Entsprechend fiel seine Reaktion aus: Er war urplötzlich verschwunden und blieb es für mehrere Tage.

In ihrem Appartement wartete Sayura unruhig auf seine Rückkehr. Sie hielt die Stille, die Sorge um Natzuya nur schwierig aus. Sie lief oft in der Wohnung umher, hin und her, zur Tür, zum Fenster über den Flur in seine Wohnung und wieder zurück. Nach der neuerlichen Entführung Natzuyas, über die er nur wenige Worte verloren hatte, hatte sie ihn um einen Schlüssel für seine Wohnung gebeten, sie wollte sich erklären, aber er drückte ihr den Schlüssel in die Hand und sagte: „Geht in Ordnung, du bist meine Frau. Meine Wohnung, mein Besitz, einfach alles von mir ist dein!"

Während sie nun sorgenvoll auf seine Rückkehr wartete, schlief sie schließlich in seinem Wohnzimmer auf dem Sofa, insofern man es denn „schlafen" nennen konnte. Ständig erwachte sie, da sie annahm, ein Geräusch zu hören, vielleicht war er endlich zurück. Sie musste ihn tief getroffen haben, dabei wollte sie doch nur, dass er sich von seinen Eltern verabschiedete. Sie konnte sich an eines ihrer Gespräche erinnern, in dem er erklärt hatte, dass ihm die Trennung von seinen Eltern wirklich schwerfiel. Auch war ihr aufgefallen, dass Natzuya manchmal wehmütig aus dem Fenster starrte, er hing seinen Gedanken nach und wirkte dabei sehr traurig. Sayura konnte nur vermuten, dass es Gedanken an seine Eltern waren, die ihn in eine derart lethargische Stimmung versetzten. Nie hatte sie es angesprochen und in jener Nacht ganz sicher nicht getan, um ihn anzugreifen. Wenn sie schon die Stadt verlassen würden, dann sollte er sich doch wirklich richtig verabschieden können; und vielleicht wäre es möglich, ihnen sein Geheimnis anzuvertrauen. Warum auch nicht? Schließlich waren es seine Eltern. Einmal mehr staunte Sayura über sich selbst. Als Jägerin hätte es derartige Gedankengänge in ihr nie gegeben; schließlich wäre es ein Regelverstoß gewesen.

Unter Umständen würde Natzuya seine Eltern sogar besuchen können, und ein so endgültiger Abschied, wie er vermutlich annahm, war zunächst noch gar nicht notwendig. Aber darüber hätte man doch reden müssen, dies setzte allerdings voraus, dass Natzuya anwesend war.

Was, wenn ihm nun etwas zugestoßen war? Wenn er und Moe abermals aufeinandergetroffen waren?

Wut machte sich in Sayura breit, sie streunte durch die Wohnung. Diese Wut ließ sie jedoch noch weniger schlafen. Ging man so mit einem Menschen um, den man liebte?

Irgendwann war sie heulend ins Bett gefallen und eingeschlafen. Natzuya war ihre neue Familie, sein Verschwinden konfrontierte sie selbst plötzlich mit eigenen Erinnerungen an ihre Familie. Der Mord an ihren Eltern war unfassbar grausam und tötete Sayuras Kinderseele. Damals hatte sie noch ihre ältere Schwester Florence alias Zoé, an ihr hing sie nach dem Verlust der Eltern umso mehr. Beide Schwestern wurden von und durch die Organisation zu Jägern ausgebildet. Florences psychischer und physischer Verfall entging nicht einmal Sayura. Ihre Schwester sprach nur noch wenig, sie aß kaum etwas und nahm am Unterricht nur selten konzentriert teil. Dafür weinte sie sehr viel. Ihr Blick wirkte stets wie hinter einem Schleier. Eines Nachts verschwand sie. Sayura nahm an, sie würde kurz auf die Toilette gehen. Doch sie kam nie zurück, sie hatte sich nicht einmal verabschiedet. Am nächsten Morgen fischte man sie aus dem Fluss. Sie hatte sich von der nächstgelegenen Brücke gestürzt und den Freitod gewählt.

Von da an war Sayura allein gewesen. Ihre Seele drohte zu zerbrechen, sie hatte große Verluste erfahren, schlimme Dinge gesehen; und was sie schließlich am Leben hielt, waren Wut und Hass. Mit diesem Antrieb stürzte sie sich in ihre Ausbildung, und die Schuldigen waren schnell gefunden: Es waren die Vampire. Die Organisation machte sich dies geschickt zunutze, und in Sayura wurde eine kalte Jägerin geboren. Sie ging zu niemandem mehr irgendeine Bindung ein, nicht einmal zu ihrem Ausbilder, denn weitere Verluste würde sie nicht ertragen können. Vielleicht hatte sie es Natzuya auch aus diesem Grund so schwer gemacht.

Und jetzt? Jetzt hatte sie sich auf ihn eingelassen, ihm ihr Herz geöffnet und vertraute ihm.

Und was tat er? Verschwand von der Bildfläche! Was, wenn er nie zurückkäme? Sayura hatte große Angst in sich und musste sie immer wieder aufs Neue bändigen, um nicht durchzudrehen.

Langsam kam sie wieder zu sich. Irgendetwas hatte sie wach gemacht, auch wenn sie nicht mit Genauigkeit bestimmen konnte, was es war. Je mehr ihr Bewusstsein erwachte, umso deutlicher konnte sie seinen Körper neben dem ihren spüren, sein Arm lag schwer und besitzergreifend quer über ihrem Oberkörper. Draußen regnete es, der Regen prasselte laut gegen das Fenster.

„Tu das nie wieder!", flüsterte sie leise.

„Du auch nicht! Versuche nicht, mir vermeintlich Gutes zu tun! Meine Eltern gehen dich nichts an!"

„Bitte? Du kommst nach vier Tagen nach Hause, und das ist alles, was du dazu zu sagen hast?" Sayura richtete sich auf, ihre Wut und Angst waren zurückgekehrt, und jetzt gab es keinen Grund mehr, sie zurückzuhalten.

„Wie wäre es mit einem ‚Es tut mir leid, Sayura, ich weiß, dass du dich um mich gesorgt hast, es war nicht fair, dich da allein stehen zu lassen, schon gar nicht in dieser Gegend'?" Sie war aus dem Bett gesprungen, stand nun mitten im Schlafzimmer und sah zu ihm herunter. Er lag auf dem Bett und vermied es, sie anzusehen.

„Wir sind zwar ein Paar, ja, aber wenn ich Freiraum brauche …!", begann er.

„So ein Unsinn, Freiraum! Du bist weggelaufen. Nach allem, was wir erlebt haben, nach deinen Predigten, dass ich mit dir kommunizieren soll, bist ausgerechnet du es, der darin versagt. Glaubst du, deine Eltern sind nicht mehr da, nur weil du nicht darüber redest?", unterbrach sie ihn unhöflich und laut.

Schon im nächsten Augenblick starrte sie auf ein leeres Bett, kurz darauf spürte sie seine Präsenz in ihrem Rücken. Noch bevor er etwas sagen konnte, hatte sie sich umgedreht und ihm eine schallende Ohrfeige gegeben. Beide waren überrascht. Schweigend standen sie einander gegenüber. Die Minuten vergingen.

„Verdammt, du holst alles Schlechte aus mir heraus! Ich erkenne mich gar nicht wieder. Es tut mir leid, Natzuya. Du hast recht, es geht mich nichts an! Seit ich mit dir zusammen bin, bin ich mit alten Ängsten konfrontiert, die ich nicht besiegen kann." Ihre Stimme zitterte.

Noch bevor sie sich abwenden konnte, hielt er sie an beiden Armen fest.

„Nein, natürlich geht es dich etwas an. Es tut mir leid, ach, zur Hölle …!" Er zog sie zu sich und küsste sie.

Seine Nähe war so erholsam, so beruhigend, so wichtig! Unter seinen Küssen konnte sie die angestauten Ängste und Gefühle des Verlustes, die Sorgen um ihn nicht länger verbergen, wenn er diese nicht ohnehin bereits in ihr gesehen hatte. Tränen liefen ihre Wangen hinunter, leises Schluchzen entrang sich ihrer Kehle.

„Weine nicht meinetwegen!", dröhnte seine Stimme tief in ihrem Kopf. „Ich lass dich nicht allein. Niemals!"

Die nächsten Tage sprachen sie viel über ihre Pläne, die Stadt zu verlassen, vielleicht sogar das Land. Ihre Vorstellungen wichen natürlich völlig voneinander ab. Er wollte sich auf ein ruhiges Fleckchen Erde zurückziehen und ein kleines Haus irgendwo im Nirgendwo mit Sayura bewohnen. Sie hatte eher die praktischen Vorteile einer anderen großen Stadt im Kopf.

Vampirische Signale hatte sie in den vergangenen Jahren genauestens zu deuten gelernt, erkannte sie mittlerweile schon, ohne darüber nachzudenken. Sie begann sogar, sie zu übernehmen. Während ihrer hitzigen Diskussion hatten sich beide die Zähne gezeigt. Natürlich wirkte es bei Sayura eher lächerlich, weil ihr die spitz zulaufenden Reißzähne samt entsprechender Mimik fehlten, aber die Botschaft war dennoch die gleiche. Anschließend waren sie beide in erfrischendes Gelächter ausgebrochen und bekamen so Abstand zur angespannten Stimmung.

Es würde ein großer Schritt sein, alles Bekannte hinter sich zu lassen. Irgendwann hatten sie einen ungefähren Fahrplan. Sie würden nur ein paar Sachen mitnehmen, eben einfach das Nötigste. Überall auf der Welt konnte man sich Kleidung, Lebensmittel, Unterkünfte kaufen und mieten. In Anbetracht auf Natzuyas hypnotische Fähigkeiten würden sie nicht einmal Geld benötigen, nicht einmal dafür arbeiten müssen. Gemäß ihrer Planung würden sie zunächst mit dem Zug in die nächstgelegene größere Stadt fahren und sich in Etappen, unter Berücksichtigung des für Natzuya tödlichen Tageslichtes, immer weiter fortbewegen. An irgendeinem Ort, wo es beiden gefiel, würden sie sich dann niederlassen. Vielleicht würden sie auch zu einem Flughafen fahren und davonfliegen. Ein Stück weit war es ein Abenteuer, der Aufbruch in ein neues Leben. Ob und wann Moe oder ein anderer Jäger sie finden würde, stand in den Sternen; und wenn es so sein sollte, würden sie sich ihm entweder stellen oder weiterziehen. Wichtig war ihnen nur, dass sie zusammen waren, egal, wo. Sie wollten ihr gemeinsames Leben genießen, so frei und ungezwungen wie möglich. Beiden war klar, dass sie womöglich viel zu naiv an diese Planung herangingen, aber was hatten sie zu verlieren? Ihr Leben war doch ohnehin nicht gewöhnlich, auch wenn sie das gerne so gehabt hätten. Also hieß es, das Bestmögliche aus der Situation zu machen, die ihnen das Leben bot, ihnen, dem Vampir und dem Mädchen, das einst Jägerin war.

Am Vorabend ihrer Abreise, ihre beiden Rucksäcke standen gepackt im Flur, wirkte Natzuya ungewöhnlich mürrisch und unruhig.

„Natzuya, setz dich, du machst mich ganz nervös! Was hast du? Spuck's schon aus!", bat Sayura, die es sich mit einem Buch gemütlich gemacht hatte, aber aufgrund der Unruhe, die Natzuya verbreitete, einfach nicht in den Tiefen der gedruckten Worte abtauchen konnte.

Natzuya setzte sich in den Sessel neben sie und sah sie an.

„Seit du die Thematik mit meinen Eltern angesprochen hast, nagt das Thema unaufhörlich an mir. Ich dachte, ich könnte es verdrängen, aber je mehr der Moment der Abreise näher rückt, umso schlechter geht es mir!", erklärte er leise. „Aber ich fürchte, wenn wir dort aufkreuzten, könnte ich sie unnötig in Gefahr bringen. Vielleicht ist uns Moe schon auf den Versen!", sprach er seine Bedenken offen aus.

„Abschied zu nehmen ist wichtig. Ich hätte meinen, Eltern gerne Lebewohl gesagt. Ich finde es gut, wenn du dich ihnen zeigst als das, was du jetzt bist. Sie sind deine Eltern!", antwortete Sayura. Der erste Teil war der einfachere. Sie wusste nicht, ob sie aussprechen sollte und durfte, was sie zu seinen Befürchtungen zu sagen hatte.

„Ich weiß, was du sagen willst. Ich weiß es auch, ohne dass ich in deinen Kopf gucken kann, weil ich weiß, dass meine Überlegungen ohnehin müßig sind. Denn wenn Moe sich an meinen Eltern vergreifen wollte, müsste er nicht erst warten, bis wir ihn zu ihnen führen. Deine Organisation ist über alles und jeden bestens informiert. Schließlich sind sie nicht von ungefähr auf mich als Entführungsopfer gekommen. Schließlich waren die Vorfahren meiner Familie auch Vampirjäger. Ich weiß, ich weiß!"

Sayura war erleichtert, dass sie es nicht hatte aussprechen müssen.

„Was hätte Moe davon, deine Eltern umzubringen? Gar nichts. Und hätte er es bereits getan, hätte er keine Zeit damit verschwendet, es dir unter die Nase zu reiben. Moe ist gerade damit beschäftigt, Vampire zu töten. Du hast es selbst von deinem Freund Jack gehört: Er meuchelt mit heller Freude in anderen Randbezirken der Stadt. Ich denke, er will uns glauben machen, dass wir außer Gefahr wären!" Sayura versuchte ihm, so gut es ging, seine Ängste zu nehmen und stellte vage Vermutungen an.

„Wollen wir gleich los oder morgen, wenn wir ohnehin alles hinter uns lassen? Was ist dir lieber?", fragte sie.

„Morgen. Ich brauche noch ein bisschen Zeit, mich darauf einzustellen. Das Wiedersehen und die Erklärung werden sicher kein Fünf-Minuten-Gespräch …!"

„Schon klar. Dann verschieben wir unsere Abreise einfach um eine weitere Nacht. Ich glaube, darauf kommt es nicht mehr an!"

„Vielleicht will ich ihnen aber gar nicht sagen, was ich nun bin. Vielleicht will ich ihnen einfach nur zeigen, dass es mir gut geht, ihnen die Liebe meines Lebens vorstellen und mich für mein Verschwinden und diesen dämlichen Abschiedsbrief entschuldigen. Vielleicht will ich einfach nur einen Überraschungsbesuch machen, als kämen wir zu Besuch und führen danach wieder zurück in unsere Heimat. Wir reden die ganze Nacht, und in der Früh brechen wir wieder auf. Wir gehen vermeintlich zurück in unser Hotel. Bei meinen Eltern schlafen können wir natürlich nicht, nicht ohne dass mein Geheimnis auffliegt. Schließlich würden sie sich wundern, wenn ich den ganzen Tag verschlafe. Nicht auszudenken, wenn meine Mutter reinkäme und wie zu meinen Teenagerzeiten, die Vorhänge aufrisse und den Tag hereinließe! Damals hat mir die Sonne in den Augen gestochen, heute hingegen würde sie mich töten. Stell dir mal das Gesicht meiner Mutter vor!" Natzuya musste lächeln, obwohl es eigentlich nichts zu lächeln gab. Seine Überlegungen waren zwar spontan, aber doch deutlich. Offenbar hatte er sich weit mehr Gedanken über einen möglichen Besuch gemacht, als er je zugegeben hatte. Andererseits war es immer ein Tabuthema gewesen.

Sayura begriff traurig, wie sehr er sich nach seinen Eltern sehnte.

„Du, lass es einfach auf dich zukommen, okay? Entscheide während des Gespräches, was du sagen oder nicht sagen willst. Ich bin da und reagiere entsprechend auf dich. Also abgemacht, morgen lerne ich meine Schwiegereltern kennen!"

Er nickte und wirkte plötzlich sehr erleichtert.

„Danke."

– 18 –

Das Haus seiner Eltern lag ca. eine Stunde außerhalb der Stadt. Natzuya war sehr angespannt.

Kurz nach Sonnenuntergang verließen Sayura und er seine Wohnung. Die Rucksäcke standen noch immer im Flur. Egal, wie dieser Abend nun ablaufen würde, hatten sie beschlossen, ihre Abreise um eine Nacht zu verschieben.

Egal, was besprochen würde oder nicht – für Natzuya bedeutete allein das Wiedersehen eine enorme emotionale Anspannung. Er sollte mit einer derart aufgewühlten Verfassung nicht an eine Reise denken oder gar unter Zeitdruck entscheiden, das Gespräch bis zur Abfahrt des Zuges zu einem Ende führen zu müssen.

Zunächst waren sie mit der Untergrundbahn gefahren, er hatte den Arm um sie gelegt, und sie hatten sich über Belanglosigkeiten unterhalten. Sayura genoss diesen Moment sehr, denn er fühlt sich so normal an, und das war so unendlich besonders. So hätte ihr Leben verlaufen können und sollen, und zwar jeden Tag. Wäre das nicht schön gewesen?

Der Park, den sie dann durchqueren, war auch bei Nacht wunderschön. Natzuya erklärte, dass sich ein paar Künstler bereits vor Jahren des Parks angenommen und ihn in ein Lichtermeer verwandelt hatten. Überall an Bäumen, Bänken, sogar Mülleimern und Büschen hingen winzig kleine Lichter, die sich tagsüber mit Sonne aufluden und nachts in einem grünlichen Licht strahlten, so wie er jetzt vor ihnen lag. Das Licht gab dem Park etwas Märchenhaftes.

Selbst weit nach Sonnenuntergang waren dort noch viele Menschen unterwegs, die sich die Schönheit dieses Parks nicht entgehen lassen wollten. Sayura und Natzuya waren ein Pärchen unter vielen – noch so ein menschlicher Moment, den Sayura als so friedlich und normal empfand.

„Ich selbst habe hier mit Kumpels meine erste Zigarette geraucht. Dahinten ist ein Skaterpark, da haben wir uns immer getroffen!", ergänzte Natzuya seine Ausführungen.

„Es schmerzt ihn sicher sehr, hier zu sein und mit seinem menschlichen Leben konfrontiert zu werden, das ihm die Organisation auf so brutale Weise geraubt hatte, und ich genieße die Banalität des Alltags", überlegte Sayura mitfühlend und fast schon mit einem schlechten Gewissen.

„Nein, es schmerzt nicht. Ich fühle mich wider Erwarten euphorisch und gut. Es ist, als wenn ich in ein Fotoalbum schaute und mich freute über jene Erinnerungen, die ich dir erklären kann! Und auch ich genieße es, mit dir durch den Park zu flanieren, fast so, als gäbe es nichts Schlechtes. Genieße es ruhig. Genieße jeden Moment mit mir!", antwortete er in üblicher Manier auf ihre Gedanken, die sie nicht laut geäußert hatte.

Als sie den Park verlassen hatten, gingen sie an einer Reihe mehrerer Häuser neben einer großen, aber ruhigen und kaum befahrenen Straße vorbei. Er streckte den Arm aus: „Dahinten ist es, das letzte Haus. Mann, ist mir flau im Magen!"

Kurz überlegte er, die Aktion abzubrechen.

Plötzlich, als hätte sie jetzt seine Gedanken gelesen, nahm sie seine Hand in die ihre und drückte sie fest.

Das Haus war an sich nichts Besonderes: ein zweistöckiges dunkelgraues Gebäude. Von den abgelegenen Nachbarhäusern hob es sich dennoch ab. Es war das einzige Haus mit einem in Blau gestrichenem Gartenzaun und einem weiß gepflasterten Weg vom Tor bis zur Haustür. Und es war das Haus, in dem Natzuya seine Kindheit und Jugend verlebt hatte. Sayura sog die Umgebung in sich auf. Auf dem Gehweg hatte er mit seinem Vater vermutlich geübt, Fahrrad zu fahren. Im Garten hatten sie Ball gespielt und gegrillt. Sämtliche Klischees über das Bild einer perfekten Familie, wie sie selbst keine gehabt hatte, durchfluteten Sayuras Wesen.

Es war eine dunkle Nacht mit sternenklarem Himmel. Es musste ungefähr 21:45 Uhr sein.

Vor dem Gartentor angekommen, blieb Natzuya stehen. Sayura vermutete, dass er, sicher nervös, sich erst noch einmal sammeln musste, aber als sie ihn ansah, erkannte sie etwas anderes: Er schien einen enorm unangenehmen Geruch wahrzunehmen.

„Hier stimmt etwas nicht!", sagte er und verzog angewidert das Gesicht. „Bleib hier und warte, ich geh allein rein!"

Als Natzuya den halben Weg beschritten hatte, konnte er nicht weitergehen. Ein stechend süßlicher Geruch erdrückte seine Sinne. Er kannte den Geruch, aber er wollte es nicht wahrhaben. Neben sich nahm er plötzlich Sayura wahr.

„Du musst keinen Weg mehr alleine gehen. Ich gehe mit dir." Sayura konnte nun riechen, was er roch.

Als sie das Haus schließlich betraten, verschlimmerte sich der Gestank um ein Vielfaches. Sayura wurde übel.

Sie stand in der Küche und sah sich um. Augenscheinlich war sie sehr aufgeräumt, sah man von der dicken Staubschicht auf sämtlichem Mobiliar und den verwelkten Blumen im Fenster ab. Durch das Fenster konnte man auf den Vorgarten und die Straße sehen.

Natzuya nahm die Treppe zum oberen Stockwerk. Er konnte nur Sayuras Herzschlag ausmachen, sonst nichts. Kein Geräusch verkündete die Anwesenheit einer oder mehrerer Personen. Die vierte Stufe knarrte unter seinem Gewicht.

Durch den Flur ging Sayura derweil in das Wohnzimmer. Plötzlich fühlte sich jene Situation unheimlich vertraut an. Der süße Geruch gipfelte hier nun in seinem Höhepunkt.

Regungslos stand sie im Türrahmen. Auch hier war alles makellos reinlich. Auch hier viel Staub und tote Pflanzen, dunkles Mobiliar, rote Couch und ein dicker, schwerer, tiefer Tisch davor. Es gab kein Fernsehgerät – oder sie sah es nicht. Ihre Aufmerksamkeit war ohnehin auf die beiden Füße gerichtet, die neben dem Couchtisch auf dem Boden liegend hervorschauten.

Es waren Frauenfüße. Sie trugen Feinstrumpfhosen, der Zustand ließ jedoch erahnen, dass kein Leben mehr in ihnen war.

Es waren verdorrte, schrumpelige Füße in einer merkwürdig unnatürlichen Farbe. Der Verwesungsprozess hatte vor Längerem schon eingesetzt. Sayura wollte den Rest nicht sehen. Heißkalte Schauer durchströmten ihren Körper, sie fühlte sich plötzlich wieder wie ein Kind; wie das kleine Mädchen, das damals neben der Leiche ihrer Mutter saß. Sie war jedoch außerstande, sich zu bewegen.

Sayura ahnte, wo Natzuyas Vater seinen Tod gefunden haben musste. Ihren eigenen Vater hatten sie im Keller gefoltert und schließlich getötet. Sayura schauderte bei dem Gedanken daran, wie pervers Moe sein Spiel geplant hatte und stetig vorantrieb; wie viel Spaß er daran hatte zu töten.

War sie einst wirklich genauso gewesen? Nein. Auch wenn sie im Nachhinein natürlich aus den falschen Beweggründen getötet hatte, war es damals ihre Aufgabe, ihr Befehl. Sie hatte die Vampire getötet. Moe hingegen quälte seine Opfer.

Natzuya vernahm die Veränderung Sayuras körperlichen Zustandes. Irgendetwas hatte sie in ungeheure Unruhe versetzt. Er ging die Treppe hinunter, bevor er deren oberes Ende überhaupt erreicht hatte. Wieder knarrte die vierte Stufe.

Dieses Geräusch holte Sayura schlagartig in die Gegenwart zurück. Sie machte kehrt und traf Natzuya in der Küche an. Sie stand vor ihm, legte sanft und beruhigend ihre Hände auf seine Brust. „Geh nicht weiter! Sieh sie dir nicht an! Bitte, lass uns einfach gehen!" Es war kaum mehr als ein Flüstern. Natzuya wollte nicht verstehen, wollte nicht, dass seine Ängste zur Realität wurden. „Du meinst, sie sind im Wohnzimmer? Lass sie uns begrüßen!"

Sayura schüttelte den Kopf.

Plötzlich schnellte Natzuyas Kopf nach rechts, er sah aus dem Küchenfenster.

Ihr Blick folgte dem seinen, und das Blut gefror ihr in den Adern: Im Vorgarten stand er und lächelte selbstgefällig vor sich hin – Moe.

Natzuyas Körper spannte sich unter ihren Fingern zunächst an, um sich schließlich darunter zu verflüchtigen. Begleitet von seinem Fauchen verschwand er. Es war das Geräusch eines Vampirs, der schlimmste Verletzungen erlitten hatte. Er wurde unsichtbar für ihre Augen. Die Tür, so schien es, wurde vom Wind heftig aufgestoßen, und ebenso laut schlug sie wieder zu.

„Natzuya!", schrie Sayura und lief ihm nach.

Im Garten angekommen, stand sie scheinbar allein. Sie sah keinen der beiden Vampire, aber sie hörte ihr Stimmen. Hier und da kamen sie zum Stehen, wurden sichtbar. Sie waren in einen Kampf vertieft, Natzuya griff Moe unaufhörlich an. Er hingegen schien eine Mauer zu sein, jeden Angriff konnte er parieren und abwehren. Merkwürdig war, dass er nicht zum Gegenangriff überging.

„Natzuya, hör auf! Er will, dass du dich verausgabst!", schrie Sayura von der Treppe aus.

„Du hast sie getötet, du Bastard!", schrie nun Natzuya, obwohl es erneut eher einem Fauchen glich. Sie setzten sich erneut in Bewegung, wieder verschwanden die beiden Vampire vor Sayuras Augen. Ihre Worte hatten Natzuya nicht erreicht. Er war blind vor Wut, er konnte an nichts mehr denken außer daran, diese perverse Mistsau umzubringen.

„Ich habe dir stets gesagt, dass du ein Vampirjäger bist. Deine Eltern waren fortan nutzlos. Sie haben ihre Aufgabe erfüllt und dich großgezogen. Deine Familie bin nun ich. Ich befreie dich von allem, was dich belastet und an deine Menschlichkeit bindet. Ich ließ dir die Wahl. Du hast dich falsch entschieden, ich bin dir mehrmals entgegengekommen, und jetzt entscheide ich für dich. Bedauerlich ist, dass ich keinen Einfluss mehr habe, aber ich habe dich geschaffen", antwortet Moe, während er Natzuyas blinde Angriffe mühelos abwehrte.

Sayura hatte derweil ihre Waffe gezogen und versuchte Moe anzuvisieren. Es war jedoch schwierig, zwei Wesen auszumachen, die gemäß einem On/Off-Prinzip auftauchten und wieder verschwanden.

„Sag deiner Hure, sie soll ihre Waffen ablegen!"

Regungslos stand Sayura mit erhobenen Armen auf der untersten Stufe der Treppe und folgte mit ihrer Hand-Augen-Koordination den Vampiren, so gut es eben ging. Sie hatte sich einfach nicht überwinden können, ohne ein Mittel der Verteidigung das Haus zu verlassen. Natzuya hatte dies belächelt und gemeint, dass er schließlich für ihren Schutz sorgen würde, aber gerade jetzt war sie froh, dass sie das Beinholster angelegt hatte und ihre vertraute Waffe in den Händen hielt. Die Patronen waren für Vampir und Menschen gleichermaßen tödlich. Den Vampiren diente das darin enthaltene flüssige Silber als sicherer Todbringer.

Natzuya nahm nichts von seinem Umfeld wahr, sein Gesicht glich einer hässlichen Fratze des Zorns, seine Augen waren schwarze Löcher der Wut und seine Gesichtszüge furchtbar entstellt.

Moe ließ ihn plötzlich stehen, Natzuyas Schlag ging ins Leere. Er sah ihm entrüstet nach. Wie konnte er es wagen, sich dem Kampf zu entziehen? Dann begriff er.

„Sayura, er kommt auf dich zu, schieß!", schrie Natzuya ihr zu. Aber Sayura sah ihn nicht, wollte nicht willkürlich schießen und dabei womöglich Natzuya treffen. Die Aufmerksamkeit der Nachbarn war sicher ohnehin schon auf dieses Grundstück gerichtet. Ohnehin würde bald die Polizei hier auflaufen. Das Grundstück lag zwar mit einiger Distanz zu dem nächsten, war zusätzlich durch eine ca. zwei Meter hohe grüne Hecke vor Blicken geschützt, aber dieses Geschrei ließ sicher niemanden der Anwohner kalt.

Sie setzte sich in Bewegung und wollte seitlich die Treppe verlassen. Ihr Körper war zur Flucht bereit, doch wurde sie schon im nächsten Moment von einer kalten Hand am Arm ergriffen und zurückgeschleudert. Dabei verlor sie ihre Waffe und prallte mit dem Rücken auf die weißen Pflastersteine. Sie stöhnte auf. Ein lähmender Schmerz durchzog ihren Körper, das Atmen tat weh.

Moe hob seelenruhig die Waffe zu seinen Füßen auf und richtete sie schließlich auf Sayura.

„Na los, steh schon auf, Hure!" Unabhängig von seinem Befehl versuchte Sayura tatsächlich, wieder auf die Beine zu kommen. Sie wollte nicht wie ein Käfer auf dem Boden liegen, sie hasste sich dafür, dass sie ihre Kondition derart vernachlässigt hatte. Früher hätten ihr derartige Stürze weniger zugesetzt.

Moe hatte, auf der Treppe stehend, nun eine gute Position inne. Er sah auf das dumme Mädchen, das all seine Pläne durchkreuzt hatte, hinab und den dahinter stehenden Natzuya, in den er so große Hoffnung gesetzt hatte, der aber eine einzige Enttäuschung war.

„Ihr seid beide weniger wert als Dreck. Deine Eltern haben sich besser zur Wehr gesetzt als ihr beide!", stichelte Moe augenblicklich, und Natzuya sprang sofort darauf an.

Er sprintete los, an Sayura vorbei und auf Moe zu. Dieser verlagerte sein Gewicht und feuerte die Waffe ab.

Natzuya spürte nichts, er hatte ihn nicht getroffen, schlicht verfehlt. Seine Chance war gekommen. Er hielt nicht an, holte aus und schlug mit all seiner vampirischen Kraft auf Moe ein. Er landete mehrere Treffer in dessen Gesicht, drückte ihn mit der Wucht seines Anlaufes zu Boden und zertrümmerte dessen linke Gesichtshälfte. Im nächsten Moment fletschte er die Zähne und verbiss sich in Moes Hals. Er zerbiss ihm sämtliche Venen, Adern, Sehnen und Fleisch.

Und dieser brachte es tatsächlich fertig, völlig regungslos unter Natzuya liegen zu bleiben, um erneut zu lachen.

Moe hatte nicht damit gerechnet, dass Natzuya den Schuss ignorieren würde; er war schließlich sonst so bemüht um Sayuras Wohlergehen. Aber Moe hatte seine Wut unterschätzt, sein Angriff war verheerend. Aber was hatten Vampirjäger gelernt? Ablenkung war wichtig. Dies hatte er fast erreicht. Er spürte, wie sein Lachen Natzuya verunsichert hatte.

„Die Kugel galt nicht dir!", keuchte Moe.

Es dauerte eine Weile, bis Natzuya begriff, was Moe tatsächlich gemeint hatte.

Er richtete sich auf, drehte sich um. Er musste sehen, dass es ihr gut ging, bevor er Moe den Rest geben würde. Mit weit aufgerissenen Augen, auf wackligen Beinen stand sie da und starrte in Natzuyas Richtung. Die Kugel hatte ihren Körper schmerzlich getroffen, ihn heiß durchzogen und war durch ihren Rücken wieder ausgetreten. Das war die gute Nachricht. Zumindest konnte die Kugel so ihren flüssigen Inhalt nicht im Inneren von Sayuras Körper freisetzen und sie vergiften.

Sayura hatte sich immer gefragt, wie es sich wohl anfühlte, getroffen zu werden. Sie hatte immer angenommen, dass sie einfach wie ein nasser Sack umfallen würde. Aber tatsächlich war sie stehen geblieben. Die linke Hand presste sie auf die schmerzende Stelle unter ihrer Brust. Sie konnte das warme Blut spüren, das aus der Wunde darunter hervortrat. Zunächst hatte sie die Luft angehalten, jetzt atmete sie in tiefen, schweren Zügen.

Es mochte das Adrenalin in ihrem Körper gewesen sein, denn sie empfand keine wirklichen Schmerzen. Sie fühlte sich etwas unwohl und schwach.

Natzuya, bei ihrem Anblick in Panik versetzt, eilte ihr zu Hilfe. Was er tun wollte, wusste er nicht. Vielleicht sollte er sie umgehend in ein Krankenhaus bringen. Seine Konzentration und Aufmerksamkeit waren nicht existent, zu viele emotionale Schmerzen hatte er während der letzten Stunde ertragen müssen. Er wollte nur noch Moes Tod; über das Wie hatte er nicht nachdenken können. Jetzt drohte auch noch Sayura zu verbluten. Ihren Verlust würde er nicht auch noch verkraften können. Er nahm tatsächlich an, dass Moe ihn einfach gehen lassen würde. Schließlich hatte er das schon des Öfteren getan.

Moes Regenerationsfähigkeit war in Gang gesetzt, als Natzuya von ihm abließ. Die Wunden am Hals schlossen sich, wenn auch langsam. Sein Gesicht würde sicherlich zuletzt heilen. Ob der Bruch und damit seine linke Gesichtshälfte vollständig heilen und sich vor allem wiederherstellen würde, wusste er nicht sicher, aber es war derzeit nebensächlich. Er stand auf, langsamer, als ihm lieb war, und hechtete Natzuya hinterher.

Sayura sah verschwommen, wie Natzuya mit blutverschmiertem Gesicht und ausgestrecktem Arm auf sie zukam. Sie schüttelte den Kopf, er sollte Moe nicht aus den Augen verlieren. Doch irgendetwas passierte, und Sayura konnte zunächst nicht ausmachen, was es war. Aus einem ihr unerfindlichen Grund war Natzuya einfach stehen geblieben, er hatte seinen Arm heruntersinken lassen.

Dann drängte sich ein Bild in ihren Kopf, das sie nicht wahrhaben wollte. Sie sollten eigentlich im Zug sitzen mit Ziel in ihr neues, gemeinsames Leben. Aber das dort war eine andere Gegenwart, würde zu einer anderen Zukunft werden, die sie einfach nicht geplant hatten.

Moe hatte Natzuya erreicht, seinen Arm um seinen Hals gelegt und die Hand in seinen Rücken gesteckt.

„Mein Sohn, wenn ich dich nicht als Jäger für die Organisation gewinnen kann, bist du auch nutzlos für mich. Die Organisation hat kein Interesse mehr an der Blutlinie oder irgendeinem Nachkommen deiner Familie. Ich schenke dir die Freiheit, und zwar von allem Irdischen. Schade, dass es so enden muss, Natzuya! Ich habe meine Wahl für dich getroffen!"

Natzuya sah als Letztes seine geliebte Sayura und erinnerte sich an ihre letzte zarte Berührung ihrer Hände auf seiner Brust. Er konnte nichts mehr sagen, nichts mehr tun und schließlich nichts mehr denken. Als Moe das Herz in seiner Hand zerquetschte, war das für Natzuya ein letzter grausamer Schmerz, bevor alles vor seinen Augen verschwand.

Sayura sah, wie der Körper Natzuyas erlosch, wie der Glanz seiner Augen verschwand, wie sein Körper dessen Festigkeit und sogar die Farbe verlor. Natzuyas Körper verlor alles Physische, er wurde Asche, er wurde Staub.

Der laue Nachtwind trug zu seinem Zerfall bei. Er wehte einen toten Vampir unwiederbringlich in alle Richtungen davon.

Moe stand in dieser Wolke aus Feinstaub, die ihn umgab. Noch immer hielt er seine Hand, die zuvor Natzuya Herz umfasst und es dann in der Faust zerquetscht hatte, zusammengepresst. Sayura sah diese Szene zwar, aber sie nahm sie so wahr, als würde sie einen Film sehen. Paralysiert sah sie nun, wie Moe auf sie zuschritt, aber eigentlich sah sie nicht Moe.

Der Mann, der Vampir, den sie liebte, war soeben gestorben, darauf war sie nicht vorbereitet gewesen. Er war stark, schön, und es stand außer Frage, dass er einfach so sterben würde. Natürlich bestand die Gefahr ein Stück weit immer, aber eigentlich hatte sie das nie angenommen. Daher begriff sie einfach nicht, dass er fort war. Sie hatte oft gesehen, wie Vampire starben, wie sie sich auflösten, aber bei Natzuya konnte sie es nicht begreifen.

Sie nahm abwesend wahr, dass sich ein trockener Schrei der Verzweiflung ihrer Kehle entrang. Jener wurde abrupt geradezu abgeschnitten, als Moes Hand sich nun um ihren Hals legte.

Sayura empfand nichts außer einer tiefen Leere, die sekündlich mehr und mehr Besitz von ihrem Wesen ergriff.

„Endlich hat die Organisation zugestimmt, dich zu exekutieren!" Moe freute sich.

Er nahm wahr, dass sie nicht so recht anwesend war. Es würde ihm keine Genugtuung verschaffen, wenn sie nichts von ihrem Martyrium mitbekam. Freilich war ihm bewusst, dass er durch Natzuyas Tod bereits großes Leiden in ihr ausgelöst hatte und sie aufgrund ihrer Verletzung ohnehin sterben würde, aber er wollte ihr Leid ins Unermessliche steigern.

Er hatte den Mann getötet, den sie liebte, und er würde sie töten; sie, eine Verräterin der Organisation und ihrer Gesetze.

Unsanft schüttelte er sie, so als wollte er sie wach machen. Er stellte sie wieder auf ihre Füße, der Geruch ihres Blutes stieg ihm reizvoll in die Nase. Mit der Hand an ihrem Hals legte er ihren Kopf zur Seite, willenlos ließ sie es geschehen. Tränen fielen aus ihren Augen, kein Ton entrang sich mehr ihrer Kehle; auch nicht, als Moe seine Zähne grob in ihrem Hals vergrub.

Blutverlust, Schock und Verletzung zollten ihren Tribut. Ihre Beine gaben nach, und sie hielt nicht dagegen. Moe fing sie mit seinen Armen auf, er wollte diesen Moment auskosten, zudem schmeckte ihr Blut vorzüglich.

Er nahm an, dass sie es nicht tolerieren würde, dass ein anderer Vampir als Natzuya ihr Blut trank. Sie würde sich wehren. Eine körperliche Reaktion blieb dennoch aus. Moe biss stärker zu. Er begann sich zu ärgern.

Sayura spürte all das zwar, aber es war nebensächlich geworden. Natürlich war es ein Privileg Natzuyas, aber dieser war tot. Natzuya und seine Liebe für sie war vernichtet und verschwunden. Einfach so.

Die Grenze ihrer Belastbarkeit war überschritten. Seinen Verlust würde sie nicht überleben.

Plötzlich konnte Moe spüren, wie sich ein neuer Funken Klarheit in ihr regte.

„Ich weiß, dass du mit meinem Blut mein Wesen, meine Gedanken und meine Seele in dich aufnimmst. Spürst du, was ich spüre? Sein Verlust tut unendlich weh. Du hast nun alle Genugtuung, die ein Jäger erfahren kann. Du hast deinen Auftrag ausgeführt. Mir Leid zugefügt, mir Natzuya genommen. Aber weißt du, was? Auch ich bin meines Zeichens Jägerin und du eben doch nur ein Vampir!" Moe hörte ihre Gedanken, und er fühlte jetzt, was zuvor Natzuya empfunden haben musste: Schmerz.

„Du hast mich unterschätzt. Du hast dich schon immer für etwas Besseres gehalten, nur weil du zusätzlich zum Jägerdasein die Kräfte eines Vampirs erhalten hast. Diese neue Macht hat dich süchtig und krank gemacht. Du bist unvorsichtig geworden. Was du uns angetan hast, geht weit über dir Grenzen einer Jagd hinaus, du hast uns aus Spaß Leid angetan. Aber die Organisation, die ich kannte, selbst wenn ich es mir nur eingebildet habe, habe ich dafür geschätzt, dass sie Menschen ausgebildet hat, keine Vampire. Und obwohl wir nur Menschen waren, konnten wir trotzdem Vampire töten. Glaubst du, das habe ich vergessen? Du hast meinen Mann getötet und unsere Liebe vernichtet. Die Organisation hat mich hintergangen, aber sie hat mich auch gelehrt, wie ich Vampire wie dich töten kann, gerade in solch ausweglosen Situationen wie diesen. Du bist kein Jäger, bist es nie gewesen und wirst es nie sein. Ein Jäger verrät nicht seine Grundsätze; nicht einmal dann, wenn es seine eigene Organisation tut. Fahr zur Hölle, Moe!"

Der Körper eines Vampirs war in seiner Beschaffenheit wesentlich weicher als der eines lebenden Organismus. Es bedurfte zwar eines gewissen Kraftaufwandes, in seinen Körper einzudringen, aber es war einfacher, als es bei einem Menschen zu tun. Dabei spielte es keine Rolle, ob es sich dabei um eine Waffe oder eine Hand als Waffe handelte. Was Sayuras Bewusstsein zurückgeholt hatte, konnte sie nicht sagen. Vielleicht war es der Gedanke an Natzuya, vielleicht waren es Moes Zähne in ihrem Hals, vielleicht war es aber auch die Jägerin in ihr, die schon immer stark gewesen war und in ausweglosen Situationen immer einen Weg gefunden hatte, um weiterzumachen. Diese Jägerin hatte plötzlich Besitz von Sayura ergriffen und nach Rache gerufen. Moe durfte nicht einfach so davonkommen. Natzuyas Tod sollte nicht ungesühnt bleiben.

Hass, Wut und Rache hatten sie in ihrem Leben als Jägerin stets begleitet, mit Natzuya traten neue Gefühle in ihr Leben: Vertrauen, Liebe, Sicherheit – und das, obwohl er ein Vampir war.

Sie hatte die Jägerin mit Natzuya an ihrer Seite einfach nicht mehr gebraucht. Sayura hatte sich gewandelt und dank Natzuya die Einsamkeit, Dunkelheit und Tristesse ihres Lebens aufgeben können. Sie hatte ihn so sehr geliebt, war so gern bei und mit ihm, konnte sich zum Schluss sogar vorstellen, als Vampirin an seiner Seite mit ihm fortzubestehen. Warum auch nicht? Er hatte ihr gezeigt, dass man immer die Wahl hatte und längst nicht jede Regel starr ausgeführt werden musste. Das Leben selbst hatte durch die Begegnung zu Natzuya dazu beigetragen, ihr bewusst zu machen, dass nichts wirklich planbar war, egal, wie sehr sie versuchte, innerhalb eigener Grenzen zu bleiben.

Das Leben nahm sie dorthin mit, wo es ihr am besten ergehen würde. Das war bei Natzuya, selbst jetzt.

Wie lange hatte Sayura sich gegen die bestehenden Gefühle zu Natzuya gewehrt? Sie war dadurch mit dem Verlust ihrer Familie konfrontiert worden und musste sich alten Schmerzen stellen, alte Grenzen, alte Verhaltensmuster aufgeben und sich eingestehen, dass sie doch immer noch ein Mensch und eine Frau war, nicht einfach nur eine Tötungsmaschine. Natzuya hatte immer nur das Gute in ihr gesehen, er hatte mehr gesehen als die Jägerin, er war damals zurückgekommen, um sie aus der Gefangenschaft zu retten. Dabei hatte er das nicht tun müssen. Er hatte sie in so vielerlei Hinsichten gerettet, nicht zuletzt auch vor der Organisation. Wer nun gut oder böse war, war immer auch Ansichtssache, gab es doch immer auslösende Faktoren für die Entscheidungen, die man traf. Das war ihr schmerzlich bewusst geworden, als sie sich mit dem braun gelockten Vampirmädchen vor einigen Tagen konfrontiert sah. Sie selbst hatte dem Mädchen Leiden zugeführt, indem sie seine Familie getötet hatte. Sayura hatte nie darüber nachgedacht, dass die Vampire, die sie ermordete, auch ein soziales Umfeld besitzen konnten. Sie tötete aus dem Antrieb der Rache, da es vermeintlich Vampire waren, die einst ihre Eltern meuchelten. Nie wollte sie anderen die gleichen Qualen zufügen, die sie selbst erlebt hatte. Sie, die einst Opfer war, war ebenso schnell zur Täterin geworden, ohne einen Gedanken daran zu verlieren. Jetzt war sie ebenfalls Täterin und bereute nichts.

Sie hielt Moes totes Herz in der Hand.

Hatte sie ihm auch alles gesagt, was ihr wichtig war? Sayura konnte keinen klaren Gedanken mehr recht fassen, ihr Bewusstsein dämmerte wieder weg.

„Ich habe dich besiegt, Moe, ich!", war das Letzte, was Moe hörte.

Als auch Moes Körper seine Festigkeit verlor und zu Asche und Staub zerfiel, verlor Sayura den sicheren Halt und fiel zu

Boden. Ihr Körper war überzogen mit einer dünnen Schicht aus Moes Dreck. Die Reste davon rannen kühl durch ihre Finger. Eine Weile lag sie auf dem Boden. Ihr Körper fühlte sich taub und kalt an. Ihre Seele fühlte sich taub, kalt und tief verletzt an. Unaufhörlich rannen nun die Tränen ihr Gesicht hinunter. Sie starrte in den Nachthimmel. „Natzuya", flüsterte sie kaum hörbar. „Natzuya."

Irgendwann erhob sie sich und verließ langsam das Grundstück.

Wo sie gelegen hatte, zeichnete sich ein riesiger Blutfleck ab. Auch ohne dass sie dies sah, wusste sie, dass die Wunde in ihrem Körper tödlich war. Jedoch fürchtete sie sich nicht davor, denn dann würde sie wieder bei ihm sein; bei ihrem geliebten Natzuya.

Mehr stolpernd als gehend lief sie die Straße zurück, die sie zuvor gemeinsam mit Natzuya entlanggegangen war. Ihr Körper wollte ihr einfach nicht mehr gehorchen.

Irgendwann erreichte sie schließlich den Park. Grünlich leuchtend, märchenhaft und verlassen lag er vor ihr. Sie sah ihn jedoch nur noch verschwommen. Aber genau hier wollte sie sein, hier war sie mit ihm entlanggegangen wie jedes andere Pärchen auch. Dort waren sie nicht Jägerin und Vampir gewesen, dort hatten sie für ein paar Minuten ein normales, menschliches Leben gehabt.

Ihr Kleid hatte sich, beidseitig, mit ihrem Blut vollgesogen, es klebte an ihren Beinen. Ein dünnes Rinnsal warmen Blutes lief unaufhörlich an ihrem linken Bein hinunter.

Auf der nächstgelegenen Bank ließ sie sich nieder. Sie war unglaublich müde.

„Natzuya? Bist du hier? Wenn du magst, kannst du mich jetzt zu einem Vampir machen!"

Sayura ließ den Kopf auf die Brust sinken. Sie wartete auf eine Antwort. Nach einer Weile hob sie den Kopf an und sah blind in die Nacht.

„Ich weiß schon, was du sagen willst: Um Vampir zu werden, muss der betreffende Mensch vollständig gesund sein, da er den Prozess der Vampirwerdung sonst nicht überlebt. Aber glaub mir, es ist nur ein Kratzer! Vampire sind also im Grunde tote, perfekte Menschen, ja?" Sayura wartet erneut umsonst auf eine Antwort.

Alle Gesichtsfarbe war ihr aus dem Gesicht entwichen, ihre Lippen waren blau angelaufen, ihre Organe begannen zu versagen.

„Es ist nicht deine Schuld, okay? Die Organisation ist … es gibt keinen Begriff dafür, der auch nur annähernd ausdrückt, wie schlecht sie ist. Geh nicht gegen sie kämpfen, hörst du? Weil Rache ein schlechter Grund ist, in den Krieg zu ziehen … Geh weg von hier und mach dir ein schönes Leben …, versprich es mir … Natzuya! Vor Moe musst du dich nicht mehr fürchten."

Nach einer kurzen Pause ergänzte sie noch: „Ich liebe dich, Natzuya!"

Wieder sank ihr Kopf auf ihre Brust. Ihr Körper entspannte sich. Sie ließ einfach los.

EPILOG

Ungefähr vier Monate später trafen sich acht Ratsmitglieder der Vampir- und Jägerschaft zu einer sogenannten „neutralen Konferenz". Nur die ältesten Ratsmitglieder waren informiert und nahmen teil. Diese Konferenz fand äußerst selten statt und wurde nur unter strengster Geheimhaltung und Wahrung der Sicherheit durchgeführt.

Dieses Mal besprach man die Ergebnisse der letzten Sitzung. Es herrschte allgemeine Unzufriedenheit auf beiden Seiten. Somit wurde das Projekt „Till the End of Time" einstimmig abgewählt. Es war entstanden, da man einen Fortschritt ins Leben rufen und aus alten Mustern ausbrechen wollte, wohl aber auch, weil es die Langeweile, die sich seit Jahrhunderten in den Gemütern beider Parteien ausgebreitet hatte, vertreiben sollte. Dieses fortwährende, immer gleiche Spiel, bestehend aus der Jagd zwischen Vampirjäger und Vampir, langweilte sie unermesslich. Neue Regeln sollten her.

Man stellte jedoch schnell, insbesondere am unerfreulichen Fall „Registernummer 209/Sayura & Natzuya/Moe" fest, dass es bei derart ungünstigen Konstellationen unter Berücksichtigung der verschiedenen Charaktereigenschaften der teilnehmenden Personen damals zu unberechenbar und unkontrollierbar werden konnte. Beide Parteien hatten Glück, dass niemand unter den Vampiren Natzuya so recht glauben wollte, als dieser einst in der Versammlung, während er zum Clanoberhaupt als Ersatz für eine weibliche Vampirin benannt werden sollte und um Sayuras Aufnahme in die Vampirgemeinschaft bat, behauptete, dass es tatsächliche vampirische Jäger gab.

Es hätte unter Umständen zu einem Krieg zwischen Vampiren und Jägern geführt, der unmöglich vor den Menschen hätte geheim gehalten werden können. Und die Geheimhaltung war noch immer die oberste Priorität. Natzuya und Sayura waren starke Charaktere; sie hätten mit ihrer Leidenschaft einen Krieg anführen können, der in den Welten noch nie stattgefunden hatte, dessen war sich der Rat sicher.

Moe, ebenfalls einst ein starker und vernünftiger Jäger, wurde unter der Last seiner Vampirwerdung schlicht erdrückt und von dem Wesen Vampir verschlungen. Er war die größte Enttäuschung und Beweis, dass die Vampirwerdung und der damit verbundene Verrat an den Grundsätzen der Vampirjägerorganisation einen Jäger ins Unglück stürzen konnte. Sayura hatte man unter schlechten Voraussetzungen geködert, ihr Verrat an der und ihre Enttäuschung über die Organisation waren kaum verwunderlich. Sehr lange hatte man versucht, sowohl Sayura als auch Natzuya zu beeinflussen, sie zu ihren natürlichen Existenzen zurückzuführen. Sayura sollte durch den Mord per Auftrag an Natzuya zu früherer Form der Jägerin in sich zurückfinden. Lange war man nachsichtig und sah ab von dem durch Versagen dieses Mordauftrages an Natzuya begründeten Todesurteil. Sie war eine großartige Jägerin, aber das hatte sich die Organisation selbst kaputt gemacht. Natzuyas Beeinflussung wäre, so hatte man gehofft, einfacher, da er anders als Sayura nicht der Einsamkeit ausgesetzt war. Vermeintliche Freunde wie Lena und Jack, selbst ein oder zwei Clanmitglieder, mit denen er ständig konfrontiert war, waren angehalten, seine vampirischen Fähigkeiten zu nutzen und zu fördern, ihn fernzuhalten von jener Jägerin. Doch die Bindung zwischen beiden, dem Vampir und der Jägerin, war viel zu stark und innig. Sayura verweigerte Befehle, Natzuya ließ sich zu keinem Zeitpunkt richtig steuern, Moe dazu mit seinem widerwärtig verseuchtem Wesen war eine tickende Zeitbombe.

Jack war es, der aufkeimende Zweifel unter den Vampiren zum Thema „vampirische Jäger" schließlich zerstreuen konnte.

Somit wurde im Rat beschlossen, dass nicht jede Veränderung eine gute Veränderung war. Alle derzeit registrierten vampirischen Jäger sollten unmittelbar exekutiert werden. Die ursprüngliche Rollenverteilung und die alte Ordnung zwischen Vampirjäger und Vampir mussten einfach erhalten bleiben; Langeweile hin oder her.

Sarah Hellwich

*Mein aufrichtiger und demütiger Dank
gilt meiner männlichen Muse.*

*Außerdem möchte ich mich bei:
Polizeihauptmeister Karlheinz Fechner;
Christiane Lober, Elisabeth Toth, Annika Raunser, Silke Lück sowie
meinem Lebenspartner Christian W. Kiepert, engen Freunden und
Verwandten für Zuspruch, Kritik und Unterstützung bedanken.*

Bewerten Sie dieses Buch auf unserer Homepage!

www.novumverlag.com

Die Autorin

Sarah Hellwich, geboren 1982, lebt mit ihrem Lebenspartner und dem gemeinsamen Sohn in Stuttgart. Nach ihrer Ausbildung zur Kauffrau für Verkehrsservice arbeitete sie als Reiseberaterin und Sachbearbeiterin für ein Dienstleistungsunternehmen. Seit ihrer Rückkehr aus der Elternzeit in das Berufsleben ist sie als Teamleiterin im Fachbereich Forderungsmanagement in diesem Unternehmen tätig.

novum VERLAG FÜR NEUAUTOREN

Der Verlag

„Semper Reformandum", der unaufhörliche Zwang sich zu erneuern begleitet die novum publishing gmbh seit Gründung im Jahr 1997. Der Name steht für etwas Einzigartiges, bisher noch nie da Gewesenes.
Im abwechslungsreichen Verlagsprogramm finden sich Bücher, die alle Mitarbeiter des Verlages sowie den Verleger persönlich begeistern, ein breites Spektrum der aktuellen Literaturszene abbilden und in den Ländern Deutschland, Österreich und der Schweiz publiziert werden.
Dabei konzentriert sich der mehrfach prämierte Verlag speziell auf die Gruppe der Erstautoren und gilt als Entdecker und Förderer literarischer Neulinge.

Neue Manuskripte sind jederzeit herzlich willkommen!

novum publishing gmbh
Rathausgasse 73 · A-7311 Neckenmarkt
Tel: +43 2610 431 11 · Fax: +43 2610 431 11 28
Internet: office@novumverlag.com · www.novumverlag.com

AUSTRIA · GERMANY · HUNGARY · SPAIN · SWITZERLAND